T5-COD-124

COLLECTION FOLIO

Les Quatre Fils Aymon

ou

Renaud de Montauban

*Présentation,
choix et traduction
de Micheline de Combarieu du Grès
et Jean Subrenat*

Gallimard

© Éditions Gallimard 1983.

PRÉFACE

Deux siècles durant, le Français a eu la tête épique. Aux XIIe et XIIIe siècles, plusieurs dizaines de poèmes héroïques — les chansons de geste — sont élaborés, remaniés, diffusés par trouvères et jongleurs. Tous chantent, en vers et sans doute en musique, les exploits guerriers de héros chevaliers qui s'appellent Renaud, Girard, Guillaume, Roland, Vivien, et de bien d'autres encore.

Mais ces chants de guerre parlent plus de morts que de victoires, et sans doute encore plus de paix.

ANALYSE DES QUATRE FILS AYMON

La longueur du poème (18 500 alexandrins) justifie une présentation de ce résumé en plusieurs parties, bien que dans les manuscrits la narration soit continue. Les passages placés entre [...] sont ceux que nous n'avons pas traduits.

I. [Beuve d'Aygremont] (1 700 vers).

[*Le duc Beuve d'Aygremont se soustrait à l'hommage qu'il doit à l'empereur Charles pour sa terre en s'abstenant de se présenter à la « cour » (réunion des vassaux) que celui-ci tient à Paris. Les deux messagers venus le rappeler à ses devoirs de feudataire sont tués, malgré l'intervention de la femme de Beuve ; et le second messager est Lohier, le propre fils du roi. Charles rassemble son armée pour tirer vengeance du rebelle meurtrier, mais la bataille demeure indécise et il accepte de pardonner à Beuve, à condition que le duc s'acquitte de l'hommage dû et s'engage à se comporter désormais en vassal fidèle. Beuve prête le serment demandé, ainsi que ses trois frères (au nombre desquels Aymon de Dordone) qui l'ont soutenu dans sa révolte. Mais certains, dans l'entourage du roi, pensent qu'il s'est montré bien indulgent ! A leur instigation, et de façon totalement contraire aux engagements pris, il fait tendre à Beuve un guet-apens où le duc est tué. Une guerre s'ensuit entre les trois frères survivants et l'empereur ; elle se termine par la réconciliation des deux camps.*]

II. Les fils Aymon à la cour. Meurtre de Bertolai. Rupture avec Charles et fuite des quatre frères dans les Ardennes (2 000 vers).

Aymon de Dordone conduit à la cour ses quatre fils, par ordre d'âge : Aalard, Renaud, Guichard, Richard. Charles les arme chevaliers. Au cours d'une partie d'échecs, Renaud se prend de querelle avec son partenaire,

Bertolai, neveu de l'empereur. Bertolai frappe Renaud au sang et son oncle, refusant de faire droit à la plainte de Renaud, le blesse à son tour de la même façon. Renaud tue Bertolai et réussit à s'enfuir avec ses frères. Ils se réfugient dans la forêt d'Ardenne où ils construisent le château de Montessor, réussissant à y vivre sept ans avant que le roi l'apprenne. Une fois averti, il met le siège devant la place où un traître introduit ses hommes. Cependant Renaud, ses frères et une partie des leurs parviennent à s'enfuir par un souterrain. Charles renonce à les poursuivre, mais Aymon, le père des quatre fugitifs, dont l'empereur a exigé, comme de ses autres vassaux, qu'il « forjure » (renie, abandonne) ses enfants, s'en charge à sa place : il réussit à leur tuer beaucoup d'hommes sans cependant s'assurer la faveur de Charles qui lui reproche la mort au combat de son grand veneur Hermenfroi.

Les fils Aymon vivent difficilement de chasse et de rapine dans la forêt pendant plusieurs années. Ils finissent par se risquer dans Dordone où ils se font reconnaître de leur mère qui ne pense qu'à leur venir en aide, et de leur père, toujours partagé entre son serment de fidélité à l'empereur et l'affection qu'il ne se croit plus autorisé à leur porter. [Équipés de neuf, ils sont rejoints au moment de repartir par un de leurs parents, l'enchanteur Maugis, qui va désormais les accompagner.]

III. Les fils Aymon en Gascogne. Construction de Montauban. Roland à la cour. [Renaud, Bayard et la couronne du roi] (1 400 vers).

Les fils Aymon vont se mettre au service du roi Yon de Gascogne qui les autorise à construire le château de

Montauban et donne sa sœur Aélis en mariage à Renaud. Charlemagne l'apprend, exige que Yon lui livre les quatre frères et se heurte à un refus. Il pense alors opposer à Renaud son neveu Roland qui vient se présenter à la cour. [Le jeune homme fait d'abord montre de sa prouesse dans une expédition victorieuse contre les Saxons. Afin de procurer à Roland un cheval qui puisse rivaliser avec le Bayard de Renaud, l'empereur annonce une course dont le vainqueur sera récompensé par des prix mirifiques (entre autres, une des couronnes impériales). Grâce aux enchantements et à l'astuce de Maugis, Renaud participe incognito à la course monté sur Bayard. Il gagne, prend la couronne et s'en va après s'être fait reconnaître de l'empereur, mais évidemment sans laisser Bayard à Roland.]

IV. Expédition de Charles en Gascogne. Trahison du roi Yon (1 500 vers).

Malgré la lassitude de ses hommes, à qui il impose campagne sur campagne, l'empereur décide une expédition en Gascogne pour venir à bout des quatre fils Aymon. [La première place assiégée, Montbendel, se rend sans coup férir. Le roi Yon se voit forcer la main par son conseil, que la perspective d'affronter l'armée impériale effraie.] Il accepte de trahir Renaud et ses frères : sous prétexte d'une réconciliation avec Charles, qu'il aurait réussi à négocier, il les envoie dans un guet-apens; à Vaucouleurs, venus presque seuls, sans autres armes que leurs épées, montés sur des mulets et clairement reconnaissables aux manteaux d'écarlate qu'ils porteront, ils ne devraient pas donner beaucoup de mal aux bataillons de l'empereur placés en embuscade. Malgré les réticences inquiètes de ses frères, malgré l'avertissement de sa femme effrayée par un songe prémonitoire, Renaud décide de faire confiance à Yon et à Charles et de se rendre avec ses frères au rendez-vous fixé. Il part, cependant que Yon regrette sa trahison.

V. Combats à Vaucouleurs. Les quatre frères s'échappent grâce à Maugis (1 900 vers).

Les quatre frères doivent, seuls, faire face aux quatre mille hommes du roi. Aalard et Richard sont blessés ainsi que Renaud, et Guichard manque d'être capturé. Les quatre frères se réfugient sur la Roche Mabon d'où ils se défendent à coups de pierres. [*Cependant Maugis, resté dans Montauban, est prévenu de ce qui se passe par le clerc qui avait lu la lettre de Charles à Yon. Il endort, par ses charmes, les hommes du roi et se met à la tête de ceux de Renaud :*] *ils arrivent à temps pour dégager les quatre frères. Tous regagnent Montauban. Renaud soupçonne un moment sa femme d'avoir été la complice de Yon, mais il est détrompé.*

VI. Poursuite des hostilités entre l'empereur et les quatre fils Aymon (4 100 vers).

A. LE SORT DU ROI YON (800 vers).
[*Apprenant que les quatre frères ont réussi à s'échapper, le roi Yon se réfugie dans une abbaye, où les hommes de*

Charlemagne viennent s'emparer de lui par la force. Il en est réduit à implorer l'appui de Renaud car Roland veut le faire pendre. Malgré l'avis opposé de ses frères, Renaud décide de lui venir en aide.] Au cours de la bataille, Roland et Renaud se rencontrent : Renaud demande à Roland de s'entremettre pour lui auprès de Charles, mais se fait éconduire. Le duel entre les deux hommes est arrêté par des représentants des deux camps. Yon est délivré.

B. RICHARD PRISONNIER ET DÉLIVRÉ (1 800 vers).

Le combat se poursuit. Richard est fait prisonnier. L'empereur le maltraite et lui annonce qu'il va le faire pendre le lendemain à Montfaucon. Maugis, qui s'est introduit auprès de l'empereur sous le déguisement d'un pèlerin, a ainsi le temps de retourner à Montauban prévenir Renaud ; une embuscade est tendue aux hommes de l'empereur sur le lieu de l'exécution. Cependant, tous les Pairs, sommés par Charles de pendre Richard, s'y refusent. Seul, le traître Ripeu de Ribemont accepte. Il emmène Richard qui est sauvé in extremis par Maugis et par ses frères, opportunément tirés de leur sommeil par le cheval Bayard. Le traître est tué. Cependant Richard veut affronter les Français. Dans les combats qui s'ensuivent, Charles affronte [Richard, puis] Renaud qui le supplie de faire la paix. Devant le refus de celui-ci, il va pour l'enlever et y réussirait sans l'intervention de Roland.

C. MAUGIS PRISONNIER SE DÉLIVRE LUI-MÊME PUIS ENLÈVE CHARLES (1 500 vers).

[Au cours de la bataille, Maugis est fait prisonnier par Olivier à l'insu des fils Aymon.] L'empereur décide de le faire pendre le lendemain matin. Pendant la nuit, Maugis,

usant de charmes, endort ses geôliers, fait tomber ses chaînes et s'enfuit, emportant avec lui une des couronnes de l'empereur et les épées des douze Pairs. [*Il regagne Montauban après avoir retrouvé Renaud, accouru dans l'intention de l'aider à se tirer d'affaire. L'empereur envoie des messagers à Renaud pour lui proposer une trêve d'un an à certaines conditions.*] L'un d'eux, Ogier, suggère à Renaud de rencontrer le roi pour négocier directement avec lui. Charles en profite pour faire Renaud prisonnier ; mais, sur la demande de ses parents, le comte est libéré et regagne Montauban, après être convenu de soutenir sa loyauté dans un duel judiciaire contre Roland. Le combat est interrompu par une intervention surnaturelle qui protège les deux adversaires. Roland suit Renaud à Montauban. L'empereur refuse à nouveau de faire la paix avec Renaud. Maugis, usant de charmes, l'enlève, le remet aux fils Aymon et se retire dans un ermitage.

VII. Siège de Montauban (1 100 vers).

Malgré l'avis de Richard qui voudrait tuer Charles, Renaud le libère, après l'avoir une nouvelle fois vainement supplié de faire la paix. Ne parvenant pas à s'emparer de la place en lui donnant l'assaut, l'empereur décide de l'affamer. Les assiégés en viennent à tuer les chevaux (sauf Bayard) pour se nourrir. Un secours d'Aymon à ses enfants dure peu et provoque surtout la rupture entre l'empereur et lui. Les assiégés saignent Bayard pour se nourrir, puis doivent quitter la citadelle par un souterrain secret.

VIII. Siège de Trémoigne. Conclusion de la paix (1 600 vers).

[*Renaud et les siens gagnent Trémoigne : nouveau siège et nouveaux combats. Richard de Normandie est fait prisonnier par Renaud qui menace de le faire pendre si Charles s'obstine à lui refuser la paix. Mort du roi Yon.*] *Maugis quitte un moment son ermitage pour venir revoir Renaud et ses frères avant de partir en pèlerinage au Saint-Sépulcre. Devant le spectacle du gibet dressé et de Richard prêt à y être pendu, les principaux barons de Charles (qui est le seul à croire que Renaud n'osera pas intervenir) quittent son camp. Pour obtenir qu'ils reviennent sur leur décision, l'empereur accepte enfin de faire la paix, à condition que Renaud parte en pèlerinage au Saint-Sépulcre et qu'on lui livre Bayard. Renaud accepte. L'accord est conclu. Le cheval Bayard jeté à la Meuse par Charles s'échappe à la nage et s'enfonce dans la forêt d'Ardenne. Renaud s'est déjà mis en route.*

IX. [Le pèlerinage de Renaud et de Maugis] (1 100 vers).

[*Renaud et Maugis, qui se retrouvent à Constantinople, gagnent Jérusalem. Ils participent à un assaut contre la ville, alors occupée par les Persans, donné par les barons chrétiens. La ville est prise et le roi Thomas, prisonnier des Persans, est libéré et remis sur le trône. Les deux pèlerins prennent le chemin du retour. A Palerme, ils aident le roi Simon de Pouille à repousser une invasion des Sarrasins et* rentrent en France, après avoir rendu visite au pape à Rome.]

X. [Le retour et ses difficultés] (1 400 vers).

La duchesse Aélis vient de mourir, juste au moment où Renaud est de retour. Maugis se retire définitivement dans son ermitage. [Les trois frères de Renaud sont mariés. Lui élève ses fils et les envoie à la cour du roi quand ils en ont l'âge. Ils sont bien accueillis par l'empereur qui les arme chevaliers. Mais les fils d'un baron, tué autrefois à Vaucouleurs par Renaud, les défient en soutenant que leur père a été tué en trahison. Un combat judiciaire fait litière de cette accusation calomnieuse. Les fils de Renaud se marient richement et sont pourvus de fiefs par Charles.]

XI. Pénitence et mort de Renaud (700 vers).

Après avoir partagé ses fiefs entre ses fils, Renaud décide de quitter le monde. Il se fait embaucher incognito sur le chantier de la cathédrale de Cologne où il est tué par les ouvriers, jaloux de sa force, qui lui reprochent de « gâcher le travail » en acceptant un salaire de famine : après l'avoir assommé, ils jettent le corps dans le Rhin. Un miracle le fait remonter à la surface au milieu du chant des anges et de la lumière des cierges qui flottent sur l'eau. Les meurtriers sont confondus et bannis de la ville. Le corps guide un cortège qui le suit pieusement jusqu'à Trémoigne, où il est identifié comme étant celui de Renaud, que l'on appellera désormais « saint Renaud ».

LA CHANSON ET SON HISTOIRE

Si l'épopée de Renaud et de ses frères, légendaire plus qu'historique dès l'origine, est longue et fertile en rebondissements, il en est de même pour l'histoire de l'œuvre qui la raconte.

La version la plus ancienne, française, qui a servi de base à cette traduction, nous a été conservée par plusieurs manuscrits — chacun comportant de nombreuses variantes de détail ; on peut la considérer comme datant du début du XIIIe siècle. Son auteur est inconnu. A partir de là, et sans interruption jusqu'au XXe siècle, les aventures des quatre fils Aymon, et surtout celles de Renaud et de l'enchanteur Maugis, ne cesseront de connaître de nouveaux avatars, en un double courant — populaire (qui demeurera plus fidèle à l'inspiration héroïque de l'œuvre) —, « de cour » (dans lequel les aventures amoureuses de Renaud occuperont, avec le développement du genre romanesque, une place primordiale). Cela dans toute l'Europe.

En France, les textes abondent pendant tout le XIIIe siècle, versions différentes du poème, romans qui pourraient lui servir de prologues ou d'épilogues, récits consacrés spécialement à tel ou tel de ses personnages, en particulier Renaud et Maugis. On en trouve de nouvelles versions et des remaniements en prose au XVe siècle (Ferdinand Castets cite quatorze manuscrits en vers). La chanson de geste française est très tôt connue en Angleterre : dès la première moitié du XIIIe siècle, il y est fait allusion dans l'œuvre en latin d'un clerc, Alexandre de Neckham, *et une traduction anglaise paraît à la fin du* XV*ᵉ siècle. En Espagne, le* Roman de Roncevaux (XIIIᵉ *siècle) fait mourir Renaud aux côtés de Roland pendant la fameuse bataille. En Italie, deux versions, l'une en vers, l'autre en prose, intitulées également* Rinaldo, *remontent au* XIVᵉ *siècle. Le personnage de Renaud se retrouve dans les poèmes de Boiardo* (Le Roland amoureux) *et de ses imitateurs.*

Mais déjà l'imprimerie supplante peu à peu la copie. Et Renaud poursuit ses aventures dans les livrets et almanachs des colporteurs en France, dans les récitations et mimes des jongleurs en Italie, qui prendront précisément plus tard à Naples le nom de « Rinaldi » — comme dans les œuvres de nouveaux auteurs.

Témoins de la popularité du héros, les allusions de Rabelais (à l'enchanteur Maugis et à Renaud ouvrier sur le chantier de la cathédrale de Cologne) et plus tard de Cervantès dans le Don Quichotte *(aventures de Mambrin). Mais peut-être est-ce au* XVIᵉ *siècle en Italie que le personnage va connaître sa plus grande fortune littéraire dans les poèmes de l'Arioste* (Roland furieux, *1516 et 1532) et surtout du Tasse qui en fait le protagoniste de son* Rinaldo *(1562) avant de le réutiliser dans un épisode de la* Jérusalem délivrée *(1580). Certes, il y a loin de ce Rinaldo à notre Renaud ; qu'on en juge par ce bref résumé de l'histoire :* « *Renaud, jeune encore et inconnu, impatient de sortir de l'ombre et d'égaler les prouesses de Roland, son cousin, abandonne le château de Montauban et rencontre Clarisse, sœur du roi de Gascogne. Par amour pour elle et par désir de gloire, il se lance dans d'audacieuses entreprises, conquiert par sa valeur son cheval Bayard, son épée Fusberte, son bouclier, sa lance. Floriane, reine*

de Médie, s'éprend du chevalier qui, pour elle, oublie tout
d'abord Clarisse, mais se repent aussitôt et s'éloigne...
Cependant Renaud, rentré en France après de merveilleuses aventures, déjoue les intrigues de ses ennemis et dissipe
les injustes soupçons de sa dame qu'il peut enfin épouser »
(Dictionnaire des Œuvres, t. IV, p. 189 c, Laffont-
Bompiani, 1953). L'épisode de Floriane sera repris et
développé dans La Jérusalem délivrée où, prisonnier de la
magicienne Armide et subjugué par ses charmes, Renaud
oubliera un temps les obligations de la vie chevaleresque.

Retour en France au XVIIe siècle, mais changement de
genre : Quinault écrit une tragédie lyrique en cinq actes,
Armide, inspirée du Tasse où, comme dans les œuvres
suivantes, le personnage féminin prend le pas sur le héros.
Et l'opéra s'en mêle à son tour : Lulli, mais surtout Gluck,
ainsi que Pallavicino, Salieri, Cherubini, Haydn, Rossini
(et quelques autres), de la fin du XVIIe siècle au début du
XIXe, écrivent autant d'Armide. Haendel, lui, sur un
livret inspiré de l'Arioste et du Tasse écrit d'abord en
anglais puis traduit en italien, produira un Rinaldo qui
sera son premier grand succès d'opéra et sera représenté
pour la première fois en Angleterre (1711).

Cependant, au XIXe siècle, on voit apparaître sur le
théâtre populaire breton, parmi les anciens mystères, une
représentation consacrée aux quatre fils Aymon. Et le
cordonnier Giono, père du romancier, homme de peu de
livres mais de grands livres, fait connaître à son fils la
Bible, Dante, Virgile... et Renaud de Montauban, que les
opuscules de la Bibliothèque Bleue continuent de populariser (Geneviève Bollème, La Bibliothèque bleue, coll.
« Archives », Gallimard-Julliard, 1971). L'histoire littéraire inscrit encore sur ses tablettes le drame de Cocteau,

Renaud et Armide (1943). Mais, s'associant à celle des mentalités, elle préfère rappeler que, dans une chorégraphie de Béjart, qui suivit de peu mai 1968, l'histoire de Renaud et de ses frères symbolisait la révolte des fils contre le roi-père et son pouvoir.

Histoire à suivre, donc.

Et puisque nous devons, nous, terminer, que ce soit avec ce texte ouvert de Joseph Bédier évoquant la longue suite des « versions médiévales » de l'œuvre et de « tant de leurs renouvellements que, depuis la Renaissance, l'imprimerie n'a cessé de répandre à travers l'Europe » : « Livre populaire néerlandais publié dès le XVe siècle ; traduction anglaise sortie des presses vénérables de William Caxton ; incunables des non moins vénérables presses lyonnaises ; remaniements scandinaves, allemands, italiens ; contes chevaleresques sans nombre que greffèrent sur le conte primitif Pulci, Boiardo, l'Arioste. […] Chez nous, qui ne se rappelle avoir feuilleté en quelque maison de paysan l'un de ces livres d'Épinal qui redisent la " belle et plaisante histoire " ? Sur la couverture de papier jaune, les fils Aymon, la rondache au bras, casqués de casques de dragons, chevauchent à cru le bon cheval Bayard, de qui la croupe, pour les porter tous quatre, s'allonge démesurément. Il n'y a pas dans les littératures populaires de livre plus populaire et, quand, sur le dernier champ de foire, paraîtra le dernier colporteur, ce sera pour tirer encore de sa balle L'Histoire des quatre fils Aymon, princes des Ardennes, très nobles et très vaillants chevaliers » (Les Légendes épiques, *t. IV, pp. 190-191, Champion, 1929).*

THÈMES ET PERSONNAGES
LA GESTE DES BARONS RÉVOLTÉS

Guerre et paix.

Les chansons de geste sont des épopées guerrières : les sujets en sont toujours des conflits armés et les héros des combattants. Au Moyen Age, dans l'Occident féodal et chrétien, et spécialement pour les hommes de cette terre qu'on appelle déjà le royaume de France, les raisons et occasions de se battre ne manquent pas. Les poèmes qui, sans toujours se référer précisément à l'histoire, même quand ils affirment le contraire, « disent » ou plutôt « chantent » ceux qui mènent ces guerres, prennent comme « matière » les conflits opposant chrétiens et païens (les « Sarrasins », représentants poétiques d'un Islam imaginaire) et ceux qui opposent les chrétiens entre eux : luttes des familles féodales (les « lignages ») entre elles, luttes des vassaux révoltés contre leur seigneur-roi. C'est ce dernier schéma qu'illustre Les Quatre Fils Aymon.

L'ensemble de la société féodale est structuré à la façon d'une pyramide qui s'étrécit progressivement. De la base au sommet s'organise hiérarchiquement un système à plusieurs niveaux : en bas, une masse d'hommes libres tout en étant inféodés à un seigneur, mais dont personne ne dépend ; en haut, un souverain qui ne dépend que de Dieu ; à tous les autres niveaux, des hommes qui sont à la fois seigneur et vassal. L'épopée s'intéresse essentiellement au dernier échelon : ses héros sont les vassaux directs du seigneur suprême et roi.

Qu'il y ait ou non rétrocession d'une terre à « tenir » par le seigneur à son vassal, l'un et l'autre sont liés par un contrat moral qui définit leurs obligations réciproques : le seigneur doit protéger son vassal qui lui doit en retour aide (militaire et financière) et conseil. Chacune des deux parties est fondée à exiger que l'autre remplisse sa part du contrat et habilitée à le dénoncer s'il en était autrement. Mais l'épopée s'est moins intéressée au détail des obligations et des droits du seigneur et du vassal qu'aux relations d'homme à homme qui sont ainsi créées. Les Quatre Fils Aymon *racontent comment l'alliance et l'amitié peuvent faire place à la haine et aux hostilités.*

Quelle est l'origine du conflit ?

Renaud et ses frères vivent à la cour de l'empereur Charlemagne qui les a faits chevaliers. Le neveu de Charlemagne, Bertolai, qui les jalouse, se prend de querelle avec Renaud au cours d'une partie d'échecs : il l'insulte et le frappe. Aussitôt Renaud demande justice à l'empereur qui, au lieu de l'écouter favorablement, l'insulte et le frappe à son tour : à deux reprises, le sang du jeune homme a coulé (ce qui est un cas de rupture de l'hommage vassalique). Renaud se retire alors mais, rencontrant Bertolai sur son passage, il empoigne le jeu d'échecs et l'en frappe mortellement. Une mêlée s'ensuit ; Renaud et ses frères doivent leur salut à la rapidité du cheval Bayard. L'empereur jure alors de les poursuivre à mort et fait prêter le même serment à ses hommes. La guerre est commencée.

La responsabilité du souverain dans l'éclatement du conflit est indéniable. C'est donc parce qu'il s'estime lésé que le vassal se révolte. Le mauvais exemple vient de haut et il est, de ce fait, d'autant plus blâmable : le roi ne doit-il pas idéalement être un modèle ? Mais, d'un autre côté, les feudataires ne sont pas innocents de tout reproche. Ils font la preuve qu'ils renferment en eux les pulsions nécessaires à l'accomplissement d'actes de violence non conformes à la stricte justice.

Quel va être le rôle joué par la force pure dans le déroulement des hostilités ?

Il pourra être important sur le plan matériel des faits, mais le trouvère ne nous laissera pas croire qu'une victoire, si elle est seulement acquise par les armes, indique le bon droit de celui qui l'a remportée. La chanson illustre l'impuissance de la violence à régler les problèmes et la nécessité de lui inventer un autre recours.

Pendant la poursuite du conflit, ce qui sera déterminant, ce seront non pas les péripéties matérielles, mais les dispositions d'esprit des antagonistes. Le point de référence sera toujours le même : la volonté de paix ou l'acharnement à poursuivre la guerre. C'est par rapport à cela que nous pouvons juger les héros.

La loyauté n'est pas toujours respectée. L'empereur commence par s'emparer du château de Montessor par traîtrise. Puis il réédite l'épisode initial du poème où il avait laissé attaquer Beuve d'Aygremont venu lui rendre hommage ; ici il aggrave même son cas en prenant l'initiative de la trahison : Renaud accouru sur son invite pour parler de la paix tombe avec ses frères dans un guet-apens ; ils sont accueillis par une troupe en armes et ne devront leur salut qu'à leur prouesse et au secours de l'enchanteur Maugis. Charlemagne récidivera encore une fois : il attaquera Renaud venu négocier une trêve. En revanche, les quatre frères se montrent irréprochables sur ce chapitre.

Périodiquement la question de la paix se pose. Nous voyons Renaud accueillir favorablement la proposition par Charlemagne d'une entrevue pour en parler : il a la générosité de ne pas tenir compte du procédé peu loyal par lequel l'empereur a réussi à le chasser du château de Montessor ; mais il ne s'agit là que d'une nouvelle ruse. L'initiative suivante, sincère celle-là, est prise par Renaud : au cours d'un combat qui l'oppose à Roland, il le supplie d'intervenir auprès de l'empereur pour qu'un accord soit conclu — promettant de devenir, lui et ses frères, les hommes de Roland et de lui donner le cheval Bayard, s'il se montre un intermédiaire persuasif. Au cours d'un épisode ultérieur de la chanson, l'empereur, grâce aux enchantements de Maugis, tombe au pouvoir des quatre frères ; loin d'exploiter cet avantage, c'est en suppliant que Renaud s'adresse à son prisonnier. Chaque fois, il se heurte à un refus.

Les fils Aymon demandent simplement la réconciliation et la paix avec Charles. Pour les obtenir, ils sont prêts à faire des concessions qui serviraient de compensation à la mort de Bertolai. Renaud va jusqu'à accepter d'être exclu de l'accord, promettant de partir définitivement en Terre Sainte avec Maugis, pourvu que ses trois frères, eux, y soient compris. Mais la bonne volonté ainsi exprimée ne trouve pas d'écho chez la partie adverse. Les propositions faites sont repoussées et remplacées par des conditions inacceptables. L'une d'elles, la remise de l'allié Maugis, est irrecevable sur le plan de l'honneur ; quant à l'autre, que les quatre frères se livrent eux-mêmes à l'empereur, elle est presque un adunaton : *Charlemagne n'est jamais revenu sur son intention de les faire exécuter.*

Bien entendu, la partie qui impose ces conditions sait qu'elles ne pourront que lui valoir un refus. Or elle n'en démord pas : dans la bataille, Renaud affronte Charlemagne sans le reconnaître ; dès qu'il l'a identifié, il réitère ses offres. Il implore la pitié du monarque, insistant sur le fait qu'il n'agit pas sous l'empire de la crainte ni de la nécessité, mais par désir de se réconcilier avec lui. Mais l'empereur rappelle ses exigences qui n'ont pas changé, s'attachant spécialement à la remise de Maugis ; plus tard encore, prisonnier de Renaud, mais supplié par celui-ci, il ne changera pas d'un iota ses prétentions. Il y a là volonté délibérée de prolonger le conflit.

Comment cet acharnement est-il apprécié à l'intérieur même du poème ? Pour se donner libre cours, il doit vaincre certaines oppositions : leur importance a valeur de critique pour la conduite qu'elles stigmatisent. En effet, dans son entreprise, le roi n'est pas seul. Il est entouré de son conseil, composé des hommes qui sont d'autre part les chefs de ses différents corps d'armée. Il a donc besoin d'eux pour mener à bien ses projets ; or ils sont loin de le suivre sans réserve.

C'est même tout le conseil de l'empereur qui lui est hostile à partir du moment où il exprime son intention de poursuivre les quatre frères à mort et où il exige de ses vassaux un serment de s'associer sans réserve à son action. Certes, il compte bien au moins un partisan indéfectible : c'est Aymon, le propre père des fugitifs, pour qui ses fils ne sont rien d'autre que des rebelles à leur seigneur. Mais les autres sont unanimes : ils prêtent à leur corps défendant le *serment exigé, et participent aux côtés de Charlemagne à la guerre parce qu'ils ne s'estiment pas déliés de ce devoir envers celui qui est, même injuste, leur seigneur légitime. Seulement, ils utilisent le pouvoir de fait qu'ils détiennent pour modérer son action et l'amener à réviser ses positions. A plusieurs reprises, ils le mettent en échec. C'est ainsi qu'ils poursuivent — assez mollement au demeurant — les quatre frères ; mais ils se refusent par avance à les lui livrer s'il leur arrivait de les faire prisonniers et promettent une prompte mort à celui qui se risquerait à le faire... Et ils ne s'en cachent pas. Ils portent un jugement politique et éthique sur le conflit lui-même, condamnant l'acharnement de Charles qui voue trop d'hommes à une mort sans raison. Quand Richard se retrouve prisonnier et que Charlemagne se jette sur lui, les barons lui reprochent sa violence et, quand il veut faire exécuter le prisonnier, tous refusent de jouer le rôle de bourreau. Ils menacent même si bien l'exécuteur éventuel qui pourrait se présenter que l'empereur a bien du mal à en trouver un. Roland lui-même est touché aux larmes de la prière que lui adresse Renaud au cours de la bataille. Finalement ce sont tous les barons qui interviennent auprès du souverain pour qu'il se réconcilie avec Renaud. Ils useront de l'arme imparable dont ils disposent : le quitter. Des menaces précises et un début d'exécution le feront céder.*

Continûment donc, la responsabilité de la poursuite du conflit incombe à l'empereur et non au feudataire.

Rencontres entre les antagonistes.

Un certain nombre de rencontres entre les antagonistes constituent autant de scènes attendues dans lesquelles semble devoir se concentrer la quintessence même du conflit objet du chant. L'auteur les ménage soigneusement, se gardant de les multiplier afin de ne pas les dévaloriser. Sauf exception, il s'agit de rencontres au cours de batailles : l'affrontement physique, sous la forme privilégiée du combat singulier opposant les deux protagonistes, se prolonge en une confrontation d'idées et de sentiments avec, pour armes, la parole. Ce sont aussi généralement autant de grands moments littéraires.

L'affrontement personnel n'est pas prémédité. Le roi exprime rarement le souhait d'en finir par une rencontre de combattant à combattant ; il met au contraire l'accent sur la nécessité pour ses hommes de s'engager eux-mêmes dans le conflit. Toutefois, les hasards de la bataille (ou plutôt la volonté de l'auteur) peuvent mettre les protagonistes face à face. S'affrontent-ils en connaissance de cause ? Pas nécessairement, mais le problème de la reconnaissance n'est posé que du point de vue du feudataire comme si sa seule attitude pouvait en être modifiée. De Charles ou de Renaud, il est difficile de dire qui frappe le premier ; mais, dès qu'il identifie son adversaire, le comte exprime son regret d'avoir porté la main sur lui et demande merci. Il renonce donc à frapper de sa main celui qu'il continue de considérer comme son seigneur, même s'il l'estime indigne. Il ne revient nullement en effet à cette occasion sur le jugement qu'il porte sur lui, ni sur le fondement de son droit ; mais il pense qu'il y a des gestes qu'il ne doit pas accomplir s'agissant de lui.

Il n'y a pas là mort d'homme, mais la menace porte plutôt sur la vie du monarque avant que la reconnaissance n'intervienne. Comment Renaud exploite-t-il la situation ? Il se jette aux pieds de l'empereur pour le supplier de faire la paix. Il implore sa pitié et un accord à des conditions très dures pour lui. Charlemagne maintenant ses anciennes exigences, Renaud refuse ; la bataille générale reprend alors son cours.

Cette attitude de respect scrupuleux des règles et obligations qui président à la relation féodo-vassalique fait apparaître la contradiction du personnage, héros révolté mais loyal et en définitive fidèle. Le vrai coupable n'est-il pas alors celui qui l'a poussé à s'engager dans son action et qui lui dénie les moyens d'en sortir ? De Renaud à Charlemagne, jamais le contraste n'a été aussi accentué dans un sens favorable au premier que dans cette scène où le second frappe un homme qui ne veut pas se servir de ses armes contre lui. La générosité est toute d'un côté, la lâcheté est de l'autre de surcroît. En fait, il y a ici beaucoup plus que le respect de la loi, il y a déjà le renoncement de la violence.

Matériellement l'affrontement n'aboutit donc pas. Mais il permet de faire le bilan éthique des héros. Toutefois, si, sur le moment, il semble n'avoir servi à rien de concret, il commence à nourrir un avenir dissemblable de ce que fut le passé. La générosité du héros, la lâcheté et l'acharnement de Charlemagne sont au nombre des facteurs qui vont inciter les barons à durcir leur opposition à l'empereur, ce qui amènera la conclusion. Ce combat est suivi par un duel entre Renaud et, à nouveau, Roland : il se conclut par une entente selon laquelle Roland va suivre de son plein gré Renaud à Montauban, tandis qu'Olivier, également présent, va retourner au camp de Charlemagne — et cela jusqu'à ce qu'un accord intervienne par l'intermédiaire d'Ogier. Finalement, les barons, en particulier les douze

Pairs, décideront de quitter la cour du souverain pour le contraindre à faire la paix.

Une autre péripétie de la lutte met encore face à face les antagonistes. Elle place le feudataire et le roi dans un rapport de forces nettement à l'avantage du premier : l'empereur s'y trouve prisonnier de son vassal. Il n'avait jamais parlé de rien de moins que de faire exécuter ses quatre adversaires et il aurait pendu Richard, qu'il avait fait prisonnier, s'il l'avait pu. Que va faire Renaud ? Il n'y a pas unanimité parmi les siens : un des frères veut tuer Charlemagne. Mais Renaud repousse cette fausse solution : il se réfère à la qualité de « seigneur légitime » qui est celle de son prisonnier et qui n'est nullement effacée à ses yeux par le fait que ce seigneur s'est mis dans son tort. Sa générosité repose sur un raisonnement assez solide : il tient à laisser à son adversaire les torts, et donc la responsabilité dans les hostilités ; en portant la main sur lui, il se rendrait coupable et n'aurait plus le droit de son côté. Aussi, il s'en tient à son attitude antérieure : il prie, accentuant la supplication aux dépens de l'énoncé de conditions qu'il est d'ailleurs inutile de rappeler puisqu'elles n'ont pas changé. Cependant la scène ne répète pas absolument celle de la bataille, l'empereur étant ici entièrement au pouvoir de Renaud. Charlemagne maintenant son exigence de se faire livrer Maugis, Renaud refuse à nouveau sur ce point. L'empereur joue donc de façon odieuse de la générosité même de son adversaire puisque c'est elle qui fait, à la fois, qu'il est prêt à toutes les concessions possibles pour obtenir la paix et, conjointement, qu'il ne peut faire celle qui lui est demandée. Alors, malgré les réticences de Richard, Renaud libère Charlemagne, s'en remettant à Dieu d'assurer la paix.

Il y a plus dans la générosité de Renaud que l'obéissance, même héroïque, à quelque loi que ce soit ; ce qui va au-delà et nous fait d'ores et déjà pénétrer dans l'autre et vrai monde, celui de l'humilité, de l'esprit de sacrifice, de la pietas, c'est de profiter de la présence du roi seulement pour supplier au lieu de contraindre, c'est de renoncer à l'avantage acquis par la force, c'est, voulant obtenir son droit du seul acquiescement dû à la bonne volonté et ne le pouvant obtenir ainsi, de renvoyer libre le seigneur injuste en s'en remettant à Dieu.

A aucun moment, nous ne voyons des scènes parallèles conduites à l'initiative du monarque. Politiquement, c'est bien un point de vue « féodaliste » qui s'exprime, et non pas monarchiste.

Vers le dénouement...

Nous voici au seuil des scènes qui amènent le dénouement, au moment où va décidément se produire la rupture qui constituera la solution à ce qui a été jusqu'alors présenté comme une sorte de cercle vicieux dont les protagonistes se trouvent prisonniers. Tous les épisodes imaginés par le trouvère ne font qu'affirmer, illustrer la même vérité qui prend, d'être répétée, valeur d'évidence indiscutable : la violence ne peut que se reproduire elle-même ; elle est impuissante à régler les problèmes qu'elle a posés. L'auteur montre comment il est quasi impossible de s'en détacher ; car, d'instrument qu'elle était au départ, elle devient vite un mode de pensée, d'action et d'être qui informe tous les aspects de l'existence du héros, alors devenu démesuré. Il lui suffit qu'à chaque moment donné de l'histoire, l'un des deux partis soit sous son inspiration ; ce que dit en effet notre poète, c'est que l'imagination et la volonté d'échapper au cercle vicieux peuvent venir à un des protagonistes parce qu'il en voit le caractère vain et indéfini. Il a aussi l'idée de ce qu'il faudrait faire : renoncer entièrement à la logique de la vengeance qui l'anime ; accepter l'idée de droits et torts partagés et cesser de réclamer une justice qui lui soit uniquement favorable, accepter de faire justice d'abord, d'aller jusqu'à cesser de l'exiger pour soi : c'est-à-dire franchir le cercle de la justice et s'engager dans celui de la miséricorde : prier l'autre au lieu de lui faire violence. Mais cette mutation ne peut réussir que si elle est voulue par les deux partis. En effet, assumée seulement par l'un d'eux, elle le place à la merci de l'autre : le cas limite est celui de Renaud frappé par Charlemagne et ne ripostant pas. Cette attitude peut avoir valeur de symbole à un moment critique, elle ne peut être longuement maintenue. La mort de l'innocent ne saurait constituer une solution. Pour que le changement soit réussi, il faut que s'établisse une solidarité entre les deux adversaires qui vienne se substituer à l'animosité qui les opposait jusque-là. Cela est très satisfaisant sur le plan d'une logique spirituelle. Mais difficile à réaliser : il faut que s'aiment ceux qui se haïssaient. Or, la bonne volonté de l'un, manifestée à plusieurs reprises, se heurte ici, de la part de l'autre, à autant de fins de non-recevoir ; et il est par là même malgré lui rejeté dans le processus de la violence.

Alors comment en finir ou plutôt en sortir ?

Les conseils des barons, unanimes, les propositions et gestes généreux de Renaud se sont révélés impuissants à venir à bout de la colère de Charlemagne et de sa prétention, irrecevable pour des hommes d'honneur, de se voir livrer Maugis. La guerre reprend; elle est dure et longue. Ces nouvelles violences rendent de plus en plus précaires les chances de la paix; elles n'ont en effet jamais un goût de vengeance assez accentué pour les partisans de la poursuite des hostilités et elles risquent de faire basculer dans le camp de la guerre ceux qui se veulent pacifiques mais pourraient bien se lasser de l'être. C'est précisément ce qui semble arriver à Renaud au siège de Trémoigne : les siens capturent le duc Richard, un homme de Charlemagne. Quittant la mesure dont il a fait preuve dans ses démarches avec le camp adverse depuis le début du conflit, peut-être poussé au désespoir par l'échec de ses tentatives pacifiques, il entreprend ce qu'il faut bien appeler une opération de chantage auprès de l'empereur : si celui-ci ne veut pas faire la paix, Richard sera pendu. Geste symétrique de celui accompli autrefois par Charlemagne sur le frère de Renaud qui lui aussi s'appelait Richard. Mais si l'empereur agissait par pure impulsion agressive, Renaud obéit, lui, à un calcul : il pense ainsi faire céder le monarque et ne souhaite nullement exécuter le prisonnier. Il imagine un Charlemagne capable encore d'une certaine forme de loyauté et de sentiments humains. Mais le souverain ne fait pas mine de céder. Ce que voyant, les Paris et l'ensemble des barons passent à l'action. Depuis longtemps déjà, ils menaçaient l'empereur de le quitter; indignés du peu de cas que leur seigneur-roi fait de l'un de ses hommes, éclairés sur le sort qui les attend éventuellement, ils s'en vont. De son côté, Renaud s'indigne de l'attitude de Charlemagne et, non content de ne pas faire exécuter Richard, il implore son pardon pour avoir un moment envisagé de le faire. Une entente s'établit ici entre les deux hommes qui fait bien ressortir la solitude de l'empereur. Tout le monde est contre lui. Le duc Richard va même jusqu'à excuser Renaud de ses velléités de meurtre sur sa personne ; il ressort explicitement de son discours que, pour lui, le vrai responsable de sa mort éventuelle aurait été l'empereur et non pas Renaud, celui-ci ayant été poussé à bout par l'obstination de son adversaire. Peut-on imaginer meilleure façon de présenter Renaud comme innocent de tout ce qui se passe et d'en faire retomber toute la faute sur Charlemagne ? La solitude totale qui, à partir de ce moment, est son fait est encore un mauvais signe. Elle est l'expression d'une réprobation radicale. L'homme féodal, à quelque niveau de la hiérarchie sociale qu'il soit situé, ne subsiste que par et pour le groupe qu'il contribue pour sa part à constituer. Seul, il n'est plus rien, il ne vaut plus rien. N'est-ce pas l'aboutissement logique de la démesure ? Le héros finit par trouver ce qu'il ne savait sans doute pas chercher, mais à quoi il tendait nécessairement : un univers qu'il remplit si bien qu'il en est à la fois le centre, la circonférence et le tout ; il n'y a plus là place pour autrui. Il s'y trouve livré aux seuls sortilèges de son imagination, mais échoue à peupler ce monde. Tout en niant la valeur d'autrui, il tendait sans cesse jusque-là à convaincre les autres de la validité de son jugement. Il ne peut se satisfaire maintenant d'un univers dans lequel il est seul mais qui permet aux autres d'être ailleurs et autrement : ils lui échappent encore ainsi et sa vision totalitaire ne peut s'y résigner. Enfin, et très matériellement, dans le cas qui nous occupe, l'action engagée par l'empereur ne peut être poursuivie sans la coopération des barons et des

Pairs, chefs des corps d'armée qui participent à la guerre contre les frères.

Si Charlemagne cède maintenant, c'est donc contraint et forcé. Il ne retire de ses conditions que l'irrecevable remise de Maugis. Mais il reprend à son compte tout ce qu'avait proposé Renaud. Le pèlerinage qu'il exige revêt une double valeur de pénitence et de bannissement politique. Mais il ne s'agit, pour lui, que d'humilier son vassal et de se débarrasser de lui ; il ne se soucie nullement du salut de son âme. Cet exil sert à manifester une soi-disant culpabilité de Renaud à son égard. L'humiliation réside aussi dans les détails de l'exécution : le comte devra l'accomplir en mendiant et non pas avec le nom et l'apparat qu'il pourrait revendiquer. Charles ajoute une condition supplémentaire qui le montre toujours aussi engagé dans sa vision singulière des événements : il demande que Bayard lui soit livré, le cheval-fée à la place de l'enchanteur ! L'un comme l'autre avaient été pour beaucoup dans la longue survie des frères. Il fera jeter le cheval à la Meuse, geste que les Pairs jugeront être celui d'un fou. Le fait que l'animal échappe est peut-être une satisfaction accordée au public féodal amoureux des chevaux ; il est aussi une condamnation de l'empereur : Dieu et la nature, confondus, refusent d'obéir à qui commet des actes contre nature et, par là même, contraires à la volonté de Dieu.

Renaud accepte les conditions de l'empereur — ce qui montre bien que, pour lui, l'épisode du duc Richard n'a été qu'une parenthèse.

La paix est faite, mais la réconciliation entre les antagonistes n'est pas vraiment acquise ; l'histoire doit donc continuer.

Le pèlerinage que Renaud effectue à Jérusalem n'est

intéressant que du point de vue de la seule narration. Mais il est encadré par des scènes pathétiques qui ne sont pas indifférentes pour comprendre l'évolution intérieure du héros. Lors de son départ, c'est l'adieu ému à sa femme Aélis et, au retour, la violence de son chagrin quand il apprend qu'elle vient de mourir. La coloration sombre de la scène contraste évidemment avec celle, beaucoup plus vive et, somme toute, gaie, du pèlerinage. Ce qui nous retient ici n'est pas tant la tension dramatique créée par l'effort d'Aalard pour dissimuler un moment la vérité à Renaud, que la réaction de ce dernier quand il sait : il rend Charlemagne responsable sinon exactement de la mort d'Aélis, du moins des circonstances dans lesquelles elle a eu lieu. Il emploie le mot « honte » pour désigner l'arroi dans lequel il est parti et la situation de banni que son exil lui a faite; et le poète a recours au mot « haïr » pour exprimer ses sentiments. On voit bien que tout n'était pas fini avec son départ pour la Terre Sainte. On pense donc que tout va recommencer et, cette fois, du fait de Renaud. Or, il n'en est rien. La haine ne fait, semble-t-il, que passer dans son cœur; assez curieusement en effet, après la scène que nous venons d'analyser, il décide d'envoyer ses fils à la cour pour que Charlemagne les fasse chevaliers; et ils y reçoivent, seconde surprise, un accueil chaleureux de la part du monarque qui les salue en faisant l'éloge de leur père. Est-ce façon de nous laisser entendre que, finalement, dans le conflit qui les a si longuement et si durement opposés, ils ont été l'un et l'autre entraînés au-delà de ce qu'ils voulaient réellement ? La réconciliation se ferait donc ici, alors qu'elle n'avait pas eu lieu au moment même de l'accord officiel : Renaud manifestant sa confiance renouvelée dans l'empereur en lui envoyant ses fils, renonçant à raviver la vieille querelle à l'occasion de la mort d'Aélis — Charlemagne parlant en termes louangeurs de Renaud et faisant bon accueil à ses fils, pardonnant donc enfin la mort de son neveu. Mais n'oublions pas qu'au début du poème, il avait ; de la même manière, bien reçu Renaud et ses frères, malgré le vieux différend avec leur père et avec leur oncle Beuve d'Aygremont. Avec les fils, le même schéma ne va-t-il pas être revécu ? Le trouvère va dans le sens de notre anticipation : les fils d'un certain Foucon viennent chercher une mauvaise querelle aux enfants de Renaud ; ceux-ci relèvent le défi. Bien qu'il voie clairement qui a tort en l'affaire, Charlemagne ne s'interpose pas mais autorise un duel judiciaire qui revêt ici son aspect traditionnel de jugement de Dieu : le tort des fils de Foucon apparaît, dès lors qu'ils trébuchent, se heurtant l'un l'autre en se relevant après avoir prêté serment sur les reliques ; ils sont tués dans le combat et, la preuve de leur mauvaise foi ainsi faite, justice est rendue aux fils de Renaud.

Mort et sanctification.

Quand l'épopée est chant de toute une vie, il est normal qu'elle se termine sur la mort du héros. Il peut alors s'agir d'une mort préparée qui constitue le couronnement attendu de l'œuvre ; ce qui intéresse le trouvère, c'est, en ce cas, moins la mort en elle-même, que les circonstances de cette préparation à mourir et les sentiments ou les idées qui guident le protagoniste.

L'action épique requiert normalement le héros de façon continue. Placé dans ces conditions, il n'a guère le temps de se considérer lui-même, il a bien assez à faire avec les difficultés extérieures auxquelles il se trouve en butte. Constamment aux prises avec le « comment-agir », il est, et il vit, au service des fidélités qui sont les siennes : l'honneur personnel, le lignage, le seigneur, le souverain, Dieu, selon les cas. Mais la réflexion qui est très rarement faite, c'est celle qui porte sur les rapports existant entre une fin juste et des moyens violents. Généralement attaqué, le héros positif se voit mis, de ce fait, dans une situation de (légitime) défense. Défense du droit et réaction instinctive du vouloir-vivre se conjuguent alors pour que la mort de l'ennemi soit perçue seulement comme une nécessité que l'on n'a guère à regretter, et la mort de l'ami comme un mal et une souffrance certes, mais là encore inévitables. Il y a peu de place dans tout cela pour le mot et la notion de péché.

Pour qu'ils puissent apparaître, le recul est nécessaire, c'est-à-dire l'arrêt de l'action. Il s'agit alors d'une interrogation radicale et dont on comprend bien que le chevalier ne peut avoir l'idée que par extraordinaire. Elle vise en effet à rien de moins qu'à remettre en cause la valeur et la légitimité du type de vie qu'il a mené constamment — et qu'en fait on voit mal (et lui avec nous) comment il aurait pu ne pas le mener. N'importe qui éprouve un instinctif mouvement de recul devant cette sorte de question.

En paix avec l'empereur, l'avenir paisible de ses fils assuré, Renaud bénéficie d'un de ces moments rares où le héros épique cesse d'être requis par l'action. Alors, sans en discuter avec personne, comme s'il s'agissait d'une décision mûrie de longue date, il partage ses terres entre ses enfants et quitte son château en ne prévenant que le portier. Devant l'étonnement de ce dernier, il explique sa conduite : la mort des milliers d'hommes tombés au cours de la longue guerre contre Charlemagne et dont il se sent responsable, sans distinction de camp, pèse sur sa conscience ; il va donc désormais mener une vie de repentir et de pénitence pour essayer de faire sa paix avec Dieu et de sauver son âme. Cette retraite n'est pas un moyen de se tirer d'une situation difficile ; c'est au contraire, alors que, pour la première fois depuis longtemps, tout va pour le mieux pour les siens et pour lui, qu'il part.

Renaud quitte le monde — et son geste sera plus ou moins bien compris par son entourage — mais il ne pense nullement que tous doivent l'imiter. Il fait même tout ce qu'il peut pour que le cours humain des choses se poursuive comme s'il était encore là, souhaitant seulement qu'il soit plus conforme à la justice et au bien. Mais ce contre quoi il porte la condamnation la plus sévère, née de son expérience même, ce sont les moyens utilisés au service de ce qu'il n'a pas cessé de considérer comme son droit, c'est-à-dire la violence et la mort des autres donnée par l'épée ou par les ordres de guerre, aux siens comme à ceux de Charles. L'accomplissement de la vie chevaleresque met donc l'âme du héros en péril, au point qu'un temps de pénitence lui est nécessaire pour retrouver l'espérance du salut. Imaginerait-il alors (ou l'auteur à sa place) un autre moyen à mettre en œuvre ? Non. Renaud de Montauban n'imagine pas d'autre moyen de faire régner la justice que l'éventuel recours à la force : il recommande à ses frères et à ses enfants de s'aimer les uns les autres, mais avant de quitter le monde, il a pris soin de faire armer chevaliers ses fils.

Et c'est justement là que résident le sens du tragique et, à notre sens, la lucidité du poète. Tout en condamnant la violence comme moralement mauvaise, tout en faisant de son emploi un péché mortel, il n'en considère pas moins son *usage comme inévitable. Nous avons ici l'aboutissement de cette méditation sur la violence — sur sa présence dans le monde, sur ses limites, sur son usage — qui court dans l'ensemble de l'épopée comme un fil rouge à l'envers d'une tapisserie, la violence présentée comme une donnée inhérente à la nature humaine, plus exactement à la nature humaine dénaturée par le péché originel. Le héros de démesure l'utilise pour s'affirmer lui-même contre les autres et contre Dieu. Un effort d'éducation tend à la récupérer en la mettant au service du droit et de la faiblesse, précisément pour l'opposer à la démesure. Est-ce à dire que, dans ces conditions, elle devient bonne ? L'épopée souvent semble le croire et le dire ; elle la présente à tout le moins comme utile, indispensable même : puisqu'il est impensable qu'elle soit éliminée comme instrument au service du mal, elle pourrait être sauvée en se soumettant à une fin bonne.* Les Quatre Fils Aymon, *entre autres, montrent qu'il n'en est rien. Elle n'est pas purifiée par le bon usage qu'on en fait et celui qui l'utilise, si juste que soit son but, si fondées que soient ses raisons, devient lui-même impur. Et pourtant, il faut lutter par la violence contre la violence ; il faut en tout cas commencer par là. Il faut donc que des hommes acceptent de mettre en danger leur âme et pas seulement leur corps, pour le règne de la justice dans le royaume ou pour la gloire de Dieu dans la chrétienté. Les chevaliers sont ceux qui sont chargés d'assumer ces risques mortels.*

Mais l'épopée n'est point damneuse d'âmes. A ces hommes morts spirituellement, il reste d'en devenir conscients et de s'en repentir (il ne s'agit en effet ni de regrets ni de remords) pour retrouver la vie ; si le temps ne leur est pas donné pour le faire, il reste aussi la merci de Dieu qu'ils implorent tous in articulo mortis.

Le repentir de Renaud n'est pas seulement une disposition intérieure. En cela, il garde ce qu'on peut appeler la connivence fondamentale du héros épique avec l'action. Et c'est peut-être la seule affinité que son nouveau genre de vie conserve avec l'ancien.

Dans le poème, un autre héros fait retraite, et pour le même motif : c'est l'enchanteur Maugis qui mourra ermite — l'auteur en profitant pour « christianiser » un personnage que ses accointances avec l'univers de la magie et de la truanderie rendaient quelque peu suspect. Il choisit ainsi le mode de vie religieux considéré comme le plus austère, celui qui a la préférence des héros épiques qui veulent quitter le monde mais que ne satisfait pas la vie de couvent, trop facile selon nos auteurs toujours prêts à aller dans le sens de leur public aristocratique et anticlérical.

Mais cette vie, où la prière et les macérations prennent normalement la première place, est difficile à concevoir pour qui l'a toujours donnée à l'action. Renaud, lui, va s'engager comme ouvrier sur le chantier de la cathédrale de Cologne, déclarant qu'il pense trouver dans ce travail plus d'occasions de sauver son âme qu'à vivre de racines au fond d'un bois. C'est donc à une vie d'activité qu'il se consacre, activité qu'il considère comme sanctifiante, plus que la prière et l'austérité de vie seules. Il faut en souligner aussi le caractère humble : il s'agit d'un travail manuel et même d'un travail très « bas » : il transporte des pierres, c'est la tâche de ce que nous appellerions un manœuvre. Et c'est très exactement ce qu'il aurait considéré comme le plus dégradant du temps qu'il vivait dans le monde. De surcroît, il accomplit ce travail en anonyme, allant jusqu'à *se perdre dans la foule de tous les autres travailleurs et jusqu'à toucher un salaire pour cela, ce qui enlève à son activité, extérieurement, tout caractère d'œuvre pie et méritoire. C'est la sainteté de cette vie, son caractère expiatoire qui importent. Les circonstances et le moment de la mort ne doivent pas requérir notre attention, ou plutôt ne doivent pas être pour le héros l'occasion de sortir de cette humilité qui est devenue la sienne. La mort de Maugis restera ignorée de tous, même de Renaud. Celle de Renaud passera par l'humiliation de l'ignoble : il sera assassiné par les ouvriers du chantier qui lui reprochent de « leur ôter le pain de la bouche » en acceptant un salaire très bas qui lui permet seulement de gagner son « pain de chaque jour ». Mais cette mort n'est pas un fait divers, malgré ses allures de règlement de compte pour des raisons d'intérêt. Les assassins ne sont pas exécutés quand le retour du cadavre avec son cortège de poissons fait découvrir leur forfait ; on se contente de les exiler et, conscients qu'ils ont tué un saint, ils se repentent et amendent leur vie. Ce qui compte dans toute cette histoire, c'est le salut des hommes et leur réconciliation avec Dieu, et le salut des uns mérité par la vie et la mort des autres. Renaud n'est-il pas l'exemple du martyr qui obtient de Dieu le salut de ses bourreaux, à l'image du Christ illuminant Longin qui le frappe ?*

M. C. G. et J. S.

Cette analyse s'inspire de l'ouvrage de Micheline de Combarieu du Grès : *L'Idéal humain et l'expérience morale chez les héros des chansons de geste des origines à 1250* (Aix-en-Provence, 2 vol., 1979). Voir en particulier le chapitre II de la première partie (« Le moi et les communautés solidaires ») auquel divers passages ont été empruntés.

Le texte a été traduit d'après l'édition de Ferdinand Castets : *La Chanson des quatre fils Aymon* (d'après le manuscrit La Vallière), Montpellier, 1909, Slatkine Reprints, Genève, 1974.

Le lecteur désireux d'en savoir plus sur les quatre fils Aymon et les chansons de geste dans leurs rapports avec la littérature et l'histoire médiévales trouveront dans les notes des indications bibliographiques.

Les Quatre Fils Aymon

ou

Renaud de Montauban

Seigneurs, voici une haute et noble chanson, et les faits qu'elle rapporte sont authentiques ; jamais, de toute votre vie, vous n'entendrez raconter plus belle histoire [1]...

Le duc Aymon de Dordone [2], un noble chevalier, était venu à la cour [3] de l'empereur Charles [4] pour lui présenter ses quatre fils qu'il aimait tendrement : Aalard, Renaud, Guichard et Richard. La duchesse, leur mère, avait veillé à ce qu'ils portent de somptueux manteaux d'écarlate brodés d'or. Montés sur des chevaux rapides et endurants, ils avaient quitté Dordone, escortés de quatre cents chevaliers et avaient fait force journées à travers les campagnes fertiles jusqu'à Paris. L'empereur au fier visage se tenait dans son palais, en compagnie de Galerant, Naime et Ogier ; sept [5] rois l'entouraient, couronne en tête (au nombre desquels Salomon de Bretagne, Désier de Pavie et le valeureux roi de Hongrie), et pas moins de quatorze archevêques sans compter tous les autres prélats. Depuis son couronnement, jamais il n'avait présidé à une telle fête ; jamais la liesse n'avait été si débordante dans les vastes salles du palais. Allemands, Bavarois, Normands, Anglais, Bretons, Picards s'y divertissaient avec entrain ; jamais non plus, vous pouvez m'en croire, Paris n'avait vu, rassemblés aux rives de la Seine, tant de grands de ce monde. Et la joie de tous, humbles et puissants, faisait écho à celle de la Pentecôte que l'on célébrait ce jour-là.

Mais ce jour de joie va devenir jour de deuil et de colère[6] pour tous ceux qui voient le duc de Dordone, les cheveux blanchis par l'âge, mettre pied à terre au perron[7] en compagnie de ses quatre jeunes fils et pénétrer avec eux dans le palais. Les jeunes gens s'arrêtent devant le trône[8] où siège le roi, tandis que leur père s'avance pour le saluer :

« Que le Dieu tout-puissant, régnant en majesté, qui créa Adam et Ève du limon de la terre, bénisse et sauve le plus grand roi qui fût jamais en terre chrétienne et au monde, ainsi que tous les barons ici autour de lui ! Seigneur, voici mes quatre fils : ils sont beaux et ils ont la force et toutes les qualités pour devenir vos hommes, si vous le voulez.

— Soyez le bienvenu, Aymon, répond aussitôt Charles. Bénie soit l'heure où vous les avez engendrés ! Je les prendrai volontiers à mon service et je les ferai chevaliers à la Noël : ne comptent-ils pas au nombre de mes parents et de mes amis ?

— Mille mercis, seigneur », fait le duc.

Alors Renaud s'avance et s'agenouille devant Charles, notre empereur, qui s'empresse de le relever en le baisant aux lèvres[9] :

« Oui, mes enfants, par amitié pour vous, je vous armerai chevaliers à Noël[10] ; vous pouvez y compter.

— Que Dieu vous en sache gré, seigneur », dit Renaud.

Et les jeunes gens s'associent à la liesse qui régnait dans tout le palais, chantant et prenant part aux jeux divers.

Mais ce jour de joie va devenir jour de deuil et de colère.

Hélas, nous le savons maintenant, l'empereur aurait été mieux inspiré de faire brûler les quatre frères en feu de bruyère ou de charbon, quand on pense aux sujets de douleur et de colère qu'ils lui ont donnés par la suite ! Ils ont ravagé ses terres et lui les a pourchassés hors de France ; à son insu, ils ont construit un château fortifié sur un sommet dominant la Meuse en Ardenne, dans un site bien choisi, et lui les a poursuivis jusque-là, faisant force d'éperons, les contraignant à fuir en Gascogne où le puissant roi Yon les a pris à son service.

Oui, c'est une chanson qui vaut la peine d'être dite ; jamais vous n'en avez entendu de plus belle, je vous en donne ma parole.

Au petit jour, dès qu'on commence d'y voir clair, Charles, notre empereur, se lève et s'habille comme il convient à un aussi noble baron. On n'aurait pas trouvé son pareil dans la grande salle où pourtant se pressaient en foule rois et comtes, seigneurs et pairs, évêques et abbés. Il interpelle Renaud, le fils Aymon[11] :

« Le moment est venu de vous armer chevalier, vassal[12]. »

Il fait apporter un haubert[13], qui brille de tout son éclat, dont le noble Renaud se revêt. Puis il le coiffe d'un heaume[14] de grand prix, tandis qu'Ogier lui ceint l'épée[15] et que Naime lui attache les éperons ; enfin, c'est le roi Salomon qui lui administre la colée[16] :

« Tiens, lui dit-il, et que Jésus te protège ! Que le Dieu tout-puissant, maître du monde, te conseille ! Et prends bien garde de toujours rester fidèle à ton seigneur[17].

— Dieu fasse que je demeure toujours dans le devoir pour que mon seigneur puisse, lui, me garder son amitié ! »

C'est ainsi que Renaud fut armé chevalier. On lui amène alors, sellé et bridé, Bayard, un cheval-fée[18] unique au monde. Il se met aussitôt en selle, le bon vassal, écu[19] suspendu au cou, lance au fer bien acéré en main, cependant que l'empereur Charlemagne, le puissant roi couronné, arme chevaliers les trois autres frères en présence des barons.

C'est à la Pentecôte[20], à la belle saison, qu'il les arma chevaliers et leur donna bons chevaux et épieux[21] émaillés de noir. Puis il interpelle ses Français[22] :

« Dépêchez-vous d'aller dresser une quintaine[23], barons ! Nous y mettrons à l'épreuve nos nouveaux chevaliers ; nous verrons comment ils savent frapper de l'épée. »

Aussitôt, s'empressant d'obéir aux ordres, tous les barons sortent de la ville et gagnent les prés qui bordent la Seine où on dresse la quintaine. Humbles et puissants — et pas moins de sept rois dit la chronique — s'y pressent en foule. Renaud y était, montant le cheval Bayard, et Aalard et Guichard qui avaient garde de rester en arrière, et Richard, le plus jeune, brave comme un lion[24]. Les voilà tous d'un seul élan, rassemblés sur la berge, au milieu des Français, des

Bourguignons, des Normands, des Picards, des Flamands et des Bretons. Charles prend Renaud par la main :

« Joutez donc, vassal, nous vous le demandons. Frappez la quintaine, que nous voyions ce dont vous êtes capable.

— Je m'en remets à Dieu », répond-il.

Normands et Bretons se succèdent, nombreux ; mais aucun ne réussit à ébranler le mannequin. Alors, Renaud, le fils Aymon, celui de Dordone, charge au galop de son cheval, brandissant son épieu acéré. Le coup frappe le mannequin, transperçant le bouclier, et fait tomber le poteau à la renverse en l'arrachant du sol, aux yeux de tous. A cette vue, Charles se réjouit en son cœur :

« Vous avez l'étoffe d'un preux, Renaud. Personne n'a jamais mieux mérité que vous de chausser les éperons. Je vous ferai sénéchal [25] de tout mon royaume.

— Merci, cher seigneur, et moi, je vous servirai fidèlement et sans discuter. »

La joute est finie puisque la quintaine est brisée. La gloire en revient au franc Renaud, le fils Aymon. Notre empereur, l'emmenant avec lui ainsi que son père et ses trois frères, regagne sans tarder le palais où la fête bat bientôt son plein. Il y fait largesse [26] de vair et de gris [27], Aymon de chevaux de selle et de bât et Renaud de vêtements de grand prix : humbles et puissants vantent ses mérites et Charles de Saint-Denis s'en réjouit au nom de l'amitié qu'il avait pour son père et pour tous leurs bons amis.

Ceux-ci sont nombreux à la cour, soyez-en assurés,

mais avant deux jours, Renaud et ses frères auront bien besoin d'eux.

Le lendemain, dès le lever du jour, Charles au fier visage réunit sa cour. Renaud et le marquis Aalard assurent le service du vin. Guichard et le preux Richard celui du pain. La table croule sous les viandes[28] — gibiers divers, cerfs bien gras — et les boissons — vins nouveaux ou épicés. Tous les chevaliers bénissent Charles de Saint-Denis, car il y a longtemps qu'ils n'ont pas été conviés à pareil festin. Après manger, ils se lèvent de table et se répandent dans la salle, joyeux, se divertissant à toutes sortes de passe-temps.

Mais après la joie, vont venir le deuil et la colère.

Au nombre des joueurs d'échecs[29], Renaud et Bertolai, le neveu du roi, installés à une table de marbre gravé, ne sont pas en reste. Or voici que la partie tourne mal : Bertolai s'emporte et, perdant son sang-froid, traite Renaud de menteur et de scélérat, il le frappe au visage, faisant couler son sang. A cette vue, Renaud ne se connaît plus, il se retient à grand-peine de mettre à mal son partenaire. Se jetant aux pieds du roi, il le supplie :

« Votre neveu m'a frappé au sang, noble empereur. Faites-moi justice de lui. »

Mais cette demande ne fait qu'irriter Charles qui lui répond qu'il n'est qu'un lâche, un pleutre. Alors Renaud, s'entendant insulter ainsi devant toute la cour, rétorque aussitôt :

« Pourquoi vous mettre en colère contre moi ? Mais, soit, laissons cela de côté. En revanche, parlons donc de la mort de mon oncle que vous avez fait tuer[30]. Je vous demande justice pour lui au nom du Dieu créateur. Mes autres oncles et mon père ont fait la paix avec vous à ce sujet, mais moi, je n'y consentirai jamais, seigneur roi ! »

A ces mots, l'empereur s'emporte à son tour et, levant son gant, il en frappe Renaud, faisant couler à terre son sang vermeil [31]. Se voyant ainsi blessé, celui-ci fait immédiatement demi-tour. Au milieu de la salle, Bertolai est sur son passage. Empoignant un échiquier, il lui en porte un coup si violent qu'il lui fait jaillir les yeux des orbites et qu'il lui défonce le crâne. Bertolai s'écroule à terre, raide mort. Des cris s'élèvent de tous côtés dans le palais, tandis que Charles prend Dieu à témoin du meurtre :

« Emparez-vous de lui, barons ; il sera pendu sur l'heure. »

Vous imaginez les affrontements qui s'ensuivent. On n'y compte plus les coups portés et reçus, les vêtements déchirés, les touffes de cheveux arrachés, les barons blessés. Sans ses parents, c'en était fait de Renaud ; il était pris et mis à mort. Mais, grâce à eux, et mettant à profit la confusion qui régnait pour s'enfuir, il réussit à sortir de Paris, monté sur Bayard l'endurant, avec Aalard, Guichard et Richard.

Jamais Charles ne pourra mettre la main sur eux pour sa plus grande colère et son plus grand deuil.

Les quatre comtes regagnent Dordone leur pays, à marches forcées. Ils y retrouvent leur mère qui les chérissait tant et lui racontent ce qui vient de leur arriver.

« Hélas, malheureux, leur dit-elle, pleurant sous le coup de la douleur, ils tueront votre père s'ils le trouvent. Mais, pour vous, partez, mes chers enfants, au nom du Dieu tout-puissant. Tout ce qui est à moi, est à vous : servez-vous largement ; et prenez soin d'éviter toutes les rencontres.

— Nous ferons comme vous dites. »

Au départ, Renaud pleure de tendresse. Les quatre barons quittent Dordone emmenant avec eux trois cents chevaliers, et s'enfoncent au cœur de la forêt d'Ardenne. Sur une montagne dominant la Meuse, à un endroit où la rivière coule en torrent au fond d'une vallée encaissée, ils construisent une citadelle où ils vont passer sept ans à l'insu de Charles.

[Mais il finit par l'apprendre et convoque son armée pour attaquer le château.]

L'empereur au fier visage est à Laon où il a fait rassembler une armée de combattants aguerris. Dès le lever du jour, il fait commencer les préparatifs : rapidement, on charge mulets et chevaux de bât. Gui de Montpellier commande l'avant-garde et Simon le messager assure la liaison avec le gros de l'armée ; ils doivent épier Renaud en remontant la rivière. Cependant, Charles met en garde Richier le bon vassal, Gui de Beaufort, le comte Rénier, Richard de Normandie et Naime de Bavière : qu'ils se méfient quand ils seront dans les parages des Espaux : « Des fées[32] hantent le défilé, vous ne l'ignorez point. Nous pourrions bien y tourner en rond pendant sept ans et Renaud, lui, serait tranquille. »

Deux trompettes et un cor sonnent le départ. Le gros de l'armée se met en route sans se soucier des chemins tracés. Des hommes à pied poussent devant eux mulets et chevaux de bât, tandis que tous les grands seigneurs qui vont participer au combat chevauchent en rangs serrés, chacun sur son destrier [33]. A travers bois et campagnes, ils vont d'une traite jusqu'aux Espaux qu'ils traversent sans encombre, malgré les craintes de l'empereur. Au-delà, ils n'ont plus sujet que de se réjouir : le chaud soleil du Bon Dieu brille et ils sont en vue de Montessor sur son rocher fortifié. Or, les trois frères de Renaud revenaient justement de chasser dans les futaies profondes de la forêt d'Ardenne. Richard portait un cor en ivoire — on l'appelait Bondin [34] — auquel Renaud tenait beaucoup. Et leur troupe ne comptait pas moins de quatre-vingts chevaliers. Ils ont la surprise d'apercevoir, devant eux à main droite en direction de la rivière, l'armée royale.

« Par Dieu, cher seigneur, qui peut bien commander ces chevaliers ? demande Richard à Bérenger. J'ai entendu raconter l'autre jour par un pèlerin qui revenait de Saint-Jacques en Galice [35] que l'empereur s'apprêtait à marcher contre nous. En tout cas, c'est ce qu'il a dit à Renaud et à beaucoup d'autres. A mon avis, c'est son avant-garde. Passons par là et allons demander ce qu'il en est. »

Aussitôt, ils piquent des deux et mettent leurs chevaux au galop. Au pied de la montagne, ils tombent sur Gui qui chevauchait en tête.

« Qui sont ces chevaliers, seigneur, je vous prie ? lui demande Richard.

— Pourquoi le cacher ? Nous sommes des hommes de Charles, le roi puissant et juste, et nous allons en Ardenne assiéger un château que les fils Aymon ont fait construire sans son aveu. Que de tracas et de peines ils nous causent, les maudits !

— Et moi, je suis à leur service et, comme tel, prêt à défendre cette terre contre vous. Je n'ai que de la haine pour qui me tient un langage tel que le vôtre. Par Dieu, vous allez me le payer cher ! »

A ces mots, il éperonne son cheval et frappe Rénier sur le bouclier qui pendait à son cou : la lance le fend et le transperce au niveau de la bosse d'or qui en marquait le centre ; elle pénètre jusqu'au cœur et ressort par le dos, de toute la longueur de son fer, démaillant et faisant éclater la cuirasse. Rénier tombe mort à bas de son cheval [36] et Richard prend, par sa bride rehaussée d'or, le cheval du vaincu qu'il confie à un écuyer. Alors, les chevaliers des deux partis se jettent les uns contre les autres. Quelle mêlée farouche ! Que de cottes démaillées et rompues ! Que de morts s'abattant en tas les uns sur les autres [37]. Le reste de l'avant-garde n'a pas le temps d'intervenir : les hommes de l'empereur sont tous vaincus et tués.

Un messager lui en apporte la nouvelle.

« Seigneur, je vous apporte une mauvaise nouvelle : les fils du vieil Aymon n'y vont pas de main morte ; ils ont interrompu votre avance en vous coupant la voie et Richard vous a tué le brave comte Rénier.

— Dieu, dit l'empereur, le premier coup est pour eux ! Pour qui sera le prochain, je me le demande ? »

[*Comme l'issue du premier engagement le laissait pressentir, les choses ne vont pas être faciles pour l'empereur. Le siège devant Montessor s'éternise ; des tentatives de négociation échouent. Les combats ne sont pas décisifs.*

Aussi, Charles décide d'avoir recours à la trahison : un de ses hommes, Hervé, lui promet d'obtenir la reddition de la place, mais sans expliquer comment il compte s'y prendre.]

Le traître revêt ses armes : il enfile sa cotte de mailles, lace son casque renforcé, ceint l'épée marquée du poinçon sarrasin ; à son cou pend un bouclier peint à fleurs et il tient en main un épieu solide orné d'une oriflamme de couleur vive. Après avoir pris congé des hommes de Charles, il quitte le cantonnement, monté sur un cheval arabe[38] qui le mène rapidement jusqu'au château du côté de la tour de guet[39]. Interpellant ses occupants, c'est en ami qu'il prétend leur parler :

« Laissez-moi entrer, au nom du Dieu créateur. Je me suis pris de querelle avec l'empereur Charlemagne à cause des fils Aymon : il veut leur défaite et leur honte, et la colère m'a pris à l'entendre parler ainsi. »

Ces propos mettent la joie au cœur des gens de Renaud qui ouvrent à l'homme la porte donnant sur le pont principal. On le désarme au perron devant la tour. Ce fut folie de l'introduire dans la place. Quelle peur il va bientôt leur causer à tous !

Les fils Aymon, et Renaud en particulier, s'empressent de l'interroger :

« Dites-moi ce qu'il en est : l'empereur a-t-il l'intention de prolonger le siège ?

— Le temps lui dure, sur ma foi ; et la pluie et le vent n'arrangent pas les choses. Deux mois encore et vous les verrez faire demi-tour. Toutes les chances de victoire sont de votre côté. Nous poursuivrons l'armée dans sa retraite et ce sera tant pis pour Charles.

— Voilà qui me redonne confiance. Leur départ me

comblerait de satisfaction. Si je réussis à en venir à bout, vous pourrez compter sur ma reconnaissance. »

L'heure du dîner vient interrompre la conversation. Après quoi on offre à Hervé un lit somptueux. Fatigués et courbatus par la chevauchée, les chevaliers se couchent et s'endorment aussitôt.

Ce fut deuil et malheur !

Car Hervé ne dormait pas, lui, le traître ! Le renégat ! le Judas ! Il se lève, revêt ses armes et parvient, trompant la vigilance des sentinelles, à abaisser le pont-levis, en pénétrant dans la bretèche qui défendait l'entrée après avoir tiré les verrous de la porte ; de là, à l'aide d'une lime et d'une scie, il vient à bout des anneaux où sont engagées les chaînes qui tombent alors d'elles-mêmes[40].

La trahison est consommée. Ce fut deuil et malheur !

Cependant, l'empereur de Rome[41] ne perd pas son temps. Il confie le commandement de cent chevaliers aguerris à Gui de Bourgogne. Tout à la joie de porter l'enseigne du roi, celui-ci galope jusqu'au château où Hervé, le traître, le scélérat, le fait entrer sans plus de difficulté, lui et ses hommes, par la porte donnant sur le pont. C'en était fait des habitants du château.

Voici pourtant comment Dieu leur vint en aide[42]. Les palefreniers, qui avaient trop bu, avaient négligé d'attacher le cheval d'Aalard avant d'aller se coucher ; et le bruit qu'il faisait en agaçant les autres chevaux finit par réveiller Guichard, puis Aalard et Richard. Aussitôt levés, ils constatent que la porte principale de la salle n'était pas fermée au verrou. Cottes de mailles et casques brillent au clair de lune, mais Hervé n'est pas dans son lit et son absence ne laisse pas de les surprendre. Renaud s'éveille à son tour tandis qu'Aalard se prend à crier :

« Au secours, Sainte Vierge ! Trahison, Renaud ! Hervé nous a trahis, le scélérat, le parjure ! Ils sont déjà cent dans nos murs ! »

A ces mots, Renaud, saisi d'effroi, se dépêche de s'habiller tout en criant à ses frères de s'armer ; les voilà casque en tête. Mais ils ne peuvent guère compter que sur une trentaine d'hommes. Tous les autres dorment encore, dispersés dans le bourg.

Ce fut deuil et malheur ! Il faudrait un miracle pour les sauver.

« Faites vite, seigneurs, dit Renaud à ses frères. Si le feu prend au palais, personne n'en sortira vivant. »

Cependant, Hervé remonte bride abattue les rues du bourg. Ceux qui sont avec lui fouillent toutes les maisons, l'épée à la main, massacrant tous ceux qu'ils y trouvent couchés. Trente-cinq chevaliers y perdent la vie. Au milieu des cris et du tumulte, l'assaut est donné. Ce ne sont que portes enfoncées, maisons saccagées. On ne voit que boucliers transpercés, cuirasses tordues, démaillées et rompues. On met le feu aux rues ; le marché brûle et les flammes ont vite fait d'embraser le corps principal du palais.

A cette vue, Renaud, saisi d'effroi, hèle ses frères, et les gardant groupés autour de lui, il les fait descendre sans bruit par la fausse poterne.

Dieu ! Quel excès de douleur et de pitié pour lui !

Avec ses frères, il réussit à sortir de l'enceinte fortifiée sans attirer l'attention, tandis que le bourg et le donjon sont la proie des flammes et que tous ceux qui s'y trouvaient y périssent. Pendant ce temps, les écuyers se battent courageusement. Regroupés autour de la fausse poterne, ils réussissent à en interdire l'accès aux assaillants ; tous ceux qui tentent d'y pénétrer de force y perdent la vie. De son côté, le traître Hervé rassemble les siens et les mène tout droit à l'entrée du souterrain où des combats acharnés mettent aux prises les deux partis. Le vacarme en parvient à Renaud :

« Nous serions des lâches, si nous nous enfuyions en cachette, dit-il à ses frères. Nos gens se battent, je les entends ; s'ils meurent sans nous, nous sommes déshonorés. Conduisons-nous plutôt en braves et allons tous les secourir au tranchant de l'épée. »

Aussi, remontant la pente, ils regagnent tout droit l'entrée du souterrain et se lancent dans la mêlée. On ne compte plus les coups échangés, les pieds, les poings, les têtes coupés ! Mais enfin, les traîtres ont le dessous ; Aalard réussit à fermer la porte en tirant la barre qui sert à la verrouiller. La témérité d'Hervé et de ses hommes fait qu'ils se retrouvent prisonniers à l'intérieur de l'enceinte. Alors, que de lances brisées, de boucliers transpercés, de cottes de mailles rompues et mises en pièces ! Que de blessés et de morts, gisant au milieu des rues ! Tous les assaillants sont tués sauf Hervé et neuf de ses hommes qui se rendent à Renaud. Le vainqueur, sans vouloir perdre de temps — et il eut bien raison ! —, fait monter les prisonniers au sommet de la colline, ordonne d'y dresser un gibet et les fait pendre sur l'heure côte à côte tous les neuf. A côté d'eux, il accroche l'enseigne de Charles, pour la douleur et la colère de l'empereur. Quant à Hervé le traître, on le mène au milieu de la place entre quatre chevaux robustes. Voici le supplice qui lui est réservé, je n'invente rien : on se saisit de lui, on lui attache aux poignets et aux chevilles de longues sangles qui vont servir de traits pour atteler les chevaux. Quatre valets se mettent en selle et les éperonnent. Il ne faut pas longtemps pour que le traître périsse écartelé [43]. Puis on élève un bûcher avec les débris laissés par l'incendie, et on y met le feu : le cadavre y est brûlé et ses cendres dispersées au vent [44] à portée de vue de l'empereur.

« Par la croix de Dieu, s'exclame-t-il en laissant éclater sa rancœur, quelle honte ! Les chiens ! J'aurais mieux fait de réfléchir avant de les armer chevaliers ! Mais je pensais qu'il m'en reviendrait de l'honneur. Et voilà qu'ils ont tué mon neveu, pendu mes hommes et accroché mon enseigne à côté sur le gibet ! Oui, quelle pitié et quelle honte ! Mais, par saint Pierre, je n'aurai de cesse de le leur avoir fait payer cher.

— Sur ma tête, seigneur, lui dit Fouque, le droit est de votre côté. Renaud a perdu toute mesure [45]. Jamais il n'aurait dû suspendre ainsi votre enseigne. C'est le geste d'un fou.

— Certes, approuve Naime, c'est un acte indigne ! Et que je réprouve de toutes mes forces ! Regardez, mais regardez donc, comme elle se balance au vent. »

L'empereur, au contraire, baisse la tête, gardant les yeux fixés à terre : pour rien au monde il ne voudrait voir plus longtemps ce spectacle.

Cependant Renaud et ses frères sont rentrés au château.

« Écoutez-moi, seigneurs, dit Renaud ; je fais appel à vos conseils, si vous avez une idée. Les choses ont bien tourné pour nous par la croix de Dieu, mais j'ai échappé de peu à la mort. Ce château, où nous avons connu la joie et l'abondance, est maintenant en triste état. Le feu et les hommes d'armes l'ont ravagé de fond en comble. Nous y avons perdu le vin, l'avoine et le blé dont il regorgeait. Y rester plus longtemps serait folie. Partons donc, si vous croyez comme moi que cela vaut mieux.

— Nous sommes d'accord, font-ils, et vous pouvez compter sur nous, nous ne vous ferons pas défaut. »

Ils confient alors aux écuyers le soin de préparer le convoi et d'effectuer le chargement des chevaux, cependant qu'eux-mêmes vont s'armer. Revêtus de leurs cottes de mailles, casques en tête, épées ceintes au côté gauche, ils attendent la tombée du jour.

« S'il vous plaît, barons, dit Renaud, soyez prudents. Combien sommes-nous ici de chevaliers ?

— Environ six cents, dit Guichard.

— Nous sommes donc assez. »

Dès le soleil couché et la nuit tombée, on ouvre les portes et on amène Bayard par la bride à Renaud qui sort de l'enceinte à la tête des barons, non sans s'attarder un moment, le sage, le vaillant, à regarder son château :

« Loué et béni soyez-vous ! Vos murs ont cinq ans maintenant. J'y ai connu richesse et abondance. Ce m'est deuil et colère de devoir vous quitter ! »

De douleur, il est près de défaillir.

« Ma foi, seigneur, vous avez tort, dit Aalard. Ce maudit château n'en mérite pas tant et avant deux mois vous en aurez retrouvé un qui vaudra mieux. Croyez-moi, il sera temps de pleurer quand il n'y aura plus rien

Les frères à nouveau fugitifs

à faire. Pour le moment, pensez plutôt à chevaucher et vite [46] !

— Je reconnais bien là votre amitié, mon frère. Allons, que le convoi se mette en route ! »

A ces mots, ceux du château se rassemblent et s'ébranlent. Ils parviennent jusqu'aux hommes de l'empereur sans se faire voir. Mais alors, que de coups échangés, de cuirasses démaillées et brisées, de cadavres sans têtes, de corps sans vie ! Une fois le convoi passé, les gens de Renaud se réjouissent, cependant que les partisans de Charles lui annoncent que les fils Aymon ont réussi à sortir de l'enceinte. Il ordonne de les poursuivre. Aussitôt, on démonte tentes et pavillons [47] et on charge à toute allure les chevaux de bât.

C'est au pied d'un pic élevé que commença la poursuite.

Les fils Aymon s'en vont, partagés entre la douleur et la colère, laissant derrière eux leur château sur son rocher fortifié, conformément à la sage et courageuse décision de Renaud qui fait avancer devant lui écuyers et valets bien regroupés en rangs serrés.

« Faites vite, dit-il à ses frères, les Français arrivent. Ils sont tous là en armes. Guichard et Aalard, emmenez le convoi. Richard et moi, nous allons rester ici pour les retenir. »

De son côté, Charles, notre empereur, n'est pas resté en arrière. Armé de pied en cap, il galope à la poursuite des comtes, ainsi que tous ses puissants barons, Ogier le Danois, Naime le vétéran, Fouque de Morillon et bien d'autres.

« Avec l'aide de Dieu, je vous attraperai, scélérats ! s'écrie-t-il. Vous n'arriverez pas au bout de votre chemin. Le jour de votre mort, à tous les quatre, est venu.

— C'est ce qui vous trompe, seigneur, s'il plaît à Dieu et à mon cheval Bayard, dit Renaud. En tout cas, je vendrai chèrement ma vie ! »

Et brandissant sa lance au fer robuste, il fait faire demi-tour à son cheval et charge l'empereur. Mais Huon le Bavarois s'interpose et c'est lui que vient frapper Renaud. Asséné de main de maître, le coup transperce le bouclier qu'il fait voler en pièces. Le fer traverse la poitrine et ressort par le dos, brisant la cuirasse au passage. Huon tombe mort à la renverse, aux pieds de l'empereur. A cette vue, Charles ne se connaît plus de douleur et de colère :

« Emparez-vous de lui, barons », hurle-t-il.

Mais Renaud les évite et réussit à les distancer, s'efforçant de rejoindre au plus vite ses compagnons. Charles et ses puissants barons les poursuivent quatorze lieues durant, sans pouvoir les serrer d'assez près pour engager le combat, sans pouvoir leur infliger la moindre perte ; finalement les fils Aymon traversent un fleuve à gué et reprennent aussitôt leur chemin en direction du défilé des Espaux. Ce que voyant, Charles se retourne et ordonne à ses hommes de suspendre la poursuite :

« Cela suffit, barons ; nos chevaux n'en peuvent plus. Renaud va entrer dans la forêt d'Ardenne, là nous ne pourrons pas mettre la main sur lui, même si nous y passons le reste de nos jours. Qu'il aille à tous les diables ! Installez-vous pour la nuit au bord de cette rivière. L'herbe y est verte et fraîche, les chevaux auront de quoi pâturer ; et il y a largement assez de place pour dresser les tentes et les pavillons. »

Ogier et le vétéran Naime tiennent l'étrier à Charles qui met pied à terre, tout à sa colère et à sa douleur, cependant que Guinemant et Guivret montent sa tente. On installe pavillons et abris de branchages, on allume les feux. On prépare le repas de l'empereur : le voilà logé à bonne enseigne.

Pendant ce temps-là, Renaud a passé le fleuve avec ses hommes et, Dieu merci, s'est mis hors de portée de l'empereur. Après avoir franchi une montagne et traversé la large vallée en contrebas, il met pied à terre sous un olivier[48]. Une source y jaillit qui s'écoule sur un lit de sable fin et le foin y pousse dru. Devant la beauté du lieu et les ressources qu'il leur offre, les quatre comtes arrêtent leurs chevaux : « Seigneurs, dit Renaud, voilà un bon endroit pour bivouaquer. » Sergents et écuyers sont les premiers à mettre pied à terre pour s'occuper des armes des chevaliers. Mais si les chevaux peuvent paître et se reposer tranquillement, les hommes n'ont pas de quoi manger.

Tous passent la nuit en armes, les éperons aux pieds, l'épée au côté. Le lendemain, dès qu'on commence d'y voir clair, Renaud et ses hommes sont debout. Il leur ordonne de se préparer sans tarder : on charge aussitôt mulets et chevaux et tous s'enfoncent au cœur de la forêt d'Ardenne ; ils n'ont plus rien à craindre jusqu'au défilé des Espaux.

Cependant, Charles quitte sa tente en compagnie de Naime le Bavarois pour aller faire un tour au bord de la rivière :

« Que faut-il faire à votre avis, Naime ? interroge l'empereur.

— Nous en retourner, si vous m'en croyez, seigneur, par saint Richier. »

La prairie est belle et la rivière large, là où nos Français ont passé la nuit. Ducs et comtes vont au-devant du roi :

« Qu'allons-nous faire, seigneur ? Quelle est votre décision ?

— Arrêtez la poursuite, barons, et, au diable Renaud ! Rentrons tous ! Que chacun regagne ses terres. Mais, surveillez bien le pays, je vous le demande et je vous l'ordonne. Si les scélérats y mettent le pied, je compte sur vous : pourchassez-les à outrance jusqu'à ce qu'ils s'avouent vaincus. »

Ainsi, notre empereur a donné l'ordre de lever le camp. Il retourne aussitôt à Paris, tandis que les barons rentrent chez eux, heureux de retrouver leurs domaines. Aymon aux cheveux blancs s'en va lui aussi ; mais il franchit la montagne et arrive à l'endroit où ses fils ont fait étape auprès de la source ; les suivant à la trace, tout à son chagrin, il pénètre dans la forêt d'Ardenne. La piste aboutit au pied d'une montagne ; les quatre jeunes gens, les vaillants, s'y reposaient à l'abri d'un rocher couvert de fleurs après avoir veillé toute la nuit. Deux de ses hommes préviennent le duc qu'ils sont là :

« Hélas, dit-il, dans quelle situation ils me mettent, les scélérats ! Si je les laisse s'échapper maintenant, me voilà parjure : j'aurai manqué de parole à Charles ! Dieu me damne ! Ça ne se passera pas comme ça ! Mais aussi, pourquoi n'ont-ils pas fui ? Il faut que la malchance et le malheur s'acharnent sur moi ! Hélas !

Si mes fils meurent dans la bataille, je sais d'avance quelle douleur j'en aurai !

— Que dites-vous là, seigneur ? fait Hermenfroi. Ne vous êtes-vous pas engagé solennellement avec Charles à les traiter en ennemis si vous pouviez mettre la main sur eux ? Un homme de votre âge, dont les cheveux sont déjà blancs[49], doit plus que tout autre se garder de se parjurer, fût-ce pour un ami ou un fils. Qui trahit son seigneur renie Dieu.

— Vous avez raison, sur ma foi, dit le duc. Eh bien, je les défie sur l'heure et qu'ils ne viennent pas me parler de trêve. »

Et il charge deux chevaliers de confiance de porter le message de défi à ses fils. Les deux hommes échangent leurs chevaux de selle contre des chevaux de combat et partent au galop. Leur vue fait naître la crainte au cœur de Renaud :

« Armez-vous, barons, dit-il à ses frères. Voici deux chevaliers qui se dirigent par ici à toute allure. J'ignore leurs intentions, mais ce sont des hommes de notre père et, connaissant sa dureté et son intransigeance, je suppose que le vieillard veut en découdre avec nous.

— Vous avez raison, dit Guichard. L'homme que l'on hait à mort doit toujours être sur ses gardes. »

Dès qu'ils sont à portée de voix, les deux messagers les apostrophent :

« Au nom du ciel, où avez-vous la tête, seigneurs ? L'empereur est parti mais votre père est là et il vous fait savoir qu'il vous défie.

— Je m'en doutais, dit Renaud ; mais nous demandons une trêve.

— Il n'en est pas question. Pensez plutôt à vous défendre. »

A peine ont-ils fait demi-tour qu'Aymon arrive au triple galop de son cheval. Dès que Renaud reconnaît son père, il va au-devant de lui :

« Sur ma foi, seigneur, vous avez tort de m'attaquer ainsi, et pour moi, je me sens coupable de porter les armes contre vous.

— Imbécile, fait Aymon, pourquoi perdre ton temps à discourir ? Si tu ne veux pas combattre, tu n'as qu'à te faire ermite dans cette forêt et t'occuper à remettre en état ce chemin qui n'est que trous et bosses. Mais si tu es encore un chevalier digne de ce nom, alors, quand on t'attaque, ne pense qu'à riposter.

— Soit, seigneur, je me le tiendrai pour dit. »

Ce défi porté, le duc Aymon éperonne son cheval, tandis que ses hommes se rassemblent autour de lui et que Renaud, de son côté, appelle ses frères. Un brutal échange de coups s'ensuit : ce ne sont que lances brisées et boucliers transpercés. Renaud s'acharne contre toute raison à continuer le combat, bien que les siens aient le dessous : de sept cents chevaliers, il ne lui en reste plus que cinquante en comptant les blessés, quand il prend la fuite, se repliant derrière une montagne avec sa troupe. Trois lieues durant, le vieillard aux cheveux blancs les poursuit sans parvenir à les rejoindre. Mais quand ils font halte sous Vaubrun, la bataille reprend avec violence des deux côtés. Aalard y a son cheval tué sous lui. Aussitôt debout, l'épée à la main — et non sans crainte —, il doit faire face à son père ainsi qu'à Hermenfroi le maître piqueur et à d'autres barons. C'en était fait de lui sans l'intervention de Renaud, Guichard et Richard et de tous les leurs. Mais comme ils n'ont pu s'emparer d'un cheval pour lui, il va à pied, devant ses trois frères qui protègent sa retraite de leurs épées. Une lieue durant, le vieillard les poursuit et Aalard doit marcher tout au long, le malheureux, alourdi par le poids de ses armes, jusqu'au moment où, sans mentir, son épuisement est tel qu'il est obligé de s'arrêter. Il se laisse tomber à terre entre ses frères. A cette vue, Renaud, désespéré, fait halte à côté d'un rocher : « Montez sur mon cheval, mon frère. Nous ne serons pas assez lâches pour vous abandonner, vous n'en sortiriez pas vivant. » Non sans peine, il parvient à se hisser sur la pierre et à sauter en croupe derrière le comte. Dès que Bayard sent le poids de deux hommes sur son dos, il secoue la tête et adapte sa taille à cette double charge. Et le voilà encore plus véloce qu'avant. Ce que je dis là n'est que la vérité, seigneurs ! Dieu ! Comme Bayard était fort et robuste ! Avec ce cheval portant deux hommes armés et cuirassés, Renaud, à quatre reprises, chargea ses adversaires, et, en combattant aguerri, à chaque fois, il leur tua un chevalier.

Voici que s'avance dans la bataille Hermenfroi de Paris, un combattant expérimenté. Dès qu'il aperçoit les fils Aymon, il éperonne son cheval et les apostrophe : « Si Dieu est avec moi, brigands, vous allez tous être faits prisonniers et mis à mort ! Je vous livrerai à Charles, le digne roi au fier visage. » Il frappe Renaud sur son bouclier gris ; Renaud riposte avec rage : il ne lui faut qu'un coup pour abattre à terre son adversaire, bouclier et cotte à mailles serrées transpercés, cœur éclaté. Aalard prend alors le cheval par ses rênes d'or et saute en selle ; la joie qu'il en éprouve lui donne assez de force pour attaquer Anséis et pour le faire tomber à bas de son cheval contre une haie, raide mort sous le coup : un de plus qui ne se relèvera pas ! La bataille est acharnée et les morts sans nombre. Aymon, le vieillard aux cheveux blancs, serre ses fils de près : « Pas de quartier ! crie-t-il à ses hommes. Ils m'ont tué Hermenfroi, l'envoyé de l'empereur : quel deuil et quelle colère ce sera pour le roi de Saint-Denis ! » Alors les hommes d'Aymon s'élancent contre ses fils et la bataille reprend de plus belle. On ne compte plus les lances qui volent en éclats, les boucliers brisés, les cottes de mailles mises en pièces ! Tous les liens de parenté y furent oubliés. Combien de nobles chevaliers y trouvèrent la mort sous la violence des coups ! Renaud ne put se rendre maître de la position ; il dut abandonner le champ de bataille avec seulement quatorze de ses hommes, les derniers survivants ! Quant à Aymon, resté maître du terrain, il se lamentait :

« Hélas ! Mes quatre fils ! Au lieu de vous manifester toute ma tendresse, comme il était naturel, en vous protégeant contre vos ennemis, je vais être le responsable de votre exil. Mais le vrai coupable, c'est celui qui est à l'origine de cette affaire. Que le diable l'emporte et ne laisse pas de repos à ses os ni à ses cendres ! » Ainsi le duc Aymon pleure sur ses fils. Puis il fait enterrer tous les morts gisant sur le champ de bataille et donne des chevaux aux autres, blessés ou non. Il s'occupe avec un soin particulier du corps d'Hermenfroi, l'homme de confiance de l'empereur, le faisant placer sur une civière tirée par deux mules pour le ramener avec lui. Puis il chevauche d'une traite jusqu'à Dordone où il passe la nuit.

Le lendemain, dès l'aube, on se remet en route, traversant plaines et campagnes sans s'arrêter jusqu'à Paris. Aymon s'y rend auprès du roi :

« Seigneur, notre empereur, dit-il dès qu'il se trouve devant lui, je suis au désespoir. Je me suis battu contre les scélérats dans la forêt d'Ardenne et j'avais bien l'intention de les faire prisonniers pour vous les livrer. A dire vrai, le combat a été rude et ils m'ont infligé une perte irréparable en tuant le noble Hermenfroi : il a payé de sa vie mon obstination à vouloir m'emparer d'eux. Faites apporter des reliques [50], je jurerai que j'ai fait l'impossible pour le sauver. »

A ces mots, Charles ne se contient plus :

« En voilà assez, Aymon. Tout cela ne me dit rien qui vaille et la prouesse de vos fils me coûte cher. Je vais demander l'avis de mon conseil [51] pour ce qui s'est passé. Et si on m'écoute, c'est la mort qui vous attend. »

La réponse de l'empereur fait regretter à Aymon d'être venu à la cour ; il se dépêche de se retirer avec les siens, sans attendre d'en avoir reçu congé. En silence, tous montent à cheval et regagnent Dordone d'une traite. Là, le vieil homme met pied à terre sous le pin touffu, la rage au cœur ; il a bien failli dénoncer l'hommage qui le lie au roi [52].

« Que vous est-il arrivé, seigneur ? lui demande Dame Aye.

— Ma fidélité au roi a été mal récompensée, dame. J'ai renié mes fils pour Charles. Je me suis battu contre eux et je les ai vaincus. Mais Renaud s'est bien défendu, c'est un chevalier hors pair. Quand Hermenfroi l'a frappé de l'épieu sur son bouclier, il ne lui a pas fallu longtemps pour riposter : il est bien mon fils ! Avec son frère aîné, un seul coup leur a suffi pour l'abattre à terre, raide mort, bouclier crevé et cotte de mailles rompue, l'épieu en plein cœur ; et votre fils Aalard a pris son cheval.

— L'un d'eux a-t-il été fait prisonnier, seigneur ?

— Non, Dieu ne l'a pas voulu. Mais ils ont subi de lourdes pertes. Quant à Charles, il s'en est pris à moi. Ce n'est pas le cœur joyeux que nous revenons de la cour ; et si ce n'était la crainte du péché, il me le paierait ! »

Tandis qu'Aymon quittait la cour, plein de rancœur, Renaud et ses frères franchissaient le défilé et s'enfonçaient dans la forêt d'Ardenne avec leurs hommes. C'est le dénuement le plus complet qui les y attend, car il n'est pas un seul château, un seul bourg, un seul hameau, une seule citadelle où ils osent pénétrer. Ils n'ont pas d'autre nourriture que le produit de leur chasse, ni d'autre boisson que l'eau des sources et des ruisseaux. La viande crue des chevreuils dont ils réussissent à s'emparer et l'eau les rendent malades. Le vent et le mauvais temps aussi leur font la guerre. Que pourrais-je ajouter ? Peu à peu tous succombent. Il ne reste que les quatre frères, mais très mal en point, avec trois de leurs compagnons, Rénier, Gui et Fouque le barbu, tous trois résolus et endurants. A eux sept, ils n'ont que quatre chevaux, pas un de plus, si grande est leur misère. Et en fait de fourrage, ni avoine ni foin séché au soleil, seulement des feuilles et des racines. Bien contents de trouver de la fougère. A ce régime, les chevaux maigrissent, à l'exception de Bayard qui demeure gros, gras et dispos : les feuilles lui profitent plus que le grain aux autres !

Cependant, ils mettent le pays à feu et à sang. De Senlis à Orléans et à Paris, de Laon à Reims, il n'est personne pour se risquer hors des tours et des forteresses, tant Renaud s'y entend à faire régner la terreur ; avec ses frères et leurs trois fidèles compagnons, ils multiplient les expéditions contre les Français. Les quatre frères vont à cheval et les trois autres à pied, portant les arcs. Et, quand ils doivent franchir une rivière ou un passage difficile, ils montent tous sur les chevaux déjà épuisés, mais Bayard à lui seul en porte quatre quand il le faut. Ils n'ont pas même construit de cabanes dans le bois, mais se contentent de s'abriter sous des hêtres ou des chênes. Leurs vêtements sont réduits en guenilles. A force de porter leurs cottes de mailles à même la peau, ils sont devenus plus noirs que de l'encre et plus velus que des ours. Le cuir qui attachait leurs beaux étriers d'or a cédé et les freins de leurs selles pourrissent aux intempéries. Avec de l'osier qu'ils trouvent en abondance, ils fabriquent des liens dont ils se servent comme étrivières et comme sangles pour les chevaux. Tant que cela dure, ils s'estiment heureux ; et grâce aux arcs, le gibier ne manque pas. Mais une fois les cordes pourries, c'est la disette. Et l'hiver les met à si rude épreuve qu'ils songent à tuer leurs chevaux pour les manger [53]. Il n'est personne au monde qui, à les voir, ne serait pris de pitié. Dès qu'ils sortent de la forêt, il se trouve quelqu'un pour les apercevoir et les prendre en chasse. Charles a fait proclamer partout qu'on doit, si on peut mettre la main sur eux, les faire prisonniers et les lui remettre, et que c'est la pendaison qui les attend. Voilà pourquoi les fils Aymon restent dans la forêt d'Ardenne, alors même qu'ils n'ont plus rien à se mettre. Qu'il pleuve, qu'il vente ou qu'il grêle, chacun s'abrite sous un arbre, bouclier suspendu au cou, casque rouillé en tête, épieu au côté. Leurs chevaux ont perdu leurs fers, leur harnachement est en pièces. La longueur de l'hiver le rend encore plus accablant. Avec quelle ardeur, ils souhaitent le retour de la belle saison !

Et voici que l'été [54] est de nouveau là. Le beau temps les ragaillardit tandis que les chevaux retrouvent des forces à manger de l'herbe revigorante. Alors, Renaud s'adresse amicalement à ses frères, ainsi qu'à Rénier, Gui et Fouque le barbu :

« Écoutez-moi, s'il vous plaît, seigneurs. Nous avons connu en Ardenne le plus grand dénuement qui soit ; il n'est pas d'homme au monde qui ait enduré pire. Nous n'avons plus ni armes ni vêtements ; ils sont hors d'usage ; nous sommes hirsutes, le vent et la pluie nous ont noirci la peau et certes j'en ai plus de chagrin pour vous que pour moi. Nous avons fait bonne garde dans cette forêt : il y a plus de sept ans qu'on n'y a pas coupé un fagot. L'empereur Charles devrait nous en savoir gré et nous payer grassement ! Mais maintenant voici venu le moment que nous avons si longtemps attendu : nous avons laissé nos ennemis en paix trop longtemps. Depuis sept ans, pas un seul n'a eu à se plaindre de nous ! Si nous avions des chevaux, ce serait le moment de les mettre à l'épreuve. Par saint Pierre, ce sera à chaque coup une tête de moins ! Qu'en pensez-vous, au nom de Dieu ?

— Sur ma foi, dit Aalard, qui était l'aîné, je vais vous le dire puisque vous me le demandez. Notre misère est si grande que nous ne pourrons jamais nous en sortir tout seuls. C'est pourquoi, si vous m'en croyez, nous devrions gagner Dordone en évitant Valence et Beaucaire. C'est une bonne ville. Nous y verrons notre mère à qui nous avons tant coûté de larmes. Je vous jure bien qu'elle fera pour nous tout ce qui sera en son pouvoir. Il y a plus de sept ans qu'elle nous attend. Allons lui montrer que nous la chérissons toujours.

— Vous avez raison, frère, dit Renaud, nous nous mettrons en route dès ce soir ! »

Et les autres lui surent gré d'en avoir décidé ainsi.

C'était le mois de mai, le début de la belle saison, quand les oiseaux chantent au plus profond du bois touffu, que les arbres se couvrent de feuilles et que les prés reverdissent. C'est aussi, comme le dit un proverbe qui a été fait pour les fils Aymon, le moment où la nostalgie des exilés en terre étrangère leur pèse davantage tout le long du jour. Comme ils font peine à voir, quand, enfin, ils sortent de la forêt d'Ardenne ! Ils chevauchent toute la nuit sans s'arrêter et se cachent dès le jour levé pour éviter d'être vus. A force d'étapes de nuit, les voilà de retour dans le pays où ils sont nés. Ils revoient le noble palais de Dordone, ses murs de pierres grises, les bois, les prés et tous les biens dont ils ont été privés. Au souvenir des privations endurées, ils défaillent de douleur, s'attendrissant sur eux-mêmes. Revenu à lui le premier, Renaud invite ses frères à se ressaisir :

« Que Dieu m'aide, seigneurs, nous avons eu tort.

Nous sommes fous de nous être aventurés sur cette terre sans escorte et sans garants. Qu'Aymon vienne à s'emparer de nous et nous sommes morts.

— Vous avez raison, approuve Richard.

— Vous n'y pensez pas, fait Guichard. Nous voilà sortis de la forêt d'Ardenne et quittes des maux que nous y avons subis. Noirs et velus comme nous sommes — de vrais ours de foire ! — qui pourrait nous reconnaître ? Chevauchons ensemble et sans inquiétude. Je ne crois pas qu'on porte la main sur nous si nous pénétrons dans la ville. Et si tel était cependant notre destin, ne sommes-nous pas, de toute façon, promis au supplice ? »

Les barons se remettent donc en route et gagnent Dordone d'une traite : ils y pénètrent par la porte principale, sans que personne les reconnaisse, bien qu'on les regarde avec étonnement :

« D'où viennent ces gens ? Ils n'ont pas l'air d'être de par ici. » Chevaliers et bourgeois leur demandent qui ils sont et d'où ils viennent : « Allez-vous en pèlerinage, amis ? Quel est votre pays ?

— A quoi bon ces questions, seigneurs ? dit Renaud. Vous voyez bien que je suis un homme dans le malheur. »

Et il éperonne Bayard pour s'éloigner d'eux. Ils ne s'arrêtent plus jusqu'au château, où ils mettent pied à terre sous le pin touffu. Après avoir attaché leurs quatre chevaux par la bride, ils montent l'escalier d'honneur qui mène à la grande salle, vide de serviteurs. Là, ils prennent place sur un banc : on ne va pas les en déloger, mais ils feront couler bien des larmes.

Le duc Aymon, leur père, était à la chasse, avec ses

hommes et ses familiers, accompagné de serviteurs et de piqueurs en grand nombre. Il avait eu la satisfaction de prendre quatre cerfs, mais il ignorait que Renaud s'était installé chez lui, dans sa cité de Dordone, et mieux, dans son palais. Cependant, Richard, Aalard et Guichard l'avisé se sont assis à la table, côte à côte, discrètement, en attendant que le repas soit prêt[55]. Leur mère[56] ouvre la porte de sa chambre et s'avance dans la salle ; ses fils la regardent, puis baissent la tête :

« Que devons-nous faire, Aalard ? demande Renaud. C'est notre mère, je la reconnais bien.

— Allez lui parler, au nom de Dieu, mon frère, et dites-lui nos malheurs et notre dénuement.

— Non, dit Richard le valeureux. Attendez encore un moment, seigneur Renaud. »

Les quatre frères sont donc là-haut dans la vaste salle, si pauvres et démunis qu'ils n'ont plus que des guenilles sur le corps et qu'on dirait des diables, tant ils sont laids à faire peur. Leur aspect frappe la dame d'étonnement et surtout de crainte :

« Que faire ? » se demande-t-elle. Puis, se reprenant, elle leur adresse la parole : « D'où venez-vous, seigneurs, nobles chevaliers ? Sans doute, êtes-vous ermites ou pèlerins ? En tout cas, vous avez besoin de nourriture et de vêtements. Si vous voulez bien accepter, c'est avec joie que je vous en donnerai, pour l'amour de Notre Seigneur et Juge tout-puissant — puisse-t-il protéger mes fils du malheur et de la mort ! Malheureuse que je suis ! Il y a eu dix ans en février que je ne les ai pas revus !

— Et comment cela, dame ? demande Richard au clair visage.

— Sur ma foi, seigneur, c'est par un malentendu fatal que je les envoyai à Paris, en France, se présenter à la cour. Dans la joie qu'il en eut, Charles les fit chevaliers tous les quatre. Mais le roi avait un neveu qu'il chérissait plus que personne au monde. Quand ce garçon vit le cas que son oncle faisait de mes enfants et la faveur où il les tenait, il eut peur qu'ils ne cherchent à l'évincer et il entreprit de leur jouer un mauvais tour aux échecs. Mais eux ne purent le supporter. En plein palais, ils ripostèrent en lui défonçant le crâne jusqu'à ce que mort s'ensuive. Alors ils s'enfuirent au triple galop et, avec eux, au moins sept cents chevaliers. Ils fortifièrent un château à même le rocher, sur un escarpement en bordure de Meuse, en Ardenne. Charles les bannit de France et leur donna la chasse. Et Aymon n'osa pas refuser de les renier. Il prêta serment, avant son départ, de ne pas leur faire grâce des derniers supplices, fût-ce pour tout l'or du monde, s'il parvenait jamais à s'emparer d'eux. »

A ces mots, Renaud baisse la tête. La duchesse le regarde, son sang ne fait qu'un tour. Elle se tient là, toute droite, au milieu de la salle ; elle le voit changer de couleur et d'expression et s'approche à le toucher. Il avait au visage une cicatrice qui lui venait d'une blessure reçue au cours d'une joute pendant son adolescence [57]. Elle le regarde encore et le reconnaît : « Renaud, si c'est bien toi, pourquoi te cacher ? Je t'en supplie, cher fils, au nom du Rédempteur, si tu es Renaud, dis-le-moi vite. »

Renaud baisse à nouveau la tête et se met à pleurer. Alors la duchesse n'a plus d'hésitation ; elle embrasse son fils en le serrant dans ses bras au milieu de ses larmes. Puis elle en fait autant pour les autres, sans reprendre haleine, tandis que l'émotion leur coupe la parole. C'est la dame qui est la première à se ressaisir :

« Vous voilà pauvres et démunis de tout, mes enfants. N'avez-vous pas avec vous des chevaliers ou des serviteurs ?

— Si, il nous reste trois compagnons, pas davantage ; ils gardent nos chevaux, là dehors. »

Aussitôt, la duchesse appelle Hélinant : « Descendez prendre le cheval de mon fils, le seigneur Renaud, et menez-le avec les autres à l'écurie.

— Dépêchez-vous de monter, seigneurs, dit Hélinant aux barons, dès qu'il est parvenu au bas des degrés de marbre vert et brillant. Je me charge d'emmener vos montures à l'écurie. »

Dame Aye a encore les larmes aux yeux quand elle leur souhaite la bienvenue en haut dans la grande salle et qu'elle les fait asseoir à côté de ses fils. Puis, comme le repas est prêt, elle les invite à manger : le gibier à poil et à plume ne manque pas. Et ils boivent du vin ou du claret [58] qu'ils puisent dans une grande coupe.

Mais voici qu'Aymon est aux portes de la ville, de retour de la chasse où sa meute a pris quatre cerfs. Traversant rapidement le bourg, il met pied à terre au perron sous le pin toujours vert et monte au palais, tenant un bâton à la main. Il trouve ses fils assis à sa table, mais si pauvrement vêtus qu'il ne les reconnaît pas. Il s'enquiert donc auprès de la duchesse : « Qui sont ces hommes, dame ? On dirait des pèlerins. » Et Dame Aye de lui répondre en pleurant :

« Seigneur, ce sont tes fils à qui tu as fait tant de mal aux Espaux en Ardenne, où ils ont été à dure épreuve.

C'est parce qu'ils désiraient me voir qu'ils sont venus. Ils vont passer la nuit ici par Dieu le Rédempteur, et ils partiront demain au point du jour. C'est peut-être la dernière fois de ma vie que je les vois. »

Sous le coup de la colère que cette nouvelle lui cause, le duc change de visage. L'air sombre, il se tourne vers ses fils : « Vous n'êtes pas les bienvenus ici, leur déclare-t-il sur un ton indigné. Qu'êtes-vous venus chercher ? Vous n'avez rien à attendre de moi. Je vous ai reniés devant Charles le puissant empereur à qui vous faites la guerre. A quoi êtes-vous bons, espèces de mauviettes ? N'y a-t-il pas des moines, des chevaliers, des soldats, à rançonner à prix d'or ou d'argent ?

— Par ma foi, seigneur, rétorque Renaud, si vos terres n'ont pas eu à souffrir, il n'en est pas de même des autres, que je sache. Dans un rayon de cinquante lieues, impossible de trouver un bourgeois ou un paysan qui se risque à quitter l'abri des enceintes. Et vous, l'an dernier, aux Espaux, vous vous êtes acharné contre moi ; avec Charles au poil grisonnant, vous avez détruit mon château, le cœur m'en saigne toujours rien que d'y penser. Après quoi, comme si cela ne suffisait pas, vous vous êtes lancé à notre poursuite et vous nous avez infligé une sanglante défaite près du défilé : des sept cents chevaliers qui y ont combattu, il ne reste que ces trois hommes que vous voyez ici ; mais vous serez damné pour ce que vous avez fait. »

En entendant ces mots, Aymon laisse échapper un soupir.

Voilà donc les quatre frères dans le palais de Dordone, qui affrontent leur père. Le vieillard s'emporte contre eux : « Que Dieu vous confonde par Sa passion, enfants que vous êtes ! Qu'êtes-vous venus chercher ici ? Vous auriez tort de compter sur moi pour vous aider. A vous quatre, vous ne valez pas un éperon. Vous êtes noirs et velus comme des bêtes. Et vous prétendez faire la guerre à l'empereur Charles ? N'a-t-il pas sur ses terres des chevaliers et des soldats à rançonner ? Vous n'êtes pas des chevaliers ; seulement des moins que rien. Ce ne sont pourtant pas les gens d'Église qui manquent, clercs, prêtres et moines, confortablement installés, avec la peau bien blanche. Ils ont foie et poumons enrobés de graisse, chair tendre, râble charnu, et sont meilleurs à manger que cygnes et paons [59]. Détruisez les abbayes et mettez-les au pillage. Faites grâce à qui sera généreux avec vous et soyez sans pitié pour les autres. Faites-les cuire sur la braise et mangez-les : ils ne vous feront pas plus de mal que du gibier. Que le Seigneur Dieu me confonde, si je n'aimerais pas mieux goûter de cette nourriture plutôt que mourir de faim. Et même, rôti pour rôti, mieux vaut moine que mouton. Allons, hors d'ici, videz-moi les lieux ! Vous n'aurez pas " ça " de moi.

— Vous ne savez pas ce que vous dites, seigneur, rétorque Renaud. Nous n'en sommes plus à compter ceux que nous avons tués. Mais à Dieu ne plaise que nous fassions pire ! Vous aidez Charles à nous donner la chasse comme à des brigands. Mais maintenant, nous sommes chez vous et vous allez le payer cher avant que nous ne partions. »

Les paroles d'Aymon avaient mis le courtois Renaud hors de lui ; il en suait d'indignation. Tout autre homme qui se serait risqué à lui tenir de pareils propos l'aurait sur l'heure payé de sa tête. Portant la main sur son épée, il la regarde plusieurs fois et, la dégainant à moitié, va pour se lever. Mais Aalard, comprenant ce qu'il avait en tête, intervient : « Du calme, cher seigneur, pour l'amour de Dieu. Qu'on ait un bon ou un mauvais père, on doit l'aimer et ne pas se rebeller contre lui, même s'il dépasse toute mesure.

— N'y a-t-il pas de quoi devenir fou, barons, fait Renaud, à voir l'attitude de cet homme, lui qui, plus que tout autre, devrait être de notre côté, nous protéger, nous venir en aide et nous apporter l'appui de ses conseils dans la bonne comme dans la mauvaise fortune ! Voilà qu'il s'est mis du parti du roi. Il nous a reniés, il nous lance ses hommes aux trousses dès qu'il en a l'occasion ! C'est par sa faute que nous avons dû demeurer si longtemps par-delà le défilé des Espaux, en Ardenne, et y souffrir au-delà de ce que nous pourrions raconter. Jamais, moi, je ne me serais conduit avec lui de cette façon : non, je me serais plutôt laissé mutiler des quatre membres ou brûler vif ! C'est pourquoi, si Jésus me laisse sortir d'ici vivant, je mettrai son fief à feu et à sang jusqu'au dernier pied de terre[60], tant que je pourrai aller à cheval, car il sait bien qu'à cause de nous, il aurait dû dénoncer le serment qui le liait au roi. »

En l'entendant, le duc se prend à pleurer : « Hélas, c'est à devenir fou. Voilà qu'un homme plus jeune que moi me fait la leçon. C'est vrai que même mon serment n'aurait pas dû m'amener à leur faire la guerre. J'aurais plutôt dû aller jusqu'à voler comme un brigand pour avoir de quoi leur donner à tous les quatre. » Puis, s'adressant à Renaud : « Cher fils, vous êtes un vrai baron ! Je ne crois pas qu'il y ait votre pareil au monde.

Faites comme vous l'entendrez, ajoute-t-il à l'intention de ses quatre enfants. L'or et l'argent ne manquent pas ici, ni les chevaux de guerre ou de selle, ni les cottes de mailles, les casques verts, les épieux émaillés de noir, ni les pelisses fourrées de vair et de gris, ni les manteaux rebordés d'hermine. Servez-vous, prenez tout ce que vous voulez. Je vais sortir ; je ne veux pas voir de mes yeux ce que vous allez faire afin de ne pas manquer à ma parole envers Charles.

— Seigneur, répond Renaud, je peux bien vous assurer que nous ne sommes venus ni pour vous ni pour vos biens. Mais c'est ici seulement que nous pouvons voir notre mère qui passe son temps à pleurer sur notre absence. Nous partirons demain matin, nous ne pouvons rester davantage et je ne sais si, de sa vie, elle nous reverra.

— Tu es aussi sage que valeureux, Renaud, répond Aymon. La mort de Bertolai a anéanti tous mes espoirs, en me faisant perdre la faveur de l'empereur : j'ai vu le moment où il allait me faire pendre ou brûler vif ! Et j'ai dû en passer par où il voulait, mais seulement parce que je ne pouvais pas faire autrement. On ne peut me le reprocher. Ah, certes, c'est à contre-cœur que je vous ai forjurés ! Mais votre mère, elle, vous pouvez la voir ; je suis bien placé pour savoir qu'elle ne vous a pas reniés. L'or et l'argent ne lui manquent pas. J'en prends le Dieu tout-puissant à témoins : tout ce dont vous avez besoin, elle vous le donnera sans compter, pour que vous puissiez trouver un seigneur digne de ce nom. »

Et le duc Aymon quitte le palais par l'escalier d'honneur ; il gagne le jardin[61] par la fausse poterne emmenant avec lui une vingtaine de ses familiers : sage comportement en vérité ! Tandis qu'ils s'installent sous les pins touffus, la noble duchesse s'adresse à ses fils : « Vous n'avez pas de temps à perdre. Votre père est sorti, il ne rentrera qu'après votre départ. Mais, d'ici là, il faut que vous ayez pris un bain[62], changé de vêtements et de chaussures, et que vous soyez équipés de neuf de pied en cap. A vous voir, on dirait des ermites sortis du bois.

— Telle est la misère où nous vivons depuis plus de sept ans, dame. Les cailloux et les pierres ne peuvent plus me blesser, tant j'ai la peau épaisse et dure. Mais maintenant, nous allons nous mettre en quête d'un autre seigneur.

— Allez donc en Espagne, mes enfants, c'est un pays riche où règne l'abondance et où il fait bon vivre. Vous trouverez à vous y fixer.

— C'est ce que nous allons faire », répond Renaud.

Elle les emmène dans sa chambre où elle leur fait prendre un bain qui les réconforte ; puis elle leur donne sans compter chemises et culottes blanches, guêtres de drap brun et souliers à boutons, tuniques fendues sur le côté, et pelisses fourrées d'hermine ; pour finir, elle leur fait revêtir de somptueux manteaux[63]. Elle leur ouvre aussi ses coffres qui regorgent d'or et d'argent : « Emportez cela, leur dit-elle, ce n'est pas grand-chose. Si vous n'en avez pas assez, je vous en donnerai davantage.

— Dieu, dit Renaud, je suis né sous une bonne étoile ! »

Elle convoque alors les hommes du domaine en état de servir, qui s'empressent de répondre à son appel, cependant que Renaud, dans Dordone, est plongé dans le sommeil. Le jour n'est pas encore levé qu'ils sont bien sept cents sous les armes [64]. La noble duchesse fait venir ses fils et, s'adressant à Renaud : « Laisse Bayard ici, mon cher enfant, si tu m'en crois. Il est maigre et fatigué. Prends plutôt le cheval de ton père, c'est une belle bête.

— Que dites-vous là, dame ? s'étonne-t-il. J'ai confiance en Bayard, il a fait ses preuves. Avec lui, je me sens en sécurité en terre de France.

— Alors, dit la dame, veille bien sur lui. »

Et c'est sur cette recommandation que Renaud se met en selle.

[*Au sortir de la ville, Renaud reçoit un renfort inattendu en la personne de Maugis son cousin, enchanteur... et voleur qui met à la disposition des fils Aymon le produit de son dernier larcin, effectué aux dépens de Charlemagne, et les accompagne dans leurs aventures. Sur son conseil, ils décident d'aller proposer leurs services au roi Yon de Gascogne. Mis au courant de leur histoire, celui-ci accepte d'autant plus volontiers qu'il doit faire face aux attaques du Sarrasin Bège qui a déjà conquis une grande partie de ses terres. Grâce à Renaud et à ses frères, le païen échouera dans sa tentative contre Bordeaux et sera fait prisonnier par Renaud à l'issue d'un combat singulier où les deux hommes font la preuve de leur valeur, avant d'être libéré contre rançon (vv. 3643-4080).*]

C'était le mois de mai, le début de la belle saison [65], quand les arbres se couvrent de fleurs et que les prés reverdissent, tandis que les oiseaux font résonner les bois touffus de leurs chants. Levés de bon matin, Renaud et ses frères étaient allés chasser dans la forêt d'Ardenne [66]. Tout à la joie d'avoir pris quatre cerfs, ils font demi-tour et, en suivant la rive de la Garonne, ils arrivent à l'endroit où le fleuve pénètre dans l'estuaire de la Gironde. Et là, au confluent des deux fleuves [67], ils découvrent une hauteur dont le sommet forme un plateau carré. A cette vue, Aalard tombe en arrêt :

« Vous voyez cette éminence, barons ? dit-il à ses frères. Il me semble bien qu'autrefois, il y a eu là un château fortifié. En tout cas, ce qui est sûr, c'est que, s'il y en avait un maintenant et qu'il soit à nous, Charles serait mort avant de s'être emparé de nous. Si vous m'en croyez, nous allons demander au roi Yon qu'il nous permette d'y élever une forteresse.

— Voilà une bonne idée », font-ils.

Sur ce, ils reprennent leur chemin et, une fois la Gironde traversée, continuent d'une traite jusqu'à Bordeaux où ils pénètrent par la grand-porte. Après avoir mis pied à terre à leur logis [68], ils montent au château. Le roi, auprès de qui ils étaient en grande faveur, s'avance à leur rencontre pour les remercier de la venaison fraîche qu'ils lui apportent. Il prend Renaud par le cou et l'embrasse amicalement, puis il les fait servir au dîner en hôtes d'honneur. Renaud attend la fin du repas pour lui présenter sa requête :

« Voilà longtemps que nous sommes devenus vos hommes et que nous vous avons servi de notre mieux à votre gré ; mais nous n'avons guère été payés de retour, pas même en promesses.

— Je vous suis redevable en effet, mes amis. Restez

donc avec moi jusqu'à ce que j'aie trouvé un château qui vous convienne.

— Merci d'avance, seigneur, mais je n'ai déjà que trop attendu. Or, je viens justement de voir un endroit sur une hauteur, au confluent des deux rivières. Si j'y avais établi un de mes frères, cela me rassurerait pour l'avenir, car, même avec peu, il est possible de faire beaucoup.

— Eh bien, c'est entendu ; et chaque jour que Dieu fait, vous recevrez en plus une rente de dix marcs [69]. »

Renaud remercie le roi pour ce don et passe la nuit dans le palais royal. Le lendemain matin, il aide le roi à se lever et à s'habiller. Puis, escortés de pas moins de vingt chevaliers, ils traversent la Gironde sur un bateau léger et franchissent la montagne qui la longe. Ils vont d'une traite jusqu'à l'escarpement de rocher dont la vue saisit le roi d'étonnement. Il appelle un de ses familiers pour lui demander conseil :

« Par ma foi, seigneur, lui murmure celui-ci à l'oreille, je suis très inquiet. Jamais vous n'avez entrepris plus grande folie que de laisser ces étrangers s'installer ici. S'ils construisent une forteresse, il n'y en aura pas de telle jusqu'à Montpellier. Tout votre pays sera à leur merci. »

Cet avis fait sourciller le roi qui hésite un instant ; mais il se reprend et tient à Renaud ces fiers propos, en vrai chevalier : « C'est ici que vous voulez demeurer ? Eh bien, soit ! Si vous êtes capables d'y construire un château fortifié, il n'y en aura pas de tel dans toute la région et vous allez devenir les maîtres de toute ma terre, mais je ne pense pas que vous ayez l'intention de me faire la guerre.

— C'est hors de question, seigneur, répond Renaud. Au contraire, par l'apôtre que vénèrent les chevaliers[70], il n'est pas en Gascogne de baron si puissant, s'il vous causait le moindre tort, qui pourrait encore se lever et se coucher tranquille tant que j'aurai la force de chausser des éperons, de porter une cuirasse et de monter à cheval. »

Renaud se mit aussitôt à la tâche, hâtant le plus possible la construction de la citadelle. Il fit d'abord bâtir le palais avec la grande salle et les chambres ; les pièces furent voûtées et on utilisa du mortier de première qualité. Puis, quatre portes monumentales et une tour de marbre face au vent dominant. Enfin, à même la roche qui se termine en à-pic, il fit élever le donjon. Et quand ce fut fini, les quatre frères se réjouirent en leur cœur.

Le roi vint se rendre compte par lui-même, accompagné d'une petite escorte. Accueilli par Renaud, il alla s'asseoir dans l'embrasure d'une fenêtre de marbre exposée au vent : du regard, il embrasse le château et son site, la rivière au courant rapide dont l'eau est claire et bonne à boire, les forêts profondes et, vers l'est, les vastes prairies. Interpellant son hôte, il le questionne dans un sourire :

« Comment s'appelle ce château ? J'ai bien le droit de le savoir.

— Il n'a pas encore de nom, que je sache, seigneur ; et je lui donnerai celui que vous aurez choisi vous-même ; mais pour moi et les miens, qui ne sommes pas d'ici, c'est une véritable aubaine.

— Quel bel endroit ! dit Yon. Il s'appellera donc Montauba(i)n, ou Montauban qui est sis sur le roc[71]. »

Renaud et ses frères font savoir dans le pays qu'on peut venir s'installer dans la nouvelle enceinte et qu'il y a une exemption de sept ans pour le paiement du cens et des autres taxes. Cinq cents riches bourgeois viennent aussitôt l'habiter : taverniers, boulangers, bouchers, poissonniers et marchands qui vont commercer jusqu'en Inde, cent de chaque métier. Et ils sont encore trois cents de plus à en exercer d'autres. Jardins et vignes commencent de prospérer. Quant au comte, toujours très en faveur auprès du roi — qui lui a donné Vaucœur avec les terres qui en dépendent et lui rapportent bien dix marcs par jour —, il ne veut avoir autour de lui que des barons dignes de ce nom. Sergents d'armes et chevaliers, serviteurs et jongleurs affluent et il les retient tous à son service par amitié.

C'était le mois de mai, le début de la belle saison, quand les arbres se couvrent de fleurs et que les prés reverdissent. Renaud se rend à Bordeaux en compagnie d'Aalard. Tous deux pénètrent dans la ville par la grand-porte. Après avoir mis pied à terre à leur logis, ils montent au palais. Le roi s'avance à leur rencontre, prend Renaud par le cou et l'embrasse à plusieurs reprises avec affection. Ils entrent dans le palais en se tenant par le bras. En attendant que le dîner soit prêt, on entame une partie d'échecs. Godefroy de Melan prend alors la parole pour raconter un songe qu'il a fait :

« Il me semblait, dans mon sommeil, que je voyais Renaud au sommet d'une montagne. Le peuple de notre royaume reconnaissait si bien sa puissance qu'il n'y avait jusqu'à Ravenne ville ou château dont il ne fût considéré comme maître et seigneur. Et le roi lui en argent ou en vêtements : manteaux de vair et de gris, amples capes fourrées[75]. La fête ne dure pas moins de huit jours. Après quoi, le roi Yon s'en retourne, longuement escorté par Renaud qui le recommande à Dieu créateur du ciel et de la rosée. Voilà le fils Aymon marié, pour la plus grande joie de ses frères et de tous ses hommes. Il est prêt à faire crier merci à tout baron de Gascogne, si puissant soit-il, qui causerait le moindre tort au roi : c'est pourquoi, beaucoup le craignent. Mais voici qu'un grand malheur s'apprête à fondre sur sa tête.

Charles est allé en pèlerinage à Saint-Jacques en Galice. Après y avoir prié et avoir déposé en offrande sur l'autel un marc d'or pur, il prend le chemin du retour sans perdre de temps. Sa route passe par Bordeaux. Arrêté sous un olivier, il découvre Montauban et trouve que le spectacle en vaut la peine : « Dieu, Juge tout-puissant, que voilà une fière citadelle et qui témoigne de l'orgueil de celui qui l'occupe ! Il n'y a pas longtemps que le roi Yon l'a fait élever, et à la voir située ainsi, elle témoigne à coup sûr de ses intentions belliqueuses. Comment s'appelle ce château, ami, s'enquiert-il auprès d'un chevalier du pays, et qui en est le seigneur ? »

L'homme aurait mieux fait de se taire, car sa réponse allait être cause de bien des malheurs : « Le château s'appelle Montauban et son seigneur Renaud : il a dû quitter son pays avec ses frères qui sont aussi hardis et sages que lui ; ils sont de Dordone, mais l'empereur les a bannis du royaume. Ils sont venus trouver notre roi qui les tient en grande estime. Renaud a épousé sa sœur, c'est un beau mariage qu'il a fait là !

— Eh bien, seigneurs, fait l'empereur à ses hommes après avoir gardé un moment la tête baissée, voilà donc où sont mes ennemis ; je les ai retrouvés. Préparez-vous, Ogier, et allez me trouver le roi Yon. Ordonnez-lui de me livrer mes ennemis à qui il a donné asile et de me fournir une escorte de cent chevaliers armés pour que je puisse les ramener jusqu'à Montmartre et les y faire pendre tous. En cas de refus de sa part, défiez-le en mon nom et dites-lui que, dans un délai de trois mois, je serai entré en force en Gascogne, je m'emparerai de ses châteaux et de ses villes et les raserai ; et si je le fais prisonnier, il sera mis à mort. Dites-lui bien tout cela. »

Or, le roi était allé passer la journée à Montauban. Il s'était retiré après avoir pris congé de Renaud qui était monté à cheval pour l'escorter. C'est ainsi qu'au passage d'un gué, ils rencontrèrent le messager de l'empereur. Ogier reconnaît le roi aussitôt et le salue au nom du Dieu crucifié.

« Dieu soit aussi avec vous, ami ! De quelle terre êtes-vous ?

— De la douce France, seigneur ; je suis homme de Charles, et n'allez pas vous aviser de mettre ma parole en doute. L'empereur m'envoie à vous, noble roi... »

[Ogier répète alors mot pour mot les paroles de Charles, précisant pour finir :]

« Il vous enserrera si étroitement dans Bordeaux, les Français donneront si bien l'assaut à vos fossés et à vos murs que vous n'aurez pas assez d'hommes pour résister. Et s'il s'empare de vous, c'est la mort qui vous attend. Voilà ce que j'avais à vous dire. A vous de répondre maintenant.

— Ce sont là des paroles indignes, Ogier, dit le roi Yon. J'ai pris ces hommes à mon service et je les ai en haute estime. Renaud a épousé ma sœur, la belle Aélis ; c'est un homme brave et plein de sens [76]. C'est lui qui a fait construire ce château à flanc de rocher et je n'ai pas de raison de lui en vouloir non plus qu'à ses frères. Il n'y a aucun défi à votre égard dans mon attitude, mais je crois que, si je les reniais d'une façon aussi déshonorante, l'empereur lui-même me considérerait comme un lâche. Plutôt perdre toutes mes terres que de livrer ces hommes pour ma honte.

— Par saint Vincent, Ogier, intervient Renaud, ç'a été une grande douleur pour moi de sortir de France. Je ne demandais qu'à faire la preuve de mon bon droit en présence de toute la cour, mais c'est Charles qui n'a pas voulu entendre parler d'accord ni de paix. Maintenant encore, j'y serais prêt sans arrière-pensée, mais il s'en voudrait d'accepter, obstiné comme il est. Aussi, mes frères et moi, nous le lui ferons regretter. Le roi Yon m'a pris à son service, il a beaucoup d'amitié pour moi, il m'a permis d'élever ce château de pierres et de mortier, et j'ai encore avec moi bon nombre de gens courageux qui ne s'inclineront pas devant Charles. Quant à lui, il n'est plus mon seigneur [77] et je ne lui laisserai ni terre, ni domaine, ni château.

— Vous ne savez pas ce que vous dites, Renaud, réplique Ogier. En paroles vous nous avez déjà souvent battus. Mais si nous vous rencontrons sur le terrain, il ne vous restera que vos yeux pour pleurer. Charles, notre empereur, vous a autrefois armé chevalier, tous les Français peuvent en témoigner, et vous, vous lui avez tué son neveu au beau milieu de son palais de marbre : c'est pourquoi il vous a banni de France. Quant au roi Yon, qui vous a laissé fortifier cette place dans ce défilé, dans un délai de trois mois, les Français auront pénétré au fin fond de sa terre, je vous en donne ma parole, et tous ses plus forts châteaux auront été rasés, ce ne sont pas ses Gascons et ses Bordelais qui nous en empêcheront.

— Alors, vous regretterez d'être parmi les Français, Ogier, car nous frapperons si fort des épieux niellés, que, dès le premier échange de coups, on ne comptera plus les morts dans vos rangs.

— Charles, notre empereur, a d'immenses ressources en hommes, Renaud. Il les convoquera de toute sa terre et aucune résistance ne sera capable de l'arrêter dans sa marche jusqu'à Bordeaux. Quant à vous, sachez-le bien, s'il vous fait prisonnier, c'est la mort qui vous attend. Voilà, je crois vous avoir dit tout ce qu'il voulait vous faire savoir. Maintenant faites-en ce que vous voulez. Pour moi, je retourne à Bordeaux où il m'attend. »

Ogier répéta mot pour mot à l'empereur les paroles de Renaud qui augmentèrent encore son irritation. L'armée impériale profita d'un vent favorable pour traverser la Gironde, puis elle reprit sa chevauchée, rapide, jusqu'à Paris. L'empereur de la douce France y mit pied à terre au maître-perron et monta aussitôt au palais. Il manda sur l'heure tous ses barons qui vinrent au plus vite, qui à cheval, qui par bateau.

« Allez-vous permettre, seigneurs, que les fils du vieil Aymon ajoutent un nouvel outrage à celui qu'ils m'ont déjà fait subir en me tuant mon neveu ? Dans ma colère, je les ai bannis hors de France ; puis, comme la Thiérache leur servait d'asile, je leur ai à nouveau fait vider les lieux. Et si je n'ai pas réussi à mettre la main sur eux, je les ai contraints à quitter le pays après leur avoir infligé de lourdes pertes. Et voilà qu'ils se sont réfugiés au fin fond de la Gascogne. Le roi Yon leur a permis de bâtir une forteresse et il les a fait entrer dans sa famille : Renaud a épousé sa sœur. Mais nous allons les assiéger, dès l'été venu.

— Seigneur, fait Naime, écoutez-nous, car le conseil que nous allons vous donner est bon. Remettez ce siège à l'année prochaine, pour permettre à vos hommes, que vous venez de mettre à dure épreuve, de retrouver des forces. »

A cette parole, l'empereur ne se connaît plus de colère. Et c'est juste à ce moment qu'un jeune homme met pied à terre au perron, accompagné de trente garçons de son âge, plaisants à regarder, ayant déjà moustaches et barbe au menton, tous vêtus de manteaux de brocart vermeil. Le jeune homme, lui, porte une pelisse d'hermine ; il a des bottes d'Afrique et ses éperons sont d'or. Il se tient très droit et a bien l'air d'un seigneur : son regard est plus fier que celui d'un léopard ou d'un lion. Il monte l'escalier avec ses compagnons et ne s'arrête qu'une fois arrivé devant Charles qu'il salue par Jésus crucifié.

« Que le Rédempteur te protège, ami, répond aussitôt l'empereur. D'où es-tu, de quel pays ? et comment t'appelles-tu ?

— On m'appelle Roland [78], seigneur, et je suis né à

Saint-Fagon, en Bretagne. Je suis le fils de votre sœur au clair visage et de Milon, le bon duc d'Angers. »

L'empereur le saisit par la manche de sa pelisse et lui embrasse à plusieurs reprises les lèvres et le menton : « Nous allons t'adouber, mon cher neveu, fait-il. Si Renaud et toi, vous vous trouviez face à face et que tu le tuais, le maudit, voilà qui me réjouirait !

— Sur ma tête, dit Roland, je m'en voudrais de rien accepter de vous, si je ne me vengeais pas d'abord de lui. Il a tué mon cousin, c'est une bonne raison de le considérer comme mon ennemi personnel. »

[*Roland a aussitôt l'occasion de s'illustrer dans la défense de Cologne contre des païens, dont il fait prisonnier le chef, Escorfaut. Afin de procurer à son neveu un cheval qui puisse rivaliser avec Bayard, l'empereur, sur le conseil de Naime, organise une course dont le prix — fabuleux — est constitué par la couronne impériale et par quatre cents marcs d'or. Grâce à Bayard, Renaud, qui y participe incognito ainsi que Maugis, gagne. Mais il refuse de vendre sa monture à l'empereur et réussit à prendre la fuite en s'emparant de la couronne, après avoir, en forme de défi, révélé son identité à Charles. Puis il regagne Montauban en compagnie de Maugis (vv. 4538-5129).*]

Faites silence, seigneurs, pour l'amour de Dieu et de Sa glorieuse passion ! Cette chanson en vaut la peine ; vous n'en avez jamais entendu d'aussi belle, je vous en donne ma parole.

Au jour de la Pentecôte, de retour d'Allemagne[79], où il avait vaincu Guiteclin, Charles se trouvait à Paris. Couronne en tête et anneau au doigt, le puissant monarque siégeait sur son trône :

« Voilà ce que j'ai à vous dire, seigneurs, fait-il aux comtes et aux ducs qui l'entourent en grand nombre. Je ne compte plus les terres ni les pays que j'ai conquis et dont les princes, bon gré mal gré, me servent. Plus personne ne se risque à me faire la guerre, sauf Yon le roi de Gascogne qui a donné asile aux quatre fils Aymon et à Maugis leur cousin, le maudit ! — lui que je déteste plus que personne au monde. J'en appelle à vous, nobles compagnons, je suis prêt à donner ma vie pour les faire prisonniers. Par la glorieuse passion de Dieu, je ferai brûler vif Renaud, dût-il m'offrir tout l'or du monde comme rançon ! A quoi bon attendre que vous soyez rentrés chez vous pour vous mander à nouveau ? J'aime mieux le faire maintenant que vous êtes tous là réunis. Je vais donner l'assaut aux tours et au donjon de Montauban sans perdre de temps ; et celui qui m'aura rendu le service de s'emparer de Renaud pourra compter sur moi sa vie durant.

— Nous n'irons pas, seigneur, réplique Doon de Nanteuil. Nous venons juste de rentrer d'Allemagne. Il y a bien cinq ans que je n'ai vu ni ma maison ni ma femme. Et les autres sont comme moi. Qui pourrait supporter de nouvelles épreuves ? Et voilà que vous faites encore appel à nous ! Le manque de sommeil, les nuits à la belle étoile par tous les temps ont fait blanchir nos cheveux. Et tout cela pour vous obéir, sans que vous nous demandiez jamais notre avis. Aussi, que Dieu nous maudisse et nous confonde si nous vous suivons plus longtemps. »

Les protestations de Doon ne font qu'irriter l'empereur : « Par saint Denis de France, jure-t-il, ne comptez plus sur moi comme chef de guerre, même si vous

Projet d'expédition en Gascogne

me donniez chacun la moitié de vos biens. Mais ceux à qui je veux avoir affaire désormais, ce sont vos fils, les enfants de vos femmes, qui n'ont pas encore été faits chevaliers [80]. J'adouberai tous ceux qui viendront me le demander et je leur remettrai leurs armes. Oui, je donnerai l'assaut à Montauban le fort château, avec une armée où il n'y aura pas un seul vétéran. Et ceux qui seront arrivés là, jeunes, y resteront tant que je n'aurai pas pris le château et Renaud l'aguerri, jusqu'à ce qu'ils soient devenus des hommes faits portant barbe au menton, s'il le faut. Mais c'est surtout ce traître de Maugis dont je veux m'emparer, lui que je déteste plus que tous les autres. A coup sûr, si le Christ en gloire permettait qu'il tombe entre mes mains, je n'aurais plus rien à désirer. Aussi, je veux que tous viennent avec moi, fils légitimes ou bâtards, et que celui qui n'a pas de fils envoie son neveu ! Je les conduirai en Gascogne et je donnerai l'assaut aux grandes tours de Montauban. Celui qui s'emparera de Renaud m'aura rendu un fier service. »

Un espion gascon — que Dieu le bénisse [81] ! — envoyé par Renaud pour savoir ce que l'empereur comptait faire, avait surpris l'entretien. L'entendre dire qu'il marcherait sur la Gascogne le mit au comble de l'inquiétude. Il se dépêcha de quitter Paris et poussa si bien sa monture qu'il ne lui fallut pas quatre jours pour être en Gascogne à Montauban sur les bords de la Dordogne [82]. Aussitôt il monte au palais. Dès que Renaud l'aperçoit, il s'élance à sa rencontre et, posant amicalement son bras sur ses épaules, le fait asseoir à côté de lui avant de l'interroger sur sa mission :

« Où as-tu été ? A Reims ? A Poitiers ? Ou à Paris ?

Les quatre fils Aymon. 4.

Que fait Charles le roi de France, lui dont le pouvoir et la valeur n'eurent jamais d'égal au monde ? A-t-il fait prisonnier Guiteclin après avoir ravagé son royaume ? Mon Seigneur n'est jamais las de combattre pour Dieu et je m'étonne parfois que Celui-ci n'ait pas pitié de lui.

— Seigneur, dit le messager, Charles a juré sur sa tête de donner l'assaut à Montauban dès que l'été sera là. Il fera dresser sa tente devant votre maître-porte, a-t-il dit, et il abattra les murs de votre château. Roland et Olivier seront à ses côtés et cent mille autres avec eux, parmi lesquels il n'y aura pas un seul vétéran. Et s'ils vous prennent, c'est la mort qui vous attend : l'empereur vous fera rouer et brûler, votre frère Aalard sera traîné à la queue d'un cheval, Guichard pendu comme un brigand et Richard écartelé entre quatre chevaux. Quant à votre cousin Maugis, c'est le même sort qui lui sera réservé.

— Dis-tu vrai ? insiste Renaud.

— Certes, seigneur, sur ma tête. J'ai entendu l'empereur en prendre saint Denis à témoin ; il n'est pas homme à se parjurer. Lui et son neveu Roland affichent une belle assurance. Ils n'arrêtent pas de se plaindre de vous et du fier Maugis, et ils ont bien l'intention de venir rabattre votre orgueil. Préparez-vous à défendre votre terre. Il y va de votre vie. »

Renaud, le fils Aymon, se lève alors, et tendant ses mains vers le ciel : « Dieu, dit-il, voilà qui n'est pas pour me déplaire. Je vais donc rencontrer Roland et Olivier, les deux hommes au monde que j'ai entendu le plus vanter !

— Ne vous inquiétez pas, cousin, dit Maugis, pensez plutôt à renforcer les défenses de la ville.

Projet d'expédition en Gascogne

Rassemblez tous les chevaliers qui s'y trouvent et engagez à l'extérieur des soldats, pour avoir en tout vingt mille hommes décidés à votre service. Pour un mauvais cheval de perdu, donnez-leur deux chevaux de guerre, dix marcs d'argent pour une cuirasse, trois pour un casque et deux pour une épée. En un mot, montrez-vous généreux, hardi et avisé. Et gardez-vous de manquer de parole aux barons puisque, avec l'aide de Dieu, c'est Charles qui paiera tout. Qu'il se présente seulement pour détruire notre enceinte et tenez-moi pour un menteur si je ne vous le livre pas, en plein Montauban, pieds et poings liés, yeux bandés, en présence de tous vos chevaliers.

— Si vous faites cela pour moi, mon cousin, s'écrie Renaud transporté de joie par cette promesse, en tombant aux pieds de Maugis sous le coup de l'émotion, considérez-moi comme votre vassal ou même comme votre esclave. »

Pendant ce temps, l'empereur de France s'adressait à ses hommes : « Je vais emporter ma couronne[83] avec moi à Blaye, par saint Pierre, et ce n'est pas Yon qui m'y fera renoncer plus qu'un autre. C'est moi qui l'humilierai en lui faisant raser barbe et moustaches[84] et en jetant à terre sa couronne : il ne sera plus qu'un roi déchu jusqu'à sa mort.

— Avec l'armée que nous emmenons, dit le duc Naime, et s'il plaît à Dieu et à saint Pierre, nous devrions être vainqueurs.

— Je n'ose encore l'affirmer, répond Charles, mais ce que je dis et ordonne à tous les nobles chevaliers, à tous ceux qui portent l'épée, c'est de ne pas rester en arrière. Je vais faire convoquer nommément tous mes barons, et ceux du pays de Galles, d'Écosse, de Flandre, et les Anglais aussi. »

L'empereur de France, au moment de donner congé à ses hommes sur le point de quitter Paris, leur commande de revenir au plus vite. Et chacun s'engage en effet à faire diligence. Salomon de Bretagne est le plus rapide : il ramène à Laon vingt mille chevaliers. Richard de Normandie n'est pas non plus à la traîne et lui, c'est avec dix mille hommes qu'il revient auprès du roi...

[*Le dénombrement se poursuit sur une vingtaine de vers.*]

... Je ne peux même pas vous énumérer tous les barons, les comtes et les rois qui sont là ; mais ils étaient si nombreux qu'ils ne purent pas tous entrer dans Paris et qu'ils durent monter leurs tentes et installer leurs cuisines en dehors de la ville. La présence de tous ces hommes fait monter les prix : l'oie se vend à cinq sous, la poule à vingt deniers [85]. S'ils devaient s'attarder, jusqu'où cela n'irait-il pas ?

L'empereur a rassemblé son armée ; il doit bien y avoir là cent mille hommes sur le pied de guerre, sans compter les vétérans portant barbe au menton qui donneront des conseils sur l'ordre des batailles. C'était la première fois qu'un roi de France réunissait des forces aussi imposantes. Charles en remet le commandement à son neveu Roland et il confie son étendard à Garnier, le fils de Doon. Après avoir traversé le Poitou, l'armée pénètre en Gascogne et fait halte sous les hauteurs de Montbendel, à moins de quatre journées de Montauban dont on aperçoit la fumée qui s'élève de la tour. L'empereur met pied à terre au milieu de la plaine ; il appelle Naime dont la barbe grisonne, Richard de Normandie et Samson de Pierrelée qu'il emmène discrètement avec lui à l'écart pour les mettre au courant d'une sage décision qu'il a prise :

« Vous allez immédiatement faire crier par toute l'armée la proclamation que voici (et quiconque passera outre, si grand seigneur soit-il, le paiera cher, par l'âme de mon père : il sera pendu sur l'heure, quelle que soit la raison qu'il invoque pour avoir désobéi) : j'interdis de prendre sans payer quoi que ce soit aux paysans ; je ne veux pas qu'ils y perdent la valeur d'un denier. Défense de toucher aux vaches, aux moutons, à tout le bétail. Qu'on achète ce dont on a besoin. Ainsi, l'armée n'aura pas de difficulté d'approvisionnement.

— Bénie soit l'heure où vous avez ceint l'épée, répond Richard l'avisé, jamais la France n'aura de meilleur roi. »

Charles met le siège devant Montbendel. « Par saint Simon, que voilà une forte citadelle, dit-il à ses barons. Elle n'a pas son pareil au monde. La Roche-Guyon, Paris, Orléans et toutes les autres sont loin de la valoir.

— Je vous arrête tout de suite, seigneur, rétorque Ogier. Sachez bien, et vous pouvez nous en croire, Montauban en vaut cent comme elle !

— Comment est-ce possible, Ogier ? Regardez donc les murs qui protègent la ville tout alentour, et les bretèches[86], et le maître-donjon ! S'il y avait là deux cents hommes tels que je pourrais vous les nommer, ils n'auraient rien à craindre de notre armée.

— Vous pouvez dire ce que vous voulez, seigneur, mais écoutez un peu ce que, moi, j'ai à vous dire. Je vais vous décrire, d'après ce que nous en savons, la force de Montauban, la ville couronnée de hautes tours. Il est impossible d'en approcher à moins de deux portées d'arbalète pour y installer pierrière, catapulte ou autre machine de siège [87], et elle est si bien fortifiée qu'elle est imprenable : impossible de s'emparer de la porte, je vous le garantis, quelles que soient les forces qu'on y mette. Les occupants resteront donc libres de se faire approvisionner par les bateaux qui remontent la Gironde. Renaud a bien trois mille compagnons avec lui à qui la peur de la mort ne suffira pas à faire abandonner leurs maisons. Et ils peuvent compter sur Maugis pour leur fournir tout ce dont ils auront besoin : chevaux, palefrois et mules d'Aragon, lingots et pièces d'or. Renaud a suffisamment accumulé de ressources et de provisions diverses pour tenir sept ans avec ses trois mille hommes en se moquant de notre armée comme d'une guigne. Si nous les assiégeons, c'est pour nous que sera la honte, lorsque nous serons obligés de nous en retourner comme nous sommes venus. »

Ces paroles ont le don d'irriter l'empereur, dont le visage s'assombrit de colère tandis que sa moustache se hérisse : « Je sais bien pourquoi vous parlez ainsi, Ogier ; vous voudriez avoir remis à l'écurie votre cheval Broiefort et que je sois déjà en France, à Reims ou à Soissons et que tous mes chevaliers soient rentrés chez eux, ou bien que Renaud me détienne prisonnier, car vous êtes du lignage [88] de Girard de Roussillon et cousin des fils Aymon. Mais, par saint Pierre, quiconque essaiera de les protéger, si puissant soit-il, je le ferai brûler vif et réduire en cendres.

— Je ne dirai plus rien, seigneur, par le nom de

Dieu. Faites comme vous voulez. Je commanderai l'arrière-garde avec quatre mille hommes.

— J'en chargerai un autre, sur ma tête, dit Charles. Damné soit qui vous ferait confiance en cette affaire. »

Le roi de France sort de sa tente et appelle le duc Naime et le comte Othon, Gondebeuf de Vaudeuil, Milon d'Aiglant, sans oublier Huidelon de Bavière.

« J'ai besoin de vos conseils, leur demande-t-il. Répondez-moi pour l'amour du Dieu tout-puissant. Vous voyez tous ces baraquements, ces tentes, ces abris somptueux, ces pavillons en rangs serrés sur quatre grandes lieues. Il n'est pas un chevalier, de chez nous jusqu'au grand Nord, qui ne campe ici, et ce ne sont pas les hommes aguerris qui nous manquent. Alors, pour l'amour de Dieu, comment quatre vassaux de rien ont-ils pu m'amener au point où j'en suis, moi dont les forces et la puissance sont sans comparaison avec les leurs ? Il faut que Maugis m'ait ensorcelé ou que les Français m'aient trahi ; oui, c'est cela, ils m'ont trahi, hypocrites qu'ils sont ! »

Alors Huidelon de Bavière se lève pour répondre — écoutez-le : « Vous vous êtes expliqué tout au long, seigneur empereur ; maintenant c'est mon tour de parler et voilà ce que j'ai à vous dire. Personne ne peut ouvrir la bouche devant vous sans s'entendre aussitôt accuser de trahison pour peu qu'il ne soit pas entièrement d'accord avec vous. Vous voulez savoir comment il se fait que les comtes sont toujours là ? C'est qu'ils sont de France et apparentés aux plus nobles hommes du royaume, à commencer par Girard de Roussillon, par le vieux Doon de Nanteuil et par le duc Beuve d'Aygremont. Richard de Rouen est leur cousin et, au nombre de leurs parents, on compte encore Estout le fils d'Odon, Ogier le Danois dont la réputation n'est plus à faire, Turpin l'archevêque de votre ville de Reims, et moi-même, seigneur, je n'ai pas honte de le dire. Aussi n'allez surtout pas vous imaginer, au nom du ciel, que si au cours d'une bataille, moi ou un de ceux que je vous ai nommés, nous voyions Renaud, Aalard, Richard, Guichard ou Maugis l'aguerri hors d'état de se défendre, nous irions vous les livrer, alors que nous savons parfaitement qu'une fois pris, ce qui les attend sans recours, c'est de se balancer au bout d'une corde. Tant pis pour vous si vous ne me croyez pas ; mais, par saint Denis, nous leur viendrions plutôt en aide avant qu'il ne soit trop tard. Et quiconque s'aviserait de les faire prisonniers et de vous les livrer, nous le tiendrions pour responsable de leur mort ; si puissant fût-il, il n'aurait plus lui-même longtemps à vivre. Pour l'amour du Dieu tout-puissant, laissez-vous persuader de faire la paix avec eux, ils vous serviront fidèlement et sans arrière-pensées. La guerre a trop duré, et elle a fait, vous le savez bien, trop de morts qu'on aurait pu éviter. »

A ces mots, le sang de Charles ne fait qu'un tour. Le visage rouge comme braise, serrant les dents et secouant la tête, sa vue sème l'effroi dans le cœur de ceux qui l'entourent.

« Cela suffit, Huidelon, dit-il à voix assez haute pour que tous l'entendent, s'obstinant dans son propos. Pour énumérer les parents de Renaud, de ses frères et de Maugis, vous êtes très fort. C'est votre trahison qui l'a sauvé. Vous vous êtes arrangé pour l'épargner, vous et les autres. Mais si vous continuez, par l'apôtre Pierre et par saint Denis mon protecteur[89], c'est la prison ou le gibet qui vous attend, tous autant que vous êtes ! »

[*Montbendel assiégé se rend sans coup férir. Sur sa lancée, Charles somme le roi Yon de lui livrer Renaud et ses frères. Yon indigné est tout prêt à refuser. Mais son conseil doit en délibérer. Les barons qui le composent, mus à la fois par la jalousie (le roi a favorisé à leurs dépens ces étrangers que sont les fils Aymon) et par la peur (Charles est si puissant !), se prononcent en sens contraire. C'est cette réponse qu'ils viennent lui porter (vv. 5603-6034).*]

« Qu'êtes-vous partisans de faire, seigneurs ? interroge Yon.

— Nous n'allons pas nous gêner pour vous le dire et ce sera vite fait, répond le traître Hunaud. Nous nous sommes tous engagés à quitter votre service et à passer à Charles si vous ne lui livrez pas Renaud. »

Quand le roi comprend que ses hommes l'abandonnent, il ne peut retenir ses larmes : « Pauvre Renaud, murmure-t-il assez bas pour n'être pas entendu, vous voilà bien honteusement trahi ! Et à voix haute : S'il s'aperçoit de ce que je m'apprête à faire, il n'y aura pas de citadelle assez forte pour me protéger : il me fera brûler vif et réduire en cendres !

— Voici comment il faut nous y prendre, sur ma foi, lui explique le comte d'Avignon. Nous accompagnerons les barons jusqu'à la plaine de Vaucouleurs. Nous leur aurons donné des manteaux d'écarlate qu'ils porteront sur leurs pelisses grises et, comme montures, des mulets d'Espagne. Ils n'auront ni lance pour attaquer, ni cotte de mailles, ni bouclier, ni casque pour se défendre. Nous les escorterons avec trente chevaliers, ou seulement avec quinze ou vingt, comme on voudra. Charles, lui, sera là avec quatre mille de ses barons, armés de pied en cap, montés sur leurs chevaux de combat. Il n'aura plus qu'à les faire conduire jusqu'à Reims ou Soissons ! Renaud a suffisamment de parents en France : ils ne le laisseront pas mettre à mort et se chargeront bien mieux que nous de le protéger. »

A entendre ces mots, le roi Yon s'assombrit : « Pauvre Renaud ! Cette trahison va vous coûter la vie », dit-il entre ses dents avant de défaillir.

Pour celui qui devait devenir saint Renaud [90], Dieu fit alors un grand miracle [91], la scène en est gravée sur sa châsse à Trémoigne : les murs de la salle où se tenaient le roi et ses barons, de blancs qu'ils étaient, devinrent violets puis noirs comme charbon ; et ceux qui étaient là restèrent un long moment paralysés, privés de vue et de sentiment, avant de retrouver leurs esprits.

[*Yon fait prévenir Charles par une lettre portée par un messager qu'il lui livrera les fils Aymon selon le plan proposé par le comte d'Avignon (vv. 6078-6116).*]

Charles notre empereur brise le cachet de cire qui fermait la lettre et prend connaissance de son contenu (il avait appris à lire [92] dans son jeune âge). A voir la promesse de trahison faite par le roi, d'abord il se prend à rire. Mais l'idée de la mort d'Aalard lui arrache un soupir et celle de Guichard lui fait verser des larmes. Quant à celle de Renaud, elle lui est insupportable : il se laisse tomber à terre sur la roche bise et tout l'or de Perse [93] ne le maintiendrait pas debout :

« Hélas ! Renaud, quelle pitié c'est de vous et de votre prouesse, murmure-t-il pour lui-même quand il reprend ses esprits. Avec vous périt la fleur de toute chevalerie. Quand je pense que nous étions parents, je me dis que c'est bien là pour moi un jour de colère et de deuil et que je ne connaîtrai plus la joie jusqu'au jour de ma mort. Mais tout cela est la faute de Maugis et de ses machinations ! C'est à cause de lui que j'ai juré votre mort sur les reliques [94].

— Seigneur, dit le messager, s'il y a là quelque chose qui ne vous convient pas, dites-le-moi tout bas pour qu'on ne vous entende pas.

— Merci de ton attention, ami ; c'est moi qui ne me comporte pas comme je le devrais. Si le roi Yon fait ce qu'il écrit dans sa lettre, je laisserai sa terre en paix et je serai son garant : il pourra compter sur mon aide contre n'importe qui, sauf Jésus-Christ, bien sûr.

— Mon maître veut des gages de votre parole.

— Je vais lui en donner les meilleurs que je sache : dis-lui qu'il peut être sûr désormais de mon amitié, et que saint Denis de France, notre saint patron, et Jésus, le fils de Marie, soient mes témoins ! »

[*Charles confie au messager une lettre acceptant les propositions qui lui ont été transmises (vv. 6146-6176).*]

Le messager s'en va après avoir pris congé du roi qu'il laisse appuyé au dossier du trône où il est assis. Charles fait venir auprès de lui Fouque de Morillon et Ogier le valeureux Danois.

« J'ai un secret à vous confier, leur dit-il, mais il faut que cela reste entre nous jusqu'au dernier moment, sur la foi que vous me devez. Cette guerre qui m'a valu tant d'épreuves va prendre fin et voici comment.

— Seigneur, dit Ogier, nous vous savons trop noble pour nous demander quoi que ce soit de contraire à l'honneur.

— Loin de moi cette pensée en effet. Je pars pour Vaucouleurs et vous allez m'accompagner avec quatre mille hommes. Au milieu de la plaine s'étendent quatre forêts où vous vous mettrez en embuscade. Les quatre fils Aymon y seront eux aussi. Vous vous emparerez d'eux et vous me les amènerez morts ou vifs. »

Vous imaginez bien que cet ordre n'est pas du goût d'Ogier le valeureux Danois : « A Dieu ne plaise, dans Sa gloire et Sa prévoyance, qu'aucun de nous ne vous les livre, grommelle-t-il assez bas pour n'être pas entendu.

— Allez et faites ce que je vous ai dit. Si vous réussissez, vous serez les maîtres en France, par ma foi.

— Mais je ne saurai pas les reconnaître, proteste Ogier.

— Bien sûr que si, puisqu'ils sont vos cousins, ces maudits traîtres ! Et vous allez me donner votre parole sur la vraie croix que vous ne les préviendrez pas de ce qui les attend et que vous ne ferez pas seulement semblant de les combattre. »

Ogier prête le serment demandé mais en ajoutant sans que le roi l'entende [95] : « Par le Dieu glorieux et prévoyant, je ne vous remettrai pas un seul d'entre eux, dût-on me donner Blois [96] en échange. »

Les quatre mille chevaliers qui vont prendre part à l'embuscade s'arment de pied en cap tout en se demandant ce que le roi attend d'eux. Revêtus de leurs cuirasses et coiffés de leurs casques, l'épée au côté, fin prêts, ils se mettent en selle sur leurs chevaux à la robe claire, brune ou noire et ils quittent le camp en bon ordre après avoir rassemblé rapidement leurs hommes. Un moment plus tard, ils traversent le Balençon et les sablonnières qui le longent. Si Renaud et ses trois frères le savaient, ils n'y viendraient pas habillés comme ils le sont, mais revêtus de leurs armes.

Si le Crucifié n'y prend garde, ils seront en danger de mort avant demain soir.

Cependant le messager du roi poursuit son chemin jusqu'à Toulouse où se trouve son seigneur : il lui tend la lettre de Charles. Yon la remet à son chapelain qui en parcourt le contenu : quand il voit que la mort des frères est décidée, les larmes lui montent aux yeux ; c'est une nouvelle qu'il voudrait bien épargner au roi.

« Que dit cette lettre ? l'interroge celui-ci, n'essayez pas de me cacher la vérité.

— Elle est difficile à déchiffrer, seigneur : celui qui l'a écrite est né en Frise [97]. Vous voulez savoir ce que le noble Charles vous fait dire ? Eh bien, si vous accomplissez ce que vous lui avez écrit, il augmentera votre domaine de quatorze châteaux, et il invoque saint Denis de France et le Dieu tout-puissant en personne comme garants de sa promesse. Il vous fait envoyer quatre manteaux conformes à la description que vous avez donnée. Que chacun des fils Aymon en porte un quand ils se rendront à Vaucouleurs, car il ne veut pas qu'on risque de faire du mal à un autre qu'à eux. Si sa lettre dit vrai, ses hommes doivent déjà se trouver à l'endroit convenu. Fouque de Morillon et Ogier l'avisé, avec quatre mille chevaliers en armes, y attendent les fils Aymon. Il vous reste à les livrer. »

Le roi Yon fait alors sonner du cor et ordonne en toute hâte aux siens de se mettre en selle. Il quitte aussitôt la ville avec une troupe de deux mille hommes et gagne Montauban d'une traite. Tous pénètrent à l'intérieur de l'enceinte et, tandis que les chevaliers gagnent leur cantonnement dans le bourg, le roi se rend au château. Sa sœur au clair visage vient à sa rencontre et, le prenant par la manche de sa pelisse bordée d'hermine, veut l'embrasser ; mais il détourne la tête, dit qu'il est malade et ne peut lui parler ; — c'est la trahison qu'il complote qui le pousse à l'éviter ainsi. Aussitôt, on lui prépare un lit dont les couettes sont en tissu exotique brodé et les couvertures de soie, fourrées de petit-gris. Il s'y étend pour se reposer, mais sans pouvoir trouver le sommeil : la pensée des fils Aymon l'obsède : « Hélas ! Dieu de gloire, murmure-t-il entre ses dents, comme j'ai mal agi envers les quatre meilleurs princes de la chrétienté ! Je les ai vendus et livrés à Charles comme un traître. Demain, ils seront pendus sans recours et moi, je serai damné à coup sûr comme Judas[98] : personne ne pourra m'obtenir le pardon. Mais ce qui est fait est fait, il n'y a pas à y revenir. » Et il laisse retomber sa tête sur la couette.

C'est ainsi qu'à la fin mai, à ce moment de l'année où le beau temps est de retour, le roi Yon est venu de Toulouse, la ville forte et sa capitale, jusqu'à Montauban, après avoir perpétré la trahison. Et voici que Renaud vient de chasser à l'arc dans la forêt d'Argonne. Il ramène avec lui quatre chevaux chargés de gibier : quatre sangliers qu'il a pris non sans mal. Ses frères tendrement aimés sont à ses côtés et la meute de ses chiens l'entoure. Il y a là de fiers piqueurs et au moins trente valets tant à pied qu'à cheval, portant arcs taillés dans l'aubier et flèches d'acier. A entendre les rues résonner du bruit que font les écuyers occupés à astiquer les cuirasses et panser les chevaux, et les cris des faucons sur leurs perches, Renaud s'imagine que ce sont là des chevaliers venus pour se faire engager.

« Qui sont ces hommes qu'on a laissé entrer dans la ville sans ma permission, par Dieu ?

— C'est le roi Yon, le renseigne un bourgeois, votre bien-aimé seigneur de Gascogne, qui est venu pour s'entretenir avec vous.

— Par le Crucifié, pourquoi s'être dérangé ainsi et s'être donné tout ce mal ? J'aurais volontiers fait le voyage à sa place. » Et Renaud demande à son maréchal de lui apporter le cor Bondin, « car je dois faire fête à mon seigneur ».

L'homme le lui tend aussitôt par la courroie brodée d'or et fait de même pour les trois frères. Alors il aurait fallu entendre les comtes sonner à perdre haleine ! Un vrai tonnerre ! Du palais jusqu'au clocher de l'église Saint-Nicolas, tout Montauban en retentit. Quel cœur aurait pu rester insensible à cet hommage ? Le roi se lève, va s'accouder à l'embrasure d'une fenêtre en haut du palais, et les sonneries des cors lui arrachent ces mots dits assez bas pour qu'on ne les comprenne pas : « Hélas ! quelle pitié c'est de vous, nobles chevaliers ! Pourquoi me faire fête ? Vous allez en être bien mal récompensés car je vous ai trahis. Demain, vous serez pendus sans recours. C'est un Judas que vous logez sous votre toit. Oui, c'est l'enfer qui m'attend. Je n'ai pas de pardon à escompter, car celui qui trahit de tels hommes, c'est comme s'il avait renié Dieu et s'était mis au service du diable. » Et il va se recoucher.

Cependant les quatre frères ont mis pied à terre et montent dans la grande salle du palais. Dès qu'il les voit, le roi Yon se redresse : « Ne vous étonnez pas si je ne vous prends pas dans mes bras pour vous embrasser, mais je me sens très mal depuis au moins quinze jours, explique-t-il à Renaud ; je ne peux ni boire ni manger.

— Reposez-vous, seigneur, et soyez sûr que je ferai tout mon possible pour vous.

— J'étais à Toulouse ma belle ville pour la Pentecôte : les barons de mon pays s'y étaient rassemblés mais vous n'avez pas daigné honorer ma cour de votre présence, c'est donc moi qui suis venu à Montauban.

— Que Dieu m'aide, seigneur, si vous m'aviez demandé de venir, je me serais dépêché d'y aller avec quatre cents barons au moins. »

Alors le roi Yon ordonne à son sénéchal de lui apporter les quatre manteaux d'écarlate ; il veut, dit-il, en faire présent aux frères en signe d'affection.

« Seigneurs, francs chevaliers, leur dit le sénéchal, prenez ces vêtements : c'est le roi qui vous les donne, vous pouvez l'en remercier.

— Il y a de quoi certes, fait Aalard, et nous les porterons avec d'autant plus de plaisir par amitié pour lui. »

Sans méfiance, les comtes les endossent ; hélas ! malheureux, c'est pour leur perte qu'on les avait préparés ! Ce sont les signes de reconnaissance qui les désigneront à leurs ennemis. A les voir ainsi vêtus, les larmes montent aux yeux du roi et plus de cent chevaliers qui sont là, et savent la trahison, n'osent souffler mot.

« Écoutez-moi, noble duc[99], fait le roi à Renaud, j'ai quelque chose à vous dire, à vous et à vos frères. Je me suis rendu à Montbendel auprès de Charles pour répondre d'une accusation de trahison qu'il avait portée contre moi sous prétexte que je vous avais accueillis sur mes terres. Je lui ai donné des gages que personne n'a osé contester. Vous allez donc vous rendre dans la plaine de Vaucouleurs, avec sept comtes de noble lignage. Vous y trouverez le roi Charles, Naime le vétéran et Ogier l'avisé. Vous assurerez l'empereur de votre bonne foi et il fera de même pour vous. Alors vous ferez la paix avec lui et vous rentrerez en possession de vos domaines.

— Pitié, seigneur, pour l'amour de Dieu, répond Renaud. Vous êtes bien placé pour savoir la haine qu'il nous porte. Si nous tombons entre ses mains, c'est la mort qui nous attend. Tout l'or du monde ne nous empêchera pas d'être pendus haut et court.

— Vous parlez pour rien, car j'ai donné ma parole en présence de ses barons. Vous ne monterez pas des chevaux de combat ou de selle, mais des mulets ; vous porterez ces manteaux et vous tiendrez une rose à la main en signe de liesse.

— A vos ordres, seigneur. Nous irons de bon gré puisque telle est votre volonté.

— Dieu ! s'exclame Aalard, qui a jamais entendu parler d'une chose pareille ? Qui peut craindre des chevaliers désarmés ? J'ai entendu l'empereur jurer qu'il nous ferait couper la tête s'il s'emparait de nous. Dieu me damne si j'y vais sans armes.

— Inutile de discuter, fait Renaud, ne plaise au Crucifié que je me méfie jamais de mon seigneur ! Dès que le jour sera levé, nous irons et de plein gré. Je dois respecter les ordres du roi. Jusqu'à présent le ciel ne nous a pas refusé son aide. Pendant sept ans entiers, j'ai été en guerre avec Charles, sans jamais pouvoir dormir dans un bourg ou un château, mais toujours à la belle étoile comme un bandit de grand chemin. Mais pour retrouver l'amitié de mon seigneur, j'irais bien en chemise [100] jusqu'au Mont-Saint-Michel — et que Dieu m'entende ! »

Le duc Renaud descend l'escalier qui mène à la salle d'en dessous. Sa femme est là, la sœur de Yon, la belle, joyeuse et courtoise Aélis, plus vermeille que rose sur rosier, plus blanche que neige sur glace [101] ; ses deux enfants sont avec elle, le petit Aymon et le petit Yon qu'elle chérit tendrement. Dès qu'elle aperçoit son mari, elle court vers lui pour le prendre dans ses bras.

« Je suis heureux de vous le dire, dame, fait-il, j'ai une raison de plus de vous aimer et de vous estimer. Le roi, votre frère, s'est entremis pour moi : alors qu'à la cour de Charles, on lui imputait à crime sa bienveillance à mon égard, il a réussi à faire ma paix avec lui, ce que ni Roland, ni Olivier, ni les douze Pairs [102], dont l'éloge n'est pourtant plus à faire, n'avaient pu obtenir. Nous tiendrons librement de lui nos terres en fiefs et nous aurons assez d'or et d'argent pour en donner aux barons du pays et aux hommes que nous avons pris à solde.

— Dieu soit loué ! seigneur, dit-elle, mais dites-moi, où sera conclu cet accord ?

— Ce sera dans la plaine de Vaucouleurs. J'y vais de ce pas avec Aalard, Guichard et Richard, mes frères bien-aimés. Nous n'y aurons ni chevaux de combat ou de selle, ni riches cuirasses, ni casques, ni boucliers. Nous monterons des mulets d'Espagne et nous tiendrons une rose à la main en signe de liesse. Et là-bas, nous rencontrerons Charles au fier visage, Naime le vétéran et Ogier le Danois. »

A ces mots, la dame change de visage : « Non, seigneur, dit-elle précipitamment, n'y allez pas, je vous en prie. C'est un endroit trop dangereux. Au milieu de la plaine, il y a un pic très élevé, tout droit dressé contre le ciel et entouré d'une rivière profonde et de quatre forêts dont la moindre, à ce qu'on m'a dit, s'étend sur sept lieues d'un seul tenant. Convenez plutôt d'un endroit qui soit de meilleur augure, devant Montauban par exemple, au bord de la rivière. Que Charles de France y vienne avec ses barons et vous aussi y serez, seigneur, monté sur Bayard votre bon cheval, avec vos frères à vos côtés. Qu'alors on discute des termes de l'accord, mais prenez la précaution d'avoir avec vous quatre cents chevaliers que votre cousin Maugis aura dissimulés prêts à vous venir en aide au besoin. Car la nuit dernière, j'ai fait un songe effrayant : j'étais sous l'Arbre du Pèlerin [103] et je voyais venir du plus profond de la forêt une centaine de sangliers, les babines retroussées sur leurs défenses tranchantes comme l'acier, et qui se ruaient sur vous, seigneur, de tout leur élan, pour vous mettre en pièces. Je voyais aussi les tours de Montauban s'effondrer et un trait d'arbalète décoché du haut du toit frapper votre frère Aalard et lui arracher le bras droit, puis les poumons et le foie qui se répandaient à ses pieds. Je voyais encore l'église Saint-Nicolas détruite et les statues verser des larmes, tandis que deux aigles apparus dans le ciel s'emparaient de Richard et l'enlevaient, attaché à une branche de pommier. " Au secours, Renaud ! " criait-il ; et vous vous précipitiez vers lui, monté sur votre cheval Bayard, mais l'impétueux animal se dérobait sous vous et vous ne pouviez rien pour votre frère. Ce songe m'obsède, j'en suis encore toute bouleversée.

— Calmez-vous, dame, et écoutez-moi. Qui croit aux rêves renie Dieu [104].

— Eh bien, moi, je ne mettrai pas les pieds à Vaucouleurs, fait Aalard.

— Ni moi, par le ciel, dit Guichard.

— Allons, seigneurs, ajoute Richard, prenons nos cuirasses et nos casques ciselés, ceignons nos épées et gardons nos chevaux. Menez Bayard avec vous, frère. Il pourra nous porter tous les quatre en cas de besoin.

— Je vais en demander la permission au roi, dit Renaud qui retourne auprès de lui en haut de l'escalier. Mes frères sont inquiets, seigneur. Permettez-nous de monter nos chevaux, et retenez auprès de vous les sept chevaliers qui devaient nous accompagner au cœur de la forêt. Si nous avons Bayard avec nous, nous n'aurons rien à craindre de personne.

— Il n'en est pas question, sur ma tête, dit le roi. C'est justement là ce que redoute l'empereur, de vous voir, vous et vos frères, arriver en armes et montés en bataille. Je me suis engagé publiquement à ce que vous veniez sans tout cet équipage. J'ai obtenu que vous puissiez faire la paix avec Charles, mais si ces conditions ne vous conviennent pas, ne comptez plus sur moi pour m'entremettre !

— Il en sera comme vous voulez, seigneur », dit Renaud ; et, redescendant l'escalier, il retourne au plus vite vers sa femme Aélis au corps léger, et vers Aalard, Richard et Guichard.

« Eh bien, qu'avez-vous obtenu ? l'interrogent-ils. Pourrons-nous emmener Bayard ?

— Non, dit Renaud, le roi ne le veut pas. Mais c'est un homme honnête et loyal, il ne lui viendrait pas à l'idée de nous trahir, dût-il lui en coûter la vie. Et que le Dieu du ciel me confonde si j'allais mettre en doute la parole de mon seigneur.

— Alors, tant pis, font ses frères. Puisque telle est votre volonté, nous irons, et de plein gré. »

Les fils Aymon font préparer leur lit [105] et vont se reposer. Renaud et sa femme s'y allongent côte à côte et ses frères en font autant de l'autre côté. Le lendemain très tôt, Renaud s'éveille : « Debout, barons, intime-t-il à ses frères en voyant que le jour est déjà levé. Si l'empereur est à Vaucouleurs avant nous, il nous en voudra. » Aussitôt levés et habillés, ils se rendent à l'église Saint-Nicolas pour prier et déposer une offrande somptueuse sur l'autel. Après la messe, ils demandent leurs mulets. Chacun d'eux a revêtu un des manteaux d'écarlate, et ils ont garde d'oublier leurs épées. Renaud a ceint Froberge, il sait qu'il peut s'y fier — et il en aura grand besoin avant le jour tombé. Ils sortent de l'enceinte tenant chacun une rose à la main en signe de liesse.

Que le Crucifié les protège dans Sa bonté, car, s'Il les oublie, ils ne reviendront plus dans Montauban.

Quand le roi Yon les voit s'éloigner, quatre fois il défaille sur le marbre poli : « Attention, seigneur, font ses hommes, si Renaud vous voit, il aura vite fait de revenir.

— Hélas ! dit le roi, comme je le voudrais ! Rien ne pourrait me faire plus plaisir, car il est mon beau-frère et mon vassal. »

Et voici que se poursuit l'histoire des quatre fils Aymon que le roi Yon a envoyés à Vaucouleurs sous prétexte de négocier avec les hommes de Charles. A cause de cette trahison, il n'y a plus jamais eu de roi portant couronne en Gascogne. Voulez-vous savoir comment cela est arrivé ?

Le noble et vaillant Renaud s'en va, ses trois frères à ses côtés, que Jésus les protège par Sa passion ! Ils s'en vont dans la joie et l'insouciance, tenant chacun une rose à la main.

Ils sont sortis de Montauban ; si Dieu les oublie, il n'y reviendront plus.

Aalard et Guichard entonnent une chanson dont la mélodie limousine est écrite sur des paroles gasconnes, et Richard les accompagne en bourdon. Leurs voix portent au loin et, cithare, vielle ou psaltérion [106] n'auraient pas pu donner autant de plaisir à entendre.

Que Dieu les guide par Sa passion, car c'est à leur désolation qu'ils s'acheminent dans la joie.

Cependant, Renaud les suit, l'air morne. Du fond du cœur il se met à prier :

« Dieu de gloire, par Votre très-saint nom, Père, Vous avez créé selon Votre volonté le ciel et la terre, ainsi que l'eau et les poissons, et Vous êtes venu sur terre habiter parmi nous. Vous avez pardonné ses péchés à Marie-Madeleine, ressuscité Lazare à Béthanie, sauvé Daniel de la fosse aux lions et protégé Jonas dans le ventre de la baleine. Vous avez converti Pierre, André et Paul, tandis qu'ils pêchaient en mer [107] tous les trois. Judas, ce maudit traître, Vous vendit aux Juifs mécréants, et pour trente malheureux deniers, quelle pauvre récompense pour un tel forfait ! Cher Seigneur, Vous avez souffert le martyre sur le bois sacré de la croix où Longin [108] Vous frappa de sa lance au côté : il était aveugle, on le sait, mais le sang qui coula le long de la hampe et dont il se frotta les yeux lui rendit la vue. Puis Vous êtes ressuscité à Pâques et Vous êtes monté au ciel à l'Ascension avant de revenir parmi nous, comme nous le lisons dans l'Évangile. De même que tout cela est vrai et que nous le croyons fermement, protégez-moi aujourd'hui de la prison et de la mort, et protégez aussi mes trois frères qui sont de bons chevaliers. Je ne sais vers quoi je les emmène, mais c'est en grand péril [109]. »

Et les larmes lui montent aux yeux. A le voir ainsi, Aalard lui demande ce qu'il a : « Nous avons tant de fois combattu Charles, alors que nous n'étions que cinq en comptant Maugis et que lui avait deux mille hommes sous ses ordres, et jamais je ne t'ai vu pleurer. Frère, dis-moi, par ce Seigneur qui pardonna à Longin, as-tu quelque raison d'être inquiet ?

— Mais non, que Dieu me sauve !

— Alors, au nom du ciel, frère, pourquoi pleures-tu ? Tout vient à point à qui sait attendre, dit le proverbe. Voici venu pour nous le moment de faire la paix. Allons-y donc gaiement et réjouissons-nous, tant que nous sommes en vie. Quand nous serons morts, il sera trop tard. Chante-nous une chanson, tu as une belle voix ; nous trouverons le chemin moins long. » Et tandis que Renaud s'exécute, ils poursuivent leur chemin sur leurs mulets jusqu'à Vaucouleurs.

Aucun de vous, je pense, ne connaît l'endroit ; je vais donc vous le décrire. Un pic rocheux s'y élève depuis le début des temps ; sept mille pierres forment un cercle tout autour, quatre forêts dont la moindre a sept lieues de profondeur viennent en battre la base, et quatre rivières encaissées l'enserrent dans leur cours : ce sont la Gironde, la Dordogne, la Vairepainne et le Balençon. C'est le géant Fortibias qui a donné à ce lieu l'allure d'une forteresse, celui-là même qui a fondé Montbendel à flanc de rocher. Il n'y a ni village, ni maison, ni château, ni enceinte, dans un rayon de trois lieues. Tel est le site fixé pour la trahison et la mort des fils Aymon, au pied du rocher, à la croisée des routes dont l'une va en France, à Reims ou à Soissons, la deuxième en Galice, la troisième en Carrion [110], et la dernière en Gascogne : c'est par là que Renaud et ses frères doivent arriver. Le long de chacune des quatre routes, il y a mille chevaliers, oriflammes repliées, armés de pied en cap et à cheval, qui ont juré leur mort, mais — que Dieu les défende par Sa grâce ! — ce sont de valeureux barons. Les voici qui arrivent, revêtus de leurs manteaux d'écarlate, pressant de l'éperon leurs mulets qui vont l'amble [111]. Ogier, avec sa troupe, est le premier à les apercevoir ; aussitôt, les Français rompent les rangs comme faucons prêts à l'attaque, pour le désespoir du Danois qui saute sur Broiefort et, un bâton à la main, s'adresse à eux :

« Je vous en prie, nobles barons, vous êtes mes hommes et mes compagnons, mais ceux-là sont mes cousins : ce qui les attend, c'est la prison et les affres de la mort ; ils n'en sortiront pas vivants. Tout plutôt que de les voir mourir. A chacun de vous, je donnerai château ou donjon, ou assez de mes biens pour qu'il puisse se dire riche, si vous reculez d'un jet de bâton.

— A vos ordres », répondent-ils.

Et les fils Aymon poursuivent leur chemin sans même les avoir aperçus. Parvenus tout au fond de la vallée, ils s'étonnent de n'y trouver personne : « Je te vois changer de visage, frère, dit Aalard à Guichard. Dis-moi ce que tu as.

— Je n'ose pas, à cause de Renaud.

— Mais si, dit Aalard, cela vaut mieux.

— Eh bien, soit : je n'ai jamais eu si peur de ma vie. Je sens mon cœur battre, j'en ai la chair de poule. Et ce que je crains, c'est que le roi Yon nous ait trahis. »

Ils se tournent donc vers Renaud : « Que faisons-nous ici alors qu'il n'y a personne ? Quatre valets armés suffiraient pour nous faire prisonniers, sans que nous puissions nous défendre. Et nous avons, en France, tellement d'ennemis acharnés qui nous haïssent à mort ! Qui chasse un cerf le prend, dit le proverbe. Tu n'as pas voulu nous écouter, Renaud. Maintenant, allons-nous-en au nom de Dieu. Et rentrons tout droit chez nous à Montauban. Si nous étions là-bas dans le maître-donjon avec Bayard et Maugis, nous n'aurions rien à craindre de Charles. Allons-nous-en, par Dieu, c'est folie de rester plus longtemps. Le roi Yon s'est bien moqué de nous en nous faisant venir ici avec ces manteaux d'écarlate. Je ne peux pas croire qu'il n'y ait pas de trahison là-dessous.

— D'accord, dit Renaud, ressanglons nos mulets et partons. »

Cependant, ses regards se portent en direction du gué, sur la Vairepainne, face au Balençon, et il aperçoit les mille chevaliers qui y étaient postés, oriflammes enroulées. Il eut vite fait de les reconnaître à leurs cuirasses et à l'éclat de leurs casques verts qui se dressent orgueilleusement. Celui qui est à leur tête, c'est Fouque de Morillon, son ennemi mortel. A cette vue, Renaud ne se connaît plus de douleur : « Hélas ! Malheureux, qu'allons-nous faire ? C'est la mort qui nous attend, nous ne pourrons pas en réchapper.

— Que dites-vous là, frère, par Dieu ! lui demande Aalard.

— Certes, c'est un grand malheur que je vois. Regardez ce qui nous attend. »

A cette vue, le baron, défaillant, tombe à bas de son mulet, ainsi que Richard et Guichard. Quand ils reviennent à eux, c'est pour s'arracher les cheveux et déchirer leurs manteaux. Aucun cœur n'aurait pu rester insensible à leur douleur, je vous le dis.

« Aalard, dit Guichard, nous allons mourir tous les deux et Richard aussi, aucun de nous trois n'en sortira vivant. Notre mort a été jurée, nous le savons sans risque de nous tromper. Que faire, pour l'amour de Dieu ? Renaud nous a trahis, c'est évident. Il nous a amenés ici malgré nous. Il était au courant. A qui se fier ! Il n'y a pas de plus grand crime que de vendre son frère. L'épée au clair, Richard, et tuons-le, par Dieu !

Si nous mourons, il mourra en même temps que nous, ce maudit traître ! Et il n'aura que ce qu'il mérite ! »

Dans leur fureur, ils s'avancent tous les trois, l'épée au poing, sur lui qui, les voyant s'approcher, leur offre un visage ne reflétant que l'amitié qu'il leur porte.

« Hélas, malheureux que nous sommes, dit Richard, qu'allions-nous faire ? Je ne frapperai pas mon frère pour tout l'or du monde.

— Moi non plus, que Dieu sauve mon âme », dit Aalard. Et ils l'embrassent en chœur sans pouvoir retenir leurs larmes, les nobles barons !

« Pourquoi nous as-tu trahis ? demande Aalard. Nous n'étions pas des étrangers pour toi, nous étions tes frères, nés d'un même père et d'une même mère et nous n'avions qu'un cœur ! Comment t'est venue cette idée à toi, Renaud, notre chef et notre étendard ! Ne sommes-nous pas neveux de Girard de Roussillon, de Doon de Nanteuil et de Beuve d'Aygremont, trois frères sans reproche ? Il n'y a jamais eu de traître, fût-ce en pensée, dans notre famille.

— Je me suis mis dans mon tort avec vous, seigneurs, en vous faisant venir ici sans tenir compte de votre conseil. Mais nous nous en sortirons, s'il plaît à Marie et à son Fils — qu'il nous vienne en aide, Lui qui fit miséricorde à Longin !

— Comment nous protéger, frère ? demande Guichard. C'est notre mort que je vois s'avancer vers nous en la personne de Fouque de Morillon, notre ennemi mortel ; nous ne lui échapperons pas. Regardez, il est là, à une portée d'arbalète. Au nom de Dieu, Renaud, faites ce que je vais vous dire, nous vous le demandons tous les trois : traversons cette rivière et grimpons sur ce tertre, de ce côté de la montagne ; ils ne viendront pas nous y chercher.

— Pour qui me prends-tu, imbécile ? rétorque Renaud. Un cheval va plus vite qu'un mulet. Mieux vaut la mort que la honte. Damné soit le fuyard qui se fait tuer.

— Mais qu'allons-nous faire, interroge Richard, sans armures, ni casques, ni boucliers, comme nous sommes, et sans chevaux ni épieux ? Nous sommes réduits à l'impuissance. Et voici venir Fouque de Morillon avec mille hommes au moins qui tous sont nos ennemis jurés. Mettons pied à terre et confessons-nous les uns aux autres du fond du cœur, puisque nous n'avons pas de prêtre ; après quoi nous communierons avec des brins de cette herbe.[112] Autrefois, Jésus a été trahi par Judas le félon. Il en est de même pour nous aujourd'hui ; notre dernière heure est venue. »

Aucun cœur n'aurait pu rester insensible à la douleur des quatre frères qui s'arrachaient les cheveux et se tordaient les mains en versant des torrents de larmes.

« Écoutez-moi, seigneurs, intervient Aalard, puisque nous sommes tombés dans un guet-apens, sans aucune chance d'en réchapper, conduisons-nous de façon que l'honneur nous reste : attaquons les premiers en chargeant au cri de " Vaucouleurs ". Nous sommes neveux de Girard de Roussillon, de Doon de Nanteuil et de Beuve d'Aygremont. Notre lignage n'a jamais démérité ; nous devons nous montrer dignes de lui. Maudit soit qui préférera fuir plutôt que de se faire tuer sur place. J'en abattrai bien trente avant qu'ils viennent à bout de nous.

— Ami, lui dit Renaud, le fils du vieil Aymon, en l'embrassant à ces paroles, nous sommes frères tous les deux, il n'est pas de plus proches parents ; je ne te ferai pas défaut tant que nous serons en vie.

— Vous pouvez aussi compter sur nous, seigneur », font les autres.

Et Renaud les embrasse à leur tour avec tout l'amour qu'il leur porte. « Si nous avions des armes, chacun de nous en vaudrait non pas deux, quatre ou cinq des leurs, mais quatre cents des meilleurs. » Et sur ce, il crie « Montauban », et Guichard : « Balençon », tandis qu'Aalard invoque « Saint Nicolas de Vaucouleurs » pour qu'il leur vienne en aide comme il l'a fait pour les enfants [113]. « Dordone » s'écrie Richard, c'est le cri de guerre de leur père. Quelles clameurs ils ont poussées ! Avec seulement quatre cents hommes à leur côté, pas un de leurs adversaires n'en aurait réchappé.

Cependant, Fouque de Morillon, lui aussi, a poussé son cri de guerre : « Le roi Yon vous a trahis, par Dieu ! Il y va de vos vies, inutile de compter vous en tirer avec une rançon, je vous passerai la corde au cou de mes propres mains. Ah ! vous voilà la tête basse, Renaud, c'est la mort qui vous attend. Maugis est loin et même Bayard ne court pas assez vite pour vous rejoindre à temps ; vous avez eu tort de l'échanger contre un mulet. C'est pour votre malheur que vous avez tué Bertolai le neveu de Charlemagne. Qu'allez-vous faire maintenant ? Vous défendre ou vous rendre ?

— Nous défendre, sur ma foi. » Et se tournant vers Aalard : « Nous allons devoir nous battre, mon frère ; et que le Dieu qui vint au monde à Bethléem comme pauvre nourrisson nous garde ! Disposons-nous deux par deux, voilà ce que je vous propose : protégez-moi sur mes arrières, j'en ferai autant pour vous ; et nos deux plus jeunes frères se mettront entre nous.

— Nous ne vous abandonnerons pas, dit Richard.

— Mais alors, Renaud, vous allez combattre à nos côtés ? demande Aalard.

— Évidemment, par Dieu.

— Hélas ! Fous que nous étions d'imaginer que vous étiez au courant de la trahison et que vous nous aviez livrés à l'empereur, alors, bien sûr, que vous ne l'auriez fait pour rien au monde.

— Tant que Renaud sera avec nous, je suis tranquille, dit Guichard ; lui vivant, nous n'avons rien à craindre ; mais après, nous resterons sans défense. »

Et ils le recommandent à Dieu, tandis qu'il prie saint Simon pour eux. Déployant devant eux leurs manteaux d'écarlate, les quatre compagnons forment un bloc, bien décidés à se porter secours l'un à l'autre, même au prix de leurs vies.

Alors, Fouque pique les flancs de son cheval des éperons acérés et, oriflamme déployée, lance brandie, charge et frappe Renaud sur son manteau d'écarlate : il troue le tissu et sa doublure d'hermine, emportant avec elle la chemise de lin, et lui transperce la cuisse. Le mulet s'effondre sous le cavalier qui, lui, reste tout droit planté entre les arçons de la selle.

« Hélas ! s'écrie Aalard, il est perdu ! Renaud est mort, lui, notre seul recours ! Nous n'avons plus qu'à nous rendre.

— Taisez-vous, lâches, s'exclame Renaud. Je ne suis pas encore mort et je me moque bien d'eux. Nous avons le temps de vendre chèrement nos vies. »

Aussitôt le fils du vieil Aymon est sur pied : saisissant la lance de Fouque, il tire de toutes ses forces et réussit à l'arracher de sa cuisse ; des lambeaux de chair restent accrochés aux barbelures du fer. Mais l'angoisse qui l'oppresse ne l'empêche pas de dégainer l'épée, et d'interpeller Fouque à grands cris : « Mettez donc pied à terre et venez m'affronter si vous êtes un homme loyal. » Son adversaire se retourne contre lui avec la fougue d'un lion, mais Renaud le frappe de son épée Froberge : le casque et l'armure ne peuvent protéger Fouque du coup qu'il lui porte à la tête : fendu en deux jusqu'à la poitrine [114], il tombe à terre, mort. Renaud s'empare de son cheval, saute en selle et suspend le bouclier à son cou sans perdre de temps. Si les Francs ne prennent garde, ils vont avoir là un dangereux compagnon et que personne ne sera capable de désarçonner. Il cale ses pieds dans les étriers trop courts pour lui : leurs attaches de cuir se distendent cependant que le fer plie sous le poids du cavalier. Une fois les arçons brisés, Renaud ne parvient plus à diriger le cheval à sa guise. Alors, il se prend à déplorer l'absence de Bayard : « Hélas ! Que n'êtes-vous là, mon bon cheval ! A nous deux, nous leur aurions fait regretter leur trahison ! »

Cependant, il éperonne sa monture et, oriflamme déployée, lance brandie, charge et frappe en plein milieu du bouclier le comte Haguenon qui, bouclier et cuirasse éclatés, tombe à terre, mort, le fer enfoncé dans le corps jusqu'au fanion. Renaud dégaine aussitôt son épée et va en frapper Robert, le fils d'Auberi le Bourguignon. D'un revers de lame, il lui fait voler la tête au sol malgré le casque. Et il en tue au moins dix

autres sur sa lancée avant de pousser le cri de
« Montauban » pour rallier ses frères : « Où sont-ils
mon Dieu ? Protégez-les, Seigneur. Ils se sont trop
écartés. Nous ne nous retrouverons plus. » Sur ces
entrefaites, Aalard accourt ; lui aussi s'était emparé
d'un cheval, celui d'un homme de Charles qu'il avait
tué ; et il portait bouclier au cou et lance solide à la
main, mais il s'était fait grièvement blesser d'un coup
d'épieu. Il s'approche à le toucher de Renaud ; Guichard et Richard en font autant : « Jamais nous ne
vous abandonnerons de notre vivant », lui disent-ils.
Voici les compagnons à nouveau réunis et, à eux
quatre, ils font un massacre parmi les Français.

Mais ceux-ci tuent son mulet à Guichard, le blessant
grièvement de deux coups d'épieu et le faisant prisonnier malgré sa résistance désespérée. Ils l'emmènent
comme ils le feraient d'un brigand, pieds et poings liés,
et le sang de ses blessures lui coule jusqu'aux éperons.
Voyez comme ils le frappent et le malmènent tout en
lui détaillant le sort qui l'attend : ils vont le livrer à
Charles qui le fera pendre sur l'heure à Montfaucon.
D'entendre leurs menaces, Renaud est bouleversé.
Quant à Guichard, dans sa peur, il se lamente :
« Hélas, mon cher Renaud, je vous recommande à
Dieu. Château de Montauban, nous ne vous reverrons
plus, hélas ! » Et des larmes de souffrance lui montent
aux yeux.

Ses plaintes parviennent à Renaud qui en interpelle
son frère aîné : « N'entendez-vous pas Guichard ?
Allons-nous l'abandonner sans lui porter secours ?
Quelle douleur ce serait de le perdre dans ces conditions !

— Que pouvons-nous faire ? dit Aalard. Nous ne sommes que deux contre tous ces gens — et ils sont nombreux ! — qui l'emmènent prisonnier.

— Par Jésus le Rédempteur, si Charles le fait pendre, je suis déshonoré. Je ne voudrais pas que Normands et Bretons me montrent du doigt à la cour en disant : " Voilà Renaud, le fils du vieil Aymon, celui qui a laissé pendre son frère à Montfaucon. " Plutôt mourir que de ne pas intervenir. »

Jamais charpentier aux prises avec le bois, ni forgeron, ni maçon taillant la pierre, ne mena, au besoin, tel vacarme que Renaud, de sa bonne épée au pommeau d'or, sur les casques et les cuirasses. Il touche l'un au foie, l'autre à la poitrine, et se fraie un passage de force parmi les Français. A le voir, ceux qui convoient le prisonnier prennent peur et se disent qu'ils seraient bien fous de se faire tuer sur place : ils s'enfuient donc, abandonnant Guichard.

« Dépêchez-vous de venir le détacher, frère, demande Renaud à Aalard, et de lui enlever le bandeau qui l'aveugle ; et donnez-lui cheval, bouclier et lance. Pendant ce temps, je vais poursuivre les autres ; pas un n'en réchappera de ces traîtres maudits.

— Écoutez-moi, seigneur, dit Aalard, si nous nous séparons, nous ne pourrons pas nous retrouver ; il n'y a aucun doute à avoir là-dessus ; restons plutôt ensemble jusqu'au bout. »

Tandis qu'ils se remettent en selle tous les trois, Richard, le plus jeune, demeuré seul au pied du rocher, se bat avec acharnement, en vrai baron qu'il est. On lui a tué son mulet sous lui et ses blessures le font cruellement souffrir. Mais il est venu à bout de cinq hommes, tous de la maison de Charles. Cependant, la douleur se faisant insupportable, il cherche un endroit pour se mettre à l'abri en contournant le rocher. C'est là que Girard de Valcorant, éperonnant son cheval, le rejoint — maudit soit-il! Piquant des deux, il charge, oriflamme déployée, lance brandie, et frappe Richard sur son manteau d'écarlate; il troue le tissu et sa doublure d'hermine, emportant du même coup la chemise de lin, et lui enfonce le fer dans le corps jusqu'au fanion, l'abattant à terre à ses pieds; quand il arrache l'arme de la blessure — quelle horreur! — les intestins se répandent sur la pelisse fourrée et on lui voit le foie et les poumons mis à nu.

« J'ai donc mis fin au compagnonnage des quatre fils Aymon, s'écrie bruyamment le traître. Je leur ai tué Richard, qui était le plus jeune, mais, sur ma foi, pas le moins valeureux! C'était même le meilleur après Renaud l'orgueilleux. Ils vont tous y passer l'un après l'autre. Le roi les fera pendre avant le coucher du soleil; pas question pour eux de rançon. »

Dès que la douleur s'est un peu calmée, Richard reprend ses esprits. Aussitôt, il est debout, le noble vassal, et saisissant à pleines mains ses intestins, il les bourre dans la plaie de son ventre, bandant la blessure par-dessus avec sa ceinture [115]. Puis, l'épée à la main, il s'avance sur Girard : « Vous en avez menti, vantard, lui crie-t-il avec indignation. On n'ira pas reprocher à Renaud, le fils Aymon, que son frère Richard ait été tué de votre main. » Et brandissant son épée, il lui porte un coup que connaissent bien les Bretons : la lame s'abat entre le casque et le bouclier; la manche de la cotte de mailles ne sert à rien : l'épaule et la poitrine sont tranchées net, ainsi que la hanche, la cuisse et la selle, jusqu'au cheval qui s'abat à terre coupé en deux. « L'empereur Charles a eu tort de vous envoyer ici, s'exclame le garçon. Vous n'irez pas vous vanter auprès des vôtres de m'avoir fait le moindre mal. » Après quoi, il s'effondre à nouveau, en larmes, souffrant plus que tout de l'absence de ses frères : « Hélas ! Renaud, voilà que nous allons être séparés ! Nous ne nous reverrons plus jamais. Château de Montauban, je vous recommande à Dieu. Hélas, roi Yon, pourquoi nous avoir trahis et vendus à Charles ? Seigneur tout-puissant, Père glorieux, viens en aide à mes frères, car je ne sais où ils sont et ce n'est plus sur moi qu'ils peuvent compter. Je serai mort avant ce soir. »

Mais Renaud a entendu ses paroles, tout occupé qu'il est à se battre aux côtés d'Aalard et de Guichard. Tous les trois sont en difficulté. Que Dieu les protège ! Même, n'était un étroit passage entre deux rochers, où ils se sont retranchés comme à l'abri d'une enceinte, ils seraient déjà morts.

« Frère, demande Renaud à Aalard, qu'avez-vous fait du petit Richard que je vous ai confié au début de la bataille ?

— Nous ne le verrons plus, sur ma foi. J'ai eu tant à faire pour nous défendre que je l'ai perdu de vue au pied de ce pic. Je ne sais ce qu'il est devenu. Il doit être mort, hélas ! Que Dieu, dans Sa bonté, ait pitié de son âme !

— Je viens d'entendre sa voix. Il n'est pas encore mort, mais il ne vaut guère mieux. Il se plaint et se lamente de notre absence à tous deux. Les Français ont dû s'emparer de lui, les maudits traîtres ! Allons-nous l'abandonner sans lui porter secours ?

— Écoutez-moi, seigneur, laissez là Richard. Que Dieu notre Rédempteur lui pardonne et sauve son âme, car ce n'est pas nous qui pouvons quelque chose pour lui. A quoi bon y aller, puisque nous y laisserons la vie ? Nous ne verrons pas le coucher du soleil. Nous ne sommes pas de force contre ce qui nous arrive.

— Que dis-tu là ? intervient Guichard ; tu oses parler d'abandonner notre frère Richard ?

— Il n'en est pas question, dit Renaud. Sur qui devrait-il compter si nous lui faisions défaut ?

— Vous êtes le diable en personne, proteste Aalard. Il est donc plus important à vos yeux que nous tous ?

— Taisez-vous, vous ne savez pas ce que vous dites. Rien au monde ne m'empêcherait d'aller à son secours. J'irai seul s'il le faut.

— En ce cas, dit Aalard, il vaut mieux que nous restions ensemble jusqu'au bout, car, si nous nous séparons, nous ne pourrons plus nous retrouver. » Renaud le fils Aymon éperonne son cheval et descend dans la vallée où il trouve Richard étendu à terre, les intestins sortis du ventre sur la pelisse fourrée, le foie et les poumons mis à nu au fond de la plaie. Au comble de la douleur, il l'embrasse et se lamente :

« Hélas ! noble fils de baron, quelle pitié c'est de vous et de votre noblesse ! Vous étiez le plus courageux de nous tous ! En nous trahissant, le roi Yon est cause de ta[116] mort. Le péché est pour lui, pour nous est la douleur. Mais si Dieu m'accordait la faveur d'en réchapper, je n'aurais de cesse de le voir sur un bûcher.

Non, tout l'or du monde ne suffirait pas à l'en protéger ! Hélas ! Père glorieux, ce matin nous étions quatre, tous de vrais chevaliers, nés du même père et de la même mère et nous n'avions qu'un cœur ! Et voilà que nous ne sommes plus que trois, en danger de mort. »

Tout à coup, Aalard est là, ne pouvant plus soutenir le faix de ses adversaires, et Guichard, pressant son cheval à coups d'éperons, les Normands et les Bretons sur leurs talons. « Que faites-vous là, Renaud ? s'écrie Aalard. A cheval, vite, venez à notre aide ! »

L'ouïe revient à Richard, tandis qu'il gît de tout son long : « Ne perdez pas de temps, dit-il à ses frères, voyez ce pic, là, à une portée d'arc, avec les sept mille pierres qui l'entourent. Si nous pouvions aller jusque-là, je crois qu'avec un peu de chance nous y serions à l'abri. Et si Jésus permettait que Maugis apprenne notre situation, cela lui laisserait le temps, en se dépêchant, de venir à notre secours.

— Je voudrais que nous y soyons déjà », répond le duc Renaud.

Ils soulèvent le blessé et le font porter par Aalard qui n'était pas indemne lui non plus, tandis que Renaud et Richard lui ouvrent la voie. Renaud tenait Froberge en main, sa bonne épée dont les coups ne pardonnent pas. Les nobles barons gagnent la base du pic en dépit des Francs à qui le comte ne laisse pas un instant de répit et qui y perdent plus de vingt hommes. Après avoir grimpé à flanc de rocher, ils étendent Richard sur une pierre plate ; le sang coule à flots de ses blessures. Hélas ! Sainte Vierge, comment vont-ils pouvoir résister sur ce rocher, puisqu'il n'y a là ni fortifications ni donjon ?

Et voici qu'arrive Ogier avec une troupe nombreuse et que, d'un autre côté, s'abat sur eux Maençons le Frison ainsi que le comte Guimard — mille hommes au moins sont sous ses ordres. « Votre heure est arrivée, Renaud, crient-ils en chœur. Votre mort a été jurée, ne comptez pas vous en tirer avec une rançon. Vous voilà pris au piège. Vous auriez mieux fait de vous méfier du roi Yon ; et maintenant, Maugis est loin, il ne vous reverra plus vivant.

— Qui a eu l'idée de réunir tant de monde contre nous qui ne sommes que quatre ? demande Guichard. Malheur à nous ! Si nous étions cinq cents, pas un n'en réchapperait.

— Oui, dit Aalard, j'en tremble moi aussi. Ce n'est pas tant en pensant à moi, ni à Richard ou à vous : si nous mourons, tant pis ! Mais la mort de Renaud, quelle perte ce serait ! Et quelle douleur ! Y en eut-il jamais de pareille au monde !

— Accordez-nous un don[117], frère, par la Passion de Dieu, demandent-ils à Renaud en lui embrassant les pieds en signe de supplication.

— Qu'ai-je encore à vous donner, seigneurs ? Je ne peux plus vous être d'aucun secours. Aujourd'hui même, j'aurai le chagrin de vous voir mourir sous mes yeux.

— Voilà ce que nous voulons, explique Aalard. Les Francs s'apprêtent à nouveau au combat dans ce bois. Descendez de ce rocher, et mettez-vous en selle (vous avez un bon cheval). Avec votre épée qui n'a pas sa pareille au monde, vous avez une chance de vous en sortir. Vous irez tout droit à Montauban, au galop. Faites-le, Renaud, pour Dieu. Nous, nous resterons ici, tous les trois, à combattre ; si nous mourons, ce ne sera pas une grande perte.

— Vous ne savez pas ce que vous dites, seigneurs. Pour rien au monde, je n'accepterai ! Pas même en échange du royaume de Yon. Par saint Simon, il faudrait vraiment que je ne vaille pas grand-chose pour vous laisser ici en danger de mort. Non, il n'en est pas question : ou nous nous sauverons ensemble, ou nous mourrons ensemble. Aucun de nous n'abandonnera les autres tant qu'il nous restera un souffle de vie. Et que le Seigneur qui souffrit la Passion nous assiste ! »

Au nom du vrai Dieu, écoutez, seigneurs ! Ogier et le comte Guimard — que Dieu ne les ait pas en Sa garde ! — accourent à bride abattue, criant à Renaud qu'il ne leur échappera pas : « La confiance que vous avez eue dans la parole du roi Yon — il s'y est entendu pourtant à vous faire du mal ! — va vous coûter la vie. Il vous a vendu à Charles votre ennemi mortel, vous qui l'aimiez plus que votre cousin Maugis. Il vous en a mal récompensé le traître ! Alors, qu'avez-vous l'intention de faire ? Vous rendre ou continuer de vous défendre ?

— Vous perdez votre temps. Je ne me rendrai pas tant qu'il me restera un souffle de vie, et que Dieu, Père et Fils, me soit en aide ! »

[*Ogier refuse de participer personnellement à la bataille contre ses cousins. Mais ses hommes et ceux de Guimard se lancent à l'assaut du rocher (vv. 7332-7360).*]

Sur chacun des quatre côtés du pic, cent chevaliers donnent l'assaut. Renaud en défend deux à lui seul, car Richard, toujours couché sur la pierre plate, ne peut leur être d'aucun secours à cause de ses blessures. Puis, c'est au tour d'Aalard de recevoir un trait en pleine cuisse : « Frère, demande-t-il à Renaud, tandis que ses genoux se dérobent sous lui, qu'allons-nous faire ? Nous n'avons aucun secours à attendre : rendons-nous !

— Que dites-vous là ? rétorque Renaud. Vous êtes notre aîné, vous devriez nous donner l'exemple au lieu de parler comme un lâche. Je vais vous dire une chose : si j'avais pensé que nous avions une chance de nous en tirer à prix d'or, de châteaux et de terres, c'est dès ce matin que je me serais rendu. Mais nous savons bien que Charles ne voudrait pas entendre parler de rançon s'il nous tenait. Dans ces conditions, nous ne pouvons compter que sur nous-mêmes et sur notre courage. Ne nous abandonne pas, Aalard, par ce Dieu qui accepta le martyre pour nous sauver. Nous ne sommes pas des étrangers les uns pour les autres, nous sommes quatre frères qui avons le même père, la même mère et le même pays [118].

— Vous avez raison, seigneur, dit Aalard, mais je souffre tant que je ne peux plus rien pour vous : je me sens blessé à mort ; c'est la fin pour nous.

— Et quel chagrin pour moi, mon frère ! Mais tant que je pourrai vous aider, je resterai à vos côtés. »

Alors, il aurait fallu voir Renaud, le noble baron, charger sur son dos les pierres pesantes, et même le perron — cinq portefaix [119] ne l'auraient pas soulevé ! C'est à coups de pierres anguleuses, à coups de cailloux ronds qu'il défend ses frères et lui-même, courant de l'un à l'autre sitôt que le besoin s'en fait sentir. Plus de vingt hommes meurent ainsi sans rémission ; mais, sous l'effort, le sang jaillit à flots de sa bouche et ses genoux se dérobent sous lui. Quand Richard, toujours couché sur la pierre plate, les intestins répandus sur sa pelisse fourrée, le foie et les poumons mis à nu au fond de la plaie, voit dans quel état son frère se trouve à son tour, il redresse un peu la tête pour lui demander dans un murmure : « Faut-il que je vous aide, Renaud ?

— Vous en seriez bien incapable, frère.

— Mais si : coupez donc un morceau de mon vêtement et bandez-moi la poitrine et le ventre avec. Ainsi je vous aiderai à nous défendre.

— Que ne peut le courage d'un seul homme ! » s'exclame Renaud.

Touché au cœur par les plaintes de ses frères, Aalard s'en prend à Ogier : « Pourquoi ne dites-vous rien ? s'écrie-t-il. Quand je vous ai vu dans la bataille, je me suis pris à espérer. Nous sommes proches parents puisque nous sommes cousins. Si vous nous laissez mourir, vous aurez sur la conscience une faute qu'on vous reprochera votre vie durant dans toutes les assemblées de barons[120]. »

Ces paroles plongent Ogier dans l'accablement ; il donnerait tout au monde pour être ailleurs. Sautant sur Broiefort, un bâton en main, il accourt au pied du pic et demande aux combattants qui sont là, Français, Normands et Bretons, de se retirer à un jet de bâton : « Je veux parler aux comtes pour savoir s'ils ont l'intention de se rendre. Si nous les faisions prisonniers, nous pourrions nous estimer contents.

— Entendu, Ogier, font-ils, mais prenez bien garde qu'ils ne nous échappent pas, par Charles de France.

— Je n'ai jamais aimé trahir, réplique Ogier, et, par Dieu, ce n'est pas aujourd'hui que je vais commencer. » Il hèle les barons du bas du rocher : « Reposez-vous un moment, francs chevaliers, leur dit-il à mi-voix. Reprenez votre souffle, vous en avez bien besoin et continuez à vous défendre de toutes vos forces, car, si Charles vous tient, vous n'échapperez pas à la corde ou au bûcher, même à prix d'or. Vous n'avez pas d'autre moyen que de vous battre : peut-être cela donnera-t-il à Maugis le temps de venir à votre secours.

— Tu seras récompensé pour cela, cousin, dit Aalard.

— Comment, récompensé ? dit Renaud. Si nous en réchappons, il n'est pas de château, d'enceinte ou de donjon qui pourra le mettre à l'abri de mes coups : par saint Pierre, je lui planterai mon épieu en plein corps ; j'ai plus de haine pour celui qui nous a trahis que pour tous les autres.

— Ce n'est pas de ma faute, Renaud, et que Dieu me pardonne ! Charles m'a forcé à jurer que je ne prendrai pas votre parti. Et ce que je fais là pourrait déjà me coûter cher. »

Alors, Renaud, Aalard et Guichard qui souffrait plus que les autres s'assoient un moment. Mais, très vite, Renaud se lève à nouveau pour entasser les pierres qui vont leur servir à se défendre et à protéger les positions où ses frères et lui se sont retranchés. Et les Français de s'écrier en chœur avec les Normands et les Bretons : « Alors ; Ogier, vous êtes bien long ! Que disent-ils là-haut ? Vont-ils se rendre ?

— Non, dit Ogier, pas tant qu'il leur restera un souffle de vie.

— En ce cas, à l'assaut, font les Français.

— Moi, je me contenterai de regarder, seigneurs. »

Mais le comte Guimard et Fauque de Montgençon interviennent : « Au nom du roi de France, Ogier, nous vous sommons de prendre part en personne au combat. Si vous ne vous contentez pas de faire semblant, nous les aurons aujourd'hui même.

— Ce sont mes cousins que vous voulez faire prisonniers. Pitié pour eux, par la Passion de Dieu ! Je donnerai à chacun de vous château ou donjon ou assez de mes biens pour l'enrichir, mais laissez-les se sauver !

— Il n'en est pas question. Et ce que vous venez de proposer là vous coûtera cher quand nous le dirons à Charles, par saint Denis de France.

— Écoutez-moi, seigneurs, réplique Ogier hors de lui : j'en prends saint Pierre à témoin : si l'un de vous, si puissant soit-il, s'empare d'un seul d'entre eux et le livre à Charles, il le paiera de sa tête.

— Vos menaces ne nous feront pas renoncer, répondent les Francs. Vous pouvez bien faire ce que vous voulez, mais nous, nous les prendrons tous. Et si quelqu'un se fait leur complice, nous en préviendrons Charles. »

Et ils se préparent à l'assaut.

Cependant, Renaud était au comble de l'angoisse sur son rocher : « Hélas ! cousin Maugis ! se lamentait-il, au secours ! Vous avez au moins quinze mille hommes avec vous en comptant les soldats que nous avions engagés pour combattre l'empereur. Hélas ! mon Dieu, il ne sait pas ce qui nous arrive, personne ne l'a prévenu. Je me suis conduit comme un fou. Hélas, Bayard, mon bon cheval ! Que ne suis-je sur votre dos ! Je n'aurais pas été obligé de me réfugier sur ce rocher à cause des Français et de leur hargne. En tout cas, avant que cela ne m'arrive, Charles y aurait perdu l'élite de ses barons. »

Et Renaud le fils Aymon se met à pleurer de pitié quand il voit la souffrance de ses frères, imité par Ogier qui implore Notre-Seigneur en tendant les mains vers le ciel : « Père glorieux, par Votre très-saint Nom, notre Rédempteur, inspirez-moi : que faire pour venir en aide à Renaud ? »

[*Ogier imagine d'envoyer une troupe nombreuse sur la route de Montauban sous prétexte de surveiller les abords du château, escomptant que ce déploiement de forces fera comprendre à Maugis que quelque chose de grave est arrivé aux quatre frères. Mais l'enchanteur va être prévenu plus explicitement de la trahison de Yon par le chapelain qui lui a lu la lettre de Charles. Il faut peu de temps à Maugis pour mettre sur pied de guerre les hommes de Renaud... et pour endormir par des enchantements ceux de l'empereur. L'écuyer de Bayard et Bayard lui-même lui donnent davantage de tablature : il doit user du bâton et du poing pour « convaincre » respectivement l'homme de lui laisser emmener l'animal et celui-ci de se laisser harnacher. Tout ce monde part à bride abattue vers Vaucouleurs. (vv. 7512-7676).*]

Cependant Renaud est toujours sur son rocher, au comble de l'angoisse, le noble baron. Mais voici que du côté du bois du Colençon et de la Serpentine, sur sa droite, il voit s'approcher une troupe d'un millier d'hommes qu'il reconnaît sans peine à leurs armures. Maugis, le bon larron [121], est à leur tête, monté sur Bayard le cheval aragonais qui, faisant fi du pas et du trot, plus rapide qu'un faucon, dévore la distance à foulée de trente pieds ou plus. A cette vue, Renaud ne se connaît plus de joie : « Nous sommes sauvés, dit-il à ses frères ; j'ignore qui a prévenu Maugis, mais le voilà qui arrive, monté sur Bayard et toutes les forces de Gascogne le suivent au galop : même si les Français étaient vingt mille, pas un n'en réchapperait.

— Mon Dieu, s'exclame Aalard, on vient donc à notre secours ?

— Mais oui, et jamais on n'a vu armée si nombreuse, quinze mille hommes au moins. »

Quand il entend la nouvelle, Richard qui était toujours étendu sur la pierre, incapable de parler, à peine conscient, croit rêver. Il appelle Renaud dans un murmure, en soulevant la tête : « Je vous ai entendu parler de Maugis, le bon larron ? Dites-moi si je rêve ?

— Mais non, dit Renaud, il arrive.

— Pour Dieu, montrez-le-moi. Si je pouvais le voir avant de mourir, à coup sûr mon âme s'en irait plus joyeuse retrouver Notre-Seigneur.

— Mais oui, frère. »

Et prenant Richard sous les bras, il le soulève pour qu'il puisse voir Maugis. A cette vue, Richard, de joie, défaille quatre fois avant de retrouver ses esprits et la parole : « C'est comme si je n'avais pas été blessé, s'écrie-t-il avec fougue, je ne sens plus aucun mal.

— Dites-nous quoi faire, Renaud, demande Guichard. Si les Français voient Maugis, le bon guerrier, ils vont s'enfuir sans demander leur reste, par saint

Denis de France, ce qui ne me convient nullement. Tandis que si nous descendons du rocher pour les attaquer, nous pouvons compter sur lui pour leur tomber dessus à bride abattue pendant qu'ils seront occupés avec nous.

— Entendu, frère », répond Renaud.

Et tandis que Richard, le plus jeune, trop grièvement blessé, doit rester en haut, les trois autres commencent de descendre la pente. Dès que Français, Normands et Bretons les aperçoivent, ils se disent que c'en est fait des fils Aymon, mais que, plutôt que de les tuer, mieux vaut les prendre vivants pour les livrer à Charlemagne : « Rendez-vous à moi, barons, à moi, crient-ils à qui mieux mieux. Nous prierons notre empereur d'avoir pitié de vous, par le nom de Dieu [122]. »

A cette vue, Ogier se désespère. Il saute sur Broiefort un bâton à la main, et gagne au galop le pied du rocher. « Imbéciles, s'exclame-t-il, pourquoi quitter ce rocher où vous étiez en sûreté ? Ce geste va vous coûter la vie, et je ne peux plus rien faire pour vous car je suis au service de Charles. Quelle pitié et quelle douleur pour moi ! »

Mais tandis qu'il tourne ses regards du côté du Colençon, voilà qu'il distingue, arrivant par la grand-route, mille chevaliers, oriflammes repliées, qu'il reconnaît à leurs armures : à leur tête, chevauche Maugis, monté sur Bayard, le cheval aragonais. Sous le coup de la joie qu'il en éprouve, il se redresse d'un bon demi-pied sur sa selle : « Que faire, seigneurs ? demande-t-il à ses hommes. Il faut que les diables s'en soient mêlés : voilà Maugis monté sur Bayard, et le cortège qui le suit en vaut la peine ; ce sont toutes les forces de Gascogne qui arrivent au galop. Même si nous étions vingt mille, pas un de nous n'en réchapperait. Vous allez voir le déluge qui va s'abattre sur nous ! »

A peine a-t-il eu le temps d'achever que Maugis est là et l'interpelle : « Vous avez été bien imprudent, Ogier, de venir ici sur les ordres de Charles. Avant le coucher du soleil, vous vous serez rendu compte que sa garantie ne vaut pas cher. Je vous mets au défi de vous emparer de Renaud, maintenant que nous sommes là pour le défendre. Par Dieu, seigneur Danois, on ne se serait guère attendu à vous voir le trahir, vous qui êtes de son lignage — que la malédiction de Dieu en retombe sur vous ! Il est vrai que vous avez de qui tenir avec votre père ! Pourtant, vous êtes aussi cousin de Girard de Roussillon, de Doon de Nanteuil et de Beuve d'Aygremont, les trois frères du duc Aymon ; mais vous n'avez rien de commun avec eux. Votre famille, c'est celle des traîtres et des félons. Je n'ai rien d'autre à ajouter, Ogier, sinon que je vous défie. »

Il lâche alors la bride à Bayard qui s'élance au triple galop, plus rapide que le faucon dans son vol, et va frapper Ogier en plein sur son bouclier à l'emblème du lion. Le coup atteint l'arme sous la bosse d'or qui en marque le centre et la brise avant de démailler et transpercer la cuirasse et de le blesser grièvement à la hanche : sa lance vole en éclats et l'oriflamme vermeille reste plantée dans son bouclier. A cette vue, la colère saisit Ogier, et il allait charger Maugis à son tour quand Bayard voit Renaud, son maître, qui est là au pied du rocher : il a plus vite fait de le reconnaître qu'une femme ne le fait de son mari. Aussitôt, sans se soucier de son cavalier, il s'élance au galop vers lui et, arrivé à son but — écoutez bien ce que fait le cheval aragonais : il s'agenouille dans le sable sous Maugis qui met pied à terre et remet ses armes au fils Aymon : celui-ci endosse la cuirasse, lace le casque rond, ceint Froberge à son côté gauche et suspend à son cou le bouclier frappé du lion. Puis il se met en selle sur Bayard qui, d'un saut, lui fait franchir trente pieds. Voilà Renaud plus en sécurité que s'il se trouvait dans la tour d'Avignon ou dans le maître donjon de Montauban. Il charge Ogier qu'il désarçonne malgré qu'il en ait. Aussitôt, il met pied à terre et ramène son cheval à son adversaire, lui tenant l'étrier pour qu'il puisse se remettre en selle :

« Voilà ta récompense pour n'avoir pas pris part à l'assaut contre nous, car en cela tu as agi noblement. Mais je vous[123] tiens pour un traître de ne pas avoir combattu à nos côtés. Aussi, maintenant, gardez-vous car je vous défie. Par saint Pierre, je ne vous épargnerai pas puisque vous êtes au service de Charles.

— Soyez sûr que, de mon côté, je me défendrai bien », rétorque le Danois.

Ah ! Seigneurs, si vous aviez pu assister à l'affrontement qui mit aux prises au pied du pic les Français et les fils Aymon ! Que de lances et de boucliers brisés ! Que de cavaliers désarçonnés ! Maugis, éperonnant son cheval, charge, oriflamme déployée, lance brandie : il frappe Guimard en plein bouclier et le renverse mort devant lui à terre. Puis, tirant l'épée, il l'abat sur le casque de Fauque de Maugençon qu'il fend en deux jusqu'à la mentonnière. « Montauban ! hurle-t-il.

Allez-y de toutes vos forces, seigneurs. Si Ogier nous échappe, nous sommes déshonorés ! »

Et la bataille reprend, plus assourdissante et plus acharnée encore. Que de Français y souffrent les affres de la mort ! Ils se sont plus de force face à leurs adversaires. Ogier lui-même s'enfuit à bride abattue jusqu'à la Dordogne. Sur son élan, Broiefort y plonge et la traverse. Parvenu sur l'autre rive, le Danois met pied à terre, mais c'est pour se faire interpeller par Renaud :

« Tu vas à la pêche maintenant ? se moque-t-il. Si tu as pris anguilles, truites ou saumons, part à deux, camarade ! Sinon, traverse cette rivière et reviens nous affronter ! Fils de pute, misérable traître, moins que rien ! Tu as manqué de parole à Charles ton seigneur tout en refusant de nous aider alors que nous sommes proches parents — des cousins ! — et que tu aurais dû être de notre côté contre le monde entier ! Mais tu nous laisses en gage Fouque de Morillon, le comte Guimard, Fauque de Maugençon et quatre cents chevaliers parmi les hommes de l'empereur. Maudits soient Roland et Olivier, et l'empereur, s'ils ne te font pendre comme un brigand !

— Que Dieu soit béni, disent Bourguignons et Français ; vous avez ce que vous méritez, Ogier : il est sûr que si vous l'aviez voulu, ces vauriens seraient entre nos mains. »

Le Danois donnerait tout au monde pour être ailleurs. Il reste seul avec dix compagnons. « Père glorieux, se plaint-il à Dieu, me voilà bien mal récompensé de ce que j'ai fait. Le proverbe a raison de dire qu'on n'oblige jamais que des ingrats. » Et, s'adressant à Renaud : « Sans moi, vous auriez été pendus avant ce soir sans recours, toi et tes frères. Ç'aurait été un grand malheur ! Je ne dis que la vérité. Tout l'or du monde ni le secours de Maugis ne vous auraient pas tirés d'affaire. Et, en récompense, tu me parles comme si j'avais renié Dieu. Tu veux me faire honte en me traitant de " pêcheur ", comme si j'étais marchand de poissons. Mais, par l'apôtre Pierre, si nous devions nous affronter à armes égales, tu ne me ferais pas peur.

— Allons donc, tu n'oserais pas traverser, même si on te couvrait d'or !

— C'est pourtant ce que je vais faire, par ma barbe, et peut-être le regretteras-tu avant peu. »

Et cependant que Renaud laisse courre Bayard son bon cheval, il pique les flancs de Broiefort avec ses éperons d'or et se retrouve, en armes, tout mouillé, face à son adversaire. A cette vue, le fils Aymon est saisi de pitié : « Vous pouvez vous en retourner, Danois, lui dit-il sur un ton apaisant. Je ne me battrai pas contre vous, car vous m'avez aidé, je le sais et je le reconnais volontiers.

— Vous m'avez insulté, Renaud, et qualifié de traître, en présence de chevaliers qui, maintenant, ont regagné leur camp. Ils ne manqueront pas de dire à Charles que je l'ai trahi pour vous. Ma lance et mon bouclier sont intacts, tandis que Fouque de Morillon et quatre cents chevaliers auxquels il tenait y ont perdu la vie. Le roi ne pourra que me haïr, — et il n'aura pas tort ! Il pourrait même bien me condamner au bûcher sans autre forme de procès. Aussi, je vais t'affronter à l'épieu. J'aime mieux risquer la mort que de m'en retourner sans combattre. Si c'est toi le vainqueur, coupe-moi la tête ; et, avec l'aide de Dieu, si c'est moi, je te remettrai à Charles malgré le lien de parenté qui nous unit.

— Je te défie, Danois, réplique Renaud, rendu fou de colère par ces paroles, garde-toi de moi !

— Et toi de même ; moi aussi je te défie ! »

[*S'ensuit un long duel entre les deux hommes, aucun n'arrivant à prendre le dessus sur son adversaire. Un incident fait évoluer la situation : Ogier, voyant accourir les frères de Renaud, pense qu'ils viennent lui prêter main forte et il traverse à nouveau la Dordogne pour se mettre hors de leur portée. Il accepte cependant de poursuivre le combat si Renaud vient le rejoindre seul... Mais le Danois se trompe sur les intentions des trois frères qui veulent en fait arrêter le combat : ils retiennent donc Renaud au moment où il s'apprête à son tour à traverser la rivière (vv. 7911-8017).*]

Renaud éperonne son bon cheval pour s'engager dans le courant, tandis qu'Aalard et Guichard le retiennent, en s'accrochant, qui à la rêne de Bayard, qui à son museau : « Voyons, Renaud, la colère vous aveugle. A vous venir en aide, on n'oblige qu'un ingrat. Sans Dieu et sans Ogier, le piège qu'on nous avait tendu aurait bien fonctionné et le secours de Maugis ne nous aurait servi de rien. Laissez aller Ogier : personne mieux que lui ne mérite le nom de chevalier. »

Mais voici que Maugis s'approche à son tour : « Qu'avez-vous ? leur demande-t-il.

— Je vais vous le dire, cousin, fait le fougueux Renaud. Le Danois me demande de traverser le gué — il m'attend là-bas en selle — pour que nous poursuivions le combat au fer et à l'acier ; mais Guichard et Aalard ne veulent pas que j'y aille.

— C'est que Guichard aimerait mieux être occupé à embrasser une jeune dame plutôt qu'à combattre. Passez donc de l'autre côté ; vous auriez tort de laisser Ogier regagner tranquillement le camp du roi. Je serais furieux de le voir m'échapper !

— Ne venez pas me contredire, cousin Maugis, fait Aalard, irrité à son tour par les paroles qu'il vient d'entendre. Vous êtes de la famille, puisque vous êtes le fils de mon oncle : mais Ogier aussi, lui qui est le fils de ma tante. Aussi, par saint Pierre, il n'y a pas de chevalier si vaillant en France, s'il traversait la rivière pour attaquer Ogier, contre qui je n'aille l'aider de mon épieu aiguisé — à l'exception de mon frère Renaud dont je crains trop la colère. Laissez aller le comte, puisqu'il nous a aidés. Allez à Dieu, Danois. Nous devons Lui rendre grâce ainsi qu'à vous. Laissez Ogier en paix, Renaud, et souvenez-vous de Richard que nous avons laissé derrière nous, là-haut, sur son rocher, souffrant de ses blessures. Il était au plus mal, je me demande s'il est encore en vie.

— Vous avez raison, sur ma foi », dit Renaud.

Ainsi prend fin la dispute ; Ogier s'éloigne en direction de Montbendel où Charles a installé son camp.

[*Ogier raconte à l'empereur comment, grâce à leur courage et au secours de Maugis, les fils Aymon ont réussi à éviter la mort et la capture. Roland accuse Ogier de trahison. Celui-ci réaffirme hautement son innocence et vante la prouesse de Renaud que Roland conteste. L'au-*

teur laisse entendre qu'une future rencontre entre Renaud et Roland tranchera et il en revient aux fils Aymon (vv. 8060-8252).]

« Hélas, Père tout-puissant, dit Renaud, que faire ? Ce matin encore, nous étions quatre, tous chevaliers, nés du même père et de la même mère, et du même pays. Et nous ne sommes plus que trois. Comme nous voilà amoindris ! Ah non, je ne connaîtrai plus la joie jusqu'à l'heure de ma mort. »

Et la douleur le fait défaillir. Mais voici que Maugis vient à lui, monté sur Broieguerre son cheval aragonais qui n'a pas son pareil au monde si on excepte le Bayard de Renaud. Il n'avait plus qu'un tronçon de lance au poing après le combat acharné qu'il avait livré auprès du gué sur le Balençon. Dès qu'il voit les frères accablés par leur chagrin, il se fraie rapidement un passage à travers la presse et s'approche de Richard, toujours étendu sur la pierre à cause de ses blessures.

« Cousin, le prie Renaud en lui embrassant l'éperon et le pied, si vous pouviez rendre force et santé à mon frère, je n'aurais rien à vous refuser.

— C'est ce que je vais faire et je vous assure qu'il ne s'en ressentira plus. »

Après lui avoir lavé ses plaies avec du vin blanc qu'il transportait sur lui dans une bouteille, et avoir ôté les lambeaux de chair collés par du sang, il tamponne les blessures avec une pommade aux propriétés merveilleuses : aussitôt elles sont cicatrisées. Puis, lui écartant les lèvres avec un couteau à lame arrondie, il lui fait boire une potion miraculeuse. Voilà Richard debout comme s'il avait toujours été indemne : « Où sont

Ogier et ses hommes ? s'enquiert-il d'une voix claire et forte.

— Nous les avons mis en fuite, mon frère, grâce à Dieu et à l'aide de Maugis. C'est aussi à lui que vous devez la vie. Autant de bonnes raisons pour l'aimer plus que personne au monde. J'ai très mal à la cuisse, au-dessus du genou, ajoute-t-il à l'adresse de l'enchanteur. Faites pour moi ce que vous avez fait pour mon frère, au nom de Dieu.

— Si je suis bien payé [124], ce sera vite fait, même en ajoutant Guichard et Aalard qui souffre beaucoup de l'épaule. »

Et après avoir lavé leurs plaies, Maugis les tamponne avec cette pommade sans prix. Les voilà aussitôt qui se sentent aussi dispos que poissons dans l'eau. Ils l'embrassent, puis font monter Richard sur un mulet qui va l'amble et se mettent en route tous ensemble au comble de la joie, cependant qu'un messager est chargé de gagner Montauban en faisant force d'éperons, pour aller mettre le roi Yon au courant.

[*Aussitôt averti, Yon, craignant la vengeance des frères, s'enfuit de Montauban... (vv. 8323-8514).*]

Cependant, Renaud et ses frères entrent dans Montauban et mettent pied à terre au perron sous le pin. Aélis au frais visage s'avance pour les accueillir avec ses fils, Aymonnet et Yonnet : les deux enfants ont la figure toute meurtrie à force de s'être cogné de désespoir la tête contre les murs, quand ils ont appris la trahison dont leur père avait été victime. Ils se précipitent vers lui pour lui baiser les pieds, mais il les repousse à coups de talon si brutalement qu'il manque leur faire sortir les yeux des orbites, et il repousse aussi la duchesse qui voulait l'embrasser : « Hors de ma vue ! lui crie-t-il, va-t'en avec ton frère, ce maudit traître ! S'il n'avait tenu qu'à lui, nous serions morts. Comment pourrais-je garder le moindre sentiment pour toi ! Va le retrouver sans escorte et à pied ! Et sans rien emporter qui vienne de moi ! Mais d'abord, je te livrerai à mes écuyers et à mes serviteurs pour qu'ils fassent de toi leur plaisir ; quant à mes fils, je les ferai pendre car ils sont du même sang que ce failli traître [125] !

— Pitié, pour l'amour de Dieu, seigneur, dit la dame. Je suis prête à jurer sur les reliques que je n'étais au courant de rien. Et même, dans la crainte que m'avait inspirée mon rêve, je vous avais mis en garde contre le roi Yon, car mon amour pour vous me poussait à me méfier de lui, bien qu'il soit mon frère. Je ne suis pour rien dans tout ce qui vous est arrivé, j'en prends le Créateur à témoin. »

Et elle défaille de douleur, tandis que Guichard la soutient : « Pourquoi vous lamenter ? Renaud peut bien dire ce qu'il veut, nous ne vous en reconnaissons pas moins pour notre dame. Et vous auriez tort de vous inquiéter tant que nous sommes là : si lui vous fait défaut, vous pouvez compter sur nous. Nous ne vous laisserons manquer ni de beaux habits, ni de chevaux, ni d'or.

— Intercédons auprès de Renaud, frère, propose Richard. Elle est innocente, par Dieu ! Si nous l'avions écoutée, nous ne serions pas allés à Vaucouleurs. Rappelons-nous les riches vêtements de soie, les mulets et les chevaux dont elle nous a comblés [126] ! Elle nous faisait même passer avant son mari ! Aussi devons-nous lui venir en aide, maintenant qu'elle a besoin de nous.

— Vous avez raison, sur ma foi ! » fait Aalard.

Et ils vont tous en chœur trouver Renaud : « Calmez-vous, seigneur, lui dit Aalard. Ce n'est pas vous l'aîné. Nous vous prions, par la Passion de Dieu, par Son sépulcre, auprès duquel on se rend en pèlerinage et dont Il ressuscita le troisième jour, de faire la paix sur l'heure, devant nous, avec notre dame Aélis que nous chérissons tant, car nous sommes sûrs qu'elle est innocente.

— Je le veux bien, dit Renaud, et je l'assure du fond du cœur que je n'ai plus contre elle ni colère ni ressentiment. »

Et il l'embrasse devant tous au milieu de la joie générale. Puis les chevaliers demandent l'eau pour se laver les mains et se mettent à table : ce n'est ni le pain, ni le vin, ni le poisson, qui leur manquèrent...

[*Renaud est averti que Yon a été fait prisonnier par Roland et qu'il l'appelle au secours. Malgré les réticences de ses frères, Renaud, toujours reconnaissant au roi de l'avoir accueilli dans son pays et considérant que sa trahison ne l'autorise pas pour autant à le trahir en retour, rassemble ses hommes ; les deux armées ne tardent pas à se trouver face à face (vv. 8577-8854).*]

Il aurait fallu voir les Gascons se placer en bon ordre et leurs colonnes serrer les rangs ; un gant jeté d'en haut sur les casques aurait bien mis le temps qu'il faut pour franchir une demi-lieue avant de tomber à terre, tant les hommes se touchaient de près. Ogier et Roland virent aussitôt à qui ils avaient affaire.

« On reconnaît bien là Renaud, seigneurs, dit Turpin. Il n'a pas son pareil au monde comme chef de guerre. Dieu ! Comment a-t-il pu se procurer tout ce que nous voyons là, tous ces casques, ces cuirasses et ces épées d'acier, ces tuniques brodées et ces manteaux d'hermine, pour ne rien dire des mulets et des chevaux ! Regardez, chevaliers ! Tous ceux qui savent manier les armes et qui sont sans seigneur, Renaud les engage : quelle générosité, n'est-ce pas ? Dieu veuille que Charles fasse la paix avec lui ! A un contre trois, comme nous voilà, nous avons peu de chance de l'emporter.

— Sans doute, dit Roland, mais les Gascons sont gens à se débander rapidement une fois la bataille engagée...

— Sans doute, rétorque l'archevêque, mais quel chef ils ont ! Et il suffit d'un brave pour empêcher toute une armée de fuir. »

D'entendre ainsi ses propres hommes faire l'éloge de l'adversaire met Roland hors de lui. Dans sa colère, il enfonce ses éperons dans le ventre de Veillantif et s'en va, tout seul, affronter Renaud. Il plante son épieu dans le champ, oriflamme de soie au vent. Renaud le reconnaît dès qu'il l'aperçoit et, s'adressant à Aalard : « Restez dans cette vallée avec tous les nôtres, mon frère, et si l'un se risque à en sortir avant mon retour, il lui en cuira. Roland vient par ici, en armes, et je veux aller à sa rencontre.

— Non, seigneur, je vous en prie, dit Aalard en lui passant son bras autour des épaules, par la pitié que

Dieu eut de Sa mère Marie, quand il la vit pleurer au pied de la croix, instrument de Son supplice et qu'il la confia à saint Jean. Vous voulez donc tuer tous vos frères du même coup ? C'est l'un de nous trois qui ira, celui que vous voudrez.

— Non, c'est moi, réplique Renaud, je veux lui parler. »

Il resserre la sous-ventrière et la courroie de poitrail de Bayard son bon cheval avant de saisir son robuste épieu au fer tranchant et acéré, dont l'oriflamme est maintenue par six clous d'or fin et de faire glisser par la poignée son bouclier devant lui. Puis il saute en selle sans toucher les étriers ; le voilà qui s'éloigne, chevauchant fièrement, accompagné des lamentations de ses frères qui prient saint Siméon, qui tint Dieu dans ses bras [127], de le protéger. Parvenu à un arpent de Roland, il met pied à terre et plante dans le sol son épieu auquel il attache Bayard, le cheval-fée, par la rêne. Il détache alors sa bonne épée Froberge et, tenant son bouclier écarté de son corps, s'avance vers le neveu de l'empereur ; pour le toucher davantage, il jette à ses pieds l'épée et le bouclier et, de tout son haut, se laisse tomber à ses genoux et embrasse à plusieurs reprises ses éperons dorés, le priant à mains jointes au nom de Dieu :

« Je vous en supplie, Roland, par la pitié que Dieu eut de Sa mère Marie, quand Il la vit pleurer au pied de la croix, instrument de Son supplice et qu'il la confia à saint Jean, ayez pitié de moi, noble fils de baron. Je fais partie de votre famille, si vous voulez bien reconnaître comme des vôtres un pauvre chevalier. Je suis prêt à vous jurer hommage avec Aalard et Guichard, et avec

Richard notre cadet, si telle est votre volonté. Je vous donnerai Montauban et les terres qui en dépendent et Bayard que j'ai amené ici, pourvu que vous fassiez notre paix avec le roi : nous nous en remettons à lui pour ce qui est de nos fiefs ; et si cela ne vous suffit pas, que l'accord ne concerne que mes trois frères. Je quitterai la France pour toujours et tant pis pour moi si on m'y voit revenir. Maugis et moi, nous survivrons comme nous pourrons. J'irai au Saint Sépulcre, pour l'amour de vous, sans chausses et sans souliers. »

Ces paroles émeuvent Roland aux larmes : « Dieu, soupire-t-il, je n'oserai pas en parler au roi, si vous ne vous mettez pas à sa merci et si vous ne livrez pas votre cousin Maugis.

— Hélas ! Vous me demandez l'impossible. L'empereur va vraiment trop loin dans son acharnement contre ses hommes », dit Renaud au comble du désespoir. Et ramassant son bouclier et son épée, il fait demi-tour, se remet en selle et arrache l'épieu fiché en terre. Mais avant de se mettre en route, il a encore une proposition à faire à Roland : « N'allez pas vous vanter en terre de France, auprès des jeunes chevaliers, de m'avoir entendu crier merci par lâcheté. Vous avez amené une troupe nombreuse avec vous, mais ce ne sont pas les combattants de valeur qui me manquent non plus, par le Dieu tout-puissant. Si nous en venons aux mains, on ne comptera plus les morts. Pourquoi tant d'hommes devraient-ils y laisser la vie et tant de riches domaines s'en trouver amoindris ? A quoi bon tant de veuves et d'orphelins[128] ? Faisons en sorte que les deux armées puissent s'en retourner rapidement. Vous êtes ici pour soutenir le droit de Charles, votre seigneur, et moi pour défendre ma tête. Épargnons aux nôtres le malheur d'un affrontement général en nous mesurant à l'épée [129]. Et que Dieu donne l'honneur de la victoire à qui Il voudra. Si vous l'emportez, vous aurez du mal à empêcher votre oncle de m'exécuter ; mais si c'est moi qui ai le dessus, avec l'aide de Dieu, je vous emmènerai à Montauban et il ne vous y sera fait aucun mal.

— Je dois d'abord aller en demander l'autorisation à Olivier mon compagnon : je lui ai juré de lui laisser affronter à ma place les adversaires que je dois combattre en duel, chaque fois qu'il le veut.

— Allez donc, dit Renaud, mais faites vite.

— Vous pouvez y compter, il ne me faudra pas longtemps pour être de retour. »

Chacun de son côté éperonnant son cheval, ils se séparent ainsi. Dès que Roland est de retour parmi les siens, Estout, le fils d'Eude, le questionne : « Avez-vous parlé à Renaud ? Que dit-il ? »

Ogier et Olivier sont là, eux aussi.

« Oui, je lui ai parlé, répond Roland, c'est un homme de sens..., il est sage, courtois et ne parle pas pour ne rien dire. Il souhaite que nous nous mesurions en duel et que les armées puissent s'en retourner. Dites-moi, Olivier, qui ira, est-ce vous ou moi ?

— A Dieu ne plaise, seigneur, que je cherche jamais à lui nuire, si je peux l'éviter. »

Estout, le comte Huidelon et l'archevêque Turpin disent de même : « Pitié, seigneur Roland, pour l'amour de Dieu. Renaud est de nos parents. Si vous deviez le tuer, c'en serait fini de notre amitié. Intervenez pour que l'empereur accepte de traiter avec lui ou faites marcher vos hommes contre les siens. Mieux vaut cent chevaliers pris et mis à rançon et même morts, plutôt que Renaud risque d'y perdre la vie et vous une partie de votre réputation. La paix finira bien par se faire, quand l'empereur et Dieu le voudront. »

Les Français vont s'armer et s'ébranlent, chevauchant en rangs serrés. Renaud, de son côté, pousse son cri de guerre : « Montauban [130] » à voix claire et forte, et exhorte ses hommes à bien se battre. Que de riches bannières, que de boucliers frappés au lion, que d'épieux dorés ! Ils s'avancent les uns vers les autres et c'est la mort qui est au bout de leur chevauchée. Ni cors, ni trompettes, ni cris, quand la mêlée s'engage. Les fils Aymon frappent les Français sur leurs boucliers dorés et ceux-ci reçoivent le choc en chevaliers dignes de ce nom. Ce ne sont que coups acharnés, lances brisées, boucliers percés, cuirasses trouées et combattants blessés. Les cadavres gisent en tas sur le sol, tandis que les chevaux sans cavalier galopent à travers le champ de bataille : ceux qui les montaient sont morts au combat. Il fallait voir Renaud attaquer et riposter en hurlant « Montauban » de toutes ses forces. Aalard et Guichard frappaient à coups redoublés. Richard, de son côté, n'était pas en reste. Un escadron français vient à les séparer. Richard pousse son cri de guerre pour rassembler les siens :

« Où êtes-vous, Renaud ? Voyez comme les Français nous ont débordés de ce côté ! Frappez de votre épée, j'en ferai autant de la mienne : qu'on entende parler de nous jusqu'à Paris [131] ! »

Ces paroles rendent son frère encore plus cher à Renaud. Il dégaine Froberge, et c'est alors qu'il aurait fallu le voir faire force de coups, fendre les casques et briser les boucliers — jamais au grand jamais, bûcheron ne mena tel vacarme au fond des bois que Renaud sur ces casques ornés de pierreries avec son épée —, sans oublier Richard qui ne le lui cédait en rien. Les Français, voyant qu'ils ont le dessous, appellent Roland à leur secours : « Où êtes-vous ? crient-ils. A l'aide ! Vos hommes sont submergés. »

A ces mots, Roland ne se connaît plus. Devant les pertes subies par les siens, il pousse le cri de « Montjoie » de toutes ses forces et interpelle Renaud : « Où êtes-vous passé, fils Aymon ? Je suis prêt au combat singulier comme vous me l'avez demandé. »

Dès qu'il l'entend, Renaud se dirige de son côté : « Où étiez-vous ? demande-t-il, vous avez dormi pour avoir mis tant de temps à revenir ? On ne compte plus les morts et vous en portez la responsabilité. »

Les voilà en vue l'un de l'autre ; aussitôt ils s'avancent pour s'affronter et, parmi les Français et les Gascons, il n'est personne qui ose s'interposer. Chacun s'apprête à regarder la joute des deux meilleurs jeunes chevaliers de France et du monde. Estout, Salomon et Turpin l'homme d'Église pleurent ainsi qu'Ogier le Danois. Les trois premiers demandent à Huidelon de Bavière d'aller parler à Roland en leur nom à tous :

« Dites au comte qu'il est en train de nous manquer de parole et que, s'il tue Renaud, il ne sera plus question d'amitié entre nous : nous le défierons tous sur l'heure. S'il veut demeurer notre ami, qu'il aille l'affronter puisqu'il le lui a promis, mais qu'il laisse son épieu [132] et se contente de lui porter un seul coup de lance.

— Calmez-vous, seigneurs, intervient le Danois, et laissez un peu ces deux hommes se mesurer. Je suis bien placé pour connaître la valeur de Renaud. Je l'ai rencontré au gué du Balençon et il m'a asséné un coup tel que mon bouclier et ma cuirasse ne m'ont servi de rien et que le cercle de mon casque en est tombé par terre. Vous auriez tort de croire que nous lui faisons peur.

— Laissez-nous faire, Ogier, dit Estout et, se tournant vers Huidelon et Turpin : Allez trouver Roland pour le faire consentir à une trêve ; répétez-lui ce que j'ai dit et dites-lui bien que s'il tue Renaud, il le paiera cher. »

Ce message met Roland hors de lui :

« Que Dieu vous confonde, traîtres ! Et, à l'adresse de Renaud : Je vous défie. Mesurons-nous l'un à l'autre sans nous épargner. »

A voir les deux comtes lever leurs lourds boucliers et brandir leurs puissants épieux, on savait à n'en pas douter qu'ils n'avaient pas leur pareil en France. Roland agit en preux en empruntant sa lance à Guillaume de Blois, geste qui soulève la colère de son adversaire. « C'est bien de l'outrecuidance de votre part, murmure-t-il entre ses dents, de ne pas daigner vous servir de l'épieu contre moi. Mais je vais en faire autant, avec l'aide de Dieu. »

Et se débarrassant de son épieu en le jetant à terre, il prend sa lance au seigneur Girard et laisse courre Bayard en cavalier adroit qu'il est. Le combat va donc bien avoir lieu, il ne peut plus en être autrement. Les coups que les deux hommes se portent sur le nœud d'or de leurs boucliers ont vite fait de les percer et de démailler leurs cottes. Le fer, tout froid, leur frôle les flancs à même la peau et leurs lances volent en éclats. Armés d'épieux, ils seraient morts tous les deux. Cependant il arrive au meilleur cheval de broncher. C'est ainsi que Renaud abat Roland au milieu du champ : loin de moi l'idée qu'il se soit trouvé quelqu'un, roi ou comte, capable de le désarçonner, mais quand son cheval trébuche et perd sa selle, force est au cavalier de se retrouver par terre. Fou de colère, Roland saute aussitôt sur ses pieds et, tirant l'épée, invective sa monture :

« Espèce de rosse à la manque, je ne sais ce qui me retient de te couper la tête quand je te vois incapable de soutenir le choc de ce gamin ! De quoi ai-je l'air ?

— Vous avez tort, Roland, au nom de Dieu, le raille Renaud. Les Français sont trop avares d'avoine avec leurs chevaux ; ils la leur mesurent chichement et ne leur en donnent qu'une fois par jour. Bayard, lui, en a autant qu'il veut à longueur de journée, ainsi que du foin et de l'orge bien vannée avec son eau. Et s'il voulait de l'or à manger, on lui en donnerait sans compter. Bénie soit l'heure où votre cheval est né ! Je n'ai jamais vu son pareil. »

Quand Bayard voit Roland désarçonné, d'une ruade, il frappe son cheval sur l'oreille gauche, brisant les rênes du même coup. L'animal s'enfuit, ne sachant plus où il en est. A cette vue, Roland ne se connaît plus de colère ; tirant son épée Durendal à la lame brillante, il s'avance vers Bayard dans l'intention de lui couper la tête. Mais Renaud ne voit pas là matière à plaisanterie : « Qu'allez-vous faire ? Quelle honte pour vous et votre lignage ! Bayard est un animal. Si vous voulez vous battre, c'est à moi qu'il faut vous en prendre ; et vous trouverez à qui parler ! Laissez-moi mon cheval, il n'a pas son pareil au monde. D'ailleurs, il est à moi ; il n'est donc que justice qu'il m'aide. »

Et dégainant Froberge, il en assène un coup sur le casque de Roland dont les ornements de pierres précieuses tombent à terre. Sur son élan, l'épée fend en deux le bouclier et le met en pièces ; elle fait sauter les rivets d'un pan de la cotte de mailles : le fer frôle la cuisse et tranche l'éperon d'or fin avant de s'enfoncer en terre jusqu'à la garde ; mais Roland n'est pas blessé car Dieu et saint Étienne le protègent de la mort.

« Mon épée n'est pas passée loin, dit Renaud. Il vaudrait mieux pour vous vous trouver sous votre tente. »

A s'entendre traiter ainsi, la colère saisit Roland : s'il ne peut rendre son coup à Renaud, il devra se tenir pour vaincu. Il abat sa bonne épée Durendal sur le sommet du casque de son adversaire, en frappant du tranchant de la lame : il en fait tomber à terre les pierres précieuses qui l'ornaient et l'entaille largement ; du même coup, il fend le bouclier en deux et, l'épée passant par-derrière, emporte le dos de la cotte de mailles et tranche net les éperons d'or fin avant de s'enfoncer en terre jusqu'à sa poignée d'émail.

« Voilà un prêté pour un rendu, dit-il. Et si cela ne suffit pas, je peux faire mieux. Nous sommes donc à égalité, qui va recommencer ?

— Moi, dit Renaud. Maudit soit qui ne se montrerait pas à la hauteur ! La première fois j'ai frappé pour rire ; maintenant ce sera sérieux. »

Les deux nobles vassaux se remettent en position

pour reprendre le combat ; mais voici qu'arrivent au triple galop Maugis, Aalard et Guichard, avec quatre cents Gascons tous bien montés. Ils ramènent Bayard qui s'était écarté à Renaud qui se remet en selle. De l'autre côté, arrivent Ogier, Estout et Olivier : leur venue permet à Roland lui aussi de monter à cheval. Alors, la mêlée reprend. Je voudrais que vous ayez été là, seigneurs, sous ce pin rond où le baron Roland fit face aux Gascons. Ce ne sont que lances et boucliers brisés, casques mis en pièces, cuirasses éclatées, et combattants désarçonnés. Et quel vacarme ! Roland pousse le cri de « Montjoie » : « Où êtes-vous passé, Renaud, fils Aymon ? Sortons de la mêlée pour mieux nous mesurer : nous ne savons pas encore qui est le plus valeureux.

— Me voici, seigneur ; je suis ici sous mon étendard. Mais si vous voulez m'en croire, nous nous y prendrons autrement. Il y a là des Normands et des Bourguignons qui nous regardent, et des Gascons, sans parler de mes frères : ils craignent pour ma vie et nous empêcheront de nous battre. Votre cheval vaut bien un royaume et mon Bayard n'a pas son pareil au monde. Filons au plus vite d'ici et traversons la rivière : nous pourrons nous affronter sans risque d'être interrompus dans le bois où coule la Serpente au fond de sa vallée encaissée. Ainsi nous verrons qui est le meilleur des deux.

— Assurément, dit Roland, voilà la proposition d'un brave ; je l'approuve entièrement. Partons sans plus attendre. »

Et les deux hommes tournent bride aussitôt. Mais les Français s'élancent à leur suite, éperonnant leurs chevaux : il y a là Ogier, Olivier et le comte Huidelon et, dans l'autre camp, les trois frères de Renaud et Maugis. Olivier et Salomon forcent Roland à revenir, mais personne ne peut rattraper Bayard : Renaud traverse montagnes et vallées à toute allure et atteint le cœur du bois où le roi Yon était détenu sous la garde de quatre-vingts Bourguignons. Il lance sa monture de ce côté à coup d'éperons et charge l'épée à la main. « C'est Renaud, s'écrient les gardiens dès qu'ils l'ont aperçu. Celui qui restera sur place à l'attendre est un homme mort. Sauve qui peut ! » Et tous de s'enfuir en laissant sur place leur prisonnier.

Le fils Aymon détache le bandeau qui aveuglait le roi et lui délie pieds et poings : « A quoi as-tu pensé pour nous trahir et nous vendre à Charles comme tu l'as fait ? S'il n'avait tenu qu'à toi, nous serions pendus à l'heure qu'il est. Voilà qui va te coûter la vie ; inutile de parler de rançon.

— Certes, j'ai mérité la mort, ce n'est que justice, mon beau-frère, je le confesse. Coupe-moi la tête, Renaud, et la langue qui m'a servi à te trahir. Ce sont le vicomte d'Avignon, le vieil Antoine, et Hunaut de Taillebourg qui m'ont poussé à le faire, mais je ne le dis pas pour échapper à la mort. Seulement, coupe-moi la tête, car j'aime encore mieux être décapité par toi que pendu par Charles. »

Renaud le fait monter sur un mulet : « Venez, fait-il, vous vous expliquerez devant les nôtres. »

Cependant, Roland et ses compagnons ont traversé le Balençon. Mais voilà que le jeune Richard l'interpelle : « N'avez-vous pas honte de vous en aller, Roland ? Venez-donc me combattre.

— Certes je ne veux pas vous faire faux bond. »

Ils éperonnent leurs chevaux qui chargent ; les boucliers heurtés en plein sur les bosses d'or qui en marquent le centre ne résistent pas ; les lances se brisent et volent en éclats, tandis que les fanions restent plantés dans le bouclier de l'adversaire. Richard se fait désarçonner, mais aussitôt, il est sur pied comme un vrai chevalier et, du même mouvement, se remet en selle.

« Montjoie, crie Roland, c'est un des fils Aymon, c'est Richard, le cadet ; s'il vous échappe, je dirai à Charles que je n'ai pas pu compter sur vous. »

Par crainte de Roland, les Français reviennent sur leurs pas et accablent Richard de coups d'épieu. Sans l'intervention de Dieu, il était mort, avec quatorze hampes plantées dans son bouclier et son cheval tué sous lui. Quand il se voit ainsi privé de monture, il ne se connaît plus de douleur : « Quelle pitié c'est de vous, mon bon cheval ! Si je ne peux pas vous venger, c'est que je ne vaux plus grand-chose. Château de Montauban, je vous recommande à Dieu ! Hélas ! Renaud, mon cher Renaud, ce jour sera celui de notre séparation : nous ne nous reverrons plus. »

Alors tirant l'épée qu'il portait au côté, il en frappe le comte Antelme, un redoutable combattant, le blessant grièvement, mais sans le tuer. Puis, voyant venir sur sa droite Hunaut qui s'apprêtait à l'attaquer à la lance, il se retourne contre lui et — tous ceux qui étaient là en sont témoins — lui assène un coup tel qu'il l'abat mort, à terre, à ses pieds. Roland, dégainant Durendal au pommeau d'or, l'interpelle à haute voix : « Rends-toi, ami Richardet, ce serait trop dommage de te faire tuer. Tu as ma parole que nous ne laisserons personne te toucher.

— A cette condition, j'accepte », dit Richard en lui tendant son épée. Le neveu de l'empereur le fait monter sur un mulet et l'emmène avec lui, tout à la joie de sa prise.

C'est le gibet de Montfaucon qui attend le fils Aymon, avec la corde au cou et le nœud coulant. Si Dieu et Maugis ne s'en mêlent, son supplice est proche.

Mais un messager s'en va, bride abattue, prévenir Renaud. Dès qu'il le voit, il s'empresse de le mettre au courant : « J'ai une mauvaise nouvelle à vous annoncer, seigneur ; nous venons de subir une lourde perte. Roland a fait prisonnier Richard. »

A cette nouvelle, Renaud défaille ainsi qu'Aalard leur aîné et que Guichard. Ils laissent éclater leur douleur, s'arrachant les cheveux et se tordant les mains, et déchirant leurs vêtements d'hermine. « Seigneur Dieu et Père, dit Renaud, je m'adresse à Vous par Votre très saint Nom, vous qui avez sauvé Jonas du ventre de la baleine, vous qui avez vécu sur terre dans la pauvreté avec saint André et saint Pierre que vous avez pris comme compagnons alors qu'ils étaient occupés à pêcher en mer. Ce matin, nous étions quatre, tous chevaliers, nés du même père et de la même mère, et nous n'avions qu'un cœur. Et voilà que nous ne sommes plus que trois, autant dire rien ! Hélas, mort, prends-moi ! J'ai trop honte ! »

Et il défaille encore à plusieurs reprises. Cependant Aalard, lui, se dresse de toute sa taille pour accuser son frère devant les autres : « C'est votre faute, Renaud, c'est vous qui nous avez amenés ici bon gré mal gré pour porter secours à ce traître de Yon. Quelle perte pour nous ! Et c'est vous qui êtes responsable de ce qui est arrivé à Richard, le meilleur d'entre nous. Vengeons-le du roi Yon, Guichard », ajoute-t-il.

Fous de colère, ils s'avancent vers le roi, l'épée à la main pour lui couper la tête sans autre forme de procès. Mais Renaud les arrête : « Restez tranquilles, c'est à moi qu'il s'est rendu, et je ne permettrai pas qu'on porte la main sur lui. Dépêchez-vous plutôt de gagner Montauban avec lui et nos hommes. Moi, je resterai ici avec Bayard le véloce et avec Froberge, seul, sans compagnon ; je n'ai besoin de personne. J'irai jusqu'au camp de l'empereur et, par saint Paul, je ramènerai Richard ou je ferai un autre prisonnier pour l'échanger contre lui. »

Et déjà il éperonnait son cheval quand Guichard le retient par son manteau et Aalard en empoignant Bayard par les rênes : « Il n'en est pas question, Renaud. Nous aimons encore mieux perdre Richard que vous. » Et les trois frères de défaillir ensemble.

Mais voici que Maugis arrive au galop ; devant leur émotion et leur douleur, il s'inquiète à son tour : « Qu'avez-vous, seigneur ? demande-t-il.

— Roland vient de faire prisonnier Richard, lui explique Aalard ; à part Renaud, il n'avait pas son pareil au monde pour la prouesse et le courage. Et maintenant Renaud veut y aller malgré nous ; s'il le fait, nous ne le reverrons plus.

— Vous êtes complètement fou, Renaud, dit Maugis, vous n'avez aucune chance de réussir. Retournez plutôt à Montauban, votre fort château. C'est moi qui irai, seul. Pour peu qu'on ait laissé à Richard le répit d'une nuit et qu'on l'ait enfermé dans quelque cave ou prison, peu m'importe qu'elle soit pavée de marbre ou d'autre pierre, je vous le rendrai au grand dam de Charlemagne.

— Si vous faites cela, cousin, dit Renaud, je serai votre homme-lige [133] jusqu'à la mort.

— Mais oui, je vous le ramènerai, avec l'aide de Dieu ; arrêtez donc de vous quereller. »

Alors ils gagnent Montauban d'une traite, mais ils n'ont pas le cœur à la joie : « Hélas, Richard, comme vous étiez vaillant, on n'a jamais vu votre pareil chevaucher ! Comme l'exploit de Roland nous a amoindris ! »

Ils pénètrent à l'intérieur de l'enceinte et mettent pied à terre au perron sous le pin. Cependant que le noble Renaud monte les degrés de l'escalier, sa femme et ses deux jeunes fils viennent au-devant de lui ; tous trois sont armés de bâtons : « Livrez-nous notre oncle Yon, réclament les enfants, nous allons lui faire payer cher sa trahison.

— Nous avons un grand sujet de chagrin, mes chers neveux, dit Aalard ; nous venons de subir un dommage qui sera difficile à réparer. Nous avons perdu l'un de nous, Richard, que Roland a fait prisonnier pour le compte de Charles. Il faudrait un miracle pour que nous le revoyions. »

A cette nouvelle, la dame tombe évanouie sous l'arbre rond. « Hélas ! se plaint-elle quand elle a retrouvé la parole, quel malheur ! Que faire, que devenir ? Sans Richard, nous ne connaîtrons plus la joie. C'est lui et ses deux frères qui avaient fait ma paix avec Renaud ! »

[*Déguisé en pèlerin de retour des Lieux Saints, Maugis réussit à s'introduire auprès de l'empereur... (vv. 9470-9677).*]

Mais voici qu'arrive un messager bride abattue. Aussitôt mis pied à terre, il s'adresse à Charles : « J'ai des nouvelles, seigneur, et de bonnes nouvelles. Nous nous sommes battus au gué du Balençon. Votre neveu Roland y a affronté les fils Aymon : ils se sont bien défendus, il faut le dire ; mais Roland vous en amène un, Richard : c'est le plus jeune, mais pas le moins fier ni le moins courageux. »

A ces mots, Charles ne se connaît plus de joie. Il se dépêche de sortir de sa tente et c'est pour voir Richard qu'il reconnaît aussitôt, encadré par Ogier, par le vétéran Naime, ainsi que par Huidelon et Salomon. Roland est là lui aussi, qu'il s'empresse d'apostropher : « On voit bien que vous étiez là, mon cher neveu ; sans vous, ce malotru n'aurait pas été fait prisonnier. Ogier et les autres, eux, m'ont trahi. Quant à toi, Richard, je te ferai pendre, par ma barbe — et ce n'est pas un vain serment dans ma bouche.

— Ne vous avancez pas tant, seigneur, réplique le garçon. Maudit soit qui aurait l'idée de me traiter comme si j'étais un voleur ! Et si vous vous y risquez tant que Renaud et Maugis sont en vie, il n'y aura pas de château, de forteresse, ni de donjon capable de vous protéger : avant trois jours, vous y auriez perdu la vie. »

Charles empoigne un bâton en réponse et en frappe

le fils Aymon à la tête ; sous la violence du coup, la peau et la chair éclatent, le sang lui coule jusqu'au menton. Mais Richard ne se laisse pas faire : il saisit à bras-le-corps Charles qui l'imite en retour et tous deux tombent par terre. Richard était déjà en train d'avoir le dessus sur son adversaire quand Ogier et Huidelon se précipitent : « Que faites-vous là, seigneur empereur ? Vous, prendre quelqu'un en traître ? Frapper un prisonnier est indigne d'un chevalier. Vous avez d'autres moyens de faire justice. »

Devant ce spectacle, Maugis a bien du mal à ne pas laisser éclater sa colère. Saisissant son bourdon de pèlerin, il le brandit à deux mains et l'abat sur un perron : le fer en est fendu et cassé en deux. Cependant que tout le monde est tourné vers Richard, Maugis, le front rouge comme braise, exhale sa fureur : « Que n'êtes-vous là Renaud et vous, Aalard et Guichard, avec le cheval Bayard ! Rien ni personne ne nous empêcherait de venger Richard le bon chevalier.

— Richard, dit l'empereur, nous ferons justice de toi. Tu ne sais pas ce que tu dis, que je sois maudit si tu t'en tires vivant. Quant à Maugis, plût à Dieu dans Sa prévoyance qu'il fût là dans cette tente, devant moi. Je le ferais pendre sur l'heure, côte à côte avec toi. »

C'est alors que les yeux de Richard tombent sur Maugis, caché derrière un cheval, qu'il reconnaît, après l'avoir bien regardé, sous son capuchon noir. « Que Dieu dans Sa providence vous protège, cousin Maugis ! Vous vous êtes déjà donné tant de mal pour moi », murmure-t-il.

Maugis, de son côté, lui fait signe discrètement de demander au roi quel sort il lui réserve.

« Seigneur empereur, s'enquiert Richard, vous m'avez fait prisonnier à mon grand dam ; mais dites-moi, pour l'amour de Dieu, ce que vous avez l'intention de faire de moi ; n'accepteriez-vous pas de me mettre à rançon ?

— Pas question, dit Charles, Dieu et sainte Foi m'en soient témoins !

— Alors accordez-moi un répit de quinze jours ou d'un mois pour qu'Aalard et Renaud soient au courant de mon sort.

— Pas davantage : tu seras pendu avant ce soir.

— Et où cela, s'il vous plaît ?

— Au gibet de Montfaucon pour que tes trois frères puissent t'y voir.

— Je n'en aurai que plus de peine, seigneur.

— Que m'importe, sur ma foi », réplique l'empereur.

Maugis avait appris ce qu'il avait besoin de savoir. Il quitte aussitôt la tente en suivant les barons, sans que le roi le remarque, et se met en route au trot — un mulet d'Espagne n'aurait pas pu le suivre. Après avoir traversé à toute allure le bois de la Serpente, il gagne le Colençon d'une traite. Renaud guettait son retour avec Aalard et Guichard, ainsi qu'Aélis et ses deux jeunes fils, depuis l'embrasure d'une fenêtre. Et voilà qu'il aperçoit son cousin seul. Cette vue manque le faire défaillir. Ses frères, remarquant son trouble, lui demandent ce qu'il a.

« Dieu vous confonde tous, traîtres ! s'écrie-t-il. Vous m'avez pris Richard, mon meilleur compagnon. J'aurais pu le sauver, mais vous m'en avez empêché, nous ne le reverrons plus. Maugis revient, — et il est seul. Il ne nous a pourtant jamais abandonnés. »

A ces mots, Aalard tombe à genoux avec Guichard, ainsi qu'Aélis et ses enfants. Tout le palais retentit de leurs cris de douleur. Et Maugis est là, qui se dépêche de monter l'escalier. Aalard veut l'interroger, mais Renaud le devance : « Qu'as-tu fait de mon frère ? Qu'as-tu fait de mon cher petit Richard ? Dis-moi, Maugis, est-il vivant ou mort ?

— J'ai là trente livres que m'a données Charles, répond Maugis[134]. Je les prêterai à intérêt, ce sera tout bénéfice ; avec un peu de chance, avant quatre ans nous serons riches, sans avoir à y mettre un sou de notre poche. Alors, à nous la belle vie, je veux dire celle des truands ! »

Ces paroles mettent Renaud hors de lui ; il se penche pour saisir un bâton avec l'intention de l'abattre sur le crâne de son cousin : « Fils de pute ! Je te demande si mon frère est mort, et toi, tu me racontes comment tu l'as abandonné. Que Dieu te punisse comme tu le mérites !

— Tuons-le sur-le-champ, propose Aalard, s'il ne nous dit pas ce qu'il en est de Richard.

— Laissez-moi parler, seigneurs, fait Maugis. Charles a juré par saint Lazare de le faire pendre à Montfaucon. Le gibet est dressé et l'échelle prête. Le roi me craint trop pour le laisser en prison plus longtemps. Si vous aimez Richard, il faut aller tout de suite à son secours. »

De la joie que lui cause cette nouvelle, Renaud court embrasser Maugis : « C'est donc bien vrai, mon cousin, Richard est vivant, notre cher Richard ? L'as-tu vu ?

— Oui, et il n'était pas beau à voir.

— Plaise à Dieu que nous n'arrivions pas trop tard ! Assurément, même si nous n'étions que quatre, en vous comptant, noble cousin, et pourvu que Bayard soit avec nous, et même si Charles devait avoir deux mille hommes sous ses ordres, je ne renoncerais pas, je tenterais de sauver Richard. »

Et portant le cor Bondin à ses lèvres, il en sonne à perdre haleine. C'était la coutume à Montauban que tout le monde prenne les armes, dès qu'on l'entendait retentir. Du haut en bas de la ville, du donjon au bourg, on s'empresse donc de revêtir les cuirasses, de lacer les casques, de ceindre les épées et de se mettre en selle. Il y a bien là quinze mille cavaliers en tout, et pas moins de sept cents archers. Ils sortent de Montauban et, d'une traite, en passant par le bois de la Serpente et du Colençon, gagnent Montfaucon où le gibet est déjà dressé.

« Écoutez-moi, seigneurs, dit Renaud, il faut que le roi de France me craigne peu pour avoir l'idée de faire pendre ici mon frère. Mais nous le délivrerons s'il plaît à Dieu et à Sa Mère. Mettons pied à terre et cachons-nous dans ce petit bois, car si les Français nous voient, je suis sûr qu'ils prendront la fuite et qu'ils trouveront une autre manière de tuer Richard. Tandis que si nous sommes dissimulés un peu en arrière, nous pourrons les encercler et les attaquer par surprise quand ils arriveront. »

Ils se mettent donc en embuscade, Renaud à gauche, Aalard à droite et Maugis par-derrière, avec les sept cents archers. Tous jurent par la Passion de Dieu que, d'où que vienne Richard, ils feront l'impossible pour le délivrer. Mais il y avait trois jours qu'ils n'avaient pas dormi, ce qu'un homme ne peut supporter. Aussi, ils ne tardent pas à se laisser aller au sommeil.

Que la bénédiction de Dieu soit sur Richard, car si Jésus ne veille sur lui, il ne recevra pas de secours.

Cependant il était toujours dans le camp des Français au comble de l'angoisse. On lui avait bandé les yeux et attaché les poignets si serrés que le sang jaillissait sous ses ongles [135].

« Tu vas être pendu sur l'heure, lui annonce Charles.

— Hélas, dit le garçon, quelle douleur ! »

L'empereur convoque le duc Naime et Richard de Normandie : « J'ai besoin de vos conseils, nobles chevaliers. Richard est fils Aymon, ce n'est pas n'importe qui. Si Renaud se présente sur le lieu de l'exécution avec Aalard et ce redoutable fou de Maugis, il faut quelqu'un qui se charge de me pendre le prisonnier et de défendre mon droit. » Il interpelle par son nom le Gallois Bérenger : « Écoutez-moi, cher ami Bérenger : vous tenez de par mon autorité le pays de Galles, l'Irlande, l'Écosse et le Danemark. Vous m'êtes donc redevable en France du service pour quatre royaumes, chacun devant fournir mille chevaliers. Eh bien ! je vous en déclare quitte, vous et vos héritiers, si vous acceptez de me pendre Richard et de défendre mon droit contre Renaud au cas où il interviendrait.

— Pas si vite, seigneur. C'est me montrer beaucoup de confiance, mais pas beaucoup d'amitié. Je ne pendrai pas Richard, par Dieu et sainte Foi. Reprenez toutes vos terres, si c'est cela que vous voulez. Maudit soit qui accepte de se déshonorer pour conserver son fief ! »

[*Le Bavarois Huidelon refuse lui aussi (vv. 9950-9964).*]

Charles interpelle par son nom Ogier le guerrier : « Tu es mon homme-lige, Danois. Je me suis laissé dire que tu m'as trahi pour Renaud hier à Vaucouleurs. Je veux donc te mettre à l'épreuve pour savoir la vérité — et si on m'a raconté des histoires, je t'en saurai bon gré. Il faut donc que tu pendes Richard, le fils Aymon. Je te confierai mille chevaliers pour garder le gibet contre une intervention de Maugis le larron. Après quoi, je te donnerai Pavie au-delà des montagnes, Verceil, et Yvoire et Plaisance aussi. Ainsi, tu auras un contingent de quatre mille chevaliers et tu seras quitte de tout service dans mon royaume.

— C'est moi qui vous tiens quitte de votre promesse, seigneur. Richard et moi sommes proches parents : cousins germains. Je vais plus loin, je défie en combat mortel quiconque se chargera de le pendre, et je soutiendrai Renaud avec trois mille hommes ; je ne lui ferai défaut pour personne au monde.

— Dieu vous maudisses, misérable ! Et toi, Richard, je te ferai pendre, par ma barbe ! Vous, Ogier, hors d'ici ! Si jamais vous retombez entre mes mains, c'est le bûcher qui vous attend, par saint Siméon ! Il n'est pas encore né celui qui vous l'évitera ! »

Charles interpelle par son nom l'archevêque Turpin : « Et vous, seigneur archevêque, vous devez me servir avec dix mille hommes d'armes et ne pas m'abandonner quand j'ai recours à vous. Le prochain pape, ce sera vous, par saint Denis de France! Mais pendez-moi Richard, mon ennemi mortel; je vous confierai mille chevaliers armés de pied en cap, pour défendre mon droit contre le larron Maugis.

— Vous vous avancez trop, seigneur. Que je chante la messe, ou que je combatte les Sarrasins, revêtu de l'armure et du casque, je le fais pour servir Dieu. Et certes, je suis au comble de la joie quand je vois mourir un de ces traîtres. Mais je ne porterai jamais la main sur un chrétien, et à plus forte raison, je n'irai pas commencer avec Richard qui est mon cousin.

— Dieu te maudisse, misérable! Et toi, Richard, je te ferai pendre, par ma barbe! »

[*Salomon de Bretagne refuse à son tour (vv. 10007-10023).*]

« Et vous, Roland, mon cher neveu, vous n'allez pas me faire défaut au moment où j'ai besoin de vous! Vous voyez comme les Français m'ont trahi! C'est à vous qu'il revient de pendre Richard, puisque c'est vous qui l'avez fait prisonnier. En échange, je vous donnerai Cologne qui est sur le Rhin, Trémoigne et la Hollande; j'y ajouterai le Val Saint Dié, en pays païen, et toute la terre jusqu'à Valentin. Les droits de péage vous rapporteront mille livres par jour et vous aurez dix mille hommes d'armes à votre service. Vous n'avez qu'à trouver quelqu'un pour pendre Richard.

— Vous me prenez au dépourvu, seigneur, car je lui ai promis au contraire, avant de le faire prisonnier, qu'il ne lui serait fait aucun mal. Si je mens à ma parole, je suis un Antéchrist. Je serais déshonoré sans rémission aux yeux de tous; il ne me resterait plus qu'à mendier mon pain dans la honte et le chagrin. J'en appelle à vous, tous les Pairs de France, ne pendez pas Richard, ce serait ma perte. D'ailleurs, quiconque acceptera de le faire, je le défie et je le tuerai de ma propre épée, Durendal. Et s'il arrive, malgré tout, que Richard soit mis à mort, je me rendrai à Renaud et me considérerai comme son prisonnier. Le nom du duc Roland sera oublié, je me ferai appeler Richard et je les aiderai, comme un membre de leur famille, à continuer la guerre. Je ne pense pas que Renaud puisse demander plus.

— Dieu te maudisse, misérable ! Mais ce n'est pas cela qui m'empêchera de te faire pendre, Richard ! »

[*Geoffroi d'Anjou refuse à son tour (vv. 10053-10076).*]

« Et vous, seigneur Olivier, reprend l'empereur, vous qui êtes de Vienne et appartenez à cette maison sur laquelle j'ai toujours pu compter[136] ! Votre père Rénier a toujours été sans reproche, comme votre oncle, le seigneur Girard, qui, lui aussi, est à mon service, un homme de courage et de valeur, s'il en fut ! Eh bien ! je vous donnerai Vienne et la ville de Lyon, et vous serez aussi maître de Gênes et de Pise — ce qui vous vaudra d'avoir dix mille hommes à votre service. Mais allez me pendre Richard, le fils du vieil Aymon ; je vous confierai mille chevaliers pour protéger le gibet contre Maugis le larron.

— Non, seigneur, par ma foi. Je ne veux pas faire de peine à mon compagnon Roland, ni m'opposer à lui en rien. Je serais parjure et déloyal. Pas plus que lui, je n'accepterai de me charger de cette tâche.

— Hélas! mon Dieu, dit Charles, quels piètres hommes j'ai là, qui ont peur de pendre ce misérable, ce maudit! Mais je te ferai pendre quand même, Richard, sur ma barbe! »

L'empereur de France se lève, tout suant de colère et de malveillance. « Écoutez-moi, seigneurs [137]... »

[*Il rappelle les difficultés rencontrées depuis son enfance jusqu'à son âge adulte pour imposer son pouvoir et les sanglantes justices devant lesquelles il n'a pas reculé (vv. 10098-10129).*]

« ... Par la couronne, insigne de mon pouvoir royal, je vais tous vous appeler, un par un, vous, les douze Pairs. Et quiconque refusera, je lui reprendrai sa terre une fois pour toutes et je le ferai mener au bûcher : le vent dispersera ses cendres! »

A entendre ces paroles, les Français sont saisis de crainte ; même les plus courageux tremblent et donneraient cher pour être ailleurs. Charles interpelle alors par son nom Estout, le fils d'Eude : « C'est à vous que je m'adresse, car vous n'avez eu qu'à vous louer de ma bienveillance : je vous ai donné la Bourgogne et ma ville de Langres à tenir, et vous devez me fournir un contingent de vingt mille hommes. Allez me pendre Richard, le fils du seigneur Aymon, et j'augmenterai votre fief de mille chevaliers avec leur équipement. Si vous acceptez, je vous offre Clermont, ma grande cité d'Auvergne, et j'y ajoute Montferrand si vous le souhaitez, Montpanon, Marsac et l'Estole qui est dans la même région.

— Pitié, pour l'amour de Dieu, seigneur. Mon père assure encore en personne le gouvernement de ses terres et je n'y ai point part. Je suis compagnon d'armes de Roland et ce sont elles qui me font vivre, comme n'importe quel jeune chevalier. Attendez que je sois entré en possession des domaines dont je dois hériter ; alors, je serai à votre entière disposition.

— C'est maintenant qu'il faut y aller, par saint Denis. Le refus des autres me force à m'adresser à vous.

— Vous parlez sérieusement, seigneur ?

— Certainement, Dieu me garde !

— Vous en prenez Dieu à témoin, sur ma foi ! Et pourtant, seigneur empereur, par la couronne, insigne de votre pouvoir, je pense que vous ne voudriez pour rien au monde procéder vous-même à l'exécution.

— Mais il se permet de vous faire des reproches, seigneur, intervient Ganelon.

— Que Dieu le confonde pour cela », réplique l'empereur qui, saisissant un bâton, vise Estout et le lance contre lui avec l'intention de le tuer. Le bâton heurte un mât qui vibre tout entier sous le coup : si l'empereur avait atteint son but, c'en était fait d'Estout qui, aussitôt, quitte la tente royale, suivi par la plus grande partie des Français.

« Mais où sont mes Pairs ? demande l'empereur à Naime.

— Vous avez fait appel à tous les princes qui dépendent de vous, seigneur, et vous les avez tous bannis. Des douze Pairs, il n'en reste plus que deux : Richard de Rouen que vous voyez ici, et moi, seigneur empereur, à qui vous parlez, moi qui suis toujours prêt à vous servir. »

[*Richard de Rouen refuse à son tour (vv. 10179-10196).*]

« Quel conseil avez-vous à me donner, Naime ?

— A quoi bon en demander, seigneur, puisque vous n'écoutez pas ceux qu'on vous donne ? Il y a plus de vingt ans que la guerre dure avec Renaud, Aalard, Guichard et Maugis, et mille hommes d'armes en sont morts en bataille. Rendez-leur donc Richard et qu'ils s'engagent par serment à vous servir fidèlement. Qu'Aalard et Renaud soient admis à compter au nombre des Pairs. Si vous pouvez vous appuyer sur leur amitié, vous en serez davantage craint jusqu'à Jérusalem. Au contraire, plus la guerre se prolongera, plus vous y perdrez, car ce sont des chevaliers courageux et aguerris. N'oubliez pas qu'ils sont nés de France et que, par leur père Aymon, ils font partie de votre lignage.

— Plus depuis que Renaud a dénoncé le serment d'hommage qui le liait à moi. Je te ferai pendre, Richard, par ma barbe qui grisonne.

— Non, seigneur, je vous en prie, insiste Naime, car les hommes de son clan ne peuvent pas l'admettre. Le blâme en retomberait sur les douze Pairs de France et sur vous. Si vous voulez vous débarrasser de lui, prenez-vous-y plus adroitement. Mettez-le en prison, dans une cave de pierre, avec les fers aux pieds et le carcan au cou, gardé par cent hommes, et ne lui donnez à manger que de la viande crue : il ne lui faudra pas longtemps pour mourir de faim [138].

— Vous vous moquez de moi, Naime, vous oubliez Maugis et ses enchantements. Si Renaud, Aalard et

Guichard étaient mes prisonniers et que j'aie juré sur des reliques de ne pas les libérer avant le lever du jour, Maugis n'attendrait pas minuit pour les faire sortir.

— C'est trop parler, fait le Danois, plus vous prierez Charles, moins il vous écoutera. L'accord ne s'obtiendra qu'à la pointe des lances. On verra bien aujourd'hui qui sont les amis du garçon. Ceux qui font partie de son lignage doivent se retirer — et quant à moi, je défie en combat singulier tous ceux qui resteront. »

Sur ces mots, Ogier sort de la tente royale, suivi par Estout le fils d'Eude, par Richard de Normandie et par l'évêque Turpin. Ils revêtent leurs cottes de mailles, lacent leurs casques et ceignent l'épée au côté gauche. Une fois tous leurs hommes réunis, ils sont plus de quinze mille.

« On verra bien, seigneur roi, qui vous chargerez de pendre Richard, s'écrie Ogier de Danemark. Mais, si grand seigneur soit-il, s'il le mène au gibet, il y perdra la tête. »

Et il se dirige vers la tente principale où Richard était détenu, yeux bandés, et poignets si serrés que le sang clair jaillissait sous ses ongles. Ce spectacle arrache des larmes au Danois qui porte la main à plusieurs reprises sur la poignée de son épée pour couper le bandeau et les liens ; mais la crainte de l'empereur le retient.

« Approchez-vous, cher cousin, lui dit Richard, et vous aussi Naime de France, Turpin et Estout, et vous, Roland : j'ai à vous parler. Vous vous êtes donné beaucoup de mal pour moi et je vous en remercie au nom de Dieu. Mais maintenant, retournez vite auprès de Charles pour lui faire votre soumission car il est votre seigneur. Mieux vaut que je meure, moi tout seul, plutôt que de vous voir tous dépossédés de vos terres.

— Que dis-tu là, espèce de fou ? dit Ogier. Tu veux être pendu ?

— Je vous tiens quitte de la promesse que vous m'aviez faite au gué du Balençon, Roland.

— Par pitié, Roland, supplie Ogier hors de lui, gardez-lui votre parole.

— J'aime mieux mourir tout de suite que continuer de souffrir ainsi, dit Richard qui poursuit, s'adressant à Ogier : Je vous en prie, cher cousin, laissez-moi conduire au gibet.

— Il n'en est pas question, je ne permettrai pas que les choses se passent ainsi, avec l'aide de Dieu.

— Mais si, dit Richard. J'ai reconnu Maugis sous son capuchon, pas loin des tentes. Vous pouvez bien être sûrs qu'il ne m'a pas oublié et que celui qui croira m'emmener pendre sera mal payé de sa peine.

— C'est vrai, dit le Danois, tu as vu Maugis le bon chevalier ? Alors, je suis tranquille, je ne crains plus personne. »

Les douze Pairs mettent donc pied à terre et viennent auprès de l'empereur : « Écoutez ce que nous avons à vous dire, seigneur roi : nous avons voulu vous faire peur pour vous amener à libérer notre cousin Richard. Mais nous sommes engagés envers vous par serment et nous n'osons pas nous exposer davantage à votre colère. Vous pouvez faire pendre Richard par qui vous voudrez, nous ne nous y opposerons pas.

— Voilà des paroles raisonnables, sur ma foi et, par

saint Denis de France, vous en serez récompensés. Alors, mon neveu Roland, qui va se charger de la besogne ?

— N'importe qui, pourvu que ce ne soit pas un des douze Pairs.

— Voilà qui est bien, dit Charles qui ajoute, en se levant pour s'adresser à tous : Écoutez-moi donc, seigneurs ; que celui qui veut être estimé et aimé en France, et bénéficier de mon appui et de celui de mes proches, soit volontaire pour cette tâche ! »

Mais il n'en est pas un seul pour oser souffler mot, sauf Ripeu, un maudit traître, né de Ribemont, qui se lève pour déclarer : « Renaud a tué mon père au gué du Balençon. En exécutant votre ordre, je le vengerai ainsi que mon oncle, Fouque de Morillon, qu'ils m'ont tué au pied de la Roche Mabon. De tout temps, nos lignages ont été ennemis. Remettez-moi Richard et, par ma barbe, j'irai le pendre ; vous serez débarrassé de lui.

— Il sera à vous dans un instant, dit Charles, qui, prenant Ripeu par la main, le fait asseoir à côté de lui : Vous avez gagné ma faveur, je vais faire pour vous ce que je n'ai jamais voulu faire pour personne : vous serez mon chambellan à vie et vous aurez le droit de vous faire donner le manteau et le cheval de tous ceux sans exception — valets, écuyers, comtes, ducs ou princes — qui viendront me trouver pour me demander un fief ; et, si vous préférez une autre récompense, vous l'aurez aussi.

— Quel cadeau vous lui faites là ! dit Naime. Il aura bien de quoi en mener mille chevaliers en bataille. »

Ripeu s'agenouille devant l'empereur et lui baise les

pieds ; il reçoit son gant en gage sous les yeux de tous les barons. Mais ce devait être un avantage dont il n'eut guère le temps de profiter et qui devait lui coûter cher.

« Dépêchez-vous d'aller, Ripeu, lui ordonne Charles.

— Oui, seigneur ; mais faites d'abord jurer aux douze Pairs qu'ils ne me feront rien quand je serai de retour.

— Volontiers. Allons, Roland, donnez-moi votre parole. »

Roland s'exécute et, après lui, Olivier de Vienne, Estout et Richard de Normandie.

« Vous n'avez rien à craindre, sur ma tête, ajoute Charlemagne. Si puissant que soit celui qui oserait s'en prendre à vous, il y perdrait sa terre.

— Il en reste encore un, et c'est lui que je redoute le plus car il s'est montré plus menaçant que tous les autres.

— De qui voulez-vous parler ?

— D'Ogier, que je vois là.

— Allons, Ogier, vous aussi, vous devez me donner votre parole.

— Comme vous voulez, seigneur. Je donne donc ma parole à Ripeu que, s'il conduit Richard à Montfaucon pour le supplicier, il n'est pas de château, d'enceinte ou de forteresse qui suffira à le protéger : il aura perdu la tête avant trois jours. »

A ces mots, l'empereur ne se connaît plus de colère, cependant que Roland et Olivier, ainsi que le duc Naime, insistent auprès du Danois pour qu'il cesse de s'opposer à l'empereur : « Pourquoi vous obstiner, Ogier ? C'est celui qui l'emmènera pendre qui se balancera au bout de la corde. Par saint Denis, vous auriez tort de croire que ses frères vont l'abandonner. Tous nos serments n'empêcheraient pas Ripeu d'y perdre la tête avant un mois, si Richard était mis à mort. »

Ils finissent, à force de paroles, par le persuader de promettre à Ripeu qu'il ne lui fera aucun mal.

« Vous pouvez aller, maintenant, Ripeu, fait l'empereur, vous n'avez plus de raison de craindre. Prenez avec vous mille hommes solidement armés pour garder le gibet contre une intervention de Maugis l'enchanteur et pour pouvoir défendre mon droit, si Renaud se présente.

— Avec votre permission, seigneur, je n'en prendrai que cent pour ne pas attirer l'attention.

— Vous avez raison », approuve Charles.

Le misérable revêt sa cuirasse, attache son casque, ceint son épée au côté gauche et suspend à son cou un solide bouclier peint. Son fort épieu au fanion replié en main, d'un saut, il se met en selle sur le cheval qu'on lui avait harnaché. On lui remet Richard, poignets liés et yeux bandés, qu'on a fait monter sur un mulet. Ripeu de Ribemont, le traître prouvé — que le Dieu tout-puissant le confonde ! —, lui passe autour du corps une corde qu'il serre cruellement pour augmenter ses souffrances, et l'emmène ainsi le traînant comme un brigand. La pitié qu'ils en éprouvent arrachait des larmes à maints barons, mais l'empereur avait tant de haine pour lui qu'il ne voulait pas entendre parler de grâce. Charles escorte un moment Ripeu, s'efforçant de le rassurer : « Vengez-moi de

Richard et faites demi-tour aussitôt. Vous n'avez rien à craindre.

— Vous voilà en paix avec celui-là, dit Ripeu. Plût au ciel que Renaud et Maugis en soient déjà au point où il va se trouver avant le coucher du soleil.

— Je le voudrais moi aussi, même au prix de quatre de mes villes. »

Et Ripeu, tranquillisé, poursuit son chemin, cependant que les Français mènent la plus grande douleur que l'on verra jamais, s'arrachant les cheveux et déchirant leurs vêtements. Ogier, le valeureux Danois, regagne sa tente : « Comme vous m'avez abandonné, mon Dieu ! Maudite soit l'heure où j'ai été engendré, quand il me faut voir mon cousin germain conduit au gibet sans avoir le courage d'ouvrir la bouche pour protester. » Et il défaille à plusieurs reprises avant de pouvoir appeler son écuyer : « Dépêchez-vous de seller mon cheval Broiefort et menez-le dans le pré, sans faire de bruit — et n'oubliez pas ma cuirasse et mon casque. Dussé-je être écartelé, je vais suivre mon cousin, Richard l'aguerri, et essayer de le venger si Dieu le veut. »

Cependant, Ripeu chevauche sans l'ombre d'une inquiétude, emmenant Richard, le fils Aymon, entravé d'une corde et l'angoisse au cœur, car il craint plus que tout qu'on ne l'ait abandonné. Ils traversent le Balençon au gué profond et poursuivent leur chemin sans faire halte jusqu'à Montfaucon, où Charles avait fait dresser le gibet avec l'intention d'y pendre le roi Yon, ce misérable traître. Maintenant, c'est Richard qu'on veut exécuter à sa place, mais le Dieu de gloire qui protège ceux qui l'aiment du fond du cœur a encore le pouvoir de le sauver. Ripeu — que Dieu confonde ce maudit traître ! — interpelle Richard toujours plongé dans la douleur pour l'accabler davantage par ses cruelles paroles : « Cela va mal pour vous, Richard. Vous allez être pendu pour votre honte et le déshonneur en retombera sur vos frères et sur les générations à venir de votre lignage. Je vais vous faire payer la mort de mon oncle Fouque que Renaud m'a tué au gué du Balençon et je verrai bien si Maugis peut vous sauver par ses enchantements, car il faudrait qu'il fût sorcier pour vous emmener d'ici vivant ; quant à Ogier qui m'a tant menacé et à tous vos parents, ils n'auront pas, eux non plus, le temps d'intervenir. »

A entendre ces mots, Richard tremble de peur ; c'est qu'en effet, il ne perçoit ni le galop du cheval Bayard, le rapide coursier qu'on entend d'une lieue, ni les cris de « Montauban » et de « Vairepaine » qui sont ceux de Renaud et d'Aalard. C'est pourquoi il se croit abandonné d'eux : « Hélas, seigneur, ayez pitié de moi, au nom du Créateur, supplie-t-il le traître ; je n'ai rien fait pour mériter d'être pendu.

— Ne perdez pas votre temps et vos paroles, réplique le félon, je ne vous laisserai la vie pour rien au monde.

— Alors, appelez-moi un prêtre s'il vous plaît, pour que je puisse me confesser. »

C'est l'évêque Daniel qui l'absout de ses péchés mortels et qui, mêlant ses larmes à celles de son jeune pénitent, prie Dieu qu'Il pardonne à son âme et l'appelle auprès de Lui. Puis il se retire, laissant Richard seul au milieu du pré. Ripeu s'avance vers lui, la haine dans le cœur, lui passe la corde au cou et le fait monter bon gré mal gré devant lui à l'échelle. Lui-même s'assied sur le faîte du gibet pour fixer la corde au-dessus de Richard qui tend l'oreille de tous côtés, s'efforçant, mais en vain, de percevoir le galop de Bayard. Alors, la peur de mourir le saisit : « Hélas, noble fils de baron, dit-il, suppliant, accordez-moi un répit, donnez-moi le temps de réciter une prière : si je la dis, mon âme sera sauvée.

— Pas question de répit, sur ma tête.

— Si, avec votre permission, seigneur, font ses hommes. Car, s'il peut sauver son âme, cela nous comptera pour la rémission de nos péchés. »

Et ils lui accordent le délai qui va causer leur perte. Richard se tourne vers l'orient et commence de dire sa prière du fond du cœur : « Seigneur Dieu tout-puissant, Vous avez créé le monde et avez vécu parmi nous dans la pauvreté ; Vous avez protégé Jonas dans le ventre de la baleine, remis ses péchés à Madeleine, sauvé Daniel de la fosse aux lions et ressuscité Lazare ; Vous avez créé Adam du limon de la terre et lui avez interdit de goûter au fruit d'un certain arbre — mais il en mangea dans sa malignité. De même que tout cela est vrai et que nous y avons foi, protégez-moi aujourd'hui de la prison et de la mort, faites que Ripeu de Ribemont ne me pende pas ! Château de Montauban, je vous recommande à Dieu. Nous ne nous reverrons jamais, Renaud, mon frère bien-aimé, ni vous, Aalard le preux, ni vous, Guichard ; Maugis m'a abandonné. Allons, Ripeu, fais ce que tu veux ; je remets mon âme à Dieu. »

Vous avez tous entendu dire, seigneurs, que le bon cheval Bayard était un cheval-fée : il comprenait le langage des hommes, mais il ne pouvait pas parler. Il va donc à Renaud qui dormait d'épuisement dans le bois et, levant le pied droit qu'il avait gros et rond, il en frappe un coup de toutes ses forces sur le bouclier qu'il fend en deux de bout en bout. Renaud ouvre les yeux ; aussitôt, il est sur pied et, regardant droit en l'air, il aperçoit son frère sur l'échelle, spectacle qui le plonge dans une douleur sans nom. D'un saut — plus rapide que le faucon — il est en selle et le cheval se lance, bride abattue, en direction du tertre. Au bruit qu'il fait, Aalard, l'aîné, se réveille, ainsi que Guichard, et, pour finir, Maugis le larron, qui s'écrie à haute voix : « Pilate et Néron [139], vous m'avez donc endormi avec vos maudits sortilèges ! »

Et il se met en selle sur Broieguerre, le meilleur cheval au monde après Bayard. Cependant Renaud chevauche sur Bayard qui l'emmène à fond de train, bouche ouverte dans le vent. Inutile de l'exciter de l'éperon, le plus petit de ses sauts fait trente pieds, et ses hennissements font retentir le pays une lieue à la ronde. Il n'allait pas l'amble, ni au pas, ni au trot, ni même au galop, mais avançait par bonds, plus rapide que le faucon dans son vol. Et tandis que Ripeu finissait de fixer la corde au faîte du gibet, il voit la terre se couvrir alentour de chevaliers. La surprise le laisse sans voix et il donnerait n'importe quoi pour être ailleurs :

« Voici qu'on vient à votre secours, annonce-t-il à Richard, le fils du vieil Aymon ; je n'ai jamais vu tant de gens. Voici venir Renaud monté sur Bayard, Aalard et Guichard. Ils se précipitent à votre secours. Que Dieu m'aide, seigneur Richard, j'ai voulu bien faire. Je me rends à vous, protégez-moi, qu'on ne me fasse pas de mal. Ce que j'ai fait, c'était à cause de la dispute dans la tente du roi et parce que j'étais sûr qu'on viendrait vous tirer d'affaire.

— Pourquoi vous moquer encore de moi ? demande Richard d'une voix qu'on entend à peine. Je sais bien que si Renaud, Aalard et Guichard étaient là, personne n'aurait l'audace de me passer la corde au cou.

— Je ne vous mens pas, sur ma foi. Voilà Renaud qui arrive, il est là à un jet de pierre. Je n'ai pas l'intention de vous faire le moindre mal. Descendez donc de l'échelle. Je vous crie merci, noble fils de baron.

— Que Renaud, le fils Aymon, ne soit plus mon frère, s'il ne vous pend vous-même avec cette corde, Ripeu ! »

Et c'est au tour de Renaud de crier : « Avec l'aide de Dieu, Ripeu, je vous arracherai Richard ; nous allons le délivrer et ce n'est pas votre seigneur Charles qui vous servira de garant ! »

Déjà Maugis, accouru bride abattue, s'apprêtait à lui enfoncer sa lance dans le cœur, quand Renaud l'arrête : « Non, ne le touchez pas, au nom de Dieu ! Je ne voudrais laisser à personne le soin de le tuer, dût-on me donner Soissons en fief ! Je veux venger notre frère bien-aimé de mes propres mains. »

Et, brandissant son épée au fer acéré, il l'abat sur la cuirasse de Ripeu : foie, poumons et cœur éclatés, l'homme tombe à terre, mort, devant Renaud, qui ordonne aux siens de faire prisonniers ceux qui l'accompagnaient : et que pas un n'échappe surtout ! Puis il met pied à terre et monte à l'échelle du gibet sur laquelle se tenait son frère. Il le prend dans ses bras, le porte jusqu'en bas et, après avoir détaché ses liens, couvre son visage de baisers.

« Pouvez-vous vous tenir debout, mon frère ? lui demande-t-il.

— Pour cela, oui, mais il me faudrait des armes.

— Ce n'est pas ce qui nous manque.

— Ce sont celles de Ripeu de Ribemont qu'il me faut. Je veux sa cuirasse, son bouclier et son casque, et aussi son étendard et son cheval.

— C'est une bonne idée », fait Renaud.

On désarme donc Ripeu et Renaud en personne lui passe la corde au cou pour le pendre au gibet avec quinze de ses compagnons auxquels l'empereur tenait tant.

« Ils garderont les montagnes, dit Renaud, et seront nos otages entre les mains de Charles. »

Maugis, Aalard et Guichard, eux aussi, prennent Richard par le cou et l'embrassent. La joie est générale autour de lui, car les quatre fils Aymon sont à nouveau réunis.

« Est-ce que vous dormiez, Renaud, au moment où Ripeu allait commettre son forfait ? lui demande Maugis.

— Oui, qu'on me pardonne !

— Et qui vous a réveillé ?

— C'est Bayard.

— Dieu de gloire, ce cheval est notre plus grand bienfaiteur ! »

Et tous, de lui passer les bras autour de l'encolure et de l'embrasser :

« Qu'allons-nous faire, seigneurs, interroge Renaud,

maintenant que nous avons réussi à délivrer Richard grâce à Dieu ? Dépêchons-nous de rentrer à Montauban pour réconforter ma femme et mes deux enfants. Nous festoierons joyeusement avec pain, poisson et viande, et nous ferons justice de Yon le traître : s'il n'avait tenu qu'à lui, nous aurions été pendus. Puis après une nuit de repos, nous irons attaquer Charles avec dix mille hommes et lui montrer quels sentiments nous animent à son égard — mais nous aurons pris la précaution de laisser deux mille hommes en réserve dans Montauban en cas de besoin. »

[*La bataille s'engage d'abord entre les hommes de l'empereur et ceux commandés par Richard, venu en force... mais toujours revêtu des armes de Ripeu, pour mettre Ogier au courant de l'heureuse issue de sa « pendaison ». Puis elle se fait générale, Renaud et l'ensemble des forces gasconnes y prennent part. Le point culminant en est la rencontre entre Charles et Renaud (vv. 10653-10876).*]

Voici que le roi de France, éperonnant son cheval, se trouve face à face avec Renaud, le fils du vieil Aymon. Ils laissent courre leurs chevaux et s'affrontent sans se reconnaître : boucliers et cuirasses ne résistent pas à la violence du choc qui, brisant les sangles, désarçonnent les deux cavaliers. Mais d'un saut, les voilà sur pied, Renaud tenant Froberge en main et l'empereur, Joyeuse au pommeau d'or ciselé, sans que leur ardeur soit amoindrie. « Montjoie ! s'écrie Charles à voix forte. Si je me fais prendre ou vaincre par un simple chevalier, je ne mérite plus de porter la couronne royale. »

Comprenant à qui il a affaire[140], Renaud est saisi de

honte : « Dieu, mon Créateur, s'exclame-t-il, mais c'est Charles contre qui je me bats, lui qui a assuré l'éducation de tous les jeunes hommes de notre famille. Il y a vingt ans au moins que je ne lui ai pas parlé. J'ai mérité de perdre le poing avec lequel je l'ai frappé ; je vais le lui présenter désarmé : qu'il en fasse ce que bon lui semble puisqu'il est mon seigneur. »

Et il s'avance vers l'empereur devant qui il s'agenouille pour lui embrasser les pieds : « Pitié, seigneur, pour l'amour de Dieu qui daigna s'incarner dans la Sainte Vierge. Accordez-moi une trêve, le temps de vous parler.

— Dépêche-toi de me dire ce que tu veux. Je ne sais qui tu es, mais tu te bats bien.

— Je suis Renaud, votre homme que vous avez banni du royaume, il y a plus de vingt ans, et à qui vous avez confisqué ses terres — mille chevaliers en sont morts en bataille. Seigneur empereur, supplie-t-il à mains jointes, ayez merci de moi, et d'Aalard, et de Guichard, et de Richard qui est si valeureux, au nom de la pitié que Dieu eut de Sa mère Marie quand Il la vit pleurer au pied de la croix, instrument de son supplice, et qu'Il la confia à saint Jean. Ce n'est pas que nous manquions de chevaux — palefrois et destriers — pour continuer la guerre, mais ce qui nous fait peur et mal, c'est d'être privés de votre amitié. Permettez-nous de faire la paix avec vous. Je m'engagerai par serment à vous servir et mes frères en feront autant si vous le souhaitez. Je vous remettrai Montauban[141], je vous remettrai Bayard, mon coursier sans égal, si vous l'exigez. Et si cela ne vous suffit pas, j'irai plus loin encore : faites la paix avec mes frères et disposez de nos terres à votre volonté. Quant à moi, je quitterai la France pour toujours et malheur à moi si on m'y revoit jamais ! Je me rendrai au Saint Sépulcre, à pied et sans souliers, pour l'amour de vous et j'y resterai. Nous arriverons bien à nous tirer d'affaire Maugis et moi. Assurément, seigneur, je ne peux pas faire plus.

— Vous perdez votre temps, Renaud, et, pour ne rien vous cacher, je vous trouve bien audacieux d'avoir osé me parler de paix et me demander merci. Pourtant, je vais vous dire à quelle condition — et à quelle condition seulement — vos trois frères, y compris Richard malgré ma haine pour lui et vous-même, pourrez retrouver mon amitié, sans compter vos terres auxquelles j'irai jusqu'à ajouter quatorze cités prises sur mes possessions : vous me livrerez l'homme que je déteste entre tous, votre cousin Maugis.

— Que feriez-vous de lui ?

— Je le ferai pendre sur l'heure, et quand il sera mort ce misérable, je le ferai traîner à la queue d'un cheval et écarteler membre après membre, puis je ferai brûler son cadavre et jeter ses cendres à la mer. Cela m'étonnerait qu'il en réchappe, même avec toute la science et toute la ruse du démon.

— Mais n'accepteriez-vous pas une rançon : un château, une ville, de l'argent ?

— Rien qu'il soit en votre pouvoir de me donner.

— Alors n'en parlons plus. Et, sachez-le bien, si vous déteniez prisonnier Aalard, Guichard et mon bien-aimé Richard, je préférerais les laisser supplicier et qu'on leur arrache les membres un par un, plutôt que de vous livrer mon cousin Maugis.

Les quatre fils Aymon.   7.

— Je vous défie donc, vassal, car c'est à prendre ou à laisser. Reprenez vos armes et en garde !

— Je suis fâché de ne pouvoir rentrer dans votre amitié, seigneur, mais puisque vous me défiez, je me garderai de mon mieux, au nom de Dieu. »

L'empereur dégaine Joyeuse et tient son bouclier étroitement serré contre lui, cependant que Renaud, immobile au milieu du pré, le regarde se ruer sur lui avec impétuosité : « Dieu qui m'avez créé, dit-il, voici que mon seigneur m'attaque. Je vais lui laisser l'initiative du premier coup : je jugerai ainsi de sa valeur. »

Charles lui assène, à l'épée, sur son casque, un coup qui projette à terre les pierres précieuses qui l'ornaient. Sous le choc, le bouclier de Renaud vole en éclats, tandis qu'un large pan de la cotte, démaillé, tombe à ses pieds. Mais Dieu dans Sa bonté le protège : il est indemne même si son éperon est tranché net et que Joyeuse s'enfonce dans le sol jusqu'à la garde. A cette vue, hors de lui, il s'avance sur son adversaire ; mais comme il ne veut pas se servir de l'épée contre lui [142], il l'empoigne à bras-le-corps et le charge sur ses épaules dans l'intention de le mettre sur Bayard.

« Où êtes-vous mes frères, et vous, Maugis ? crie-t-il. J'ai fait une prise qui assurera notre paix en France, si nous pouvons l'emporter. »

Mais ses appels restent sans réponse, tandis que Charles de son côté lance d'une voix sonore : « Où êtes-vous passé, neveu Roland ? Au secours, Olivier de Vienne, et vous, mes bons amis, Naime et Turpin ! »

Tous l'entendent et se précipitent de son côté avec Ogier le Danois, Estout le fils d'Eude et Salomon. Cependant, en face, accourent Guichard monté sur

Vairon, Aalard, Richard et Maugis, avec quatre cents Gascons, tous armés de pied en cap. Ce ne sont pas les hommes qui manquent de part et d'autre. S'engage alors une mêlée mortelle : ce ne sont que lances brisées, boucliers éclatés, cavaliers désarçonnés. Roland excite Veillantif de l'éperon et, dégainant Durendal, en frappe Renaud sur son casque : sous la violence du choc, le fils Aymon demeure étourdi.

« Vous avez eu tort d'enlever mon seigneur Charles : il pèse trop lourd pour vous, et vous allez payer cher votre audace, je crois. »

Ces paroles et le coup reçu accablent doublement Renaud qui, dégainant Froberge au pommeau d'or, a garde de relâcher l'empereur : « Venez donc par ici, ami, ne vous en allez pas si vite », dit-il à Roland que ce discours met hors de lui. Les voilà donc aux prises à l'épée et Renaud doit se dessaisir de son prisonnier. Mais voici qu'Aalard, Guichard et Richard sont là, pressant si bien Roland de coups d'épée sur son bouclier qu'il est contraint de tourner les talons : il regagne le gros de l'armée impériale dont il s'était éloigné. Renaud se remet en selle sur Bayard, expliquant à ses frères comment ils ont été joués : « Si vous aviez été là, tout se serait bien passé et nous aurions emmené Charles avec nous à Montauban.

— Occupez-vous de ce qu'il y a à faire maintenant, seigneur, disent ses frères. Faites sonner la retraite, car le soir est près de tomber et on n'y voit plus. Rentrons à Montauban avec les nôtres. Nous n'avons rien perdu, au contraire, la victoire est pour nous. »

Chacun de leur côté, Renaud et Charles font sonner

la retraite pour rassembler leurs hommes et leur donner le signal du retour.

« Sur ma tête, dit le roi, après avoir traversé le Balençon, les choses ont mal tourné pour nous. Renaud et ses frères m'ont fait quitter le champ de bataille.

— Inutile de vous inquiéter, seigneur, dit Roland, si nous avons perdu, ils n'ont pas gagné. »

[*Un coup de main des hommes de Renaud sur le camp royal leur permet de tuer par surprise nombre de chevaliers ; mais Maugis est fait prisonnier sans que les fils Aymon s'en aperçoivent. Cependant l'empereur prend très mal le succès militaire de ses adversaires (vv. 11080-11247).*]

De retour dans sa tente, l'empereur se fait désarmer par ses hommes : ils délacent son casque vert orné de pierres précieuses, lui enlèvent sa cuirasse blanche aux ornements jaunes. La douleur et l'humiliation le font défaillir à plusieurs reprises. Il convoque Naime et Turpin, Estout, Salomon et tous ses principaux barons : hommes d'armes et de conseil, ils remplissent la tente de leur foule innombrable.

« Voici ce que j'ai à vous dire, seigneurs, déclare-t-il. Depuis plus de quarante ans, je vous ai protégés [143] ; je ne compte plus les terres et les royaumes que je vous ai donnés ; je vous ai garanti la possession de vos terres héréditaires : vos voisins ne vous les disputent plus. Mais sans votre appui, je ne suis qu'un homme seul [144]. Or, vous m'avez abandonné en faveur de Renaud, pour qui vous avez plus d'amitié que pour moi. Oui, j'ai bien sujet de m'affliger quand je constate qu'il m'a vaincu en bataille, et cela sous les yeux de tous mes barons. A la douleur, s'ajoute l'humiliation de n'être plus servi ni aimé, à cause de lui. Ainsi, savez-vous ce que je vais faire ? Je vous rends la couronne, j'en prends Dieu à témoin : je ne veux plus être roi jusqu'à la fin de mes jours. Prenez donc Renaud pour me remplacer, puisque c'est lui que vous préférez. »

Ce discours plonge les Français dans la stupeur. Ils se regardent l'un l'autre et protestent : « Au nom de Dieu, seigneur empereur, ne faites pas cela, nous vous en prions. Certes, vous avez raison, nous nous sommes détournés de vous pour aider Renaud. Mais, par le Dieu de miséricorde, reprenez votre couronne et continuez de nous gouverner, nous et nos terres, comme vous avez toujours fait, et nous vous rendrons bon et loyal service. Nous nous engageons solennellement à ne pas connaître de trêve, qu'il vente ou qu'il pleuve, avant d'avoir détruit Montauban jusqu'en ses fondations : nous n'en laisserons pas pierre sur pierre. Et quiconque se rangera aux côtés de Renaud, de ses frères et de Maugis qui vous a si souvent abusé par ses enchantements, nous le défierons et le tuerons.

— Vous perdez votre temps. Je ne veux plus entendre parler d'être votre roi, tant que vous ne m'aurez pas livré en mains propres Renaud et Maugis le larron. »

Et, la colère au cœur, il se retire sous sa tente. Devant la violence de Charles, les Français sont accablés. Mais c'est alors que survient Olivier, le bon vassal, qui, voyant dans quel état se trouve le roi, lui demande quelle en est la cause : « Pourquoi cet air en colère et indigné, seigneur ?

— Il nous a pris à partie, explique le duc Naime, et il a déposé sa couronne.

— Ne faites pas cela, s'il vous plaît, seigneur, dit Olivier. Reprenez-la et continuez de gouverner vos hommes et vos terres, comme vous l'avez toujours fait.

— Vous perdez votre temps, Olivier. Inutile de m'en parler, tant que je ne serai pas débarrassé de Maugis.

— Calmez-vous, seigneur, et oubliez votre colère contre les Français. J'ai fait Maugis prisonnier, je vais vous le livrer.

— Ce n'est pas la première fois que vous vous moquez de moi, Olivier de Vienne. Maugis, assurément, ne vous craint guère !

— Seigneur, si vous me donnez votre parole de reprendre la couronne et de continuer à gouverner vos hommes comme vous l'avez fait jusqu'à maintenant, je vous l'amènerai prisonnier dans votre tente.

— Voilà qui est bien parlé, dit le roi. Dans ces conditions, c'est entendu. Et même, j'augmenterai votre domaine de trois villes.

— Il va être à vous, seigneur. Ainsi, vous verrez par vous-même si je me suis moqué de vous ! »

[*Lorsque les quatre frères se rendent compte que Maugis n'a pas regagné Montauban, ils comprennent qu'il n'a pu qu'être fait prisonnier. Renaud, monté sur Bayard, retourne sur ses pas, décidé à tenter n'importe quoi pour le sauver. Cependant Maugis obtient un répit de l'empereur : il ne sera pendu que le lendemain, ayant donné sa parole, confirmée par des garants, qu'il ne cherchera pas à s'enfuir (sans prendre congé !) (vv. 11336-11523).*]

« Eh bien, voilà qui est entendu, dit le duc Naime. Et maintenant, à table !

— Excellente idée, fait Maugis.

— Comment, Maugis, vous seriez capable de manger ?

— Certainement, seigneur, et de bon appétit !

— Écoutez-le, barons ! Si j'étais à sa place, on ne me ferait pas avaler une bouchée pour tout l'or du monde !

— Et pourquoi donc ? Ce qui est pris est pris. »

Le roi demande l'eau et s'assied pour dîner.

« Où Maugis s'assiéra-t-il ? demande Charles.

— A côté de vous, suggère Roland.

— C'est ce que j'allais proposer moi-même ; j'aime mieux ne m'en remettre à personne du soin de le surveiller. »

Le prisonnier prend donc place à côté de l'empereur. Inutile de demander si l'on festoya : il y avait à foison grues et oies sauvages, et le vin, nouveau ou vieux, corsé d'hydromel ou de piment, ne manquait pas non plus. Mais Charles ne se sentait pas bien : il mangeait peu et ne buvait guère, tandis que Maugis, lui, faisait honneur à la table :

« Notre empereur est logé à mauvaise enseigne ce soir, fait remarquer Olivier à Roland en riant. Il n'ose toucher ni aux plats, ni à son verre, tant il craint d'être victime des enchantements de Maugis. »

Une fois le repas fini, on se lève de table et Charles fait venir son chambellan : « Faites-moi apporter trente cierges pour qu'on y voie clair jusqu'à demain matin. Quant à vous, Roland, vous serez de garde cette nuit avec Olivier, Turpin et Ogier. Je veux aussi qu'il y ait là cent chevaliers, qu'on leur donne deux marcs d'or à chacun pour qu'ils aient de quoi passer la nuit, bien éveillés, à jouer aux dames, aux dés ou aux échecs ; et quatre cents autres à l'extérieur, dans le pré, pour se saisir de Maugis s'il cherche à s'échapper. »

Assis côte à côte sur le lit de parade, Charles et Maugis tombent de sommeil et de fatigue, tout comme Roland et Olivier.

« Qu'attendez-vous pour aller vous coucher, seigneur ? demande Maugis. C'est l'heure.

— Vous avez envie de dormir ?

— Certainement, et grande envie même.

— Sur ma foi, dit le roi, vous allez pourtant passer une mauvaise nuit — la dernière de votre vie, car demain, au petit jour on vous pendra.

— Alors, pourquoi vous méfier de moi, seigneur, puisque je vous ai donné des garants ? Allons, Naime, je vous déclare quittes, vous et les douze Pairs, de la garantie que vous avez fournie pour moi à Charles : qu'il fasse à son idée ! Je ne voudrais pas que vous ayez à encourir sa colère, ni que vous soyez bannis de France à cause de moi.

— Sur ma tête, fait l'empereur que ces paroles ont mis hors de lui, tu ne m'échapperas pas ! »

Et il enchaîne Maugis avec trois paires de fers, solidement rivés aux deux bouts, qu'il fait passer trois fois autour d'un pilier de chêne et dont il assujettit les extrémités à un tronc gigantesque, tandis qu'il lui met le carcan au cou et les menottes aux mains, attachées si serrées que le sang en jaillit sous les ongles.

« Voilà qui va de mal en pis pour toi, Maugis !

— Vous m'avez mis aux fers, seigneur, mais je vous

affirme, et j'en prends à témoin tous vos barons, que je verrai Montauban avant le lever du jour. »

Fou de colère, l'empereur tire son épée avec l'intention de le décapiter, mais Roland, Naime de France et le prêtre Turpin interviennent : « Pitié, seigneur ! Ne faites pas cela, vous seriez déshonoré. Ce serait bien le diable s'il vous échappait !

— Ce ne serait pas la première fois, sur ma tête ! »

Ils restent éveillés à monter la garde jusqu'à minuit, où ils commencent de céder au sommeil. Maugis parcourt alors la tente du regard et tous ceux sur qui se posent ses yeux tombent endormis au fur et à mesure, y compris les douze Pairs sans en excepter un seul et l'empereur. Puis, avec un autre charme, il fait sauter les verrous et les serrures de ses fers, brise le carcan et les chaînes ; d'un bond le voilà debout, libéré de ses entraves. Il va tout droit au lit de Charles et, comme sa tête avait glissé sur le côté, il la lui redresse en plaçant sous sa nuque un oreiller de soie ; puis il détache Joyeuse qu'il portait ceinte au côté gauche et en fait autant pour la Durendal de Roland, pour Hauteclaire l'épée d'Olivier, pour Courtain celle d'Ogier, sans oublier l'Autemise de Turpin. Après quoi, il s'empare, dans l'armoire où était rangé le trésor de l'empereur, de sa couronne dont les pierres valent bien une cité et l'enveloppe, pour l'emporter, dans un pan de sa tunique, découpé, qu'il s'accroche au cou. Une fois le paquet solidement arrimé, il revient à Charles, tire de son aumônière une herbe [145] dont il avait pris soin de se munir et lui en frotte le nez, les yeux et la bouche, de manière à faire cesser l'action du charme : « Levez-vous maintenant, seigneur empereur ! s'écrie-t-il en le touchant de la main. Je vous avais bien dit hier soir que je ne m'en irais pas sans prendre congé. Voilà qui est fait, et je pars comme vous voyez. Vous n'aurez pas besoin de demander à vos Pairs ce qui s'est passé. »

Sur ce, il tourne les talons sans que l'empereur puisse le retenir au passage, malgré ses efforts et l'envie qu'il en a. La fureur de Charles redouble quand il voit autour de lui les douze Pairs plongés dans le sommeil sous l'effet de l'enchantement. A son tour, il a recours à une herbe qu'il avait rapportée d'Orient et que les savants appellent « Ansioine ». Il en met dans la bouche de Roland et procède de même avec Olivier, Ogier et Turpin, qui sont aussitôt sur pied, mais au comble du désarroi : « Où est passé Maugis ? Est-il parti avec l'accord de Charles, ou de son propre chef ? se demandent-ils.

— Sur ma tête, dit le roi, arrangez-vous pour me le ramener. C'est de votre faute s'il s'est échappé. S'il avait été pendu hier soir, vous auriez été débarrassés de lui.

— L'avez-vous vu sortir ? demande Roland à Ogier.

— Non, par saint Denis.

— Moi oui, dit Charles, il m'a même parlé. » Et, s'apercevant que son neveu ne porte plus Durendal à son côté, il laisse échapper un soupir.

« Nous avons été victimes d'un enchantement, sur ma tête, dit Roland. Maugis m'a pris Durendal. Et vous, Olivier, où est votre épée ? »

Turpin à son tour regarde Ogier et Naime : « Il a fait un beau butin, se lamentent-ils en chœur. Paris vaut moins que ce qu'il emporte ! »

Et Charles, voyant l'armoire du trésor ouverte,

constate que sa couronne d'or, elle aussi, a disparu :
« Eh bien, dit-il, il n'a pas perdu son temps ! Mais,
pour moi, on ne saurait dire que j'ai gagné quelque
chose à l'avoir fait prisonnier ! »

Inutile d'insister sur la désolation des Français.

[*Maugis retrouve les quatre frères qui se réjouissent de le
voir sain et sauf. L'empereur leur fait proposer une trêve
d'un an, contre la restitution de l'aigle d'or (prise par
Richard lors d'un épisode antérieur : vv. 11125 sqq.), de
la couronne et des épées, volées, elles, par Maugis. Renaud
accueille courtoisement ses envoyés au nombre desquels
on compte Ogier, Naime et Turpin. Un repas somptueux
les rassemble (vv. 11653-11912).*]

A la fin de ce somptueux festin, au moment de
quitter la table pour se laver les mains, Ogier demande
à ses hôtes quelle réponse ils comptent faire à l'empereur :

« Il va de soi que nous allons tout vous restituer de
bon cœur, dit Maugis, par amitié pour vous, pour
Estout le courtois, pour le duc Naime et pour le prêtre
Turpin. »

On apporte alors les bonnes épées d'acier et la
précieuse couronne d'or ainsi que l'aigle, ce qui fait
dire à Ogier : « Quelle fortune pour qui garderait tout !

— J'irais jusqu'à défendre ma part du butin, les
armes à la main, plutôt que de la rendre, proteste
Richard.

— Non, frère, je vous en prie, intervient Renaud.

— Accordons-lui ce qu'il demande, seigneurs, dit
Naime. Renaud est déjà très généreux de nous rendre
nos bonnes épées d'acier. Et il ajoute à son adresse :

Vous nous accompagnerez pour conclure l'accord avec l'empereur.

— Je ne sais si j'oserai.

— Mais si ! Vous auriez tort d'avoir peur. En effet, ajoute le duc Naime, puisque nous vous servirons d'escorte. Prenez avec vous votre frère Aalard, tandis que Guichard, Richard et Maugis resteront pour garder la citadelle. »

Renaud accepte leur proposition et se met en selle, ainsi qu'Aalard.

Cependant la noble duchesse au clair visage va saluer Ogier et le duc Naime : « Merci, seigneurs, de l'honneur fait à Maugis [146]. Maintenant c'est mon époux que je confie à votre loyauté.

— N'ayez crainte, dame, répond Ogier. Nous le protégerons fidèlement de tout notre pouvoir. »

Et ils se mettent en route avec une escorte de dix chevaliers. Sortis de Montauban en ordre serré, ils traversent domaines et royaumes et franchissent le Balençon pour ne s'arrêter qu'à une courte distance du camp de l'empereur et mettre pied à terre à l'ombre d'un arbre.

« Seigneurs, écoutez-moi, dit Ogier à ses compagnons, j'ai peur pour le vaillant Renaud car notre empereur n'est ni loyal ni bien disposé à son égard. Il nous faut obtenir une assurance de sa part.

— Vous avez raison, répond Naime. Allons-y, vous et moi ; il nous attendra ici. »

Tandis qu'ils montent sur leurs chevaux rapides, Pinabel, qui a tout vu et entendu, va avertir l'empereur : « Le comte Renaud et Aalard sont là, seigneur : ils se sont arrêtés sous un arbre pour attendre Ogier qui vient vous demander un sauf-conduit, afin d'amener Renaud sous votre tente.

— Soyez béni, mon Dieu ! Je vais pouvoir me venger, comme ils le méritent, de ces traîtres qui m'ont couvert de honte. Olivier, allez vous armer ; prenez avec vous trois cents hommes et, si vous vous emparez de Renaud, vous pourrez être assuré de ma faveur et de mon amitié. Ne vous faites pas remarquer, ajoute-t-il, traversez le Balençon en évitant la route, de manière à les prendre à revers en contournant Montauban. Si Renaud monte Bayard, il ne craindra personne. »

Que Dieu dans Sa bonté protège Renaud et ses compagnons car, s'ils sont surpris, ils seront mis à mal.

Mais revenons au duc Naime et à Ogier qui ont pénétré dans la tente impériale. Le Danois, le premier, salue le roi qui, l'air buté, ne répond pas.

« Quel accueil, seigneur ! dit Ogier. Nous voilà de retour de Montauban où nous avons porté votre message sans épargner nos peines ni nos pas. Renaud n'a aucune intention déloyale à votre égard. Il nous a rendu nos bonnes épées ainsi que votre couronne et il vous restituera l'aigle d'or quand vous l'exigerez.

— Oui, mais on m'a dit que vous aviez amené Renaud avec vous.

— En effet, et nous lui avons donné toute assurance pour un échange d'otages entre vous et lui.

— Taisez-vous, par saint Denis, s'écrie Charles. Si je peux l'avoir là, devant moi, c'est le bûcher qui l'attend et je ferai disperser ses cendres au vent : rien au monde ne m'en empêchera.

— Vous faites bien peu de cas de la parole donnée,

proteste Ogier. Et nous qui lui avions garanti qu'il n'avait rien à craindre de vous !

— Vous avez tort, seigneur, au nom de Dieu, intervient Naime. Ne désavouez pas vos messagers. Cela se retournerait contre vous. Nous avons conduit Renaud, nous le protégerons.

— Je me demande, dit Charles, comment vous pourrez vous y prendre. »

Ogier sort de la tente et saute en selle, ainsi que le duc Naime, en criant à l'empereur devant toute la cour : « Prenez garde à ce que vous faites ! Si vous cherchez à traiter honteusement le valeureux Renaud, nous romprons l'hommage qui nous lie à vous. » Et ils repartent au comble de la colère et de la douleur.

Cependant Olivier de Vienne était arrivé avec ses compagnons, à travers prés, devant Renaud et l'avait provoqué. Surpris par cette irruption soudaine, Aalard et lui n'avaient pas même eu le temps de monter à cheval.

« Je suis trahi, Estout, dit Renaud.

— Oui, répond Turpin, mais nous ne vous abandonnerons pas.

— Vous êtes pris, Renaud ! crie Olivier à la tête de ses quatre cents hommes.

— Prenez garde, Olivier. Vous devriez vous rappeler la faveur que je vous ai faite sous les murs de Dordone, où vous étiez venu m'attendre avec vos hommes, quand j'avais fait une sortie. Maugis, aidé de Guichard et d'Aalard, vous avait désarçonné. C'est moi qui vous ai rendu votre cheval et remis en selle, ne l'oubliez pas.

— Je regrette de vous avoir trouvé ici, Dieu m'en

soit témoin, seigneur ; et si quelqu'un s'avise de porter la main sur vous, si puissant soit-il, je ne le tolérerai pas. »

Mais Roland arrive au galop en criant : « C'en est fait de vous, Renaud, fils Aymon ! » tandis qu'Ogier se précipite sur lui avec colère :

« Gardez-vous de le toucher, sur ma tête ! C'est nous, Naime, Turpin et moi qui l'avons conduit ici. Attention à ce que vous faites !

— Eh bien, tant pis pour vous, si vous vous mêlez de le protéger.

— Taisez-vous, seigneur, réplique Ogier, car, au nom de la fidélité même que je dois à Charles notre empereur je rangerai mes hommes en ordre serré si l'on attaque Renaud et je me battrai à ses côtés.

— Laissez-le en paix, Roland, intervient Olivier. Il m'a rendu autrefois un service dont je lui suis reconnaissant. Au nom de notre amitié, accordez-lui un répit.

— Prenez son épée et qu'il se constitue prisonnier ; c'est tout ce que je peux faire pour lui.

— Nous allons le conduire au camp, dit le duc Naime, et voir ce que veut Charlemagne. S'il nous dément, c'est avec trente mille hommes en armes que nous lui ferons comprendre notre désapprobation.

— Menacez toujours, rétorque Roland. Mais tous vos discours n'aboutiront jamais à une réconciliation. »

Les comtes sont encore en train de se disputer quand ils arrivent au camp.

« Seigneur empereur, dit Ogier, nous vous amenons Renaud et Aalard son frère aîné. Ils sont d'accord pour rendre les épées ; et voici votre couronne, vous pouvez la prendre ; quant à l'aigle d'or, vous l'aurez quand vous l'exigerez. Ne déshonorez pas vos barons par votre refus.

— Vous perdez votre temps, Ogier, tout comme Naime, Estout et Turpin, à me parler d'un accord avec Renaud et avec ce traître de Maugis qui m'a échappé par votre faute. Eh bien, Renaud, est-ce en félon ou en jeteur de sorts que vous êtes venu ?

— Ni l'un ni l'autre, seigneur, j'en prends Dieu à témoin.

— Quand vous me quitterez, vous serez dans un si piteux état, sur ma tête, que vous aimeriez mieux ne pas vous y être risqué, même pour un empire.

— Pour le faire, vous devrez d'abord passer sur le corps de vingt mille hommes, intervient Ogier.

— Vous parlez sérieusement, Ogier ? Vous voulez défendre contre moi celui qui m'a trahi ?

— Seigneur, dit Renaud, je suis prêt à relever le défi [147] de quiconque, si haut prince soit-il, voudrait me convaincre de culpabilité.

— J'en attends la preuve.

— Dieu soit béni, dit Renaud en s'avançant précipitamment pour présenter son gage. Seigneur, en présence de tous vos barons, j'affirme ma loyauté et celle des miens à votre égard. »

Charles prend le gage du vaillant Renaud et exige en outre qu'il lui fournisse des otages.

« Volontiers, et ils seront nombreux ! Venez, Ogier, Naime le vétéran, Estout fils d'Eude et vous, Turpin.

— Par Dieu, intervient Naime, nous refusons d'être vos garants un seul jour dans les prisons de Charles. Ce que nous voulons, c'est retourner avec vous à Montauban. Qui vous a amené doit vous reconduire. Nous vous protégerons avec cent mille jeunes chevaliers.

— Approchez, Olivier de Vienne, dit Renaud ; soyez mon garant auprès de Charles, et vous aussi, seigneur Richard de Rouen.

— Très volontiers, avec nos domaines comme gage.

— Est-ce suffisant, seigneur roi ? dit Renaud. Vous en aurez d'autres si vous l'exigez.

— Certes, dit Huidelon, et ils ne seront pas difficiles à trouver.

— Ceux-là me suffisent, répond Charles, car vous resterez ici et je vous ferai étroitement garder.

— Vous n'en ferez rien, sur ma tête, dit Roland, vous le laisserez retourner à Montauban. Il vous a donné le nombre d'otages que vous désiriez, il a bien le droit d'aller chercher ses armes ainsi que Bayard.

— Je veux l'accompagner, dit Ogier.

— Moi aussi, ajoutent Naime et Turpin.

— Et quel adversaire devrai-je affronter, seigneur roi ? demande Renaud.

— Moi en personne.

— Non, seigneur, dit Roland, ce sera moi, s'il vous plaît, j'y suis tout prêt.

— Qu'il en soit ainsi, au nom de Dieu, dit Renaud. Olivier, Richard et vous, Huidelon, restez ici pour moi. »

Renaud, le noble Aalard, Ogier le Danois, Turpin le prêtre et tous les valeureux barons montent en selle, accompagnés de trois mille chevaliers. Ils gagnent Montauban d'une traite et mettent pied à terre sous le pin, en bas de l'escalier. Guichard, Richard et Maugis vont au-devant d'eux et demandent à Renaud comment les choses se sont passées.

« Mal, répond Aalard, le roi nous a fait arrêter et conduire devant lui.

— Et qu'ont fait Ogier et Naime le vétéran ?

— Ma foi, répond Renaud, ils n'ont rien osé dire.

— Mais j'ai rompu l'hommage qui me liait à l'empereur quand vous lui avez jeté votre défi et Naime, qui est ici avec nous, en a fait autant. »

Après une nuit passée sans dormir, ils vont entendre chanter la messe à l'église Saint-Dié ; Renaud met alors sa cuirasse, ajuste son casque, ceint son épée au côté gauche, passe à son cou la bride d'un fort bouclier et prend en main un solide épieu où son fanion est fixé par trois clous d'or fin. Enfin, il monte sur Bayard, le bon cheval-fée.

« Aalard, vous garderez Montauban en compagnie de Richard et de Guichard. Ogier, Naime, Estout et Turpin viendront avec moi.

— Non, dit Aalard, nous vous accompagnerons afin de voir comment se passe pour vous la bataille, prêts à intervenir si vous en avez besoin.

— Soit, dit Ogier, alors c'est Maugis qui restera pour garder la place. »

Renaud, tout armé, gagne Montfaucon d'une traite avec ses hommes en ordre serré. Là, il met pied à terre sous le couvert d'un bois, plante sa bannière dans le pré et attache son bon cheval Bayard. Ogier, de son côté, fait halte avec ses hommes au même endroit.

Cependant, le valeureux Roland était allé lui aussi entendre la messe ; il avait déposé une riche offrande sur l'autel puis avait quitté l'église pour revêtir sa cuirasse, ajuster son casque, ceindre Durendal à son côté gauche. Enfin, il s'était mis en selle sur Veillantif son bon cheval, avait passé à son cou un robuste bouclier et pris un solide épieu tranchant et acéré sur lequel son fanion était fixé par trois clous d'or fin.

« Cher neveu, lui dit l'empereur, je vous recommande à Dieu qui s'incarna en la Vierge Marie. Qu'Il vous garde de la mort.

— Vous avez tous les torts, seigneur, et Renaud est dans son droit. Pourtant, je ne voudrais pas pour tout l'or du monde qu'à cause de cela, il me couvre de honte en ayant le dessus sur moi. »

Et il part, monté sur Veillantif et revêtu de ses armes, lance pointée en avant.

« Où êtes-vous, Renaud, fils Aymon ? crie-t-il. Apprêtez-vous à devoir vous battre comme jamais vous ne l'avez fait.

— J'y suis prêt, seigneur », répond Renaud.

Après avoir ressanglé leurs chevaux, les voilà de nouveau en selle et piquant des éperons dorés. A force de coups, ils font éclater leurs boucliers peints sous la bosse d'or qui en marque le centre et mettent en lambeaux leurs cottes. Arçons brisés, sangles rompues, courroies de poitrail distendues, Renaud tombe à terre par-dessus la croupe de son cheval, tandis que Roland se cramponne à l'encolure de Veillantif dont il agrippe la crinière. Mais Renaud est à nouveau en selle, avant même que son adversaire ait retrouvé son assiette. Leurs boucliers ne résistent pas à la violence des coups redoublés qu'ils se portent. Ce sont cottes de mailles contre épieux soigneusement affûtés. Roland manque Renaud : son épieu heurte le sol où le fer s'enfonce, hampe brisée. Renaud de son côté le frappe en plein sur son bouclier qu'il perce et brise [148] ; sous la brutalité du choc, la cuirasse s'écaille et se rompt, tandis que la hampe de l'épieu se brise ; mais Roland est indemne. Il prend en main Durendal au pommeau d'or émaillé de noir, cependant que Renaud dégaine Froberge. Ils s'assènent de grands coups sur leurs casques, en jetant à bas les ornements de fleurs et de pierres précieuses, et faisant jaillir des étincelles qui embrasent l'herbe verte.

« Seigneur Roland, demande Renaud, ne voulez-vous pas poursuivre le combat à pied ?

— Vous avez raison ; si nos chevaux étaient tués, nous ne retrouverions jamais leurs pareils. »

Les deux vaillants chevaliers mettent pied à terre. Renaud brandit Froberge, les yeux fixés sur Roland qui, Durendal au poing, s'élance sur lui.

« Nous nous valons l'un l'autre, Renaud. Faisons donc en sorte qu'on parle de nous jusqu'aux confins de la terre. »

Ah ! si vous aviez vu les comtes s'exposer dans le combat ! Ce ne sont que casques fendus et boucliers percés ; plus de vingt coups sont échangés avant qu'ils ne prennent du champ. Roland ne peut faire reculer Renaud d'un pas ; il l'empoigne à bras-le-corps, mais celui-ci ne se laisse pas faire. Ils se frappent à coups redoublés, sans parvenir à se blesser. On aurait eu le temps de parcourir une demi-lieue avant que cesse leur corps à corps et qu'ils se séparent pour réparer leurs forces.

Cependant Charles, prosterné contre terre, suppliait le Dieu de majesté : « Notre Père, Seigneur de gloire, protégez Roland de la mort dans Votre sainte bonté ou faites un miracle pour les séparer. » De leur côté, Guichard, Aalard et Richard faisaient de même dans leur inquiétude : « Seigneur, notre Dieu, gardez-nous notre frère ; si nous le perdons, nous ne nous en remettrons pas. »

Alors Dieu fit un miracle en faveur du vaillant Renaud et de Charles qui porte la couronne de France. Une nuée se leva et se répandit sur toute la prairie. Il fait si sombre que les deux adversaires ne peuvent plus se voir et doivent se chercher à l'aveuglette.

« Renaud, dit Roland, où êtes-vous ? Il fait nuit, c'est de la sorcellerie. Dites-moi, voulez-vous continuer le combat ?

— Comme il vous plaira !

— Accordez-moi une faveur, et vous n'obligerez pas un ingrat.

— Volontiers, demandez-moi ce que vous voulez et vous l'aurez, sauf mon honneur.

— Je voudrais aller avec vous à Montauban et y rester jusqu'à ce qu'un accord soit conclu entre le roi et vous, tant j'éprouve de compassion à votre égard.

— Que Dieu vous en sache gré, seigneur ! »

La nuée s'évanouit alors et le jour revient. Roland prend Veillantif par son chanfrein doré et monte en selle tandis que Renaud lui tient l'étrier ; il s'approche à son tour de Bayard et saute entre les arçons dorés. Aalard et Guichard galopent à leur rencontre, tandis que Charles crie à ses hommes : « Regardez, je ne sais ce qu'ils ont manigancé, mais ils veulent emmener Roland. Montrez ce dont vous êtes capables, barons ! »

Les Français rompent les rangs et lancent leurs

chevaux, bride abattue. A cette vue, Ogier, le bon Danois, conseille à Renaud de partir en avant, épuisé qu'il doit être par le combat.

« Je n'ai rien, répond-il, et Roland vient de me faire une grande faveur en demandant à m'accompagner.

— Dieu en soit loué, seigneur ; mais prenez quand même l'avant-garde avec votre escorte. Estout, Turpin et moi resterons à l'arrière-garde pour faire face. Chacun de nous se fait fort d'abattre son adversaire dans la mêlée.

— Il n'en est pas question, sur ma tête. Charles est beaucoup trop irrité de voir son neveu passer dans notre camp. Contentons-nous de rentrer dans Montauban.

— Très bien dit, fait Roland [149].

— Comme vous voudrez », admet Ogier.

Ils se mettent aussitôt en route sous les insultes de Charles qui se lance à leurs trousses avec ses hommes. Mais le nombre de leurs poursuivants n'effraie pas les fils Aymon qui atteignent Montauban dans la soirée ; on abaisse le pont-levis et on leur ouvre la porte. Toute la ville est en liesse pour leur retour et les cloches des églises carillonnent à toute volée. Maugis court embrasser Roland. Quand à la noble duchesse au clair visage, elle est au comble de la joie. Inutile de demander si on s'affaire autour du neveu de l'empereur : on lui délace son casque vert orné de pierreries, on lui enlève sa cuirasse blanche ornée d'orfroi, on lui détache Durendal, enfin on mène Veillantif à l'écurie pour le panser. Après l'avoir fait asseoir avec force égards sur une courtepointe, Renaud, Aalard, Naime,

Turpin, Ogier, tous prennent place auprès de lui et l'invitent à se reposer et à ne pas s'inquiéter.

« Je n'ai rien, fait-il, mais je ne peux m'empêcher d'être mal à l'aise, car je sais bien que mon oncle Charles est en colère contre moi. »

Cependant, l'empereur, puissamment armé, s'avance sur le pont qu'on n'avait pas relevé et frappe à la porte de son épieu émaillé :

« Où êtes-vous, Renaud ? Venez me parler. Est-ce par trahison que vous avez emmené Roland ? ou avec sa complicité ? Mais peu importe : de toute façon, il n'y aura pas d'accord entre nous tant que je vivrai. » Et s'adressant à Olivier, Huidelon et Richard, il ajoute : « Quant à vous, puisque vous vous étiez portés garants de lui, je ne vous tiens pas quittes car il ne s'est pas conduit loyalement à mon égard.

— Vous pouvez obtenir satisfaction, seigneur, dit Richard ; nous acceptons de nous en remettre à l'arbitrage des douze Pairs.

— Il n'est pas question d'organiser un procès en forme. Si je ne le gagnais pas, j'aurais du mal à m'en remettre. Approchez, Olivier et Huidelon ; et vous, Gondebeuf, ne restez pas sans rien faire. Faites lever le camp et charger les tentes ; que l'armée se rassemble sous Montauban ! Voilà mes ordres ! Je veux être sur leur dos sans relâche et multiplier les assauts jour après jour. Quant à Roland, je n'aurai de cesse de lui avoir fait regretter ce qu'il vient de faire et la consternation où il me plonge. Qui me restera fidèle quand mon propre neveu me trahit ?

— Retournons plutôt au camp, seigneur, dit Huidelon. Vous aurez plus d'autorité sur eux ; on vous obéira mieux qu'à nous. »

Sur ce, ils font demi-tour et gagnent Montbendel d'une traite. Une fois dans sa tente, Charles convoque individuellement tous ses barons, cependant que les Français demandent où est Roland.

« Renaud l'a emmené, répond l'empereur, il le garde auprès de lui dans Montauban. Je vous en prie, vous mes fidèles, démontez vos tentes, nous irons assiéger leur citadelle ; jour après jour, nous monterons à l'assaut. Olivier de Vienne, vous serez mon porte-étendard ; Richard, vous servirez de guide à l'armée. Ma désolation est sans bornes quand je pense que mon neveu m'a abandonné ! »

Ah ! Si vous aviez vu les Français démonter les tentes pour les charger et les arrimer sur les animaux de bât ! L'immense armée, tout entière rassemblée, traverse le Balençon et dépasse Montfaucon pour ne faire halte qu'une fois arrivée à Montauban. Charles regarde la disposition des lieux et fait dresser sa tente. Les guetteurs, du haut des murs de la cité, voient les barons occuper le terrain tout alentour ; ils entendent les hennissements des chevaux, le fracas des cuirasses, des boucliers, des casques. Aussitôt, ils vont prévenir Maugis qui sommeillait : « Vite, debout ! Il y a là-bas dehors une troupe nombreuse qui installe son camp ; ce doit être Charles avec ses barons qui vient nous assiéger pour détruire tous nos biens. »

Maugis se lève et va observer l'armée du haut des murailles : « Soyez prêt à donner l'alarme, dit-il au veilleur, mais gardez-vous d'ouvrir les hostilités ! » Puis il va avertir Renaud : « Charles nous a encerclés à votre insu. Je reviens de la tour de guet d'où j'ai tout vu. Allons-nous lancer une attaque contre eux ?

— Non, il n'en est pas question, par amitié pour Roland. »

A son tour, Renaud se lève pour aller trouver Roland : « Votre oncle a établi ici son camp ; il assiège Montauban. Sauf les égards que je vous dois, j'y serais déjà !

— N'en faites rien, je vous en prie, seigneur. C'est de ma faute s'il est en peine et s'il ne décolère pas.

— Que faire alors ?

— D'abord inspecter le camp du haut des murailles. »

Déjà, il faisait jour et le soleil brillait. Les comtes s'étaient levés. Côte à côte, Renaud, son frère Aalard et Guichard montent aux remparts et s'engagent sur le chemin de ronde.

« Que proposez-vous, Renaud ? demande Richard. Faisons-leur payer leur audace ; mettons nos cuirasses, prenons nos armes et donnons-leur l'assaut. Puisqu'ils ont osé approcher, ils doivent le payer.

— Du calme, Richard ! Nous suivrons les conseils de Roland. »

Quand l'heure du repas fut venue, on fit sonner quatre cors et dix trompettes pour appeler les convives à table : les Français les entendent depuis leur camp.

« Barons, dit le roi, on nous a jeté un sort.

— Oui, dit Turpin, comme ils sont sûrs d'eux ! Nous perdons notre temps à rester ici. »

Charles appelle alors Galeran de Bullon : « Vous monterez la garde devant ma tente et les bagages, pendant que nous serons à table ; et vous surveillerez les portes de la forteresse avec quatre mille hommes pour éviter une attaque par surprise. »

Cependant Renaud était à table avec Aalard et Roland son ami.

« Seigneur, n'était mon amitié pour vous qui êtes le neveu de l'empereur, nous serions allés attaquer son camp.

— Abandonnez cette idée, il ne s'en remettrait pas. Duc Naime, ajoute Roland, Ogier, et vous, Turpin, vous irez dire à mon oncle que je ne suis pas aux fers et qu'on me traite avec honneur ; s'il acceptait de faire la paix, Renaud et Aalard se rendraient à lui et s'engageraient par serment à se comporter en vassaux fidèles après lui avoir livré Montauban le fort château. »

Les comtes montent donc à cheval, franchissent les portes et le pont qui était abaissé, puis arrivent auprès de Charles encore à table avec ses barons.

« Que notre Seigneur Dieu, qui règne en majesté, protège l'empereur qui gouverne la France. Le comte Roland vous fait dire qu'il est traité avec égards. Renaud vous demande la paix ; si vous acceptez, il vous restituera votre aigle d'or, vous livrera Montauban avec toutes les terres qui en dépendent et vous renverra votre neveu Roland, enfin, il nous rendra notre liberté.

— Hors de ma tente, immédiatement, Naime ! Quelle audace de me parler de la sorte ! Renaud et ses frères n'auront ni paix ni trêve, tant qu'ils ne m'auront pas livré Maugis. »

Après avoir pris congé, les comtes retournent à Montauban. Dès leur retour, Roland et Renaud vont à leur rencontre : « Qu'avez-vous trouvé ? interrogent-ils.

— De l'arrogance et de la fureur, seigneurs ! Vous n'aurez ni paix ni trêve, tant que vous n'aurez pas livré votre cousin Maugis.

— Il n'en est pas question ! Ah, si Charles était notre prisonnier ! »

Ne sachant que faire, les barons attendent le soir. Maugis leur sert à table du vin, nouveau et vieux. Après le repas, une fois les nappes enlevées : « Allez vous reposer, Renaud, dit-il. Moi, avant minuit, j'aurai enlevé Charlemagne. D'ici là dormez tranquille, le château sera bien gardé. »

Au lieu d'aller se coucher pour dormir, Maugis attend minuit. Alors, dans l'obscurité totale, il va à l'écurie et selle Bayard, lui ajustant soigneusement sous-ventrière et courroie de poitrail. Puis il crie au portier [150] d'ouvrir la porte : « Allons, laisse-moi sortir et à mon retour, je te ferai cadeau de mon manteau. » L'homme obéit en le recommandant à Dieu. Une fois dehors, Maugis gagne la tente impériale. Là, après avoir réduit au silence les gardes par ses sortilèges, il marche droit au lit où Charles dormait, le charge sur ses épaules et l'emporte sans que la victime puisse articuler un mot. Il l'installe sur la selle du cheval, saute en croupe derrière lui et s'en retourne. Arrivé au palais, il le couche avec délicatesse dans la grande salle sur un lit de cordes tressées et allume des cierges auprès de lui pour lui faire honneur comme son rang l'exige, avant d'aller trouver Renaud dans sa chambre :

« Quelle récompense donneriez-vous, seigneur, à qui vous aimerait assez pour vous livrer Charles ?

— Sur ma foi, je n'aurais rien à lui refuser.

— Promettez-moi d'abord de ne lui faire aucun mal, vous et vos frères. »

Tous les quatre, non sans réticence, lui donnent leur parole et le suivent dans la grande salle où il leur montre l'empereur plongé dans un profond sommeil.

« Approchez-vous, Renaud, voici le roi de France qui vous a tant fait de mal.

— Dieu soit béni ! Mon cher cousin, vous n'avez pas votre pareil au monde.

— Faites-le bien garder, seigneurs, car, pour le moment, il est temps de dormir. »

Maugis redescend jusqu'à l'écurie. Il ôte sa selle à Bayard et, les larmes aux yeux, le recommande à Dieu. Puis il se munit d'un bâton de pèlerin, d'une besace, s'enveloppe dans une cape, et, après avoir laissé un généreux présent au portier, quitte le château, afin d'éviter la colère de Charles. La nouvelle de son départ ne va pas tarder à affliger Renaud. Cependant, il continue son chemin, laissant derrière lui dans Montauban les quatre fils Aymon et tous les leurs.

Sa longue chevauchée à travers champs et forêts le mène jusqu'à Dordone où il traverse la rivière sur un bac. Une fois sur l'autre rive, il remonte à cheval et reprend à bonne allure son avance, toujours plongé dans ses pensées. Tournant le dos au fleuve, il s'enfonce dans la forêt jusqu'au milieu de l'après-midi. C'est alors qu'il aperçoit, sur sa droite, un vieil ermitage [151] au pied d'un rocher avec, devant, un pré et un champ. A deux pas de la porte, une source coule au pied d'un arbre. Maugis oblique dans cette direction et entre dans l'enclos. Il ne lui faut que peu de temps pour faire le tour de la maison, qui était bien modeste, et de la chapelle. Comme il n'y voit personne, il décide de s'installer là pour consacrer le reste de sa vie au service de Dieu : il se nourrira de racines et de plantes sauvages et priera pour que Renaud obtienne la merci de Charles et retrouve sa terre.

Mais laissons-le dans son ermitage et revenons au valeureux et fier Renaud et à son prisonnier qui dort toujours sans méfiance dans son lit, sous les yeux des quatre frères.

« Richard, dit Renaud en le regardant, qu'allons-nous faire de ce roi ? Sa grandeur nous a coûté tant de peines, de tourments, de souffrances ! La vengeance est à nous, si Aalard est d'accord, lui aussi. »

C'est Richard, à qui il en faut peu pour s'emporter, qui répond le premier : « Par Dieu, si vous m'écoutez, il sera pendu là-haut, à la cible de tir. Et malheur à qui se souciera du courroux des Français ! »

En entendant ces paroles — que l'on pende le roi de France qui a autorité sur le monde entier —, Renaud baisse la tête et se prend à songer. Ce que voyant, Richard reprend d'une voix forte : « Qu'avez-vous à prendre cet air-là ? Si vous ne voulez pas le faire, je m'en chargerai volontiers, par le Dieu qui voit tout : qu'on me le livre seulement ! Lui, il n'avait pas hésité à donner l'ordre de me faire pendre, comment pourrais-je l'oublier ? J'avais déjà la corde au cou qui m'étranglait quand vous m'avez sauvé. »

Mais c'est en chevalier, en homme juste, que Renaud lui répond : « Nous aurons beau dire et beau faire, Charles est mon seigneur ; s'il a tort, que cela retombe sur lui ! Et surtout, mon cher frère, il y a une chose dont vous devez tenir compte : n'avons-nous pas ici auprès de nous Roland, Naime l'avisé, l'archevêque Turpin et Ogier, qui tous sont anxieux de nous réconcilier avec lui? Si vous le mettez à mort — peu importe que vous ayez ou non le droit pour vous —, tout le monde se retournerait contre nous et, de toute notre vie, nous n'en verrions pas le bout; tous nos amis, tous ceux qui compatissent avec nous, deviendraient nos ennemis; ils nous accableraient sans exception.

— Vous avez raison, frère, faisons la paix, convient Aalard.

— C'est aussi mon avis », ajoute Guichard qui penchait pour la réconciliation.

Ce jour-là, les quatre frères discutèrent longuement et échangèrent bien des arguments opposés avant de se mettre d'accord. Puis, laissant le roi toujours endormi, ils allèrent dans la chambre décorée de motifs d'argent trouver Roland et ses compagnons. Dès qu'il les voit venir côte à côte et faisant plaisir à voir, Roland s'avance poliment à leur rencontre. Renaud le prend courtoisement par la main, ainsi qu'Ogier son ami.

« Barons, dit-il, pourquoi vous le cacher? Nous détenons un prisonnier qui, j'en suis persuadé, nous vaudra de vivre définitivement en paix et à des conditions telles que vous ne pourrez qu'y souscrire.

— Qui est-ce, par saint Vincent, questionne Roland.

— Charlemagne le roi de France.

— Où avez-vous capturé si facilement mon oncle? Je n'ai pas entendu le moindre combat, je n'ai pas vu la moindre bataille. Où l'avez-vous pris? Est-ce dans une mêlée, un coup de main, un tournoi?

— Non, par Dieu.
— Alors, comment ? Je suis curieux de le savoir.
— Je vais vous le dire, seigneur : à minuit, au moment où il fait le plus noir, Maugis s'est rendu en secret au camp de l'armée royale ; j'ignore comment il s'y est pris, mais il a ramené le roi ici, plongé dans le sommeil — et qui continue de dormir. Venez avec moi maintenant et je lui demanderai ma grâce, m'en remettant entièrement à lui. »

Ce récit plonge Roland dans la stupéfaction, tout comme le duc Naime, Turpin et Ogier.

« Dieu, Père et Juge, s'écrie Naime, comment ce diable de Maugis a-t-il pu s'emparer de l'empereur ? Il se faisait garder toutes les nuits par cinq cents chevaliers en armes.

— Pas un de moins, confirme Roland.

— C'est Dieu qui l'a voulu, dit Ogier, pour que Renaud puisse obtenir la paix. Cette guerre a trop duré, il faut qu'elle finisse. Trop de chevaliers de valeur y sont morts au combat. »

Ce disant, ils se rendent sans tarder dans la chambre décorée à l'or fin, où Charles, l'empereur au fier visage, dort toujours profondément. Les cierges placés par Maugis dans le chandelier au moment où il l'avait couché brûlent encore. A cette vue, les Français sont au comble de l'étonnement. C'est Roland qui rompt le premier le silence :

« Où est Maugis, puisque c'est lui le responsable ? Faites-le appeler, Renaud, il faut qu'il vienne. Il rendra conscience et parole au roi. Et vous, vous vous jetterez à ses pieds pour lui crier merci. Je vous en supplie, au nom du Dieu juste, ami, que sa présence ici, en votre pouvoir, ne vous rende pas plus orgueilleux !

— Seigneur Roland, répond solennellement Renaud, tout ce qu'il me demandera, je le ferai volontiers. Je m'en remets entièrement à lui, pourvu que nous retrouvions la paix et soyons de nouveau amis.

— C'est fort bien, dit Roland, approuvé par Naime, mais faites chercher Maugis. Sans doute dort-il à cause de sa fatigue de la nuit. »

Renaud quitte les barons pour aller dans la chambre où il pensait le trouver. Mais il n'y était pas. Aussi revient-il dans la grande salle en le demandant partout. C'est le portier qui lui dit qu'il cherche en vain : « Il est sorti à minuit et il est revenu très vite rapportant quelque chose posé devant lui sur la selle ; je n'ai pas vu ce que c'était, il l'avait recouvert, mais c'était très gros. Il est resté en haut — pas longtemps — avant de redescendre. Puis il a passé de nouveau la porte et n'est plus rentré. Je ne sais ni dans quelle direction il est parti, ni ce qu'il est devenu. »

Cette nouvelle plonge Renaud dans la consternation. Quel coup au cœur pour lui ! Maugis, sur qui il comptait par-dessus tout, est parti. Bien que personne ne lui en ait soufflé mot, il se dit que l'enchanteur a dû craindre la colère de Charles et que c'est la raison de sa fuite. Alors, versant des larmes amères et soupirant à fendre l'âme, il va prévenir les Français : « Maugis a quitté le pays, il n'a pas osé rester à portée du roi, de peur d'être condamné à mort pour l'avoir fait prisonnier dans des conditions si humiliantes. » Aalard pousse un profond soupir et Guichard baisse la tête sans dire un mot ; Richard, lui, serre les poings et se griffe le visage : « Hélas, cher cousin, que dire de vous ? L'autre jour, sans vous, je ne l'ai pas oublié, j'étais un homme mort, et quel supplice aurait été le mien ! Et c'est pour me venir en aide que vous n'avez pas hésité à faire violence à Charlemagne qui règne jusqu'en Sicile. »

Il laisse éclater sa colère contre le roi, jurant par Dieu et saint Cyr de le pendre sans rémission. Il était déjà sur lui quand Renaud, Ogier et le duc Naime le retiennent : « Allons, cousin Richard, maîtrisez-vous. » Roland le regarde sans mot dire, se contentant de hausser les épaules en soupirant.

Grande est la douleur qu'ils mènent et il n'y a pas lieu de lui reprocher son excès car la suite des événements va leur donner des raisons de pleurer ; ils ne vont pas tarder à cruellement ressentir l'absence de Maugis comme vous allez l'apprendre si j'accepte de continuer mon histoire [152].

C'est Naime, la voix de la sagesse, qui prend le premier la parole : « Barons, vous avez tort et ce que vous voulez faire m'indigne.

— Par Dieu, le maître du monde, ajoute Roland, vous n'y pensez pas ! Vous allez me faire regretter d'avoir quitté mon oncle pour faire cesser la guerre et parvenir à la paix.

— Dites-nous, chevaliers, reprend Naime, que faire pour tirer le roi de son sommeil ? Sans l'aide de Maugis, nous ne pourrons pas lui parler.

— Mais si, nous y arriverons bien quand même », dit Roland.

Pendant qu'ils discouraient ainsi, le prisonnier

s'était réveillé. Il se met sur son séant et regarde tout autour de lui pour voir où il se trouve ; puis, de colère, il fronce les sourcils et roule des yeux furieux, comme un sauvage. Il sait bien que c'est Maugis le coupable. Prenant saint Simon à témoin, il s'emporte contre lui, jurant qu'il ne lui aura servi à rien de l'enlever. Il ne l'épargnera pas, non, on aura beau le supplier, il le fera pendre comme un bandit qu'il est.

A ces mots, Richard intervient : « Comment, diable, empereur Charles ! C'est nous qui vous avons capturé et c'est vous qui nous menacez avec cette morgue ! Si Renaud m'en croyait, on aurait vite fait de vous couper la tête.

— Tais-toi, fils de pute, vaurien ! ordonne Renaud qui était assez sage pour désirer par-dessus tout la paix. Laisse notre seigneur dire ce qu'il pense. Puis demandons-lui notre grâce et faisons la paix. Cette guerre a trop duré, nous avons eu trop de pertes ; trop de chevaliers y sont morts au combat. » Et, se tournant vers ses frères : « Supplions-le tous les quatre ! » Aussitôt, il s'agenouille devant Charles avec ses frères, ainsi que Roland et Turpin ; Naime et Ogier en font autant car ils se sentent en tort. Renaud, le noble comte, prend la parole en leur nom :

« Pitié, noble roi, implore-t-il, je ne veux plus me battre ; permettez, par Dieu, que nous nous réconciliions. Tout ce que vous exigerez, je le ferai, sauf renier Dieu. Pitié, noble roi, répète-t-il toujours à genoux, consentez à un accord, au nom des douleurs et des larmes de la Mère de Dieu quand elle vit couler le sang de son Fils bien-aimé sous les coups des bourreaux. Faisons la paix, laissons les morts reposer tranquilles.

Et si la volonté de Dieu n'est pas de vous faire renoncer à votre colère contre moi, du moins, seigneur roi, permettez à mes frères de conserver des terres et d'en jouir comme vos autres vassaux. Moi, je vous remettrai Montauban, mon fief et Bayard mon bon cheval. Puis je m'exilerai du royaume pour toujours ; nu-pieds, en chemise, j'irai en Terre Sainte avec mon cher Maugis. Nous y deviendrons de fidèles chevaliers du Temple [153]. »

A ces mots, Charles secoue la tête, les dents serrées et roulant des yeux furibonds. Il jure par tous les saints vénérables en portant la main à sa couronne, insigne de son pouvoir, de refuser d'écouter quiconque viendrait lui parler d'accord avec Renaud tant qu'on ne lui aura pas livré ce Maugis qu'il déteste : « Je veux lui couper les membres, le faire brûler vif.

— Hélas, roi, répond Renaud, que voilà de dures paroles ! J'aimerais mieux être traîné, attaché à la queue d'un cheval que de vous l'abandonner pour que vous le fassiez supplicier. Seigneur, ajoute-t-il, toujours humblement agenouillé, par Dieu, le Fils de Notre-Dame, comment pourrais-je vous le livrer ? Il est pour moi secours, espérance et vie, bouclier, lance et brillante épée, pain et vin, nourriture et maison, serviteur et seigneur, maître et conseiller, mon défenseur envers et contre tous [154]. Quoi qu'il doive advenir, je ne le trahirai pas. Si même vous déteniez prisonniers mes frères et que vous ayez décidé de les pendre avant l'aube, et si, moi, j'avais Maugis en mon pouvoir, au nom du Dieu de Gloire, je vous le jure, je ne vous le livrerais pas ! Et d'ailleurs, il s'est enfui cette nuit et je ne sais pas où il est allé.

— C'est qu'il est ici avec nous, invisible, le maudit ! répond Charlemagne.

— Non, au contraire, il est déjà loin. Je vous en prie, Roland, ajoute le fier Renaud, intervenez pour que votre oncle ait pitié de moi et des miens. Que nous fassions la paix, que la guerre soit finie. »

A ces mots, Naime, toujours à genoux lui aussi, s'écrie d'une voix forte qui fait résonner les voûtes : « Seigneur, toi qui es notre légitime empereur, le comte Olivier, Ogier, Roland et moi, nous sommes tous les quatre garants de Renaud ; nous répondrons de lui en justice. Aussi, traite-nous selon le droit en fixant une date pour la procédure de réconciliation, pendant qu'il en est encore temps.

— Bon roi, renchérissent-ils tous ensemble, Naime a raison, écoutez-le. Il faut qu'il y ait jugement. »

Mais la colère rend Charles sourd à ces conseils. Il jure par sa foi en Dieu qu'il ne fera la paix avec Renaud à aucun prix tant qu'il n'aura pas Maugis à sa discrétion. En l'entendant, Renaud, le visage en feu, se relève si brutalement qu'il se tord la cheville[155]. Il appelle ses frères et le reste de son conseil. Quand ils sont tous debout autour de lui, il leur parle en ces termes, le vaillant :

« Naime, et vous, seigneur Roland, écoutez-moi. Vous ne devrez pas me blâmer si, à partir d'aujourd'hui, je défends mon droit à la pointe de l'épée. » Puis se tournant vers le roi, de manière que tous l'entendent : « Partez donc, si vous le désirez. Par le Dieu de Gloire qui a créé la lumière du soleil, je ne vous retiendrai pas davantage contre votre volonté. Que vous soyez mon seigneur légitime, je continue à le crucifié, si j'en tiens un, rien ni personne ne m'empêchera de le faire exécuter. »

Mais il a beau proférer des menaces, c'est lui qui aura le dessous. Cependant, resté dans son château avec ses compagnons, Renaud s'adresse à Roland, Naime, Ogier, et à Turpin l'homme de Dieu : « Nobles barons, voici quelle est ma volonté : retournez auprès de mon seigneur et que Dieu l'inspire ! Je ne veux pas que vous subissiez les conséquences de sa colère ; je vous déclare libres de votre engagement de garants. Soyez sans crainte à cet égard. »

Naime se précipite pour l'embrasser et par reconnaissance veut se jeter à ses pieds. Mais Renaud l'en empêche et le relève.

« Songeons à repartir, Roland, dit Naime.

— Comment pourrions-nous le faire ? Ce serait abandonner Renaud alors qu'il est en danger.

— Lorsque nous serons auprès du roi de France, nous aurons plus de poids pour obtenir la réconciliation. Il réfléchira et ne s'entêtera plus. Il se laissera plus facilement convaincre si nous savons nous y prendre. »

A l'issue de cette discussion, tous, Roland, Naime, Ogier et Turpin tombent d'accord et font leurs préparatifs de départ. Alors que tout est décidé, que les chevaux sont sellés, voici que s'avance la duchesse au clair visage. Elle embrasse Roland, Ogier son compagnon, ainsi que Naime et Turpin les sages conseillers.

« Nobles barons, par le Dieu créateur, efforcez-vous de nous réconcilier avec notre seigneur. C'est lui qui a tort, tout le monde le sait.

— Dame, répond Naime, ne soyez pas inquiète ; dans deux jours la paix sera faite, s'il plaît à Dieu. »

Alors les Français montent en selle sans plus attendre, escortés jusqu'aux portes par Renaud et ses frères. De la tente impériale, Charles et ses barons les voient approcher.

« Ah Dieu, se disent-ils entre eux, Père créateur, voici Roland et les autres barons.

— Ce sont bien eux, confirme Charlemagne, que Dieu les couvre de honte ! Ils sont passés dans le camp de ce traître de Renaud. »

Aussitôt arrivés, les barons mettent tranquillement pied à terre dans les prés et pénètrent dans la tente de l'empereur, puis s'agenouillent devant lui. C'est Naime qui prend la parole en leur nom : « Pitié, seigneur roi, par tous les saints de Bretagne, apaisez votre colère contre nous. Nous ne soutiendrons plus Renaud ni les siens ; il ne pourra plus compter sur nous. »

Au spectacle de ses hommes qui lui demandent pardon, Charles se met debout avec vivacité. Il relève Naime le premier, puis Roland et les autres : « Barons, dit-il, prenez bien garde — c'est à la fois une prière et un ordre — de ne pas être d'intelligence avec mes ennemis. Mais, par Notre Seigneur qui fut vendu par Judas le traître, même si c'était le cas, je les hais tellement, je vous le dis en vérité, que s'il me fallait attendre ici le restant de mes jours pour les faire prisonniers, je ne changerais pas d'avis. »

Le roi se réjouit fort du retour de Roland et il jure par les dix commandements [156] de s'emparer de

Renaud par la force pour faire de lui son bon plaisir. Quant à Maugis, il le fera brûler ce maudit traître.

« Seigneur, dit le vaillant Roland, Maugis n'y est pas. Dieu m'en soit témoin. Il s'est enfui hier matin avant le lever du jour, tant il redoutait que vous ne vouliez le faire torturer ou pendre, pour vous avoir enlevé au milieu de vos gardes.

— Ah! Dieu, Créateur de la mer et du vent, lui dit Charles, quand sera-t-il en mon pouvoir pour que je puisse assouvir ma vengeance ! »

Roland est rentré en grâce, les dissensions sont oubliées et chacun se retire dans sa tente auprès des siens pour y passer la nuit dans la joie. Le lendemain, tous sont convoqués à la cour ; duc, grand feudataire, évêque, archevêque, en un mot, personne ne se dispense de venir. Charles, très heureux de les voir tous rassemblés, se lève :

« Nobles barons, écoutez-moi, proclame-t-il. J'ai mis le siège devant Montauban avec mes armées et, par Notre Seigneur Dieu qui nous a créés, je n'en repartirai ni pour or ni pour argent, avant d'avoir capturé Renaud, l'infâme traître, ainsi qu'Aalard, Guichard et Richard. Ils sont déjà très affaiblis ; Maugis, qui faisait leur force, s'est enfui. Ils ne pourront pas s'en tirer, soyez-en bien persuadés, car ils ont peu de vivres et peu d'hommes. »

Ce discours arrogant n'a pas l'heur de plaire à tous. Naime de Bavière, le bon conseiller, est le premier à réagir : « Seigneur, légitime empereur, qu'avez-vous à dire devant tant de chevaliers qu'ils seront bientôt à court de vivres et d'eau ? Si vous avez l'intention de les réduire par la famine, par Dieu, le Juge suprême, ce n'est pas cet été que vous entrerez dans Montauban. Je vous en prie, écoutez-moi et suivez mon conseil, qui est de vous en tenir là car Renaud a fait preuve de plus de générosité envers vous que personne au monde. »

Charles voit bien à quoi tend ce propos et il n'est pas embarrassé pour riposter. Roulant des yeux furibonds et secouant la tête de colère, il se dresse de toute sa taille, s'appuyant avec tant de force sur le bâton taillé de frais qu'il tenait à la main qu'il manque le briser ; il interpelle ses conseillers, le front haut et, perdant toute mesure, leur déclare sur un ton farouche : « Par Notre Seigneur qui nous donne la lumière, par Notre-Dame en qui Il s'est incarné, que personne ici, de si haute naissance soit-il, n'ait l'audace de parler d'accord avec les rebelles ! Il cesserait pour le restant de ses jours de faire partie de mes amis. Pas de doute là-dessus : si je mets la main sur eux, ils seront exécutés. »

Ces paroles menaçantes suscitent la colère des barons ; mais aucun, soyez-en persuadés, n'aurait pour tout l'or du monde osé répliquer. Personne ne bouge, mais tous regardent l'empereur avec une expression amère.

« Ah ! Dieu, murmure cependant Ogier d'une voix distincte, que Dieu et Sa mère maudissent l'heure où Renaud vous a épargné ! »

L'empereur est dans sa tente, entouré de ses hommes, mais il n'y en a pas un seul pour approuver la décision de donner l'assaut aux fils Aymon. Il jure par la Passion de Dieu que, loin d'avoir pitié d'eux, il les fera brûler vifs. Puis il se lève d'un mouvement rapide et crie : « Vite, barons, aux armes ! Attaquons sans leur laisser de répit. Si cela ne dépend que de moi, cette forteresse n'a plus longtemps à rester debout. »

Les Français, obéissant à ses ordres, courent donc s'armer. Que d'enseignes déployées au vent sous le ciel, que de casques, d'épées brillantes, de pics pour saper les murailles, de faux de combat tranchantes et d'armes de toutes sortes ! Ils marchent vers le château pour le détruire. Mais beaucoup y allèrent, croyez-moi, qui firent seulement semblant d'attaquer au moment du choc.

Renaud, Aalard, Guichard et Richard, qui sont d'habiles artilleurs, les voient approcher et s'apprêtent à en culbuter bon nombre pour peu que les pierres ne leur manquent pas. Les Français vont droit au fossé et attaquent sans ménager leurs forces, se lançant à l'assaut des murailles. Beaucoup auraient réussi à y grimper, sans les projectiles jetés à toute force par les quatre frères. La duchesse leur apporte aussi des carreaux d'arbalète en quantité et ils tirent rapidement, renversant de nombreux ennemis. Ils en font tant et avec une telle vigueur que pas un seul assaillant ne peut atteindre les créneaux. Tous ceux qu'ils touchent sont blessés à mort. Les valeureux barons ont fait un tel massacre que le fossé est rempli de cadavres et Charles en est ulcéré, car il comprend que la citadelle est imprenable. La colère au cœur, il fait sonner la retraite. Au commandement, les Français font demi-tour. Ils sont nombreux à se plaindre, le cœur en peine, à tâter la plaie béante qu'ils ont au crâne, à regarder le sang couler sur leurs bras, à déchirer leurs vêtements pour se faire un pansement de fortune au côté, à boiter sur le chemin du retour en gémissant à fendre l'âme. Quand il voit son armée en cet état, Charlemagne jure par saint Vincent qu'il accepterait d'être immobilisé six mois au lit pour éviter à ses Français de se faire battre ainsi : puis il fait le serment, au nom du Dieu qui sauva Abraham, de poursuivre le siège, contre vents et tempêtes, jusqu'à ce qu'il ait réduit ses ennemis par la famine et leur ait mis le carcan au cou. Et il encercle Montauban si étroitement que, si rusé soit-il, personne n'en peut plus sortir. Sept mille chevaliers, puissamment armés, montent la garde à chaque porte. Renaud ne peut plus que prier Dieu d'avoir pitié de lui dans Sa bonté et de lui accorder la paix.

« Par sainte Agathe, dit Richard, si on m'avait écouté, nous ne serions plus sous la menace de l'empereur, mais en paix. »

Par amitié pour son frère, Renaud évite de montrer son irritation devant ces reproches et garde un visage serein pour réconforter les siens. Mais, comme Charles va resserrant son étau autour de la ville et ne veut toujours pas entendre parler de paix, les réserves de vivres diminuent dangereusement dans Montauban. Dans les rues, on voit jusqu'aux petits enfants pleurer pour du pain. On en demande partout, mais on n'en trouve nulle part : ventes et distributions ont cessé, par crainte de l'empereur. Les pauvres, qui n'en ont plus du tout, errent dans les rues, pleurant jusqu'à en défaillir. Il n'est pas de cœur assez dur pour rester insensible au spectacle des nourrissons qui finissent par sucer du sang au sein tari de leurs mères. Ainsi la famine règne dans la ville ; on se cache pour manger, le cousin de sa cousine, l'ami de l'amie, les fils du père.

C'est une calamité pour les petites gens qui maudissent Charles, sa terre et ses aïeux, désespérant de voir la fin de leur souffrance. Le nombre de morts est tel, chaque jour, qu'on doit creuser près de l'enceinte une fosse commune où on jette les cadavres sans prières ni messes. Renaud est au bord de la reddition tant son cœur saigne de douleur et de désespoir à cette vue, tandis que Richard lui répète avec insistance :

« Au nom de Dieu, mon frère, vous l'avez bien voulu ! Quelle pitié ! Si on m'avait écouté, Charles aurait été pendu ou brûlé, ou, au moins, il serait prisonnier dans notre donjon. Nous jouirions depuis longtemps d'une paix sûre et durable. Ces pauvres malheureux seraient encore en vie, on ne les aurait pas jetés à la sauvette dans un charnier. Mais pourquoi les plaindre, par sainte Catherine, puisque je les rejoindrai bientôt, je le sais ; et vous aussi, Renaud, hélas ! Et vous, ma dame de beauté ! Et vous, mes frères bien-aimés ! C'est la mort qui nous attend tous, et une mort sans gloire. Et toi, Maugis, où es-tu ? Par Notre-Dame, si tu étais avec nous dans ce donjon, nous ne manquerions de rien. Au lieu de quoi, nous allons mourir de faim comme loups sans proie, car Charles a plus de haine pour nous que pour les Sarrasins. »

La famine s'aggrave au fur et à mesure que se prolonge la présence de l'armée impériale. Faire pendre ou brûler Renaud, ou l'assommer, faire traîner Richard, malgré sa force, à la queue d'un cheval, célébrer les noces de Guichard et d'Aalard avec la mort, l'empereur n'a plus que cela en tête et à la bouche. C'est alors qu'il mande d'urgence ses hommes. Lorsqu'ils sont là, satisfait, il s'adresse à eux, debout, d'une voix forte : « Barons, il est juste que vous sachiez pourquoi je vous ai convoqués en conseil privé : la raison de ce siège que j'ai mis devant Montauban, c'est que je veux m'emparer de Renaud, Aalard, Guichard et Richard pour les faire pendre. Par Dieu qui sait et voit tout, rien ne m'y fera renoncer. »

Devant cette déclaration, Naime baisse la tête et Ogier est au bord des larmes. Roland, Olivier et Turpin, eux aussi, s'en affligent, mais c'est à Aymon surtout qu'elle pèse car il s'agit de ses propres fils ; déjà, il ne les aurait jamais reniés en s'engageant à ne plus leur venir en aide et à ne jamais leur adresser la parole, sans les exigences de Charles son seigneur. Aussi, à les entendre menacer d'un sort si horrible, son cœur est près d'éclater :

« Vous vous mettez dans votre tort, seigneur, proteste-t-il.

— Taisez-vous, Aymon, ma décision est irrévocable. Malheur à qui a tué Bertolai, mon bon vassal. » Et toujours debout, farouche comme un lion, il poursuit d'une voix forte : « Trêve de discussion, barons ! Par la Passion du Christ, personne ne m'empêchera d'en finir avec Renaud. Le siège dure depuis un an. Le seul assaut que nous avons donné nous a coûté beaucoup d'hommes. Il n'y en aura pas d'autre. Cette nuit, j'ai réfléchi à la suite des opérations ; j'exige que vous construisiez tous des catapultes pour attaquer la ville de loin. Nous abattrons maisons et palais, nous détruirons les vivres qu'il peut leur rester. Roland, fabriquez-en six, c'est un ordre ; vous, Olivier, cinq, et vite ! Naime et Ogier en feront six chacun ; et Turpin quatre ! » Puis avisant Aymon : « Vous en fournirez trois, exige-t-il.

— Ah ! Dieu, dit le duc prenant à témoin les barons qui l'entourent, comment le pourrai-je ? Ce sont mes enfants que nous allons attaquer et non pas je ne sais quels bandits ou vauriens : personne mieux qu'eux ne mérite le nom de chevaliers. »

Le roi se tourne vers lui, levant au ciel des yeux furieux derrière ses sourcils froncés et grinçant des dents comme un fou ; puis, après un lourd silence : « Si un seul parmi vous ouvre la bouche pour protester au lieu d'exécuter mes ordres, je lui fais trancher la tête. »

Alors, en larmes, Aymon à la barbe blanche : « Je ne vous donnerai pas sujet de vous mettre en colère, ni de m'adresser un tel reproche : vous serez obéi jusqu'au bout. »

Les barons retournent dans leurs quartiers pour se mettre à la tâche. Pas un seul d'entre eux qui n'ait rapidement apporté deux ou trois catapultes ; Charles en a tout de suite dix devant lui. Il les fait répartir tout autour de Montauban et, jour et nuit, on bombarde la ville de projectiles.

Dans les murs, c'est la catastrophe : on ne compte plus les maisons en ruine ni les blessés ; on entend partout des cris de femmes et d'enfants qui ne savent où fuir au milieu du fracas, des hurlements, des chutes de pierres. Un véritable enfer ! Tous et toutes pleurent, qui un ami, qui un neveu, qui un mari, atteint d'une pierre ou d'un carreau d'arbalète. Ajoutez à cela qu'on ne trouve plus rien à manger. On souffre et on meurt aussi de faim dans Montauban. Que de cris, de peines,

de tristesse ! Que de morts d'inanition chaque jour !
Les charniers débordent, à n'y plus trouver de place
pour une botte de foin. Renaud exhale son angoisse :
« Dieu, qu'elle est loin la joie d'avoir en abondance
pain, viande, vin, tout ce qui me manque maintenant.
Que faire ? Ni la ruse ni le courage ne peuvent nous
procurer de vivres. La grandeur de Charlemagne est
à ce prix ! »

Dans Montauban, c'est le commencement de la fin.
Les chevaliers les plus solides s'affaiblissent, faute de
nourriture.

« Dieu, dit Renaud, nous voilà à bout ; nous n'avons
plus rien à manger.

— Pourquoi vous lamenter ainsi, seigneur ? remarque la duchesse. Nous avons encore plus de cent
chevaux. Faites-en abattre un et mangeons-le ; il en
restera assez pour mes enfants qui n'ont rien pris
depuis deux jours et qui réclament sans cesse. Hélas !
que vais-je devenir si cela continue ? Je n'ai plus ni
force ni courage. Mieux vaudrait en finir. »

Aussitôt, Renaud, pris de pitié, descend à l'écurie,
désigne un cheval et donne l'ordre de l'abattre sans
délai, puis de le faire cuire.

Les assiégés sont au plus mal, à court de vivres ; ils
font tuer tous les chevaux, trop contents d'avoir
quelque chose à se mettre sous la dent ; mais ce répit
est de courte durée. Quatre seulement ont été épargnés : ceux des frères à la grande prouesse.

« Dites-moi, frères, demande alors Renaud — et son
visage est blême de faim — que faire, par Dieu ? Nos
réserves de vivres sont épuisées ; il ne reste plus que

nos quatre chevaux : lequel allons-nous tuer le premier ?

— Pas le mien, pour rien au monde, jure Richard. Tuez donc Bayard, Renaud, ou le cheval de Guichard, ou celui d'Aalard ; mais pas le mien, par tous les saints ! C'est votre orgueil qui est cause de notre perte, mon frère ; c'est lui qui vous a poussé à relâcher Charles. Vous n'avez jamais voulu écouter les conseils de personne.

— Taisez-vous, mon cher oncle, intervient alors le petit Aymon [157], cessez vos reproches. Il ne faut jamais, quand on est homme de bien, envenimer une querelle. Faites ce que mon père vous dira. S'il a eu tort, il le paiera cher et, d'ailleurs, il a déjà commencé de le faire. Mais si le roi l'assiège au cœur de sa citadelle, Dieu peut lui venir en aide bientôt. Croyez-moi, nous ne mourrons pas de faim tant que nous aurons encore un cheval. »

Attendri par les paroles de l'enfant, Richard, les larmes aux yeux, court le prendre dans ses bras et le couvre de baisers.

« Trêve de discussions, mon cher Renaud. Abattez mon cheval, je ne m'y oppose plus et donnez à manger à mon neveu ; il l'a bien mérité car il est de bon conseil.

— C'est vrai, disent Aalard et Guichard, faites tuer celui que vous voulez, mais pas Bayard, nous l'aimons trop ; il nous a si souvent sauvé la vie. »

Qu'ajouter, par saint Omer ? Une fois les trois chevaux mangés, ils ne savent à nouveau plus que faire, puisqu'ils ne veulent à aucun prix tuer Bayard. La faim ronge les forces de Renaud :

« Dieu, que faire ? dit-il le visage rendu exsangue

par l'inanition, mais aussi par la colère et le chagrin. Tout va de mal en pis. On a bien raison de dire : " Qui chasse le cerf l'attrape. " Le roi m'a tant pourchassé qu'il m'a acculé dans un piège d'où je ne peux m'échapper. Hélas, malheureux ! ne suis-je pas à plaindre ? Et dire que j'ai moi-même relâché l'auteur de mes maux ! Voilà où j'en suis pour n'avoir pas voulu écouter les conseils.

— Alors Renaud, vous êtes content ? le questionne Richard — et son visage à lui aussi a perdu toute couleur. Si vous teniez le roi qui vous assiège, le laisseriez-vous repartir maintenant libre et sans contrainte ?

— Assurément, non ! Je vous en fais serment sur tous les saints, il m'a fait trop de mal. Mais que faire, par le Dieu tout-puissant ? Il ne nous reste plus qu'à nous rendre.

— Quoi ? Que dites-vous, Renaud, au nom du Dieu de gloire ? Nous rendre à Charles l'orgueilleux ? Mais il nous ferait tous pendre comme de vulgaires brigands, sans la moindre pitié. Je ne le sais que trop. Par Dieu qui nous a créés, vous et moi, j'aimerais mieux en être réduit à me nourrir de ma propre chair [158] plutôt que de me rendre à ce roi outrecuidant. Nous allons manger Bayard et malheur à celui d'entre nous qui choisirait la mort tant qu'il nous reste une chance de vivre.

— C'est aussi mon avis, intervient Richard. Mieux vaut manger Bayard que de nous rendre au roi qui nous ferait tous pendre.

— Par saint Éloi, Richard, que dites-vous là ? proteste Renaud qui a peur de comprendre. Manger Bayard, mon noble Bayard, qui nous a si souvent sauvés d'une mort certaine et fait échapper à l'arrogance de l'empereur ? Par Dieu le créateur, quiconque s'en prend à mon cheval s'en prend à moi et je le traiterai comme tel, si brave et puissant soit-il, et même si c'était l'un d'entre vous. Pour tout l'or du monde — et que sainte Foy me protège —, je n'aurai jamais, quant à moi, le cœur de le manger. »

La duchesse, à qui ces paroles donnent sujet de craindre, tient à faire entendre sa voix à son tour : « Mais alors, Renaud, mon époux, mes enfants vont mourir ! Regardez-les : voilà trois jours qu'ils n'ont pour ainsi dire rien avalé ; ils tiennent à peine debout ; ils n'en ont plus pour longtemps à vivre. Quant à moi, la faim et le désespoir me rongent également le cœur. »

Et les enfants d'insister tristement : « Par Dieu qui nous protège, donne-nous Bayard à manger, cher père, ou bien nous allons mourir de faim. »

Se joignant à leurs prières, leurs oncles s'écrient à leur tour : « Noble et généreux duc, au nom de Dieu, songe à tes enfants qui sont toute ta joie, à ta douce épouse, si inquiète pour toi, et à nous aussi que la faim torture. »

Renaud, attendri, pleure de compassion et cède : il va tuer Bayard d'un coup au foie. Ils descendent tous rapidement à l'écurie ; à la vue de son maître, Bayard, qui avait un tas de foin devant lui, dresse les oreilles et frappe du sabot, puis pousse un profond hennissement. A ce spectacle, Renaud a le cœur qui fond ; il jure par saint Gervais qu'il tuerait plutôt ses fils, « car il y a longtemps que je serais mort sans Dieu et sans Bayard. Nous ne mourrons pas l'un sans l'autre ; je ne le laisserai pas tuer ».

Les enfants qui l'ont entendu reviennent en larmes au palais, tandis que leur père resté avec Bayard, son bien-aimé Bayard, lui donne d'autre fourrage à manger. Puis il remonte à son tour pour trouver ses frères en pleurs. Aalard, blême, tenait le petit Aymon contre lui ; la duchesse s'était évanouie de douleur ; tous déploraient l'absence de Maugis. Renaud, saisi de pitié, s'approche de sa femme : « Ne vous tourmentez pas ainsi, dame ; la nuit prochaine, j'irai nous chercher de quoi manger, avec l'aide de Dieu. »

La fin du jour arrive vite et vient la nuit, nuit de malheur que celle-là.

« Je vais aller trouver mon père pour savoir s'il est décidé à nous laisser mourir aussi ignominieusement sans rien faire, explique Renaud à ses frères.

— Nous vous accompagnerons, dit Richard ; et si, par malchance, nous sommes repérés, nous pourrons nous replier tous ensemble dans la citadelle.

— Non, barons, je vous laisse ici, je n'ai pas besoin de vous. Et si je ne vous rapporte pas ce qu'il faut, au nom de Dieu, vous pourrez abattre Bayard que je vous laisse. »

Renaud met aussitôt son projet à exécution. Il connaissait bien la tente paternelle et y parvint sans encombres. Aymon n'arrivait pas à trouver le sommeil ; debout devant sa tente, il prêtait l'oreille aux bruits en provenance de la ville : les assiégés étaient-ils encore en état de se défendre ? Renaud reconnaît son père à l'éclat de son casque et, s'approchant de lui sans hésiter, il tombe à ses pieds : « Par pitié, écoutez-moi : tous mes hommes sont morts de faim ou ne vont pas tarder à l'être. Nous n'avons plus rien à manger, plus rien à donner au plus faible d'entre nous. Il ne reste que Bayard, mais je l'aime trop pour accepter jamais de le faire abattre : il m'a si souvent sauvé la vie !

— Imbécile, réplique Aymon, je t'ai renié depuis longtemps, tu n'as plus rien à attendre de moi ; et si tu ne pars pas immédiatement, je vais devoir te livrer au roi. Va-t'en, cher fils, reprends ton chemin, je ne peux pas t'aider car ce serait me parjurer, mais j'en ai le cœur brisé [159].

— Ne commettez pas la faute de refuser de nous aider, seigneur : il y a trois jours que nous n'avons pour ainsi dire rien mangé. Mes enfants gémissent de faim et peuvent à peine se tenir debout. La duchesse est prête à renier Dieu. Je ne sais plus que faire, car si le roi me tient, il me fera pendre sur-le-champ. Mais vous, vous êtes mon père, vous avez été heureux de m'élever. Je viens me confier à vous au nom de Dieu, vous ne pouvez pas me repousser ou il n'y a plus de justice. Comprenez-moi bien, je sais que vous nous avez renié à votre corps défendant et contraint par l'empereur. Mais la force n'est pas le droit : j'ai entendu cet adage depuis toujours. Le roi a tort et le droit est de notre côté, Dieu m'en soit témoin ! »

En entendant son fils, Aymon pousse un profond soupir ; puis, le regardant avec tendresse, il lui dit d'entrer dans sa tente et, s'il a faim, de faire comme chez lui, car on le jugerait mal en effet de ne rien lui donner. Aussitôt, Renaud, saisissant l'occasion, est debout. Il rassemble les vivres qu'il trouve, puis retourne dans la citadelle où il rassasie les siens de pain, de vin, de viande, qu'il distribue sans compter. Après avoir mangé leur content, tous le remercient et le serrent dans leurs bras, puis vont dormir à leur aise jusqu'au lever du jour, tandis que Renaud monte la garde sans vouloir se reposer. Le lendemain, à l'heure de none, ils se remettent à table, mangeant et buvant tout ce qui reste, sans rien mettre de côté. Ils n'avaient plus qu'à attendre la mort, mais c'est l'assaut du soir qui allait les sauver. Cependant la journée se passe pour eux dans l'angoisse. De son côté, Aymon, tout aussi tourmenté, ne tenait pas en place, obsédé par la pensée de ses enfants. Une fois la nuit tombée, il fait venir ceux de ses hommes en qui il a le plus confiance. « Prêtez-moi attention, barons. Ce sont mes enfants qui se trouvent là-bas. On me les a fait renier et je le regrette. Cela va très mal pour eux, ils ne peuvent s'en tirer seuls. Et je sais bien, pour l'avoir entendu dire de tout temps, que c'est dans l'épreuve qu'on fait le compte de ses amis. Même au risque de ma vie, je ne les laisserai pas mourir de faim. Voici trois catapultes, prêtes à bombarder la ville. Mais au lieu de leur jeter des pierres, nous leur enverrons des jambons et des tonnelets de vin que j'ai mis de côté[160]. Tant pis pour la colère de l'empereur ; de mon vivant, je n'abandonnerai pas mes enfants. Charles est dans son tort — il faut le dire — quand il leur fait la guerre. »

Le lendemain matin, quelle véritable manne c'est pour les assiégés !

« Ah ! Dieu, dit Renaud, on a raison d'avoir confiance en Vous. Voilà de quoi manger et de quoi boire. C'est sûrement une idée de mon père, je le reconnais bien là[161]. »

Ils se dépêchent de mettre de côté toutes ces victuailles qui sont pour eux un don du ciel et leur permettent d'apaiser le pire de leur faim. Les voilà tranquilles pour trois mois.

Lorsque Charlemagne le puissant empereur apprend ce qui s'est passé, il convoque Aymon dans sa tente : « Tu ne me respectes guère pour envoyer des vivres à mes ennemis. Je sais tout de ta conduite, inutile de nier. Je veux, avant la nuit, en prendre une vengeance exemplaire : tu y perdras ta tête, si mon conseil me suit.

— Je ne nie pas, seigneur, et je vous donne même ma parole, dussiez-vous me faire monter sur le bûcher, que je n'abandonnerai pas mes enfants tant que je pourrai les secourir. Ce ne sont ni des bandits, ni des voyous, mais des chevaliers courageux et valeureux, et qui n'ont pas leur pareil au monde, je vous l'affirme. »

A ces mots, l'empereur, furibond, roule des yeux terribles et va pour frapper Aymon, mais Naime intervient en conciliateur : « Laissez-le partir, seigneur. Vous l'avez retenu auprès de vous malgré lui assez longtemps ; il s'agit de ses enfants, il les a élevés avec tendresse et vous pouvez bien être sûr qu'il ne les laissera pas traiter honteusement. Nous ne le condamnerons pas pour leur être venu en aide alors qu'ils se trouvent en difficulté. »

Charles comprend — et ce n'est pas pour lui faire plaisir — qu'Aymon ne sera pas condamné, puisque tel est le verdict du vétéran et que le conseil ne le contredira pas. Il se lève et donne congé à Aymon et aux siens : qu'il quitte son armée en punition du tort qu'il lui a fait.

« Seigneur, répond le duc, je suis prêt à partir. » Et il saute en selle, ajoutant à l'adresse du roi et de la cour, avec l'autorité que lui donne son rang : « Vous, les douze Pairs de France dont on connaît la vaillance, n'oubliez pas mes enfants qui sont là à votre merci. Je n'ai pas le droit de leur venir en aide et j'en ai la rage au cœur. Mais, sur ma tête, que le roi prenne garde : s'il est assez fou pour commettre un acte irrémédiable, avant cinq jours, je le lui aurai fait payer de sa vie et tant pis si cela doit me conduire en enfer ! »

Et sur ces mots, il se met en route pour retourner en France dans son fief, laissant le roi avec ses barons. Tandis qu'il chevauche, Charles demeure longuement plongé dans ses pensées. Enfin, la tristesse peinte sur le visage, il ordonne à ses hommes de démonter les catapultes sur lesquelles ils avaient tant compté, et qui ont au contraire servi à sauver les assiégés en les ravitaillant. Cependant, la destruction des machines n'empêche pas le siège de se poursuivre, et voici que l'angoisse renaît dans l'entourage de Renaud, car les vivres recommencent de manquer.

« Que faire, mon Dieu ? Comment tenir plus longtemps ? Nous allons mourir. Charles m'a pris comme un oiseau au piège. Ah ! Maugis, ami de mon cœur, si seulement vous étiez avec moi, nous n'aurions à craindre ni la faim, ni la soif.

— Par la foi que je vous dois, seigneur, dit Richard à Renaud, si on m'avait écouté, nous serions en paix avec le roi. Mais vous avez préféré n'en faire qu'à votre tête et le laisser partir !

— J'en conviens, frère, et je le regrette amèrement. »

Voici donc que le malheur retombe sur Montauban. Le pain, le vin, la viande manquent à nouveau. On en est réduit à faire du pain avec de la farine de lentilles et de pois. Tout le château prend un air de désespoir. Finalement, Guichard, incapable d'en supporter davantage, redemande à Renaud d'abattre Bayard : « Sinon, j'en prends Dieu à témoin, je finirai par boire mon propre sang [162]. »

Quand il entend ces plaintes de son frère, Renaud prend un couteau dans l'armoire et, la mort dans l'âme, se précipite vers Bayard. L'animal accourt vers son maître, dressant les oreilles pour lui faire fête. Cette vue ne fait qu'augmenter l'irrésolution de Renaud : « Comment trouver le courage de te tuer, mon noble Bayard ! C'est trop me demander. Et pourtant, c'est ce que je vais devoir faire.

— Pourquoi reculer, père ? intervient Yonnet dans un cri. C'est lui ou nous ! »

Pris entre la détresse de son fils et la joie que lui manifeste son cheval, Renaud hésite. Il regarde Bayard avec compassion et songe à la manière de trouver un répit. Après mûre réflexion, il décide de se contenter de le faire saigner.

« Quelle bonne idée, dit Aalard, nous ferons cuire son sang pour le manger.

— Un mets de roi », dit Richard.

Renaud tire à Bayard un plein seau de sang qui, une fois préparé et cuit, permet à tous d'apaiser leur faim et de se sentir mieux. Pourtant, s'il n'y eut ce jour-là ni larmes ni plaintes, tous n'en gardaient pas moins la rage au cœur. Le lendemain et les jours suivants, à l'heure de none, on saigne à nouveau le cheval que Renaud voit maigrir et perdre ses forces jour après jour. Au bout de quinze jours, il est si affaibli qu'il ne tient plus debout. On a beau le piquer, le sang ne coule plus. Renaud est aux abois.

« C'est la mort, Renaud, dit la duchesse.

— Oui, c'est la mort », répond Renaud.

Or, il y avait là un vieil homme infirme qui, voyant le comte à bout de force, lui demande de l'écouter malgré tout : « Je comprends que c'est la fin, seigneur ; Montauban, que vous aviez fait construire, va être rasée, il y a de quoi en mourir de douleur. Mais je vois bien qu'il nous faut fuir ; faites creuser près de la porte ; il y a là un ancien souterrain qui nous permettra de gagner le bois de la Serpente.

— Dieu, dit Renaud, voilà ce qu'il nous faut. Nous irons à Trémoigne qui est toujours à moi. »

Et il donne l'ordre de creuser. Une fois l'excavation dégagée, fou de joie, il se précipite à l'écurie pour chercher Bayard et le mène jusqu'au souterrain. Le cheval, si épuisé qu'il marchait avec peine, le suivait fidèlement. Puis Renaud y conduit la duchesse et ses enfants qui ne la quittaient pas d'un pas. Tous, à leur suite, se mettent en branle et descendent sous terre, les uns après les autres, Renaud le dernier. Il quitte Montauban assiégé par Charlemagne, laissant les étendards déployés sur les murs, afin que l'empereur ne puisse pas se douter de leur départ.

[*Les fugitifs gagnent Trémoigne emmenant Yon avec eux ; et Charles prend enfin d'assaut Montauban... sans coup férir ! Cependant il ne tarde pas à apprendre où se trouvent Renaud et les siens. Les combats reprennent donc sur nouveaux frais. C'est un second siège qui commence,*

Maugis secourt des marchands

pendant lequel le roi Yon meurt de maladie (vv. 13757-14234).]

Revenons à Maugis qui se donne d'un tel cœur au service de Dieu qu'il en a oublié son cher cousin Renaud ; recru de fatigue, il dormait à poings fermés et voici qu'il eut une vision : dans leur puissante citadelle de Montauban, Renaud et Aalard se plaignaient à lui avec acrimonie de leur ennemi Charlemagne qui avait saisi Bayard par la bride pour l'emmener, mais ne pouvait le faire avancer d'un pas. Réveillé du coup, Maugis saute du lit et jure par le vrai Dieu qu'il n'aura ni paix ni cesse avant d'avoir revu Renaud et d'avoir compris la signification de ce songe. Après avoir fermé la porte derrière lui, il se met en route à travers bois sans perdre de temps, appuyé sur un bâton. Au milieu de l'après-midi, il aperçoit devant lui deux hommes encore tout effrayés de ce qui venait de leur arriver et qui se lamentaient à grands cris. Malgré sa crainte, Maugis s'approche d'eux : « Que Dieu vous garde de tout mal, seigneurs, dit-il d'un ton apaisant.

— Il nous a bien mal protégés, répond aussitôt l'un d'eux, et c'est plutôt le diable qui nous a inspiré de passer par ce chemin. Des brigands — des fils de Satan ! — viennent de nous dépouiller, pour notre malheur ! Nous transportions des tissus précieux pour les vendre et ils nous ont tout pris. Voyez, ils sont déjà loin, ils ont même tué un de nos compagnons, simplement parce qu'il a ouvert la bouche pour protester. J'espère, par le Dieu tout-puissant, qu'ils ne l'emporteront pas en paradis.

— Venez avec moi, nous irons les trouver ensemble,

propose aussitôt Maugis devant l'émoi de l'homme ; et je les prierai, pour l'amour de Dieu, de vous rendre votre bien puisqu'ils vous ont fait du tort. Et s'ils refusent, je me fâcherai, je vous le dis tout net et je me battrai contre eux : je leur fendrai le crâne à coups de bâton. »

Les marchands regardent Maugis avec des yeux ronds : « Qu'est-ce que vous racontez ? Ils sont sept et vous prétendez les attaquer à vous seul ! Ils sont dans la force de l'âge, solides comme des sangliers et vous avez peine à marcher ! Au vrai, par saint Omer, on dirait que vous ne pouvez même pas soulever votre bâton.

— Laisse tomber, fait l'autre. A quoi bon raisonner ce fou qui ne sait plus ce qu'il dit ? Il branle du chef, il est gâteux. » Et il ajoute à l'adresse de Maugis : « Va ton chemin, laisse-nous tranquilles ou je te flanque par terre. »

Maugis, ainsi rabroué, s'éloigne sans insister, laissant les marchands à leurs lamentations ; et, pressant le pas, il rattrape les voleurs : « Dieu soit avec vous, seigneurs ! Par amour pour Lui, je vous en prie, dites-moi pourquoi vous détroussez les gens. Vous avez tort ; rendez-moi tout ce que vous avez pris, croyez-moi ! Dieu qui sait tout et voit tout vous en saura gré.

Les voleurs, furibonds, se demandent quel est le païen qui ose leur tenir un tel langage : « Fous le camp, fils de pute, chien, lui jette leur fripouille de chef, ou tu vas prendre mon pied au derrière. »

Maugis, hors de lui, de s'entendre insulter par cet impie, traverse le chemin d'un bond, brandit son bâton d'aubépine et lui fracasse le crâne aussi facilement qu'on écrase une coquille d'œuf. Puis il s'en prend aux autres brigands avec une telle furie qu'il en envoie cinq à la mort. Les deux derniers prennent la fuite sans demander leur reste sous ses cris : « Fils de pute, voleurs, et votre butin ? Vous l'oubliez ! » Mais ils ne seraient pas revenus pour un empire.

Les malheureux marchands, du coup, rebroussent chemin et, devant le vagabond et les cadavres des voleurs, se disent entre eux : « Voilà un bon pèlerin ! Et si c'était saint Martin ? » Et dans leur joie, ils se jettent aux pieds de Maugis pour se faire pardonner d'avoir médit de lui et de l'avoir insulté.

« Seigneurs, répond-il, ils ont été encore pires avec moi : ils ont osé me traiter de gueux et d'ordure ; mais ils me l'ont payé cher, comme vous le voyez [163]. Quant à vous, relevez-vous et allez ! Que Dieu vous garde de tout mal ! Je vous pardonne, mais priez tous pour moi. Et dites-moi au nom de Dieu si vous savez quelque chose du puissant roi Charles. S'est-il emparé de Montauban avec toute l'expédition qu'il avait montée ?

— Oui, en vérité, mais il n'a pris ni Renaud, ni aucun de ses hommes, ils sont tous sortis par un passage secret et ont gagné Trémoigne où il les assiège de nouveau avec une nombreuse armée. Il ne leur laisse ni paix ni trêve et il met tout à feu et à sang.

— Quelle triste nouvelle vous m'annoncez là, seigneurs », dit Maugis avant de reprendre son chemin, les laissant à leur joie. Dans sa hâte, il progresse à marches forcées — inutile d'en donner le détail — jusqu'au camp du roi déloyal, puis jusqu'à la citadelle, suscitant la curiosité des barons qui, à le voir s'avancer appuyé sur son bâton, se disent entre eux : « Par tous les saints, d'où vient ce vagabond ? Où va-t-il, le dos voûté, ayant peine à marcher ?

— Taisez-vous donc, espèce de fou, il a bien l'air d'un homme de Dieu.

— Oui, oui, vous avez raison, je parierais un vêtement de soie que c'est Maugis, déguisé en vieillard et qui va rejoindre Renaud dans Trémoigne. »

Cependant, se souciant peu de passer ou non inaperçu, il continue son chemin et, une fois dans la cité, se dirige vers le palais dont il monte avec satisfaction les marches. Renaud était à table, le bon et noble duc, avec la duchesse au clair visage et leurs deux fils, ainsi que de nombreux chevaliers et personnages de haut rang. Avisant devant lui une place libre, Maugis va s'asseoir à côté d'un pilier, presque au centre de la salle. Le sénéchal s'empressa auprès de lui, lui faisant apporter une serviette blanche en lui disant de se servir à son gré.

« Mille mercis, répond-il, et que Dieu vous bénisse ! Mais faites-moi l'amitié, s'il vous plaît, de me donner du pain noir, de l'eau et un bol de bois ; j'aurai ainsi tout ce qu'il me faut, car j'ai fait le vœu de rien prendre d'autre pour refaire mes forces. »

Le sénéchal satisfait immédiatement ses désirs et Maugis, assis dans la grande salle du château de Trémoigne, son bâton posé à côté de lui, taille dans son bol des soupes [164] de pain noir qu'il a du mal à avaler. Renaud qui le voit aussi maigre, pauvre et pâle, prend son écuelle, remplie de savoureux gibier — une aile de cygne — et appelle un serviteur : « Tiens, porte cela à ce brave homme qui est si misérablement habillé et salue-le de ma part. »

Maugis prend l'écuelle en remerciant et la pose devant lui sans y toucher ; il se contente de manger son pain où se voyaient encore des brins de paille, le faisant passer en buvant beaucoup d'eau froide. Renaud, troublé par sa dignité, le dévisage : « Dieu, qui peut être ce brave homme avec ce manteau grossier ? Sans sa maigreur, j'aurais affirmé sans hésiter que c'est notre cousin Maugis qui m'a tant manqué ; mais c'est impossible : il ne mange que du pain et ne boit que de l'eau. »

Renaud touche à peine aux plats, tandis que ses barons leur font abondamment honneur et que Maugis tient toujours la tête baissée. Après le repas, on apporte l'eau et les chevaliers se lavent les mains [165] par ordre de préséance. Puis ils s'égaillent comme une volée de moineaux. Renaud, lui, demeure, songeant à son cousin dont il est sans nouvelles. Quittant alors sa place à table, il s'approche de Maugis qui va pour se mettre debout, mais il le devance : « Vous n'avez pas à vous lever devant moi, ami, dans l'état où vous êtes ; et surtout, quand on pense qu'il est dû aux austérités que vous vous êtes imposées — je l'ai bien compris à vous observer. Au nom du Dieu en qui vous croyez, si vous êtes Maugis à qui vous ressemblez tant, dites-le-moi, je vous en conjure.

— Oui, c'est bien moi, s'écrie aussitôt Maugis : je n'ai pas résisté au désir de venir vous voir. »

Cette réponse laisse Renaud sans voix. Plutôt que de reconnaître Maugis dans cet homme épuisé, il aurait cru à un mensonge, n'était une cicatrice qu'il avait à l'œil. Au comble de la joie, il lui adresse un large sourire et l'embrasse avec emportement avant de lui demander d'où il vient et où il vit.

« Seigneur, je me suis fait ermite et j'ai reçu la tonsure ; je sers Dieu de tout mon cœur pour mériter Sa grâce, me nourrissant de racines : telle est ma vie. J'ai fait tant de mal, j'ai été responsable de tant de morts que mon âme en est encore profondément affligée. »

En l'entendant s'humilier ainsi, Renaud est pénétré de douleur jusqu'au fond du cœur. Ses frères de leur côté, reconnaissant leur cousin, se précipitent les larmes aux yeux, pour l'embrasser, ainsi que la duchesse, Yonnet et Aymonnet. Tous, débordant de joie, lui sautent au cou et le bruit de son retour se répand immédiatement dans la ville. Chevaliers et nobles barons se rassemblent pour lui manifester leur liesse. Renaud, au comble du bonheur, demande à Richard d'aller lui chercher une robe et des chaussures qui ne blessent pas ses pieds enflés. « Cousons-lui des vêtements, dame, ajoute-t-il à l'adresse de la duchesse.

— Il n'en manquera pas, seigneur, répond-elle.

— Au nom de Dieu, Renaud, dit vivement Maugis, laissez-moi en paix ; je vous le dis en vérité, j'ai fait le vœu de ne plus jamais porter ni souliers ou sandales, ni chemise ou pantalon ; mais donnez-moi ce que je vais vous demander : une robe de bure à capuchon, une besace en bon cuir de vache et un solide bourdon de pèlerin [166] bien pointu. C'est ce qui me fera le plus de plaisir. Je ne suis venu que parce que j'avais envie de vous revoir ; maintenant je vais repartir, car je me suis consacré au service de Dieu et de la Vierge. »

A ces mots, Renaud se retrouve le plus malheureux

des hommes, au point qu'il manque défaillir sur le pavage.

« Renaud, reprend Maugis, pourquoi vous le cacher, je me suis consacré à Dieu pour mieux suivre ses voies ; je me suis fait ermite dans un endroit retiré ; de plus, je dois passer outre-mer et j'y resterai vingt ans : je désire réaliser mon vœu avec la grâce de Dieu. S'Il me prête vie, j'irai déposer mon offrande au Saint Sépulcre ; si j'en reviens, alors je vous reverrai une dernière fois, avant de retourner là d'où je viens.

— Mon cher cousin, lui répond Renaud très ému, écoutez-moi. Si vous voulez bien accepter, je vous donnerai un cheval et de l'argent (je n'en manque pas) pour couvrir vos dépenses.

— Taisez-vous, je n'emporterai rien de tout cela. Quand j'aurai faim, je mendierai mon pain et j'en trouverai car j'ai mis mon espérance en Dieu. »

Le lendemain, après avoir entendu la messe et fait une généreuse offrande, Maugis quitte la ville, accompagné jusqu'aux portes par Renaud...

[*L'empereur fait des ouvertures de paix à Renaud, mais il s'obstine à réclamer que celui-ci lui livre Maugis, exigeant de surcroît qu'on lui rende Richard de Rouen qui a été fait prisonnier par les hommes de Renaud. Celui-ci oppose une fin de non-recevoir aux messagers impériaux, ajoutant qu'il fera pendre Richard le lendemain (vv. 14518-14717).*]

Charles laisse voir son mécontentement devant le compte rendu de ses hommes et leur demande de revenir auprès de lui à l'aube tenir conseil sous le regard de Dieu le Père tout-puissant. Après leur départ, il se met au lit devant l'insistance de son chambellan, mais sans pouvoir s'endormir. Il a l'impression qu'on lui taraude le cœur et les entrailles et il se tourne et se retourne sans cesse dans son lit, incapable de trouver le sommeil. Toujours en proie à la même colère contre Renaud et ses frères, il ne sait à quoi se résoudre et sa fureur et son irrésolution se lisent sur son visage. Quand il voit pointer l'aube, il se lève, se chausse et s'habille. C'est alors que ses barons arrivent pour l'entendre.

« Que faire, seigneurs, dites-moi ? Que faire contre Renaud qui m'a pris Richard et m'a fait dire qu'il le pendra sous mes yeux ?

— Au nom du Créateur, répond Naime, écoutez mon conseil : faites la paix avec Renaud et il vous rendra Richard.

— Seigneur, intervient Roland, Renaud a le droit de faire ce qu'il a dit. Et si cela devait arriver, je quitterais aussitôt votre camp, j'en prends à témoin le Dieu de gloire.

— Qui donc restera, Roland ? interroge Olivier.

— Je n'en sais rien, conclut Turpin, car dans cette affaire c'est le roi qui a tort et pas Renaud. »

Tandis que les Français se séparent dans la consternation générale, Renaud, dans la ville, entouré de ses vassaux, s'adresse à ses frères : « Seigneurs, la situation est grave. Charles, dans sa démesure, nous a voué une haine sans borne et nous n'obtiendrons jamais ni réconciliation ni paix avec lui ; s'il nous tenait, notre mort serait proche ; aussi par Dieu, le Créateur du ciel, je vais aujourd'hui, avant le coucher du soleil, le devancer en faisant pendre Richard sous ses yeux.

— Inutile d'attendre, dit Aalard. Je me charge de la besogne, si vous le voulez.

— Oui, volontiers, dresse la potence au sommet de cette tour, bien à portée de vue de Charles et de Roland. »

Renaud monte alors avec Aalard et le benjamin Richard sur le chemin de ronde.

« Charles, s'écrie Roland en les apercevant de loin, regardez en haut de la muraille ! Richard de Rouen, le vaillant, va être mis à mort pour notre honte. Voilà où cela mène de vous servir !

— Dieu, dit Ogier, quelle mort douloureuse annonce ce noir gibet !

— Taisez-vous, interrompt Charles, ils veulent me faire peur pour rentrer en grâce auprès de moi, mais ils n'obtiendront rien. »

Il garde confiance, car il pense que Renaud n'osera jamais faire exécuter Richard.

« Seigneur, dit Roland, nous pouvons entonner un chant de deuil car Richard va être pendu et sa dépouille brûlée. Il ne fait pas bon vous servir, voilà à quoi on s'expose. »

Quelle désolation dans l'armée royale, tandis que Renaud au sommet de la muraille profère des menaces contre Richard, ordonnant à dix soldats d'aller immédiatement le chercher. Ceux-ci se dirigent vers la chambre où il jouait gaiement avec le petit Yonnet qui se montrait un habile partenaire.

« Debout, font-ils, fini de chanter et de rire ! L'heure de votre mort est venue. »

Richard les regarde sans daigner leur répondre, se contentant de dire à Yonnet : « A toi de jouer, dépêche-toi ; il est déjà tard, c'est l'heure d'aller manger », tandis qu'eux crient à son adresse pour l'emmener : « Allons, debout, plus vite ! » L'un d'eux le prenant par l'épaule jure qu'il se charge de lui faire renier Charles, son cher seigneur, avant de le pendre, ce qui ne saurait tarder. A ces mots, Richard, qui avait en main la reine avec laquelle il pensait faire mat — une pièce magnifiquement taillée dans de l'ivoire blanc et fin —, vise le soldat au front et la lui abat sur le crâne qui se fend sous la violence du coup : la pièce reste fichée dans la cervelle. Le misérable tombe mort sans avoir eu le temps de se repentir. Richard saisit ensuite une tour sur l'échiquier, en abat un autre soldat dont la cervelle se répand sous les yeux des témoins, avant qu'il ait eu le temps de dire ouf. Puis il en abat mort un troisième en lui lançant un fou, avant d'en blesser encore un quatrième. Les autres, le voyant se défendre de la sorte, quittent précipitamment la chambre sous ses menaces : « Tous dehors ! que Dieu vous maudisse ! » Puis, à l'adresse d'Yonnet : « Je veux te mettre mat. Sous prétexte que je suis prisonnier, ils croyaient que j'allais me laisser faire ! Fallait-il qu'ils aient bu ! »

Devant sa fureur, Yonnet n'ose ni bouger ni souffler mot. Il joue donc son roi pour protéger un pion. Tandis que Richard, avisant un serviteur en train de descendre l'escalier, lui ordonne : « Eh ! toi, prends ces trois cadavres et jette-les-moi par la fenêtre ! »

L'homme, de peur d'être victime à son tour, obtempère immédiatement. Ce que voyant, Aalard : « Richard ne se laisse pas faire, dit-il à Renaud ; il ne sera pas facile à maîtriser : regardez vos hommes qu'il a fait jeter en bas dans la poussière.

— Par Dieu, c'en est trop ! Vite ! Courons leur prêter main-forte ! »

Cependant on avait fini de dresser le gibet. Renaud voit alors ses soldats remonter à grandes enjambées la rue pavée ; celui qui marchait devant portait un pansement à la tête.

« Par Dieu, explique-t-il, les choses ont mal tourné ; il faudra user de la force pour pendre Richard et, pourtant, nous avions bien pensé l'amener en douceur. Il jouait aux échecs dans la grande salle voûtée, mais, dès que nous avons voulu porter la main sur lui, il a frappé l'un d'entre nous avec sa reine — une pièce massive et anguleuse —, tant et si bien qu'il la lui a enfoncée en plein crâne ; puis il en a tué un autre, sans qu'il ait le temps de dire ouf, avec sa tour. Ensuite, avec un fou à la tête rehaussée d'or, il en a atteint un troisième qui a rendu l'âme. Enfin, il m'a blessé au visage, près du front, avec une pièce qui n'était pas petite : la tête m'en bourdonne encore. A la suite de quoi, par la Vierge Marie, nous avons pris la fuite à qui mieux mieux. »

Rendu fou de colère et de douleur par ce récit, Renaud jure, en prenant Dieu à témoin, que, s'il n'obtient pas dans la journée la paix avec Charles, il fera exécuter Richard. Il se précipite alors vers la tour, ainsi que ses frères, avec quinze chevaliers en armes, pour s'opposer à une fuite éventuelle du prisonnier. Il se fait ouvrir la porte de la salle et, d'emblée, insulte Richard : « Fils de pute, que Dieu te maudisse ! Réponds ! Pourquoi as-tu tué mes hommes ?

— Bienvenue, seigneur, et écoutez-moi, répond le prisonnier qui s'empresse de se lever devant Renaud. Des vauriens sont venus ici, qui prétendaient se saisir de moi ; ils n'ont pas voulu en démordre. Que Dieu m'aide, je ne pouvais pas les laisser faire ! J'ignore combien j'en ai tué, mais ç'a été à mon corps défendant. Je les ai fait jeter par la fenêtre. Si cela vous chante, vous pouvez aller les voir en bas. Si je me suis rendu coupable, ajoute-t-il, je suis prêt à réparer selon ce qu'on estimera juste. Mais ne connaissez-vous pas l'usage de la cour : quiconque sans être prince ou feudataire, à plus forte raison un simple valet, se permet de porter un jugement sur un noble, encourt la mort par le feu ou les flèches. Si je les ai punis, je n'en dois donc pas être blâmé [167].

— Par Dieu, répond Renaud, j'ignore de quel usage vous parlez. Mais il faut être bien fou pour me tenir tête. Si je n'obtiens pas la paix avec Charles, le roi orgueilleux, vous serez aujourd'hui même pendu au gibet à sa vue. Saisissez-le, ajoute-t-il, c'est trop attendre. Il a tué mes hommes qui gisent en bas pêle-mêle. »

On s'empare alors de Richard et on l'emmène désarmé, les mains liées, hors de la salle ronde.

« Qu'on me rase le crâne, dit Renaud, si aujourd'hui même vous n'êtes pas pendu, brûlé ou jeté à l'eau.

— Voilà des paroles qui ne me font pas peur, par Dieu, répond le duc, vous n'oseriez pas tant que vivra notre valeureux roi, le premier de tous. »

Ces propos exaspèrent la colère de Renaud : « Eh bien, vous allez voir, par le corps du Christ ! »

Portant alors la main sur lui, il le fait sur-le-champ

conduire au gibet en criant dans sa fureur que c'est tant pis pour lui et qu'il va être pendu sur l'heure : c'est pour lui que le gibet est dressé. Mais il ajoute : « Richard, vous êtes de mon lignage ; si je vous fais pendre, je suis déshonoré. Comment l'accepter ? Mais vous, de votre côté, conduisez-vous avec sagesse. Abandonnez Charlemagne : il a perdu la raison. Je vous laisserai libre, vous ne subirez pas d'autre dommage. Si vous m'aidez contre lui avec tous vos barons, il ne nous faudra pas longtemps pour venir à bout de lui.

— Par Dieu, répond Richard, voilà le discours d'un fou. Je ne le ferai pour rien au monde : le roi est mon seigneur, c'est à lui que j'ai prêté hommage. Même pour échapper à une mort ignominieuse, je n'accepterai pas de le trahir. S'il s'est mis dans son tort envers vous, c'est lui, j'en suis assuré, qui en subira les conséquences, et pas moi. Au jour du Jugement dernier, c'est à lui que Dieu demandera des comptes. Mais agissez comme il faut, désignez un messager que j'enverrai au roi et à ses barons, pour lui demander de faire ce qu'il faut pour me libérer.

— C'est une bonne idée, seigneur », répond Renaud qui charge un simple chevalier d'acheminer le message.

« Mon ami, dit Richard à ce dernier, écoute-moi attentivement. Tu diras de ma part à mon seigneur que j'aime et auquel je dois fidélité que, s'il m'a jamais eu en amitié, il doit renoncer à la colère et à l'arrogance dont il a fait preuve vis-à-vis de Renaud. Tout le mal que, de son côté, celui-ci a pu lui faire en parole ou en acte, il devra le réparer en se conformant à l'avis de ses hommes. Et dis-lui bien que, s'il refuse, Renaud m'enverra à une mort honteuse et douloureuse. Enfin, demande à Roland et aux siens d'intercéder en ma faveur auprès du roi, s'ils ont quelque affection pour moi.

— Vous avez ma parole, seigneur, je le ferai. »

Le messager se met aussitôt en route et gagne d'une traite le camp de Charlemagne qu'il salue au nom de Richard le fier : « Seigneur, il m'a chargé de vous dire que, si vous avez quelque amitié pour lui, c'est le moment ou jamais de lui en donner la preuve, car il en a besoin : en effet, si, dans votre volonté d'abattre Renaud, vous persistez à refuser de faire la paix avec lui, Richard sera pendu sous vos yeux comme un vulgaire bandit. » Puis, avisant Roland : « Seigneur, Richard m'a chargé de vous demander, à vous et à tous vos chevaliers que je vois présents ici, de prier le roi qui gouverne la France de faire la paix avec Renaud ; en échange, il lui donnera Bayard, son bon cheval. »

Aussitôt Roland se tourne vers le roi : « Seigneur, notre empereur, je vous en prie, faites la paix pour sauver Richard. C'est le meilleur chevalier, le meilleur combattant qu'on puisse trouver en France. »

Alors, Naime, Ogier et les autres de s'écrier entre eux : « S'il s'obstine dans son refus, il le paiera cher ; il verra de ses propres yeux la ruine de sa terre. »

L'opposition de ses hommes met Charles au comble de la fureur ; il jure comme un mécréant qu'il n'acceptera ni paix ni discussion avec Renaud, tant qu'il ne lui aura pas livré Maugis, objet de son courroux : plutôt perdre un œil que de céder : quant à Richard et à la mort ignominieuse à laquelle il l'expose, il n'en a garde.

« Seigneur, dit l'archevêque, quelle rage vous prend ? Ne comprenez-vous pas qu'ils l'ont condamné à mort pour de bon ? Voyez le gibet dressé et Richard qui est déjà attaché.

— Ne vous inquiétez pas, Turpin. Renaud n'osera pas le pendre. Richard est de son lignage, tout le monde le sait.

— Seigneur, reprend le messager, quelle réponse dois-je apporter à Richard ? Peut-il compter sur vous ?

— Tu diras de ma part à Richard qu'il n'a pas plus à craindre sur son gibet que s'il avait abordé à Antioche, à La Mecque ou en quelque autre cité païenne[168]. Renaud n'aura jamais l'audace de lui faire du mal, il peut être tranquille.

— Quel orgueil dans les paroles de ce roi insensé ! » rétorque le messager mis hors de lui par ce discours.

Et, tandis qu'il repart vers Trémoigne, les Français demeurent dans leur camp sous les murailles de la ville.

« Dieu, dit Ogier, le roi est trop dur de ne pas vouloir entendre parler de paix. Et c'est trop de malheur de voir pendre le comte sans peur et sans reproche.

— J'en prends à témoin le Dieu tout-puissant qui met les païens en fuite, dit Roland (et il n'avait jamais manqué à sa parole), si Renaud s'obstine à le faire pendre, il signe son arrêt de mort, on peut me faire confiance. » Partagé entre la colère et la désolation, il se lève brusquement : « Au nom de Dieu, j'en appelle à votre pitié, à vous les douze Pairs de France :

Richard, le meilleur de nous tous, le plus courageux, notre ami, va être pendu sous nos yeux, lui qui n'a jamais proféré une seule parole outrecuidante. Si nous le perdons, quelle honte pour nous ! » Puis, s'approchant du roi, il lui crie : « Je vous quitte sans vous demander congé, par Dieu ! Et vous, Ogier, qu'allez-vous faire ? M'accompagnerez-vous ? Abandonnons ce vieillard gâteux !

— Je suis d'accord avec vous, par ma tête, que je sois maudit si je tarde davantage. Si nous étions faits prisonniers, nous risquerions de connaître le même sort que Richard. »

D'un saut, Olivier de Vienne se lève à son tour : « Seigneur, j'ai trop tardé, moi aussi je m'en vais, s'exclame-t-il.

— Moi aussi », disent tour à tour le duc Naime et Thierry d'Ardenne.

Enfin Bérard de Montdidier s'écrie : « On est bien mal récompensé de servir un tel homme ! Voilà donc ce qu'il veut faire de Richard qui s'est si longtemps dévoué à son service ! Que je sois maudit si je reste après vous ! »

Toutes ces défections sont autant de coups de poignard pour l'empereur qui se hâte de dire : « N'ayez pas peur pour Richard, il ne risque ni la pendaison, ni le bûcher, ni aucun autre supplice.

— Seigneur, intervient Naime, par les saints qu'on vénère, j'ai souvent entendu citer ce proverbe : le fou attend pendant que la tortue fait son chemin. Le gibet est dressé, la poutre est placée à son faîte, Richard est attaché, son heure est arrivée. Dans un instant, vous le verrez pendu. Que la peste m'emporte si je reste un moment de plus. »

Et le vétéran quitte le roi à son tour, accompagné des douze Pairs de l'Empire. Chacun va démonter sa tente, si bien qu'en peu de temps il en reste moins d'une vingtaine (si l'on excepte celles des serviteurs) et que le camp est levé. L'armée perd ce jour-là plus de trente mille hommes. Leur foule remplit chemins et sentiers, débordant même sur les bas-côtés moussus. Leur mouvement inquiète Renaud qui les voit du haut des murs ; mais, déjà, son messager est de retour.

« Par Dieu, Richard, il n'y a pas à y revenir : inutile de compter sur Charles. Vous allez être pendu ou brûlé par sa faute, et connaître ce que vaut l'amitié de cet homme que vous respectiez. Il ne fera rien pour vous aider, je vous le garantis. Roland est entré dans une colère noire, il l'a quitté par amitié pour vous, en compagnie des douze Pairs, comme vous pouvez vous en rendre compte. Regardez-les partir, leurs tentes démontées. Tous les grands feudataires s'en vont, de colère contre le roi et par amitié pour vous. Tous, sauf le comte Ganelon [169] : lui, il ne bouge pas, ni aucun de ses parents ; regardez : leurs tentes sont toujours dressées. »

Renaud voit lui aussi les plus grands barons de France quitter le camp parce que le roi abandonne Richard. Il en est si ému qu'il ne peut s'empêcher de pleurer et que, devant la fière contenance de son prisonnier, il se jette à ses pieds pour lui demander pardon de sa colère et de sa bassesse.

« Je ne vous en veux pas, Renaud, répond Richard, vous n'y êtes pour rien, par Dieu le fils de Marie ; c'est le roi le coupable avec la guerre injuste qu'il vous mène. »

Renaud se relève et détache les liens du duc avec l'aide empressée de ses trois frères.

« Richard, dit-il, accoudons-nous à ce mur d'où on voit bien pour surveiller le roi et tenter de comprendre ce qu'il veut faire. »

Cependant, Charles, resté dans son camp, se désole, une fois sa fureur retombée. Il pousse un profond soupir et, jetant un long regard autour de lui, il constate qu'il n'y a plus là ni Pair, ni comte, ni chevalier. S'adressant alors à un serviteur qui s'approchait de lui : « Va, dit-il, saute à cheval, ne traîne pas, fais force d'éperons pour rattraper Roland et les autres barons que je n'ai pas pu retenir ; dis-leur que je cède à leur volonté, je ferai la paix avec Renaud s'il la veut toujours. »

Le soldat se met en selle et part au galop, faisant résonner la terre sous les sabots de son cheval. Il ne cesse de chevaucher qu'il ait atteint Roland au milieu de la foule de ses hommes :

« Le roi vous fait dire, à vous et à tous les barons qui se sont opposés à lui, qu'il va faire la paix : l'orgueil de Renaud l'emporte. Au nom de Dieu, revenez car il ne cesse de pleurer.

— Naime, dit le duc Roland, tournez bride ; nous ferons aujourd'hui la paix avec ces hommes qui ne s'en laissent pas conter. »

Aussitôt, Naime, au comble de la joie, se hâte de faire demi-tour, imité par l'ensemble des Français qui partagent sa liesse. Renaud, accoudé à côté de Richard, lui dit que, Dieu aidant, la paix avec Charles est acquise. « Les comtes reviennent en rangs serrés comme la pluie. Nous allons enfin pouvoir sortir de notre cage. »

Quelle explosion de joie, sans fausse note, chez les Français qui rebroussent chemin comme à tire-d'aile. Le roi qu'ils avaient laissé à sa solitude s'avance à leur rencontre. « Me croyez-vous assez léger pour pouvoir me forcer à faire la paix malgré moi ? Ma haine pour Renaud est si implacable que je ne supporterai pas de le revoir ni de face ni de dos. Qu'il aille en pèlerinage outre-mer vêtu d'une chemise de bure, pieds et jambes nus ; et qu'il m'envoie Bayard le licol au cou : de lui, je ferai justice et il mourra dans les supplices. En revanche, les frères de Renaud conserveront sa terre et je ne toucherai pas à un cheveu de leur tête. S'il accepte de partir ainsi seul, alors il aura la paix que j'ai la faiblesse de lui accorder à ces conditions. Qui de vous ira lui rapporter ce que je viens de dire ?

— Moi, seigneur », répond Naime qui s'éloigne aussitôt et gagne Trémoigne où, avisant Renaud, Aalard, Guichard et les deux Richard, aussi valeureux l'un que l'autre, il leur dit qu'ils peuvent descendre des remparts et oublier leur colère. Puis, se dirigeant vers Renaud, il met pied à terre en souriant : le comte lui tient l'étrier et lui souhaite la bienvenue.

« Charles le guerrier vous salue, dit le sage Naime de façon à être entendu de tous.

— Dieu, dit Renaud, voilà enfin ce que je désirais par-dessus tout. La paix est donc pour aujourd'hui ?

— Oui, mais voici à quelles conditions : vous partirez outre-mer en pèlerinage, pieds et jambes nus comme un pénitent, vêtu d'un vieil habit de laine et mendiant votre pain ; vous livrerez à l'empereur Bayard votre bon cheval. Quant à vos frères, ils jouiront de la paix à dater de ce jour et conserveront librement leurs fiefs jusqu'à leur mort.

— C'est tout ce que je demande. Je m'en irai dès demain matin ; j'ai hâte d'être en route, et je n'aurai pas de mal à me procurer du pain, car je sais ce que c'est que de demander. »

Naime soupire en l'entendant et Richard de Normandie se désole. Mais la guerre est terminée, la paix est conclue. Renaud court chercher Bayard, son bon cheval, pour le remettre à Naime, bien que cela ne lui sourie guère. Et c'est le cœur en fête qu'il monte au sommet du donjon pour arracher son enseigne et la jeter dans le fossé comme un vieux chiffon. Charlemagne et le jeune Roland le regardent faire.

« Comme Renaud a fait preuve de bonne volonté en acceptant la paix à des conditions aussi avantageuses pour nous !

— Oui, dit Ogier, quelle noble attitude, n'est-ce pas, Roland ? »

Naime quitte Trémoigne en emmenant Bayard pour la plus grande tristesse de Renaud. Charles le suit des yeux tandis qu'il s'approche pour le lui présenter de la part du comte qui est sur le départ lui aussi.

« Où est Richard ? demande l'empereur, je veux le savoir.

— Seigneur, répond Naime, il est resté là-bas dans la cité avec Renaud qui l'escortera au moment convenu. »

La longue guerre est finie, il n'y a plus personne pour vouloir la prolonger. Renaud est à Trémoigne, entouré de ses hommes ; il s'accoutre de vieilles hardes comme un vulgaire gardien de cochons. A le voir ainsi, les yeux de la duchesse se remplissent de tristesse ; elle tombe à terre, défaillante. Renaud se précipite pour la relever : « Je m'en vais, dame, il me tarde de partir. Mes frères qui restent ici prendront soin de vous ; je suis si heureux de la paix que le temps me dure. Je vous recommande à Dieu qui protège les justes. » Puis il embrasse ses fils en retenant ses larmes. Il les quitte tous et s'en va. La duchesse, restée là, se farde de sang le visage à coups d'ongles ; elle se lamente sur Renaud et le confie à la garde de Dieu. Puis, enfermée dans sa chambre, elle brûle toutes ses robes, ses fourrures de vair et d'hermine, tandis que ses enfants, prostrés à terre, pleurent et hurlent comme des loups.

Et Renaud s'en va, accompagné des meilleurs de ses gens. Richard de Normandie est là, qui tient la tête basse. Hors des murs de Trémoigne, près d'un bois de sapins, Renaud congédie ses frères et tous les siens : « C'est me faire trop longue escorte, au nom de Dieu. Rentrez et réconfortez ma femme qui se torture. Prenez soin aussi de mes enfants qui ont de qui tenir. Retournez, frères, ajoute-t-il en s'asseyant sur un rocher, vous me faites mal à rester davantage. Occupez-vous de la duchesse au cœur fidèle, mettez-vous au service de Charlemagne votre juste et légitime empereur et transmettez-lui mon salut. Je ne quitterai pas ce vallon avant que vous ne soyez retournés auprès de lui. »

Ils se séparent donc, le visage décomposé de tristesse, après que Richard de Normandie a embrassé Renaud comme un parent très cher.

« Pensez à mes frères qui sont désemparés », lui recommande Renaud.

Et il s'en va, tandis que les autres barons rentrent, accablés de tristesse, au palais où ils retrouvent la duchesse perdue dans ses lamentations. Après avoir tenté en vain de la réconforter, ils changent de vêtements et s'habillent de belles étoffes de soie ; puis ils sortent de Trémoigne et chevauchent jusqu'à la tente impériale dans le camp des Français où Charlemagne les attendait. Aalard, moins embarrassé pour parler que les autres, le salue le premier, ainsi que tous ses chevaliers, au nom de Renaud : « Il vous fait dire qu'il est parti et qu'il vous rend Richard sain et sauf.

— Que Dieu le protège, ami, répond Charles qui courait déjà prendre Richard dans ses bras pour l'embrasser encore et encore.

— Dis-moi, Richard, interroge-t-il, comment étais-tu traité ? Étais-tu bien nourri ?

— Personne, seigneur, ni chevalier, ni simple soldat, n'a eu de prison aussi douce ; j'étais libre de faire ce que je voulais dans le palais. Je vous en supplie, au nom de Dieu, si vous m'aimez vraiment, faites honneur à Aalard, Guichard et Richard, telle est ma requête ; veillez sur la duchesse pour qu'elle n'ait pas d'autre malheur. Il n'y a pas plus courtoise dame sur terre et je ne connais pas de plus gentils enfants que Yonnet et Aymonnet. N'oubliez pas que vous devez leur servir de père désormais.

— Nous prendrons soin d'eux, Richard, répond Charles, et quand ils en auront l'âge, nous les ferons chevaliers, je leur donnerai plus de terres que n'en tenait le roi Yon. »

Supplice et fuite de Bayard

Telle fut la reddition de Trémoigne. Charles fait démonter ses tentes et lève le siège. Les trois fils Aymon se mettent en chemin pour Montauban que Charles leur a restitué. Le roi, quant à lui, va sans attendre à Liège, descend la forte pente jusqu'au pont sur la Meuse, puis se fait amener Bayard.

« Ta vigueur m'a coûté cher, dit-il ; tu m'as trop souvent mis en colère, trop souvent réduit à mal manger. Par la Passion du Christ, personne au monde ne pourra m'empêcher de te faire payer ta vilenie. Tu ne mangeras plus jamais après le saut que je vais te faire faire. »

Il ordonne alors qu'on se saisisse du cheval, lui fait attacher une meule au cou et, du haut du pont, le pousse dans le fleuve. Bayard tombe dans le courant froid et tumultueux de la Meuse où il coule à pic pour la plus grande joie de Charlemagne.

« J'ai ce que je voulais, Bayard ; sans mentir, j'ai tenu ma parole. Si tu ne peux pas tout boire, tu vas mourir. »

Ce discours n'a pas l'heur de plaire aux Français : « Par le Christ Rédempteur, Ogier, dit l'archevêque, la cruauté de notre seigneur me consterne. Traiter ainsi un animal sans défense !

— Il est fou, fait Olivier.

— Assurément », dit Roland.

Aucun des Pairs, je vous l'assure, ne peut s'empêcher de pleurer sur le bon cheval Bayard[170] ; et, au milieu de la désolation générale, seul Charles se laisse aller à sa joie : Bayard, le fameux Bayard, est donc au fond de l'eau. Mais comme il regardait au loin, à un endroit où la rivière s'élargit, il voit le cheval nager avec vigueur, qui frappe la meule de ses sabots, en faisant sauter de nombreux éclats, si bien qu'il finit par la briser comme une motte de terre ; lorsqu'il en est débarrassé, il traverse le large fleuve à la nage et reprend pied sur l'autre rive où il grimpe en haut de l'escarpement ; puis il se secoue de la tête à la queue, hennissant et frappant le sol de ses sabots ; enfin, il s'enfonce plus rapide qu'une alouette, jusqu'au cœur de la sauvage forêt d'Ardenne. Furieux, l'empereur ferme les yeux de colère et de douleur, tandis que ses hommes, eux, se réjouissent et rendent grâce à Dieu. Ainsi, Bayard échappa à la mort. On dit encore dans le royaume, comme on le lit dans les histoires, qu'il vit toujours dans la forêt et que, s'il voit quelqu'un, au lieu de s'approcher, il s'enfuit au plus vite, comme diable craignant Dieu.

[*Pour le récit du pèlerinage de Renaud jusqu'à son retour en France en compagnie de Maugis, cf. préface, analyse, pp. 14-15 (vv. 15342-16458).*]

Renaud est de retour à Trémoigne qu'il avait quittée autrefois en si grande tristesse. Malgré le temps passé, ses hommes le reconnaissent et se précipitent à sa rencontre. Aalard défaille de joie avant de pouvoir interroger son frère dont le bonheur se lisait sur le visage : « Par Dieu, seigneur, qu'étiez-vous devenu ? Qu'avez-vous enduré depuis que je ne vous ai vu ? »

Renaud n'omit rien dans le récit qu'il lui fit ; puis, voyant l'air de tristesse d'Aalard, c'est à son tour de demander : « Donnez-moi des nouvelles de ma femme et de mes fils. Pourquoi ne sont-ils pas ici, ainsi que Richard et Guichard ?

— Rien de plus simple, voyez-vous ; ils sont à Montauban depuis un mois et demi, occupés à remettre le château en état pour votre retour et à faire reconstruire les maisons en ruine. C'est là-bas que vous les trouverez. »

Renaud, rayonnant de bonheur, rend grâce à Dieu ; mais, à ne voir autour de lui que gens affligés et accablés de chagrin, n'ayant visiblement pas le cœur à rire ou à plaisanter, ni même à bavarder, l'inquiétude le saisit à nouveau et il questionne à brûle-pourpoint Aalard qui s'efforçait de faire bon visage mais n'avait pu empêcher une larme de couler sur sa joue : « Au nom de Dieu, mon frère, je crains le pire. Tu me caches quelque chose, n'est-ce pas ? Si tu tiens à notre amitié, par Notre-Dame, dis-moi la vérité. Je veux tout savoir.

— Vous avez deviné, seigneur, la duchesse vient de mourir. Quel deuil pour nous ! Rien n'a pu lui faire oublier votre départ ; rien ne la consolait, elle passait ses jours à pleurer. »

A cette nouvelle, Renaud défaille dans les bras de ses barons. Quand il retrouve la parole, c'est pour accuser l'empereur : « Je te hais, s'écrie-t-il. C'est toi qui me l'as tuée en m'obligeant à fuir ma terre à pied, comme un homme sans honneur. »

Tous s'associent à sa douleur et à celle de Maugis. Monté au palais, Renaud défaille trois fois sur le cercueil ; puis, revenu à lui, il se lamente en déchirant sa cape : « Triste pèlerin et triste pèlerinage ! Pourquoi Dieu m'a-t-Il laissé m'y engager, puisque ce n'était pas pour Lui que je l'entreprenais et s'il devait aboutir à ce malheur ? » Et il court vers ses enfants qu'il serre dans ses bras : « Vous allez devoir agir par vous-mêmes, car bientôt je ne serai plus auprès de vous : mon cœur ne résistera pas au coup qui l'accable. »

L'enterrement de la dame fut suivi de trois jours de deuil général. Puis Renaud prit la route de Montauban avec ses fils. Le voyage fut long mais, à la fin, ils arrivèrent en vue de la ville. Guichard et Richard, avertis par la rumeur publique, au comble de la joie, avaient fait décorer le palais de tentures de soie. Tous les habitants vont à la rencontre de leur ancien seigneur pour le serrer sur leur cœur. Lui se tient très droit et leur offre un visage souriant, cachant son chagrin. Et tout le monde entoure Maugis pour lui faire fête : lui aussi il est de la famille. Renaud met pied à terre ainsi que son escorte et entre dans Montauban : il voit autour de lui la ville reconstruite, mais ne reconnaît pas le tiers de ses habitants ; alors il repense en lui-même à sa haine contre Charles. Et dans le palais, au milieu de la fête, des divertissements, de la liesse pour son retour, il reste, le deuil au cœur, au grand dam de ses frères qui compatissent à sa douleur.

« Hélas, dit Richard, rien de pire ne pouvait nous arriver que de perdre notre dame. Jamais nous ne retrouverons sa pareille.

— Quelle pitié c'est d'elle — la belle et bonne ! — et de nous !

— Seigneurs, leur annonce Renaud qui écoutait leurs lamentations, j'ai fait le vœu de ne pas me remarier et de vivre seul [171]. »

Après trois autres jours de deuil général, Maugis repart pour son ermitage selon son désir. Renaud et ses frères l'accompagnent jusqu'au moment où le soleil est haut dans le ciel.

« Laissez-moi là, par Notre-Dame, dit alors Maugis. Je vous confie à Dieu le Crucifié et je vous supplie, cher seigneur, de laisser se calmer votre tourment car l'excès de ce chagrin m'effraie. Pensez à faire le bien, évitez la tentation du Malin. Des milliers d'hommes sont morts à cause de vous. Nous devons prier pour eux et demander à Dieu d'avoir pitié d'eux et de les préserver de l'Enfer. »

Maugis quitte Renaud et les siens et s'engage sur le vieux chemin qui le conduit à travers champs et prairies jusqu'à son ermitage qu'il ne voudra plus quitter. Tous les jours, il récite avec humilité les Heures[172] pour Renaud et les siens. Ainsi vécut-il saintement pendant sept ans avant de mourir le dimanche des Rameaux de la huitième année. Sa mort ne fut l'objet d'aucune manifestation de deuil particulière et elle demeura même ignorée de Renaud et de ses frères.

[*Pour les aventures des fils de Renaud, cf. préface, analyse (Le retour et ses difficultés), p. 15 (vv. 16597-17876).*]

Renaud revint tout droit à Montauban en compagnie de ses frères sans reproches. Ce fut un jour de fête que celui de leur retour et on y fit largesse sans compter.

Et quand Dieu fit tomber la nuit, tous se retirèrent pour se reposer. Comme les autres, Renaud regagna sa chambre, mais sa seule pensée était pour Dieu. A minuit, il se lève. A la perche qui servait de portemanteau, était suspendue une de ces tuniques qui se portent sur la cotte de mailles ; mais il se contente d'une cape où il s'enveloppe, dédaignant chemises et souliers. Il laisse également ses armes — hélas pour lui ! — prenant seulement un bâton pour se défendre des chiens. Puis il quitte la chambre qui, autrefois, avait été, sur ses ordres, entièrement tendue de tapisseries, et descend du corps de logis principal jusqu'à la porte sans rencontrer âme qui vive. Il ordonne au portier de lui ouvrir.

Et quand la porte fut ouverte, Renaud sortit.

A cette vue, le portier qui n'avait pas osé désobéir, s'étonne et supplie : « Où comptez-vous aller, seigneur ? Je vais réveiller vos frères et vos fils. Vous n'avez avec vous ni votre épée Froberge, ni Bayard votre cheval [173]. Vous êtes à la merci de n'importe quel homme armé à qui prendrait envie de vous tuer. Vos fils en deviendraient fous à coup sûr.

— Non, ami, j'ai confiance en Dieu et en Sa parole. Quand mes frères seront réveillés, tu les salueras de ma part ainsi que mes fils et tu leur transmettras ce message. Écoute bien : tu leur diras qu'ils doivent être soucieux de faire le bien, au nom du Dieu tout-puissant, et de vivre en paix entre eux sans querelle ni colère. Qu'ils tiennent leurs terres selon le partage que j'ai effectué. Ils ne me verront plus de leur vivant, car je vais travailler à sauver mon âme en menant une vie sans péché. Je ne compte plus les morts que j'ai sur la conscience ; aussi je dois accepter de souffrir beaucoup pour expier. Faire le salut de mon âme est tout ce que je demande. »

Il ôte alors de son doigt un bel anneau d'or fin et de grande valeur qu'il tend au portier : « Tiens, voilà pour toi. Tu m'as longuement et fidèlement servi, ce sera ta récompense.

— Merci beaucoup, seigneur. Mais quel chagrin ce sera pour votre terre et vos hommes ! Un tel bouleversement ! Quel malheur ! »

Les larmes lui coupent la parole ; il ne pourrait ajouter un mot pour tout l'or du monde.

Et Renaud s'en va le long du chemin. Le portier le suit du regard aussi longtemps qu'il peut ; une fois qu'il l'a perdu de vue, il s'effondre à terre, privé de sens. Quand il revient à lui, c'est pour donner libre cours à sa douleur et à ses larmes : « Hélas, mon Dieu, se lamente-t-il, où s'en va mon maître, misérablement habillé comme il est ? » Ce n'est qu'après avoir beaucoup pleuré qu'il rentre à l'intérieur de l'enceinte, fermant le guichet et la porte derrière lui. Puis il remonte l'escalier qui mène à sa loge et regarde l'anneau à la lumière de la lune, le soupesant au creux de sa main ; à le trouver si lourd, il reprend ses esprits. Le voilà rasséréné et content.

Renaud, lui, est dehors ; il s'en va, se hâtant par des chemins écartés, se dissimulant sous sa cape et sans lever la tête. Et il s'éloigne, laissant derrière lui foyer, frères, fils et toute sa maisonnée : Dieu devait l'en récompenser dignement.

Pendant ce temps-là, Yon, le noble jeune homme, s'était levé. Avec son oncle, habillé comme lui de vêtements neufs, il traverse la cour pour se rendre à la chapelle. Leur surprise de n'y pas voir Renaud qui avait l'habitude de venir entendre l'office de matines [174], leur fait craindre quelque malheur. Et, déjà, ils se prennent à pleurer : ils comptaient bien sur lui pourtant ! Le chapelain vient à eux du plus loin qu'il les aperçoit pour leur demander la raison du retard de Renaud.

« Ma foi, seigneur, dit Aalard, je pense qu'il est malade ou qu'il est retenu par un grave ennui. Allons voir ce qu'il a. »

Mais leur hâte est inutile, Renaud demeure introuvable. Aussitôt, ils s'inquiètent : « Sur mon âme, fait Richard, tous ses vêtements sont là, et ses souliers, son bouclier, son épée et sa lance. Et aussi son cheval : j'étais là quand on l'a bouchonné hier, je le reconnais bien. »

En réponse à leurs craintes, voilà qu'arrive le portier encore bouleversé : « Seigneurs, s'écrie-t-il sur un ton douloureux, Renaud est parti. Il a quitté le château hier soir à minuit en habit de pénitent. Il vous fait dire que vous devez, par amour pour Dieu, vous conduire loyalement et de façon conforme à l'honneur, les uns avec les autres. Que chacun garde sa part selon la répartition qu'il a faite. Il ne reviendra plus au pays : il est parti pour travailler au salut de son âme et il fera en sorte de n'être pas reconnu. Il m'a laissé cet anneau auquel il tenait beaucoup.

— Hélas ! font-ils, malheur à nous ! Nous avons perdu notre frère [175]. »

La peine les fait défaillir un moment et quand ils reviennent à eux c'est pour s'écrier : « Nous aurions bien dû nous en douter ; c'est pour cela qu'il se préoccupait tant de faire régner la paix entre nous. »

Mais, tandis qu'ils pleurent et se lamentent, Renaud s'en va la joie au cœur. Il est entré dans une forêt obscure et poursuit sa marche sans ralentir jusqu'au soir. Il se nourrit de pommes, de mûres et de nèfles dures qu'il absorbe en quantité, ainsi que des boutons de fleurs et d'alises, comme les bêtes des champs et des bois. Et quand Dieu a fait tomber la nuit, il se couche sous un arbre au milieu du bois noir. Mais, dès le lever du jour, il reprend sa route sans retard.

Renaud s'en va à pied par des sentiers qu'il ne connaît pas ; tout le jour il traverse bois et clairières, ne mangeant que des baies, ne buvant que de l'eau. Il lui faut une semaine, sous le couvert des sapins, pour quitter le pays ; alors il ne craint plus d'être reconnu.

A force de marcher, il arrive à Cologne. Dans l'église-cathédrale, celle qui est dédiée à saint Pierre, il va faire ses dévotions aux Rois mages [176] du fond du cœur. Jetant alors un regard au-dehors par le portail, il voit que tout un chantier de construction est en cours : nombreux sont les ouvriers à s'affairer autour de l'édifice, transportant avec peine, qui des pierres, qui de l'eau et du mortier. Cette vue lui donne une idée : « Avec l'aide de Dieu, notre Père céleste, je pourrai vivre et travailler ici. Assurément, qui veut se donner du mal pour l'amour du Tout-Puissant acquerra plus de mérites aux yeux de ce juste Juge en s'activant ainsi qu'en restant dans la forêt à bêcher la terre pour se nourrir. L'important n'est pas l'argent à gagner mais le salut de son âme qu'on a de bonnes chances de s'assurer. Je voudrais bien m'engager sur ce chantier si on m'y accepte. Je ne demanderai qu'un denier pour deux jours de travail, juste de quoi acheter assez de pain pour manger [177]. »

Devant lui, au pied du clocher, juste à la porte, se tenait le maître d'œuvre. Renaud va le trouver sans plus tarder, le saluant au nom de Dieu : « Que le Juge suprême vous ait en sa garde ! Je voudrais vous faire une proposition, maître. Je viens d'un autre pays et je suis sans ressources. Je vous aiderais si vous étiez d'accord. Je ne saurais pas poser les pierres d'aplomb, mais je peux les transporter, et aussi l'eau et le mortier : ce n'est pas la force qui me manque. »

Et le maître de lui répondre aussitôt poliment, car il était honnête et franc : « Vous ne semblez pas homme à vous effrayer de rien. Ne seriez-vous pas comte ou roi, plutôt que manœuvre ? Je ne peux vous payer comme un de ces rustres ; mais si tel est votre désir, vous travaillerez à la tâche. Je ne veux pas vous faire tort aux yeux de Dieu ni aux vôtres.

— Ce sera bien ainsi, dit Renaud.

— Inutile de vous mettre au travail ici : je vais m'en occuper avec les autres. Allez donc aider les quatre que vous voyez là-bas et qui ont posé par terre cette pierre qui était trop lourde pour eux. Ils ne feront plus rien, j'en suis sûr, tant qu'elle ne sera pas mise à sa place, là, sur l'autre.

— Venez-y avec moi s'il vous plaît : elle sera aussitôt à votre disposition — à moins que je ne m'endorme en route.

— Il y a tout le temps ; elle ne va pas s'envoler.

— Ce sera plus vite fait. »

Ces paroles mettent en joie le maître d'œuvre qui pense avoir affaire à un simple d'esprit. « Je suis bien tranquille, dit-il, je ne serai plus jamais pris de court.

— En effet, dit Renaud, du moment que je suis là. »

Il se débarrasse de sa cape en la jetant par terre et

s'approche de la pierre que les autres avaient abandonnée.

« S'il vous plaît, seigneurs, allez en chercher une autre au nom de Dieu, je me chargerai des deux.

— En voilà une qui est finie de tailler, ami ; prenez-la si vous voulez. »

Renaud place les deux pierres l'une sur l'autre et les soulève ; ainsi chargé, il monte sur l'échafaudage sans même ployer l'échine. Aussitôt les quolibets se mettent à fuser : « Quels bras de débardeur ! D'où vient ce phénomène ? De quel pays de rêve ? font les ouvriers. Seulement, il va nous gâcher le travail ! »

Voyant le mal qu'il se donne en montant la rampe, le maître trouve qu'il a sujet de se réjouir et multiplie les signes de croix jusqu'au moment où Renaud est arrivé à l'endroit où le mortier avait été étalé pour cimenter la pierre qui avait été taillée aux bonnes dimensions.

« Posez-la ici, à sa place.

— Volontiers, je vais le faire pour vous ; c'est bien normal. »

Et il la dépose auprès du maître d'œuvre avec beaucoup de précautions. Après quoi, un des maçons qui était passé maître en son art lui dit d'aller chercher du mortier car il en manquait depuis le matin.

« Volontiers », dit Renaud sans prendre le temps de souffler.

Il descend donc aussi vite qu'il peut jusqu'au bas de la rampe qui avait été soigneusement construite ; il y rencontre deux hommes occupés à transporter dans des baquets du mortier pour cimenter les pierres. Il les fait s'arrêter et poser leurs charges à terre : « Allez en chercher d'autre pour l'amour du vrai Dieu ; j'arriverai à porter le tout avec Son aide. »

Ce qu'il fait aussitôt sous les cris d'encouragement des maçons à qui il apporte tout le mortier qu'ils veulent.

« Faites-en bon usage, pour l'amour de Dieu, dit-il. Mais vous aurez beau faire et poser les pierres aussi vite que vous voudrez, je serai toujours capable de vous apporter tout ce dont vous aurez besoin. »

Ces paroles suscitent l'étonnement de tout le chantier. Renaud fait demi-tour, car maintenant ce sont les pierres qui manquent. Il en apporte tant qu'on veut, les entassant en haut. A cette vue, le maître d'œuvre ne peut s'empêcher de sursauter : « Sur mon salut, saint Pierre a là un fidèle digne de ce nom ! Par le vrai Dieu, il mérite un bon salaire : je le laisserai à sa discrétion.

— Je n'en abuserai pas, maître, fait le duc qui s'est avancé vers lui, j'en prends Jésus à témoin. »

Quand la journée de travail fut achevée, le maître d'œuvre, assis au pied d'un clocher, commença à distribuer la paie aux ouvriers qui défilaient devant lui un par un. Ceux qui touchaient le plus recevaient un denier. Puis c'est au tour de Renaud qu'il interpelle avec empressement : « Venez, mon ami, par saint Léger. Je ne suis pas convenu avec vous d'un salaire précis. Prenez ce que vous voulez ; je ne vous fixe pas de limite. »

Renaud s'avance et prend un denier.

« Ce n'est pas assez, dit le maître, prenez-en au moins six : je ne veux pas vous faire tort. Et, à partir de demain, vous en gagnerez douze régulièrement ; je n'ai jamais vu d'ouvrier aussi dur à la peine.

— Non, maître, je ne prendrai pas plus pour aujourd'hui, par tous les saints. Ce que je veux, c'est aller jusqu'au bout de mes forces et recevoir une aumône en échange, seulement de quoi manger. Je ne veux pas entendre parler de toucher davantage.

— Eh bien, soit, mon ami ! Vous ferez comme vous voulez, je ne m'y oppose pas. »

Une fois cela convenu, Renaud, après s'être contenté de pain pour dîner, se trouva un gîte en ville pour passer la nuit ; mais, dès le lever du soleil, il était sur le chantier. Comme il n'y avait encore personne d'autre que lui, il alla faire ses dévotions devant l'autel de saint Pierre et écouter la messe chantée par l'archevêque. Après l'office, les maçons arrivent pour se mettre au travail. Dès qu'ils sont installés en haut de leurs échafaudages, là où ils doivent poursuivre leur tâche, ils réclament après « l'ouvrier qui était capable de porter d'aussi lourds fardeaux ». Renaud, les entendant, s'approche pour leur demander s'ils ont besoin de pierres ou de mortier.

« Mais oui, mon ami, venez donc nous en apporter. »

Aussitôt, il se précipite avec la vitesse et la vigueur d'un sanglier pour apporter tout ce qu'on lui avait demandé.

Huit jours d'affilée, il met ainsi son corps à la peine, ne prenant qu'un denier pour déjeuner et dîner, ne mangeant que du pain, ne buvant que de l'eau de toute la journée : c'est là l'entière vérité. Dès qu'un des maçons n'avait plus de pierres, il avait vite fait de lui en porter. Tous appellent celui qu'on nomme « l'ouvrier de saint Pierre » ; les autres manœuvres n'ont plus rien à faire, ce qui a pour résultat de les mettre en colère. Réunis en groupe, ils discutent entre eux : « Par Dieu, il n'y en a plus que pour lui ; nous voilà sans travail pour ses beaux yeux ! Plus moyen de gagner un denier ! Engeance du diable ! Il suffit à la demande de tous les maçons ; à lui seul, il leur apporte à longueur de journée toutes les pierres dont ils ont besoin. »

Alors l'un d'eux fait une suggestion : « Si vous voulez m'aider, c'est un homme mort. Vous voyez ce renfoncement ? C'est dans ce coin qu'il a l'habitude de venir s'installer pour manger son pain comme s'il était en pénitence. Eh bien, on n'a qu'à se mettre là au-dessus ; moi, je m'avancerai par-derrière et je lui défoncerai le crâne d'un coup de marteau. Pendant ce temps-là, on aura aussi préparé un sac. D'accord ? On le mettra dedans pour qu'on ne le voie pas et on ira le jeter dans le Rhin. On chargera le sac sur un charreton qui aura l'air bien honnête et on le ramènera comme on fait tous les jours. Personne ne pourra prouver que c'est nous qui avons fait le coup. »

Et tous les bandits d'approuver la proposition de ce maudit traître. A l'heure du déjeuner, les maîtres maçons quittent le chantier pour aller manger. Mais les manœuvres — les brigands ! — préparent leurs marteaux et restent sur place. Ils s'allongent dans le renfoncement, bien cachés derrière des pierres. Renaud qui ne se doute de rien va s'asseoir dans son coin comme d'habitude. Alors, sûrs de leur fait, deux d'entre eux, marteaux en main, s'approchent par-derrière en silence, en vrais traîtres qu'ils sont — que Dieu les maudisse ! Et quand ils sont assez près, ils s'élancent sur lui pour le frapper, lui défonçant le crâne à coups de marteaux. Il s'écroule en avant, frappé à mort. Alors, les maudits, ils se saisissent du corps et le mettent dans un sac, faisant attention que rien ne dépasse. Puis ils se dépêchent d'aller manger chacun de son côté. Et voilà qu'ils reviennent au sac, le soulèvent et le placent bien recouvert sur un charreton. Ils s'attellent aux brancards avec ardeur pour aller jeter le cadavre dans le Rhin. Ils se dirigent sans hésiter — que Dieu les maudisse ! — du côté de la rive où ils ont l'habitude de se retrouver. Une fois sur place, ils saisissent rapidement le corps dont ils veulent se débarrasser et le mettent sur un bateau auquel ils font suivre un moment le fil de l'eau ; puis ils immergent le cadavre avant de regagner la berge et de faire demi-tour. Et quand le maître d'œuvre revient de manger, c'est pour voir arriver le charroi ; il se met à jurer qu'il est là juste au bon moment, qu'ils n'ont pas mis longtemps à déjeuner, que le jour est encore long et qu'ils n'ont plus qu'à se remettre aussitôt à l'ouvrage puisque le charroi est déjà à moitié acheminé.

« Vous voulez plaisanter, patron », font-ils.

Et lui s'étonne de les voir reprendre si vite le travail, tandis qu'ils l'interrogent, les traîtres, sur un ton de moquerie : « Où est l'ouvrier de saint Pierre, celui qui est arrivé par la route de Bar ? Il a filé sans demander son reste, il en avait assez. Il est parti par où il était arrivé.

— J'aimerais mieux vous voir tous aller au diable, jure le maître.

— Vous pouvez dire ce que vous voulez, patron, fait le perfide. Mais n'allez pas croire que nous ayons fait du mal à un homme qui travaillait pour vous ; ce n'est pas l'intérêt qui nous aurait retenus, mais la crainte du péché. »

Et ils se gardent d'insister, feignant l'indifférence.

Pendant ce temps, du fait des traîtres, le corps était dans l'eau. A force de tournoyer au hasard, il tomba au plus creux et au plus noir du lit du fleuve. Frémissant comme la flèche encochée, il allait s'ébranler et descendre au fil du courant. Mais alors, Dieu fit un miracle digne de s'inscrire dans toutes les mémoires : tous les poissons se rassemblèrent en troupe autour du corps. Sur une distance d'une lieue, il n'en manqua pas un de tous ceux qui avaient quelque force : telle est la volonté de Jésus. Ils convergèrent tous là où ils savaient qu'ils étaient attendus, les plus grands et les plus forts en tête. Et sur l'ordre de Dieu le Père, ils maintinrent le corps de Renaud immobile et le firent flotter entre deux eaux jusqu'à la nuit tombée. Alors ils le font émerger à la surface du fleuve et, par la volonté de Jésus, il se met à irradier une telle clarté que l'on aurait cru voir brûler clair trois cierges [178] ; et on entendait résonner le haut chant des anges qui célébraient un office digne de lui. La puissance de Dieu, Père et Rédempteur, émettait tout alentour un tel rayonnement de lumière que l'on croyait voir l'eau en feu. Toute la ville en est frappée de stupeur : hommes et femmes accourent pour contempler le prodige. Une procession se forme, guidée par l'archevêque qui marche derrière la statue de monseigneur saint Pierre. Le clergé le suit, chantant des cantiques. Ils s'arrêtent sur la berge qui domine la rivière, n'osant s'avancer davantage et regardant le corps qui flottait.

« Voilà une grande merveille, se disent-ils les uns

Miracles pour saint Renaud

aux autres. Quel est ce corps-là, dans l'eau, auquel Dieu manifeste un tel amour ? »

Et l'archevêque, en homme d'expérience, d'expliquer : « C'est celui d'un très saint marchand de très grande vertu, ou d'un prêtre, ou d'un moine, ou encore d'un pénitent. Dieu le Père tout-puissant l'aime tant qu'Il ne veut pas qu'il soit anéanti, cela est clair. Dépêchez-vous d'aller chercher un bateau. C'est la volonté de Dieu qui l'empêche de couler. »

Quand les anges eurent achevé de chanter l'office, les poissons se mirent aussitôt en branle. D'un seul mouvement, ils dirigent le corps vers la rive. A cette vue, le clergé s'étonne.

« Si Dieu, dit l'archevêque s'adressant au doyen Thibaud, fait tant pour ce corps, c'est à cause de la perfection de celui qui l'a animé. Voilà qu'il nous l'amène ; il n'y a plus qu'à tendre le bras. »

A cet instant, le sac touche la rive et l'archevêque s'avance pour le saisir, l'élevant dans ses bras. Alors, les poissons s'éloignèrent et la grande clarté s'éteignit ; alors les anges remontèrent vers Dieu. Dès que le cadavre eut touché terre, comme vous venez de me l'entendre raconter, l'archevêque s'empressa de déchirer le sac ; il contempla le corps martyrisé, la tête fracassée — certes un médecin n'aurait rien pu pour lui !

« Par saint Cyr, c'est l'ouvrier de saint Pierre, s'écrie-t-il, quel indigne forfait ! »

A ces mots, le maître d'œuvre s'avance et reconnaît l'homme, lui aussi ; le visage et le ton graves, il jure que ce sont ses ouvriers les coupables, car ils lui en voulaient. Il les regarde d'un air furieux. Leurs visages

Les quatre fils Aymon. 10.

reflétaient une douleur trop grande pour être dite. Il s'avance vers eux : « Fils de putes, salauds, maudits soyez-vous ! C'est vous qui l'avez tué et martyrisé. Si vous niez, je vous ferai changer de langage ! Et si vous voulez vous justifier, je suis prêt à faire la preuve de ce que je dis ! »

Les traîtres répondent aux paroles du maître maçon par des cris : « Pitié, au nom de Dieu ! Seigneurs, oui, c'est vrai, c'est nous qui l'avons tué. Nous nous en repentons et le regrettons. Nous méritons la corde ou l'écartèlement. »

L'archevêque les interpelle : « Non, vous ne serez pas mis à mort, je m'y oppose formellement. Ma volonté est que vous partiez en exil et que vous meniez une vie de repentir et de pénitence. »

Sans plus attendre, ils quittent la ville, cependant que le prélat fait transporter le corps du martyr dans l'église. Après la messe, quand le moment est venu de l'inhumer, les chapelains mettent leurs étoles et l'archevêque revêt ses ornements liturgiques, tandis qu'on prépare le cercueil. L'assemblée se forme en procession et entonne des cantiques. Quatre barons s'avancent pour procéder à la levée du corps, mais ils n'arrivent même pas à l'enlever du charreton, ce qui leur donne sujet de s'affliger car « ils comprennent bien, disent-ils, qu'ils ne sont pas dignes de le porter ». Et cependant qu'ils pleurent, le char se met en route par un miracle de Dieu qui souffrit la Passion, suivant la procession qui va devant. A cette vue, le clergé, touché aux larmes, rend grâce à Dieu.

Le char, donc, s'avance comme je viens de vous le raconter, précédé par le clergé. Une fois sortis de

Miracles pour saint Renaud

l'église, les prêtres se rangent en évidence autour de la tombe qui a été préparée avec grand soin. L'archevêque se tient juste au bord de la fosse que l'on s'était hâté de creuser, et de l'autre côté le doyen du chapitre. Ils avaient l'intention d'y enterrer le corps sanctifié, mais voilà que le char passe outre : le corps ne veut pas reposer là ; il passe au milieu du clergé sans que personne ose l'arrêter et poursuit son chemin par la grand-rue.

Ainsi il va son chemin.

A cette vue, la joie des prêtres fait place à la douleur, surtout chez les hommes d'âge.

« Je comprends ce que cela veut dire, seigneurs, déclare l'archevêque, nous avons là le corps d'un homme très saint et de grand parage. Il ne veut pas reposer parmi nous et cherche un autre endroit pour sa dernière demeure. Suivons-le pour voir où il ira. Je jure, par Dieu qui m'a fait à son image, de ne pas m'arrêter jusqu'au moment où je saurai le lieu dont il fera élection. »

A sa suite, tous les hommes de valeur et de sagesse se mettent en route : chevaliers et bourgeois abandonnant leurs foyers, demoiselles et dames qui n'ont que de pieuses pensées. Ils vont à la suite du corps sanctifié, laissant la grand-ville derrière eux et précédés par le clergé.

Ainsi le corps s'en va, il sort de Cologne suivi des bourgeois, des chevaliers et des chanoines, au milieu des cantiques entonnés par les prêtres.

Et le corps sanctifié s'en va tout droit vers Trémoigne. Le premier jour, il fait dix lieues avant de s'arrêter à côté d'une ville du nom de Ceoigne. De tout le pays jusque vers Embroigne accourent les malades, tous ceux qui sont atteints dans leur corps. Ils passent la nuit dans l'attente d'un miracle. Et le lendemain matin, à ce que dit la chronique, la puissance de Dieu se manifesta à nouveau : le corps sanctifié se remit en mouvement, reprenant la route. Et, fidèle à ses vœux, la foule le suivit. Qu'ajouter, seigneurs, pour l'amour de Dieu ? Après bien des jours, telle est la vérité, ils arrivèrent à Trémoigne : c'est là que l'histoire a été mise par écrit [179].

D'aussi loin qu'ils furent en vue des églises de la ville, toutes les cloches se mirent à carillonner. Les prêtres n'en croyaient pas leurs oreilles. La nouvelle se répandit par toute la cité et hommes et femmes se rassemblèrent pour se rendre compte de ce qui se passait : le miracle leur fit rendre grâce à Dieu et arracha à beaucoup des larmes d'émotion. A l'église Notre-Dame, deux archevêques expliquèrent à haute et intelligible voix à l'assemblée que le corps d'un saint arrivait — ils le précédaient de peu ; ils pouvaient assurer que c'était celui d'un homme et qu'il venait de Cologne, car ils l'avaient demandé. Ils ajoutèrent qu'il était escorté par un archevêque et des prêtres qui chantaient des cantiques et que le corps guérissait les malades sur son passage quand on réussissait à le toucher.

« Seigneurs, dit alors l'archevêque à ses prêtres, je vous en prie au nom de Dieu, mettons nos vêtements liturgiques et allons en procession au-devant de ce saint corps qui vient ainsi à nous : c'est à mon avis ce que nous pouvons faire de mieux. Il va s'arrêter ici, je vous en donne ma parole. C'est un signe que Dieu adresse à notre belle cité. Les cloches sonnent toutes seules, cela ne s'était jamais produit. Je pense que ce corps doit être celui de monseigneur Renaud qui avait disparu. Il a dû se faire tuer dans un bois par des brigands et il veut reposer au pays de son enfance. »

A ces mots, Aymonnet se précipite vers le prélat, ainsi que son frère Yonnet, et avec eux Aalard, Guichard et Richard, qui tous étaient venus à Trémoigne ce jeudi pour s'enquérir qui de leur père, qui de leur frère. Aalard est le premier à prendre la parole : « Oui, seigneur évêque, pour Dieu allons-y, le cœur me dit que vous avez raison. »

La procession s'ébranle, somptueusement ordonnée, accompagnée par les chants des prêtres qui donnent de la voix autant qu'ils peuvent. Tous sortent de la ville miraculeusement illuminée. La rencontre de la civière se fit non loin de l'enceinte. Aussitôt le char s'arrêta, tous ceux qui l'ont vu peuvent en témoigner : l'évêque s'en réjouit en son cœur. La bière était recouverte d'un tapis qu'il soulève sous les yeux des barons, puis il fend le suaire et, reconnaissant le corps, change de visage. Voyant qu'il a été tué, il relève aussitôt la tête pour s'écrier de toutes ses forces : « Comme ta vigueur t'a quittée, homme noble et de haut parage ! Hélas, Renaud ! c'est une dure journée que vous avez affrontée ! Par Dieu et Sa Mère honorée, comme il a dû être hardi celui qui vous a ainsi frappé à la tête, cher seigneur. S'il s'en ouvre à quelqu'un, il reconnaîtra sans doute qu'une pleine charretée d'or n'eût pas suffi à le décider ! »

Aymonnet se précipite à nouveau vers l'évêque, Aalard et Guichard sur ses talons. Sept fois de suite, les deux fils de Renaud défaillent sur le corps de leur père et sur le char qui le porte. Et ses frères en font autant : tous ceux qui l'ont vu peuvent en témoigner. Quand ils reviennent à eux, c'est pour laisser éclater l'immensité de leur douleur en se frappant les mains, en s'arrachant les cheveux. Dans les prés sous Trémoigne, il est grand le deuil que l'on mène pour Renaud. Tous ceux qui l'ont aimé crient leurs regrets. « Malheur sur vous, noble duc, votre valeur était sans pareille. Dieu ! Celui qui vous a fait cela m'a tué du même coup ! »

Et l'archevêque, de son côté, s'écrie : « C'est bien là Renaud, le vaillant et noble Renaud ! » Puis, s'approchant des amis du mort, il proclame à très haute voix : « Soyez fiers et heureux, barons, Renaud est saint, il est là-haut avec les anges et avec Dieu. »

Grand était le deuil que chacun menait pour Renaud. Yonnet s'avance et demande où l'on a trouvé son père et qui le leur a tué.

« Je vais vous le dire, ami, fait l'archevêque, et bien volontiers. Votre père est arrivé, il y a peu, à Cologne, habillé comme un pauvre homme. Je crois que c'est Dieu en personne qui l'a guidé jusqu'à l'église Saint-Pierre. Il y portait sur ses épaules les pierres et le mortier et ne prenait qu'un denier par jour pour acheter du pain : il ne voulait pas d'autre nourriture — et il ne buvait que de l'eau. Quand les manœuvres virent les charges qu'il portait, ils s'estimèrent lésés et en conçurent de la colère contre lui. Ils en vinrent donc à se dire qu'à travailler pour rien il allait les mettre sur la paille : " Il n'y en aura plus que pour lui. " Et c'est à cause de cette crainte qu'il leur inspirait qu'ils l'ont tué, les traîtres, mettant à profit pour ce faire le moment où il mangeait son pain à l'écart dans un renfoncement. Puis ils ont jeté son corps dans le Rhin. Mais ne vous méprenez pas, Dieu l'a favorisé d'un très beau miracle car tous les poissons du fleuve se sont rassemblés et l'ont maintenu immobile à la surface de l'eau. Il ne s'en est pas tenu là ; Il l'a aussi nimbé d'une grande clarté. Aussitôt, la nouvelle a circulé dans toute la ville et c'est moi qui ai tiré le corps de l'eau avec l'aide du doyen. Les meurtriers ont avoué leur crime, mais d'un commun accord nous les avons laissés aller. Le corps a été placé sur cette charrette et acheminé jusqu'à l'église. Et, après la messe, le char s'est mis en mouvement de lui-même — il est sorti de l'église sans que personne ose l'arrêter. Nous l'avons suivi pour savoir ce qui allait en advenir. Tous les malades qui le touchent sont aussitôt guéris et repartent en bonne santé : je n'ai pas vu une seule exception. Et voilà qu'il a fait halte ici ; j'ignore s'il y restera. »

La nouvelle de tous ces miracles que Dieu accomplissait à l'évidence pour Renaud apporte joie et réconfort aux barons. Ils prennent possession du corps qui dégageait un merveilleux parfum[180] et le font porter à l'église Notre-Dame où il repose dans une châsse depuis lors comme on le sait. Et on parle de « saint Renaud » qui reçut le martyre. Prions donc le Dieu pour Qui il mourut d'étendre sur nous Sa puissance afin que nous ne perdions pas nos âmes par la ruse du démon.

Ici s'achève l'histoire de Renaud et de ses prouesses. Ses fils lui succédèrent à la tête de ses fiefs et de l'ensemble de ses terres ; mais ils lui survécurent peu de temps. Ils eurent à soutenir de durs combats contre les païens et ne s'inclinèrent jamais. Cependant l'amitié qu'ils avaient les uns pour les autres ne laissait place à aucune animosité : jamais on ne vit entente si parfaite.

Paix et amour, tel est le dernier mot de mon histoire.

PROBLÈMES DE TRADUCTION

FAUT-IL TRADUIRE ? OU DU FRANÇAIS AU FRANÇAIS

Oui, il faut traduire, sous peine de ne pas pouvoir donner à lire et sauf à récuser le terme de traduction pour ce qui est passage d'un état de langue à un autre état de la même langue.

On sait au reste qu'un écart quantitatif peut, à se creuser, devenir différence qualitative. Il est bien clair que, pour le lecteur français actuel, fût-il passé par le collège, le lycée et même l'Université (hors le cas d'études spécialisées en la matière), l'ancien français est une *autre* langue, une langue, osons le mot scandaleux, étrangère. « Pourquoi n'écrit-il pas en français ? » nous demandent nos élèves confrontés à Rabelais ou à Montaigne, qui écrivaient pourtant trois ou quatre cents ans après nos vieux auteurs de chansons de geste. Lors de la sortie du film d'Éric Rohmer, tourné à partir du *Perceval* de Chrétien de Troyes, et dont le texte parlé était constitué par une adaptation écrite par Rohmer lui-même, il y eut nombre de critiques pour s'extasier qu'un cinéaste appartînt à cette « poignée d'érudits » encore capables de « déchiffrer » un état aussi ancien de la langue française. Ces réactions sont révélatrices jusque dans les inexactitudes d'information sur lesquelles elles reposent. Le français du XIIe et du XIIIe siècle, certains textes de ces époques en tout cas, pourraient bien poser moins de problèmes au lecteur contemporain que beaucoup des écrits du XVIe siècle. Et, bien sûr, la « poignée d'érudits » comprend quelques milliers d'étudiants et de professeurs. Les passionnés de littérature et de civilisation médiévales que nous sommes aimeraient certes que fussent plus nombreux ceux qui s'aventureront dans un retour aux textes eux-mêmes — et ils pensent que, des bancs (vieux langage) des écoles aux éditions bilingues, il y a des cadres pour cela. Ils pensent aussi qu'il n'y a aucune raison de refuser le contact avec les œuvres du Moyen Age à tous ceux qui ne veulent pas ou ne peuvent pas faire cet effort. Et même qu'il leur revient, à eux qui l'ont effectué, d'en faire profiter les autres, comme eux-mêmes demandent quotidiennement de leur fournir une médiation comparable à ceux qui leur donnent accès à Dante, à Dostoïevski ou à Faulkner.

QUE TRADUIRE? OU DU DOUBLE AU SIMPLE

Il faut tout traduire, dit le moderne. Foin des morceaux choisis et des textes tronqués — donc suspects d'être édulcorés, orientés, déformés, appauvris, etc. Cet impératif, qui repose sur la conception d'un texte intangible, infrangible, dont un auteur unique est le seul responsable, aurait bien surpris les gens du Moyen Age qui ne connaissent pas *un* texte, mais *des états* du texte, et pour qui « trouvère » ne veut pas dire « propriétaire », ni « jongleur » (seulement) « interprète ». Celui qui « trouve », c'est-à-dire qui met en œuvre la « matière » (le sujet, l'histoire), le « sen » (la signification) et la « conjointure » (l'écriture), peut être ou non le récitant (le lecteur, le mime, le « chanteur »). Mais de toute façon, ce dernier s'adresse à un public devant qui il récite, représente, une œuvre en perpétuelle « mouvance », d'une séance l'autre. Le « jongleur », diffuseur de l'œuvre, a ceci de commun avec le diffuseur contemporain — l'éditeur — qu'il se doit d'être attentif au public — qu'on le pense en termes de lois du marché, de « créneau rentable », ou de nourriture, vêtement, argent peut-être, reçus (ou non) à la fin de la représentation. D'un jongleur l'autre, d'un public l'autre, d'une récitation l'autre, le détail du récit peut varier, mais aussi la longueur des épisodes, voire leur nombre, selon que les auditeurs manifestent leur lassitude ou, au contraire, « en redemandent ».

C'est ainsi que la très longue version médiévale des *Quatre Fils Aymon* a dû se mettre en deux pour le lecteur du XXe siècle, et ses quelque dix-huit mille vers se ramener aux neuf mille susceptibles de tenir dans un espace de trois cents pages, une fois transposés en prose française contemporaine. Ce n'est qu'une version de plus de l'histoire qui en a connu bien d'autres depuis le XIIIe siècle.

Cependant, puisque le texte support de la traduction est le poème du XIIIe siècle dont nous avons donné le résumé (pp. 8-15), reste à expliquer comment ont été faits ces choix réducteurs.

Problèmes de traduction

Trois épisodes ont été entièrement supprimés (I, IX et X dans la nomenclature précitée), c'est-à-dire plus de quatre mille vers. Ils ont en commun de s'écarter du sujet fondamental du poème qui est le récit du long conflit opposant l'empereur Charles aux quatre fils Aymon, et particulièrement à Renaud, qui est le héros éponyme de la chanson dans l'intitulé médiéval : *Renaud de Montauban*.

Le premier de ces épisodes sert à la fois de prologue et en quelque sorte de « prospective » à l'ensemble de la chanson (même si, comme on peut le conjecturer, il a été écrit après coup). Il raconte un conflit armé, opposant l'empereur à un de ses vassaux : c'est une esquisse du sujet qui va être plus longuement développé ensuite, bien que les responsabilités y apparaissent comme différemment réparties entre les deux camps aux prises. Renaud et ses frères n'y figurent pas : question d'âge, puisque le héros féodal y est un de leurs oncles, si le souverain est déjà Charlemagne.

Le deuxième de ces épisodes se situe après la conclusion de la paix entre Charles et Renaud, et il narre le pèlerinage auquel l'empereur contraint le héros. Le caractère épique est donné au passage par le récit des combats contre les Sarrasins, dans lesquels Renaud et son compagnon Maugis s'illustrent. L'auteur peut ainsi introduire dans son poème un des thèmes fondamentaux de l'épopée médiévale : la lutte des chrétiens, défenseurs du vrai Dieu, contre les Sarrasins, sectateurs détestables voire diaboliques de Mahomet — sujet qui n'avait point trouvé place jusque-là dans sa « matière ». Mais l'épisode demeure marginal par rapport au propos central ; de plus, il est traité sur un mode allègre et pittoresque qui lui donne une tonalité plus proche de celle du roman d'aventure que de l'épopée proprement dite.

Le troisième épisode est celui du retour de Renaud en France après son pèlerinage ; nous n'en avons gardé que le récit de la douleur du héros apprenant la mort de sa femme, parce que celle-ci occupe une place relativement importante dans l'économie générale de la chanson. Pour le reste, il s'agit d'un passage de transition : les héros en sont les fils de Renaud, non leur père ; leur histoire s'inspire des péripéties tant du prologue que de la suite du poème, mais trouve une issue heureuse qui permet à l'auteur d'en venir à ce qui l'intéresse : la pénitence et la mort de Renaud.

Les quatre mille cinq cents vers restant à supprimer l'ont été à partir d'un examen plus détaillé du texte, et nous dirons comment en essayant de répondre à la question :

COMMENT TRADUIRE ?

Les mots et les choses.

Tout traducteur d'un texte ancien est confronté au problème de l'archaïsme ou du modernisme dans le choix des termes. Soucieux à la fois de se faire comprendre de son lecteur en lui évitant un recours aux dictionnaires (sinon, il manquerait à sa tâche de traducteur puisqu'une partie de son travail resterait à faire par quelqu'un d'autre) et de ne pas trahir l'aspect spécifique — en particulier situé dans l'histoire, donc révolu et différent — de son texte (car il trahirait à nouveau son rôle puisqu'il induirait son lecteur en erreur), il est souvent acculé à faire le moins mauvais choix possible, ou ce qui lui paraît tel, faute de pouvoir faire le bon.

Prenons l'exemple des armes qui jouent un rôle évidemment important dans cette histoire de guerres et de guerriers.

Les armes offensives paraissent ne pas poser de problème. Lance, épieu, épée : le français moderne d'usage courant a conservé les trois mots. *Mais* l'épée médiévale, lourde et massive, qui se manie souvent à deux mains (ce que les textes ne font pas apparaître), ne ressemble que de loin à la légère arme d'escrime avec laquelle les romans de cape et d'épée d'Alexandre Dumas et de Paul Féval nous ont familiarisés. Il faudra donc un certain temps au lecteur pour remarquer des différences : par exemple, qu'avec cette épée on frappe de taille mais pas d'estoc. *Mais* l'épieu médiéval est tout autre chose que le gros bâton épointé qui l'assimile à peu près au « pieu », voire que l'arme servant à tuer le sanglier dans la chasse à courre. C'est en fait une lance dont la hampe est plus courte et plus robuste, mais dont le maniement est identique. Alors, faut-il traduire par « lance », ce qui serait moins inexact, somme toute, à cause des images suggérées par ce terme à la conscience du lecteur ? Impossible : un passage du poème repose précisément sur la distinction « lance-épieu » (ou plus exactement « espié » qui est la forme ancienne), en soulignant combien l'épieu, arme plus lourde, est plus dangereuse pour l'adversaire ; le choix de l'une ou de l'autre arme par le combattant, dans un duel convenu d'avance, est donc le reflet du caractère acharné ou plus formel que les adversaires veulent donner à leur affrontement. Bref, s'il évite le dictionnaire, le lecteur se verra proposer une note.

Les armes défensives, heaume, haubert, écu (ou targe), paraissent, elles, appeler nécessairement une traduction, même si les dictionnaires d'usage courant, comme le *Petit Robert,* ne les ignorent pas. Donc l'écu (ou la targe) deviendra bouclier, le haubert, cuirasse (ou cotte de mailles, car le terme nous paraît clair de lui-même dans le contexte où il est employé), et le heaume, casque. Mais ce dernier équivalent fait problème à son tour. En effet, nous comprenons les mots « bouclier » ou « cuirasse » mais ils désignent des objets qui ont disparu de la vie quotidienne ; ils renvoient donc bien à une réalité qui n'est pas celle de notre monde. Au contraire, les pompiers, de façon limitée, et, d'une façon générale et plus récente, les conducteurs de deux-roues ont gardé puis développé à l'époque contemporaine l'usage de la chose et du mot. Alors va-t-on bannir « casque » en jugeant que son association avec la mobylette lui a ôté tout caractère militaire ? Ou bien l'utiliser en pensant au contraire qu'à son port, les chevaucheurs de « gros-cubes » se sont doués de quelque prestige chevaleresque et héroïque ?

Bref, comme on le voit, traduire c'est réécrire. Et c'est ce travail de réécriture qui nous a surtout intéressés. Nous avons essayé de faire comprendre immédiatement au lecteur ce qu'il lit, mais en même temps de lui rendre sensible tout ce qui, dans l'univers épique, l'écarte de son monde à lui. Il trouvera donc des « barons », des « vassaux », des « cottes de mailles », comme il rencontrera des gestes, des attitudes mentales qui ne sont pas non plus les siens. Nous avons voulu garder perceptible, jusque dans le détail du vocabulaire concret, l'évidence que les héros épiques du XIIIe siècle ne sont pas des personnages du XXe, ni à plus forte raison des personnes de ce siècle.

Le rythme et le ton.

Nous proposons au lecteur une version en prose d'un texte écrit en vers. C'est formellement la différence la plus importante : on y perd le rythme des hémistiches et des alexandrins, les effets d'assonances et de rimes, (presque) tout ce qui rapproche du chant le poème épique. Des tentatives de traductions en vers ont été faites pour d'autres chansons de geste ; mais, en ce cas, ou bien les contraintes prosodiques et métriques entraînent à s'éloigner trop du détail du texte, ou bien on est amené à utiliser des vers non rimés voire libres, et le système, plus proche de l'anglais que du français, participe à la limite peu à ce que nous sommes habitués à considérer comme les marques de l'écriture poétique.

Il faut donc donner aux phrases des rythmes qui leur soient propres et fassent avancer le récit à ces allures cavalières, du pas de parade au galop effréné, qui sont celles de la narration épique. Nous n'avons pas l'outrecuidance de penser y être toujours parvenus, mais nous l'avons chaque fois essayé.

La lecture contemporaine, oculaire, solitaire et intellectuelle, n'a pas grand-chose à voir avec la « lecture » médiévale ou plutôt avec ce qui en tient lieu dans le cas des chansons de geste : le jongleur récite, mime, psalmodie le texte devant un auditoire : acte public et collectif où l'oreille est la plus sollicitée, représentation et spectacle aussi ; interviennent avant tout les sons. Le retour en arrière est impossible, l'anticipation aussi — sauf précisément si le texte l'inclut en une adresse à l'auditeur qui tente de le captiver par avance : « Vous allez entendre, seigneurs, le récit de la longue guerre qui mit aux prises l'empereur Charles... »

On a donc un texte conçu en vue d'une diffusion orale ou qui, lorsque, les décennies passant, celle-ci tend à prendre l'aspect d'une simple lecture à haute voix, continue de « faire comme si ». Texte volontiers répétitif par nécessité nous dirions « pédagogique » : il faut répéter les choses deux, voire trois fois sous peine, littéralement et dans tous les sens du mot, de n'être pas « entendu ». Notre mode de lecture, sensible aux effets répétitifs proprement littéraires (et l'épopée en use volontiers aussi pour se donner une allure de chant solennel), ne supporte plus guère ceux que l'oreille était seule à exiger.

Quant aux alexandrins, ils ne sont pas le vers narratif habituel du Moyen Age, comme la tradition poétique à partir du XVIe siècle nous y a accoutumés. On pratiquait l'octosyllabe et le décasyllabe, et on y était plus habile qu'au maniement de ce vers plus long, donc, à nos yeux, plus apte à épouser le rythme varié de la narration. Aussi, reconnaissons que le recours aux chevilles est fréquent dans notre poème. Lorsqu'un personnage prend Dieu ou ses saints à témoin de ce qu'il dit, la raison profonde en est souvent le besoin de l'auteur d'aligner ses douze syllabes, plus que celui du personnage de trouver un garant fondé à son discours.

C'est dans ces retranchements de détail, ainsi que dans la suppression de quelques brefs épisodes, dont le résumé est inséré dans la traduction, que nous avons trouvé matière à réduction du texte dans les limites convenues. Les puristes de l'intégral en prendront mal leur parti. Toute la tradition médiévale ne comprendrait même pas qu'il y eût là matière à discussion.

La chanson des *Quatre Fils Aymon* n'existe pas. Le Moyen Age ne connaissait que *des* chansons des *Quatre Fils Aymon*. A notre tour, nous en proposons une.

NOTES

Page 45.

1. *Prologue :* cette entrée en matière se rencontre, à quelques variantes près, en tête de nombreuses chansons de geste.

Elle s'ouvre sur une adresse, vraie ou supposée, au public : diffusée oralement à l'origine, c'est-à-dire récitée, déclamée, par les jongleurs, dans les châteaux, mais aussi dans les foires et les marchés, en présence d'auditeurs qui pouvaient être nombreux, l'épopée sera, plus tard, à l'instar du roman, lue dans des groupes plus restreints, voire par des personnes isolées conformément à une pratique qui attendra encore plusieurs siècles avant de devenir l'usage courant. Pendant longtemps, les auteurs garderont cependant l'habitude, à l'intérieur de leurs œuvres, par souci d'archaïsme, de cette antiquité qui fait autorité, de s'adresser à un public d'auditeurs et non de lecteurs.

Elle affirme la valeur conjointe de l'histoire et de l'œuvre, censée retenir l'attention du public. Et pour cela, elle se réfère plus à la « vérité » de l'histoire, c'est-à-dire à sa fidélité au réel, qu'à l'art du conteur. Mais, bien sûr, cette prétention à l'historicité, ou plutôt à l'authenticité, est, le plus souvent, controuvée — comme nous l'avons déjà dit à propos même des *Quatre Fils Aymon*.

Pour le lecteur actuel, en tout cas, la chanson de geste a plus à voir avec l'imaginaire du féodalisme qu'avec sa réalité événementielle. C'est même là son intérêt propre d'être poème plus que document.
N.B. Préalablement à l'histoire des quatre fils Aymon, la chanson raconte celle de Beuve d'Aygremont leur oncle. Sur cet épisode, cf. la préface.

2. *Dordone :* fief d'Aymon, non localisé, et qui n'a rien à voir avec la rivière Dordogne. La géographie épique mêle des notations réalistes (dans ce poème : Bordeaux, Toulouse, Paris) et d'autres qui touchent à l'imaginaire.

3. *Cour :* un grand seigneur — l'empereur en particulier — réunissait périodiquement sa cour, c'est-à-dire l'ensemble de ses vassaux, pour discuter des affaires politiques, administratives, juridiques et militaires. Cette réunion est également l'occasion de fêtes et de réjouissances.

D'autre part la renommée du seigneur s'étend aux jeunes gens qui sont à son service. Aymon a donc raison de vouloir attacher ses fils à la personne de l'empereur. Inversement, l'empereur accroît sa puissance et sa gloire en armant chevaliers des hommes qui l'assisteront de leurs armes et de leurs conseils et qui lui prêteront hommage comme vassaux.

4. *Charles :* cet empereur Charles, appelé parfois *li magnes*, c'est-à-dire « le grand » dans la chanson, c'est le Charlemagne de l'histoire, au moins pour le nom (que nous emploierons parfois dans la traduction), sinon pour les faits racontés.

5. *Sept :* ce nombre (cf. également les quatre cents chevaliers qui viennent d'être mentionnés et les quatorze archevêques qui vont l'être) n'a pas une valeur descriptive, mais hyperbolique : il ne veut pas dire « sept » (« quatre cents » ou « quatorze »), mais « beaucoup ». De façon encore plus évidente, les forces armées aux prises dans les chansons de geste sont volontairement appréciées à l'aune de ce qui signifie en fait l'innombrable ; de même, le nombre des adversaires tués par les protagonistes ou les rapports de forces (un contre vingt, un contre cent) des troupes en présence. L'usage de notre auteur restera généralement en deçà de cette démesure.

Certains nombres peuvent d'autre part avoir une valeur symbolique qui leur est conférée par la tradition (trois, sept, douze, etc.).

Page 46.

6. Le terme médiéval *ire* ne désigne pas uniquement la colère, mais beaucoup plus largement toute émotion intense d'un registre pénible. Ce sera donc tout à la fois et intimement interpénétrées : la colère, la tristesse, la douleur morale, parfois même l'angoisse. *Corroz* (le courroux) recouvre un espace analogue, allant du chagrin violent à la colère en passant par l'indignation. D'où, notre double traduction : *deuil et colère*. Le champ sémantique de l'*ire* et du *corroz* s'oppose d'une manière générale à celui de la joie.

7. *Perron :* bloc de pierre qui sert de marchepied pour monter à cheval ou en descendre ; il en subsiste un certain nombre dans les vieilles rues de nos villes.

8. *Trône : maistre dois,* dit le texte. C'est le siège d'honneur de la salle, en principe surmonté d'un dais.

9. L'attitude des deux hommes indique bien ce qu'est le lien

vassalique : lien d'homme à homme — hommage —, car l'épopée médiévale connaît le titre d'empereur, mais se représente d'abord celui qui le porte comme le seigneur de vassaux plus nombreux et plus puissants. La position déférente de Renaud marque le respect dû à un supérieur dans la hiérarchie sociale et politique. Le geste de Charles montre que la relation est établie entre deux hommes de même classe : deux chevaliers. Le baiser sur la bouche (*osculum*) est un rite symbolique de la cérémonie d'hommage.

10. Au Moyen Age, politique et religieux, profane et sacré interfèrent constamment. Les grandes fêtes religieuses (ici : Noël ; mais la Pentecôte est plus souvent mentionnée comme date où l'on adoubait les jeunes gens) constituent des cadres tout indiqués pour des solennités sociales. D'ailleurs le mélange est encore plus intime puisque le rituel de l'adoubement incluait des éléments religieux qui deviendront de plus en plus importants à partir du XIIIe siècle.

Page 47.

11. *Le fils Aymon* : nous gardons la tournure ancienne, au lieu du moderne : fils d'Aymon, parce que l'histoire littéraire l'a conservée dans l'intitulé du poème.

12. *Vassal* : employé comme apostrophe, s'adresse à un homme noble et rappelle implicitement les valeurs (force, courage, loyauté) qui sont celles de l'univers féodal et chevaleresque.

13. *Haubert* : à cette époque, il s'agit d'une cotte de mailles souple qui se portait par-dessus un vêtement rembourré (le *gamboison*). Dans la suite du texte, nous emploierons les termes demeurés plus familiers de *cotte de mailles* ou de *cuirasse*. Cf. problèmes de traduction, pp. 302-303.

14. *Heaume* : le casque protège non seulement le crâne, mais aussi une partie du visage. Il est fixé par un lacet. Dans la suite du texte, nous emploierons le terme moderne de *casque*.

Page 48.

15. *Épée* : arme distinctive du chevalier. Il faut avoir été adoubé pour avoir le droit de l'utiliser en bataille.

16. *Colée* : rite symbolique le plus marquant de l'adoubement, c'est-à-dire du cérémonial qui fait du jeune homme un chevalier ; la remise de l'épée, des autres armes, des éperons, fait aussi partie du rituel. Tout le déroulement de la cérémonie met bien en valeur l'accueil du jeune homme dans la collectivité des chevaliers, qui est aussi celle des adultes. Le prestige est accru par la personnalité éminente des « parrains » de Renaud. L'aspect religieux est présent dans l'adresse au nouveau chevalier prononcée par le roi Salomon —

un laïque, notons-le. Car le clergé n'intervient pas. Il n'est pas question non plus de veillée d'armes passée en prière, ni d'épée déposée sur l'autel : l'adoubement n'est pas encore ici ce « huitième sacrement » dont parlera Léon Gautier (*La Chevalerie*, Palmé, 1884).

17. *Fidélité-Loyauté* : après le courage, qui va de soi, la fidélité, en particulier la fidélité à la parole donnée, est une des valeurs essentielles de l'univers féodal et chevaleresque. Cela est normal puisque nous nous trouvons dans une société peu institutionnalisée, où les relations d'homme à homme jouent un rôle fondamental, et où elles sont régies non par l'écrit (le contrat), mais par la parole (le serment). L'hommage du vassal à son seigneur en est l'élément de départ. Dans la suite de la chanson, on en verra constamment l'importance : c'est parce qu'Aymon est lié à Charlemagne par un engagement de cette sorte qu'il n'osera pas, ensuite, lui refuser le serment qui le contraint à pourchasser ses fils, serment qu'à son tour il ne se résignera jamais à rétracter.

18. *Bayard, un cheval-fée* : dans l'épopée médiévale, les chevaux merveilleux ne sont pas rares. Ainsi Clinevent, le cheval de Gaydon, peut-il porter deux chevaliers en armes toute une journée sans transpirer ou nager pendant deux ou trois lieues à la vitesse d'un cerf à la course (*Gaydon*, vv. 1211-1217); ainsi Broiefort, le cheval d'Ogier, sait-il se battre ou réveiller son maître en cas de danger (*La Chevalerie Ogier de Danemarche*, éd. Eusebi, vv. 5484-5490 et 5755-5769), tout comme le fait Marchepui, le cheval de Galien le Restoré (*Galiens li Restorés*, éd. Stengel, laisse CXIV). Cependant Bayard joue un rôle si constant et si exceptionnel dans *Les Quatre Fils Aymon* qu'il en devient un personnage à part entière. Nous laissons au lecteur le plaisir de découvrir ses dons et ses exploits

19. *Écu* : bouclier (c'est le terme que nous emploierons dans la suite du texte) dont le centre est marqué par la *boucle* qui a donné son nom moderne à cette arme défensive. Au repos, on le porte accroché au cou par une courroie. Au combat, on le tient de la main gauche, celle qui ne porte pas l'épée ou la lance, par une poignée fixée au revers.

20. *Pentecôte* : cf. supra n. 10. L'auteur avait d'abord parlé de Noël; ici il est question de la Pentecôte, petite inadvertance de sa part.

21. *Épieu* : variété plus courte et plus massive de la lance et qui est considérée comme plus redoutable. Cf. duel entre Renaud et Roland,

Mais guerpisse l'espié por la nostre amisté,
Et si prenge une lance, si voist a lui joster. (vv. 9089-9090.) (Voir tout le duel, pp. 88 sqq.)

22. *Français* : ils ne sont qu'un des peuples de l'Empire. Leur terre d'origine correspond à une partie de l'actuelle Ile-de-France.

Mais ils jouent dans l'épopée un rôle disproportionné avec leur nombre ; ils sont souvent présentés, en particulier dans *La Chanson de Roland,* comme les hommes les plus dévoués et les plus courageux de l'empereur.

23. *Quintaine :* ce jeu est à la fois un entraînement au combat et une activité sportive de divertissement. La quintaine est constituée d'un mannequin mobile revêtu des armes défensives habituelles du chevalier (casque, cotte de mailles, bouclier) qui est placé sur un piquet fiché en terre. L'exercice consiste à l'atteindre de la lance à partir d'un cheval au galop. Un coup assez fort et bien centré permet — c'est l'idéal — de renverser le mannequin après l'avoir transpercé. Si au contraire le coup dérape ou frappe latéralement la quintaine, celle-ci tourne sur son axe et la force centrifuge entraîne une masse suspendue par une corde, ou un bâton, qui vient frapper par-derrière le chevalier maladroit.

24. « Qui avait un cœur de lion », dit exactement le texte. La vaillance n'est-elle pas l'apanage du chevalier... et du roi des animaux ? L'histoire quasi contemporaine a connu, on le sait, un roi d'Angleterre surnommé « Cœur-de-Lion » qui, lui aussi, s'appelait Richard (1157-1199).

Page 49.

25. *Sénéchal :* c'est le personnage le plus important de la cour après le roi. Il est à la fois chef des armées, « chef du protocole » et responsable de l'administration du palais.

26. *Largesse :* une autre valeur fondamentale de l'univers féodal et chevaleresque dans lequel la richesse est considérée comme bonne *ou* mauvaise selon l'usage qu'on en fait : mauvaise si elle aboutit à la thésaurisation, bonne si on remet en circulation les biens acquis. Il ne s'agit pas de charité : les présents mentionnés ici s'adressent en première ligne à d'autres chevaliers, non à des pauvres. Il ne s'agit pas non plus de redistribution au sens économique et moderne du terme : le but n'est pas d'arriver à une égalisation des fortunes. Cependant, on voit souvent les grands feudataires donner, on les voit rarement recevoir — sauf de leur seigneur-empereur. Plus que d'un système de don/contre-don, à l'instar de nombreuses civilisations primitives, il s'agit ici, pour le puissant, de montrer à la fois sa richesse et sa générosité. Le Moyen Age finissant gardera l'aspect ostentatoire de ces prestations, oubliant progressivement la considération des bénéficiaires. On trouvera des systèmes en partie comparables aussi bien dans l'*Iliade* que dans le potlatch des Indiens d'Amérique du Nord.

27. *Vair et gris :* « Le vair provenait d'un petit animal assez semblable à notre écureuil, vivant dans les climats septentrionaux,

dont le dos est gris et le ventre blanc. Quand on n'employait que le dos, la fourrure était désignée simplement sous le nom de gris » (Eugène Viollet-le-Duc, *Dictionnaire raisonné du mobilier français*, Paris, 1858-1875, t. III, p. 382).

Page 50.

28. *Repas :* on a là le menu type des repas de fêtes seigneuriaux. Alimentation essentiellement carnée, fondée sur le gibier tué dans les forêts voisines (la chasse est privilège seigneurial). Le pain est coupé en tranches épaisses sur lesquelles les convives posent les morceaux de viande puisés aux plats de service. Le vin est souvent servi « nouveau » — les techniques de vinification permettaient moins qu'aujourd'hui une longue garde. Quant aux épices, en plus de celles que l'on pouvait trouver sur place, les Croisades en firent connaître d'autres à l'Occident qui en raffola.

On est évidemment loin, avec ces agapes, de l'alimentation quotidienne du paysan où la bouillie de farine, les fèves, les légumes de la saison et le pain avaient le premier rôle.

29. *Échecs :* venu d'Orient, le jeu d'échecs était très prisé dans la classe chevaleresque, il faisait partie de l'éducation mondaine du jeune noble. Ce jeu de stratégie représente un bon équivalent des combats dans lesquels les adversaires se mesurent en duel avec d'autres armes. On ne sera donc pas surpris de voir qu'ici — et dans plusieurs autres chansons de geste — il est le point de départ d'une querelle entre deux jeunes gens, qui va entraîner mort d'homme et surtout un interminable conflit militaire. (Cf. Pierre Jonin, « La partie d'échecs dans l'épopée médiévale », *Mélanges... Jean Frappier,* Genève, 1970, t. I, pp. 483-497.)

30. Allusion au guet-apens tendu par Charles à Beuve d'Aygremont, cf. préface, p. 8.

Page 51.

31. Le refus de l'empereur constitue un véritable déni de justice ; de plus le coup reçu fait de Renaud la victime d'un acte d'agression ; enfin l'usage du gant pour porter le coup lui confère une gravité particulière, car cet objet est le symbole de la puissance impériale.

Page 52.

32. *Fées :* la présence merveilleuse de fées au défilé des Espaux n'est pas en contradiction avec le caractère d'histoire véridique attribué à la chanson dans ses premiers vers. Le merveilleux fait partie de la réalité. Ainsi Bayard est-il un cheval-fée. Ainsi rencontrera-t-on bientôt un magicien, Maugis, qui est cousin des quatre fils Aymon.

Page 53.

33. *Destrier :* on distingue le *destrier* ou cheval de combat, le *sommier* ou cheval de bât (cf. bête de somme), le *palefroi* ou cheval de parade, que l'on monte aussi pour voyager.

34. *Bondin :* un objet particulièrement précieux peut porter un nom propre : l'épée de Roland s'appelle Durendal, celle de Charles Joyeuse, celle d'Ogier Courtain. On peut rappeler à ce propos qu'est resté bien vivant l'usage de « baptiser » les navires ainsi que certains aéronefs.

35. *Saint-Jacques en Galice :* Saint-Jacques-de-Compostelle était un des pèlerinages les plus fréquentés de la chrétienté médiévale.

Page 54.

36. Description traditionnelle et stéréotypée d'un coup mortel dans l'évocation de l'affrontement entre deux combattants.

37. Description traditionnelle et stéréotypée par accumulation d'une mêlée.

Page 55.

38. Dans la double mention de l'épée au « poinçon sarrasin » et du cheval arabe appartenant au traître Hervé, il ne faut pas voir une parenté spirituelle possible entre ce personnage négatif et l'univers musulman traître au vrai Dieu dans la perspective de la chanson de geste. Le Moyen Age occidental et chrétien reconnaît de la valeur à certaines des productions de l'Orient islamique (chevaux et armes en particulier) ; il est souvent aussi fait mention des qualités de bâtisseurs et de médecins des Arabes dans l'épopée (cf. Paul Bancourt, *Les Musulmans dans les chansons de geste du cycle du Roi,* 2 vol., Aix-en-Provence, 1982).

39. *Tour de guet :* il s'agit d'une des deux tours qui commandent l'entrée de la citadelle. Pour introduire le visiteur — qui est à cheval — le poste de garde ouvre « la porte devers le pont major » (v. 2601) et non la petite poterne latérale qui commande une simple passerelle (il faudrait alors que le visiteur mît préalablement pied à terre).

Page 56.

40. Sur les fortifications médiévales, voir Eugène Viollet-le-Duc, *Dictionnaire raisonné de l'architecture française du XIe au XVIe siècle,* Paris, 1854-1868 ; ou plus simplement José Federico Fino, *Forteresses de la France médiévale,* Picard, 1970 ; Liliane et Fred Funcken, *Le Costume, l'armure et les armes au temps de la chevalerie (du VIIIe au XVe siècle),* Casterman, Tournai, 1977. Sur la bretèche, cf. n. 86.

41. *L'empereur de Rome :* dans l'imaginaire politique médiéval,

l'Empire est unique; il recouvre, en la christianisant, l'antique *romanitas* et Charles était l'homme prédestiné à accomplir cette unification. Cf. dans les siècles ultérieurs la notion de Saint Empire *romain* germanique.

42. Même s'il y a les fées et les enchanteurs, c'est le merveilleux chrétien qui est le plus présent dans l'épopée médiévale. Très souvent, il s'affirme tout en gardant une discrétion certaine : l'intervention de Dieu ne bouleverse qu'exceptionnellement le cours des choses humaines et naturelles; en règle générale, elle l'utilise, parfois jusque dans ses détails quotidiens : ici, la distraction des palefreniers quelque peu pris de boisson et la liberté d'aller et venir laissée par eux à un cheval.

Page 59.

43. *Écartelé :* c'est, rigoureux et exemplaire, le supplice qui est aussi réservé au traître Ganelon dans *La Chanson de Roland.*

44. *Cendres dispersées au vent :* le châtiment du traître inclut le refus de l'inhumation, devenue impossible, en terre chrétienne et peut-être même un empêchement rédhibitoire à la résurrection de la chair.

45. *Mesure :* le héros épique va d'affrontement en affrontement. A ce constant renchérissement par rapport à lui-même et aux autres, le vice qui le menace est l'orgueil — que les Grecs appelaient *hybris* — et que les textes médiévaux désignent par les termes de *desmesure, folie, oltrage,* etc. Le héros démesuré est celui qui perd conscience de ses limites d'homme, limites physiques mais aussi spirituelles. Il peut être celui qui refuse de reconnaître sa défaite, celui qui dénie son droit à autrui, à la limite celui qui maudit Dieu. Cette démarche mène logiquement à la mort. Le héros positif est au contraire celui qui sait « mesure garder ». Sur la mise en œuvre du thème dans *Les Quatre Fils Aymon,* cf. préface, thèmes et personnages, pp. 20 sqq.

Page 61.

46. On a là une réaction typique du héros épique tourné vers l'action. Cependant, celle de Renaud est elle aussi caractéristique de la sensibilité épique qui est très violente et contrastée, dans l'attendrissement comme dans la colère. Ces héros forts pleurent souvent et vont jusqu'à perdre conscience sous l'effet du chagrin : le lecteur en rencontrera de nombreux exemples dans *Les Quatre Fils Aymon.* Ces manifestations extérieures de douleur sont toujours présentées comme correspondant à un sentiment profond et sincère, elles servent donc à qualifier le héros de façon positive puisqu'elles dénotent sa sensibilité. La maîtrise de l'émotion comme règle de conduite, l'idée qu'un sentiment qui s'extériorise par trop risque

d'être superficiel sont des marques de l'éducation classique complètement étrangères aux mentalités médiévales. La seule limite mise aux sentiments et à l'expression de la douleur, c'est qu'il ne doit pas y avoir renoncement à la vie : l'émotion de Renaud devant Montessor saccagée le qualifie comme héros positif ; il perdrait cette qualité en se laissant aller au désespoir. Aalard a donc pour charge de le ramener « du côté de la vie ». De la même façon, dans *La Chanson de Roland*, la douleur de Charlemagne sur le corps de Roland le qualifie comme héros positif ; mais il cesserait de l'être s'il en oubliait, pour pleurer, ce qu'il peut et doit faire : non seulement enterrer les morts, mais les venger. Ses barons se chargeront de le lui rappeler (cf. Paul Rousset, « Recherches sur l'émotivité à l'époque romane », in *Cahiers de civilisation médiévale*, Poitiers, 1959, fasc. 1, pp. 53-67).

47. *Tentes et pavillons* : le texte dit *paveillon* et *tref*. Il y avait bien au Moyen Age plusieurs types de tentes ; les termes employés, étant pratiquement synonymes, ne permettent pas d'être plus précis.

Page 63.

48. *Olivier* : arbre traditionnel (avec le pin) de l'épopée médiévale... sous toutes les latitudes.

Page 65.

49. L'épopée montre à plusieurs reprises ce type de situation : un chevalier âgé en conflit avec ses fils par fidélité vassalique à l'empereur, alors que ceux-ci, en révolte, ont cependant le droit pour eux (cf. par exemple : Naime opposé à Bertrand et Richier, ses fils, dans *Gaydon*, vv. 9478 sqq.).

L'attitude d'Aymon est critiquée, on le verra, par ses fils (selon Renaud, c'est en les combattant comme il le fait qu'il s'expose à la damnation : point de vue donc diamétralement opposé à celui d'Hermenfroi) et par la majorité des barons de l'empereur (en particulier les douze Pairs) qui pèseront de tout leur poids militaire et politique en faveur de la paix, parce qu'ils considèrent que Charlemagne n'a pas le droit pour lui dans le conflit qui l'oppose à Renaud.

D'après l'éclairage donné aux héros aux prises, on voit que le point de vue de l'auteur est bien celui des féodaux : si, au cours du premier âge féodal, le lien féodo-vassalique était considéré comme le plus fort de tous (Aymon est un représentant de la vieille génération), les choses évoluent ensuite : au XIIe siècle, les vassaux revendiquent plus d'autonomie. La solidarité avec le lignage rivalise avec la fidélité due au seigneur. Et la notion de justice — et plus seulement de légalité — est prise en compte. Aymon reviendra d'ailleurs sur son intransigeance par la suite en adoptant une attitude non exempte de casuistique (vv. 3667 sqq.) et en venant même matériellement en aide à ses fils lors du siège de Montauban.

Page 69.

50. *Reliques :* le serment, dans l'épopée médiévale, est toujours prononcé sur des reliques. Il a valeur de *preuve* au sens juridique du terme ; une éventuelle ordalie subséquente ne sert qu'à en confirmer l'exactitude ou à détecter le faux serment.

51. *Conseil :* pas plus que le pouvoir du seigneur, celui du roi n'est absolu. Le vassal a devoir de « conseil » à l'égard de son seigneur-roi... Mais celui-ci a le devoir d'écouter les avis donnés. L'auteur de *La Chanson de Roland* loue Charlemagne de conformer son action aux conseils donnés par ses barons. Dans *Les Quatre Fils Aymon*, il sera blâmé de n'en pas tenir compte. Au demeurant, les conseillers du roi sont aussi les chefs de ses armées. Leur pouvoir n'est donc pas seulement consultatif. Le public féodal des chansons de geste trouve dans cette représentation des rapports entre roi et feudataire une défense de son rôle politique.

52. *Hommage :* cf. n. 17, 31 et 133. Cf. aussi l'article « féodalité » (rédigé par Georges Duby) dans l'*Encyclopaedia Universalis,* vol. VI, pp. 1012-1014.

Page 71.

53. La consommation de viande de cheval n'est pas pratiquée « normalement » avant le XIXe siècle. C'est donc une pensée désespérée que veut exprimer l'auteur. On peut signaler qu'au cours du siège de Montauban, Renaud et les siens tueront effectivement les chevaux pour les manger.

Page 72.

54. *Été, Hiver :* dans l'usage courant du Moyen Âge, on n'envisage que deux saisons : l'été, c'est-à-dire la belle saison, et l'hiver c'est-à-dire la mauvaise saison. Cf. *infra* vv. 3310-3312 :
Cf. infra vv. 3310-3312 :

> *Ce fu el moiz de Mai qu'est entrés li estés,*
> *Que les oiseillons chantent el parfont bos ramés*
> *Et foillisent cil bos et verdoient cil prés.*

Cf. Charles d'Orléans :

> *Yver vous n'estes qu'un villain*
> *Esté est plaisant et gentil*
> *En tesmoing de May et d'Avril*
> *Qui l'accompaignent soir et matin.*

Page 75.

55. L'attitude des quatre frères n'est pas aberrante en ce qu'elle correspond à une forme usuelle (du moins en littérature) de l'hospitalité médiévale. Un autre exemple sera fourni plus loin lorsque Maugis, incognito et en habit de pèlerin, entrera dans la grande salle de Montauban.

56. Les relations mère-fils ne constituent pas un thème fréquent dans les chansons de geste, mais, quand il se rencontre, on ne peut qu'être frappé par la force du personnage de la mère (cf. *Raoul de Cambrai*).

La mère sert ici de contrepoids au personnage du père. On a déjà vu la tendresse qui unit dame Aye à ses enfants : elle les accueille et les conseille quand ils fuient la cour de l'empereur ; et c'est pour la revoir qu'ils sortent de la forêt d'Ardenne.

Nous aurons une émouvante scène de reconnaissance dont le pathétique ne doit pas faire oublier un autre aspect : la liberté de décision et d'action dont la femme fait preuve à l'égard de son mari et que celui-ci ne discute pas. En désaccord avec lui, elle hébergera ses enfants, les équipera de neuf. Aymon, pour rester fidèle à son serment à l'empereur, voudra ignorer tout cela. Mais c'est bien la seule chose qu'il puisse faire car Dame Aye ne songe nullement ni à lui demander ce qu'elle doit faire ni à aligner son attitude sur celle de son mari.

Si Aymon incarne, dans ces scènes, une légalité que ses fils contestent en lui opposant ce qu'eux considèrent comme la légitimité de leur cause, Aye représente encore un autre système de valeurs. Elle ne se demande pas si ses fils ont raison ou tort sur le plan de la loi et de la justice. Et d'ailleurs, avant même de les avoir reconnus, elle voit en eux des malheureux à secourir. Comme chez Homère ou dans la tragédie grecque le suppliant se voit constitué en dignité par sa misère même. C'est une femme qui a charge d'élargir ainsi la notion de « service » telle que les féodaux pouvaient l'entendre : ici la largesse n'a plus seulement comme point d'application les chevaliers ni même les « pauvres chevaliers », mais tout simplement les pauvres. Cf. aussi n. 64.

Page 76.

57. *Cicatrice :* procédé traditionnel de reconnaissance qui trouvera de multiples avatars dans la suite de la littérature, en particulier dans le roman (variantes : la marque de naissance et « la croix de ma mère »). Pour un autre exemple, cf. la reconnaissance de Maugis par Renaud.

Page 77.

58. *Claret :* c'est un vin sucré au miel dans lequel ont macéré des plantes aromatiques.

Page 79.

59. La foi et la piété ne font pas mauvais ménage avec un solide anticléricalisme de la part de chevaliers qui ont tendance à ne mesurer le mérite qu'en termes de valeur physique et de prouesses.

Page 80.

60. *Pied de terre :* il s'agit évidemment de la mesure de surface.

Page 81.

61. *Jardin :* « verger », dit le texte : mais, même si on y trouve des arbres fruitiers, il s'agit aussi d'un « jardin d'agrément » comme on dira plus tard.

Page 82.

62. *Bain :* le Moyen Âge ignore beaucoup moins les soins de propreté corporelle que les époques ultérieures, malgré ce qu'on croit parfois. Ici, le bain s'impose à l'évidence car Renaud et ses frères ne se sont pas lavés depuis longtemps, mais il est d'usage courant de l'offrir à l'hôte, pour le reposer de sa chevauchée, avant de l'inviter à se restaurer.

63. *Chemisse et blanche braies lor done a grant plantés*
     Et chauces de paile brun et solers botonés
     Et peliçons hermins et bliaus gironés
     Et molt riches mentiaus lor a sus afublés (vv. 3620-3623).

Chemise : vêtement dont l'usage correspond sensiblement à la chemise (sous-vêtement) contemporaine ; elle pouvait être richement décorée ou plissée ; elle s'enfilait par la tête comme une chasuble mais comportait des manches.

Braies : vêtement intermédiaire entre le caleçon et le pantalon ; tantôt long, tantôt court ; tantôt large (un peu à la manière des culottes de zouave), tantôt serré. En fait sa forme semble dépendre en partie du reste de l'habillement : présence ou absence de chausses, de bliaut, etc.

Chausses : vêtement du pied et de la jambe (cf. chaussettes, chaussons), elles pouvaient être de différents matériaux : drap, laine, soie. Elles pouvaient comporter une semelle de cuir. Leur longueur était variable ; elles pouvaient même monter au-dessus du genou.

Solers botonés : ce sont les chaussures. Le terme *soler*, s'il est employé dans son sens le plus restrictif, ce qui n'est pas assuré, laisserait entendre qu'il s'agit de chaussures recouvertes de tissu (par opposition à *cordoan* qui désignerait plutôt la chaussure en peau, souvent de chèvre, selon la mode de Cordoue). Les souliers sont ici — peut-être seulement pour la rime — pourvus d'une bride « boutonnée ».

Peliçon hermin : vêtement de dessus, à l'origine en peau, comme son nom l'indique, il reste un vêtement chaud. Ici, la doublure d'hermine lui donne un aspect de luxe.

Bliaut : le bliaut est une tunique longue qui se porte sur la robe. Sa forme a été largement tributaire des changements de mode pendant le XIIe et le XIIIe siècle (avec ou sans manches, taillé en chasuble ou en justaucorps, porté ample ou ajusté, ou ceinturé, etc.). L'adjectif *gironé*, c'est-à-dire « fendu sur le côté », n'indique pas seulement une élégance ou une mode, mais aussi une commodité qui donne plus d'ampleur et de souplesse, pour monter à cheval par exemple.

Mantel : vêtement d'apparat de la noblesse, sa forme le rapproche de la cape (ou chape), en ce qu'il est une pièce de tissu généralement semi-circulaire que l'on fixe *(afublé)* sur l'épaule ou la poitrine. Mais la cape est un vêtement de voyage ou un vêtement religieux.

Ici, Aye, qui a *donné* les autres vêtements à ses fils, pose elle-même les manteaux sur leurs épaules. Le geste n'est pas sans signification : la dame a une tendre vénération pour ses fils et marque implicitement ainsi qu'ils sont vraiment de grands seigneurs et non des bannis.

Page 83.

64. Les exemples de grandes dames prenant des initiatives militaires ne sont pas exceptionnels ; le plus célèbre est celui de Guibourc qui, pendant une campagne fort meurtrière de son époux Guillaume, organise la défense de leur ville, Orange, et lui rassemble une armée de renfort (cf. *Chanson de Guillaume* et *Aliscans*).

65. *Belle saison* : nous avons ici une *reverdie*, c'est-à-dire la description traditionnelle et stéréotypée du retour du printemps. Le mot servit même à désigner un genre lyrique en poésie. Mais stéréotype ne veut pas dire absence de sensibilité : ce qui permet de le constituer est au contraire une sensibilité commune qui autorise une expression sur laquelle tout le monde s'entend. L'homme médiéval, plus aguerri que nous au mauvais temps et aux intempéries, y est aussi infiniment plus exposé. Le retour du beau temps (mai, pour les trouvères et le Nord de la France ; plutôt avril, pour les troubadours et le Midi) est donc un moment très important de l'année. Le lecteur aura déjà remarqué qu'on arme les jeunes gens chevaliers à la Pentecôte. Ce n'est qu'un exemple parmi d'autres.

Page 84.

66. *Forêt d'Ardenne :* « Pour le trouvère, il n'y a plus qu'une forêt, celle d'Ardenne où les fils Aymon ont tant souffert. Elle s'étend d'un bout à l'autre de la France. C'était déjà le séjour des fées et Shakespeare y placera la scène des fantaisies de *Comme il vous plaira* » (Castets, éd. cit., note pp. 417-418 sur le v. 4085). De même, dans les romans de la Table Ronde, la forêt de Brocéliande connaît des localisations multiples.

67. *Fleuves :* pour nous, la Dordogne et la Garonne confluent au Bec d'Ambez et forment la Gironde. Pour l'auteur des *Quatre Fils Aymon*, la Garonne et la Gironde sont deux fleuves différents dont la relation n'est pas clairement précisée. Plus tard dans le récit, il sera aussi question de la Dordogne à propos de ce site.

68. Il s'agit du logement habituel de Renaud à Bordeaux, soit qu'il y possède une demeure, soit qu'un autre chevalier ou un bourgeois l'héberge habituellement.

Page 85.

69. *Marc :* c'est une somme considérable. Le marc est une mesure de poids qui vaut huit onces. Au XIIe siècle, selon les régions, le marc oscillait entre 215 grammes (à Bordeaux) et 244 grammes (marc parisis). Philippe-Auguste tenta de normaliser les unités monétaires et « le marc parisis l'emporta sur les autres mesures de métal précieux » (cf. *Encyclopaedia Universalis*, vol. XIX, p. 1206 c, s.v. « marc »).

Page 86.

70. Probablement saint Jacques.

71. *Montauban :* Renaud vient de dire que ses frères et lui-même étaient des étrangers :

Jo ving ici aubaines *jo et tote ma gent* (v. 4191).

Il faut donc comprendre *Montauban* comme le *Mont des Étrangers*. Le roi Yon fait en quelque sorte un jeu d'étymologie populaire.

Voici d'autre part l'explication toponymique proposée par le *Dictionnaire étymologique des noms de lieux en France* d'Albert Dauzat et Charles Rostaing (Larousse, 1963, p. 472) : « Montauban, Drôme (*de Monte Albano*, 1267) ; H.-Gar. ; ch.-l. dép. T.-et-G. (*Montalba*, 1144) : le lat. *albanus*, blanc, plutôt que l'anc. prov. *alban*, hobereau, oiseau de proie ; ce type, p.-ê. sous l'influence des chansons de geste, a été transféré dans le Nord : Montauban, Somme (*Montauban*, 1186) ; M.-de-Bretagne, cant. I.-et-V. »

Note sur la traduction : le droit d'*aubaine* permettait au roi d'hériter des étrangers résidant dans le royaume et décédant sans laisser d'héritier. D'où le moderne « aubaine », au sens de profit qu'on n'attendait pas et dont on se réjouit. Nous avons à notre tour utilisé ce sens du terme pour garder, approximativement, le jeu de mots de Yon.

Page 88.

72. Le songe, et particulièrement le songe animalier, est un motif fréquent dans l'épopée. Outre son caractère poétique et romanesque, il permet d'annoncer un événement futur (songe prémonitoire) et, partant, de réveiller la curiosité du public, ou d'influer sur la conduite d'un personnage (ici, le roi Yon obéit tout de suite à la suggestion du songe). Il est donc l'auxiliaire du destin, plus qu'un moyen de se prémunir contre la fatalité (cf. ci-après le songe d'Aélis concernant la trahison dont Renaud va être la victime à Vaucouleurs).

Le caractère obscur du songe impose habituellement son interprétation par un sage ou un clerc. Dans la mesure où le songe peut être considéré comme envoyé par Dieu, il n'est pas aberrant que l'interprète soit un homme d'Église.

73. La réserve de Renaud est de bon aloi. Membre d'un lignage, il ne peut pas prendre une décision de cette importance sans avoir pris « conseil » de ses plus proches parents. Le père serait évidemment le premier à être consulté si la situation avec lui n'était pas conflictuelle.

Page 89.

74. *Mariage d'Aélis :* certes, le fiancé lui plaît — et c'est bien la moindre des choses puisqu'il est le héros de la chanson. Il n'en reste pas moins qu'il lui est moins proposé qu'imposé. De ces deux données, la première touche au romanesque de l'histoire, l'autre est sans doute plus significative des réalités de l'Histoire — comme l'est aussi la raison pour laquelle Renaud accepte (car lui non plus ne choisit pas) : Aélis est « le plus beau parti du pays ». D'amour, au sens contemporain du mot, il n'est pas question.

A ce Renaud, tout joyeux d'épouser la sœur du roi, s'oppose une Aélis plongée dans sa rêverie amoureuse. On retrouve là un schéma épique : la jeune fille est représentée comme éprise du héros avant que la réciproque ne devienne (généralement) vraie ; c'est une façon de mettre en valeur le personnage masculin, centre de toutes les attentions, n'éprouvant pas le premier cette forme du besoin de l'autre qu'est l'amour.

Les quatre fils Aymon. 11.

Page 90.

75. *Jongleur :* la notation confirme la générosité de Renaud. Mais elle est aussi une façon traditionnelle pour le jongleur récitant le poème de faire appel à la libéralité de son public qui est censé avoir à cœur de suivre un aussi illustre exemple.

Page 92.

76. Le roi Yon passe en revue toutes les raisons qui doivent l'empêcher d'obtempérer aux ordres de Charles : ici, aux qualités personnelles de Renaud s'ajoutent les liens de parenté (Renaud est le beau-frère de Yon) et les liens féodo-vassaliques (le seigneur doit protection à son vassal).

77. *Il n'est plus mon seigneur :* à plusieurs reprises au cours du poème, Renaud fera des propositions de paix à l'empereur. Les refus de ce dernier amèneront chaque fois le fils Aymon à réaffirmer que l'empereur se met ainsi, de plus en plus, dans son tort. Dans cette insistance à proclamer symétriquement son bon droit, on peut lire le souci objectif d'un héros positif, mais aussi la hantise que sa révolte, si justifiée soit-elle (au point d'être une lutte à laquelle il est en fait contraint), pourrait ne pas être entièrement juste : Renaud a bien du mal à se considérer comme dégagé de toute obligation vis-à-vis de son premier seigneur — et il ne mettra jamais à exécution la menace énoncée ici qui équivaudrait à le déposséder de son royaume. La chanson de *Raoul de Cambrai* présente un conflit identique, mais dans lequel le seigneur n'est pas en même temps empereur.

Page 94.

78. *Roland :* certains personnages particulièrement célèbres se retrouvent d'une chanson de geste à l'autre, tel le héros de *La Chanson de Roland* que l'on voit ici très jeune puisqu'il n'est pas encore armé chevalier. Cela n'empêche évidemment pas *Les Quatre Fils Aymon* d'être postérieur d'environ un siècle à *La Chanson de Roland* : la chronologie de la vie des héros n'a rien à voir avec celle de la production des œuvres.

Page 95.

79. *Allemagne :* plus exactement : de Saxe. Allusion à la campagne « poétique » de l'empereur contre les Saxons, présentés comme des Sarrasins (c'est-à-dire des musulmans), racontée dans *La Chanson des Saisnes* composée par Jean Bodel. Dans l'histoire, Charlemagne fit de nombreuses campagnes contre les Saxons qui étaient païens. Mais, dans les chansons de geste, qui dit païen, dit Sarrasin.

Page 97.

80. *Ceux qui n'ont pas encore été faits chevaliers :* de façon comparable, dans *Aymeri de Narbonne,* Charlemagne propose en vain la conquête de la ville à tous ses principaux barons qui excipent des fatigues d'une longue campagne pour refuser. Seul le *jeune* Aymeri acceptera. Une autre scène de refus du même ordre se rencontre dans *Gui de Bourgogne.* Mais, dans *Les Quatre Fils Aymon,* la vraie raison est que les barons désapprouvent le nouveau projet de l'empereur qu'ils estiment injuste. On voit donc comment l'auteur, tout en utilisant des motifs stéréotypés, les renouvelle par l'usage qu'il en fait (cf. n. 137).

81. *Que Dieu le bénisse :* les interventions de l'auteur sont souvent des prises de position personnelles de celui-ci, qui n'hésite pas à dire à quel parti va sa sympathie.

82. *Dordogne :* c'est la première fois que l'auteur mentionne cette rivière. Jusqu'alors, il avait seulement été question de la Garonne et de la Gironde (cf. n. 67).

Page 99.

83. *Couronne :* l'empereur en avait donc plus d'une.

84. *Barbe et moustaches :* le système pileux, associé à l'idée de force virile (cf. l'histoire du Samson biblique dont la force herculéenne réside dans la chevelure), peut l'être, par un transfert facile à comprendre, à celle de puissance politique : on sait que, chez les Mérovingiens, l'homme à qui on avait rasé barbe et moustaches et qu'on avait tondu ne pouvait plus prétendre régner.

Dans la chanson de *Floovant,* le jeune héros, fils du roi, est banni longuement de la cour pour avoir osé couper les moustaches à son précepteur.

Page 100.

85. *Deniers :* la livre vaut vingt sous. Le sou vaut douze deniers (cf. le système monétaire britannique avant l'introduction de la réforme décimale, système instauré outre-Manche par Henri II Plantagenêt). Une oie vaut donc soixante deniers, soit trois fois plus qu'une poule. Cf. Guy Fourquin, *Histoire économique de l'Occident médiéval,* Armand Colin, coll. U, 1969, pp. 50-51, 181.

Page 101.

86. *Bretèches :* parties de fortification en surplomb de la muraille à certains endroits plus vulnérables (une porte par exemple) ou placées de loin en loin comme points d'appui et permettant les tirs (et les jets de pierres) verticaux vers le pied de la muraille.

Page 102.

87. *Machines de siège :*
— *Engien :* machine de siège (terme assez général).
— *Pierrière :* machine à jeter des boulets de pierre avec un bras rigide dont l'élan est obtenu soit par effet de ressort (un peu à la manière d'un arc), soit par un balancier faisant contrepoids.
— *Mangonnel :* catapulte ; sorte de fronde à contrepoids pouvant projeter une pierre d'une trentaine de kilogrammes jusqu'à deux cents mètres.

88. *Lignage :* terme médiéval servant à désigner l'ensemble des personnes appartenant à une même famille en y comprenant non seulement le couple et les enfants, mais les oncles, neveux, cousins même éloignés, etc. Le lignage constitue une communauté à laquelle on a un très vif sentiment d'appartenance. Chacun de ses membres est non seulement lui-même, mais le fils, le frère, l'oncle, le neveu,... de tels et tels.

Page 105.

89. *Saint Denis mon protecteur :* c'est dans la basilique qui lui est dédiée (dans la commune encore actuellement nommée Saint-Denis) que les rois de France ont été enterrés jusqu'à la Révolution.

Page 106.

90. Cf. le dénouement de la chanson.

91. *Miracle :* deuxième type de miracle dont fait état la chanson ; ici, le merveilleux revêt, exceptionnellement, un aspect spectaculaire.

92. *Lire :* Charlemagne sait lire ; Aélis, la femme de Renaud, sait lire et écrire (v. 4285, pp. 88-89). Chez les laïcs, cela est encore assez rare pour qu'on le signale. Le roi Yon lui-même ne sait pas lire : il doit faire appel à un chapelain pour déchiffrer le message de Charlemagne. On notera qu'il n'y a pas nécessairement une supériorité des hommes en la matière.

93. *L'or de Perse :* l'Orient est le lieu de beaucoup de rêves et de prestiges — dont celui de la richesse. Dans cette vision, entrent en ligne de compte la juste appréciation d'une civilisation plus raffinée que celle de l'Occident à la même époque et une imagination qui, exotisme aidant, construit un Orient mythique, sorte d'Eldorado ou de Paradis perdu.

Page 107.

94. Seul passage du poème où Charlemagne, sans toutefois remettre en cause le bien-fondé de son action, en regrette par avance

les conséquences et cherche à se donner bonne conscience en rejetant la responsabilité sur un tiers. Contrairement à une vision manichéenne de l'épopée, ses personnages ne sont pas toujours simples.

Page 108.

95. L'importance du serment et de la parole donnée dans la civilisation médiévale (cf. n. 17, 31 et 52) a pour corollaire l'existence de pratiques tendant à limiter la portée de l'engagement pris. Pratiques évidemment non autorisées par les lois, mais dont les mentalités s'accommodaient.

Par exemple, Ogier fait ici ce que nous appellerions une « restriction mentale » pour adapter son serment à ses sentiments. Ce type de situation est souvent exploité par la littérature, soit qu'il y ait comme ici supplément confidentiel au serment, soit qu'il y ait ambiguïté proprement dite dans les termes : l'exemple le plus célèbre est le serment que prononce Yseut devant les cours réunies du roi Arthur et du roi Marc pour se justifier de l'accusation d'adultère portée contre elle.

Dans la réalité, diverses procédures ou formules ont été prévues dans les textes juridiques pour empêcher la pratique du serment déguisé, en particulier lorsqu'il s'agit de serments préalables à un duel judiciaire.

96. *Blois :* si la rime n'était pas en -ois, c'est évidemment une autre ville qui serait nommée.

Page 109.

97. *Frise :* il est né en Frise, donc il parle et écrit mal notre langue.

Page 110.

98. *Judas :* dans la théologie chrétienne, c'est pour avoir désespéré du pardon de Dieu que Judas est damné. Dans les chansons de geste, qui reflètent les mentalités féodales, il l'est pour avoir trahi le Christ. Dans cette société où la plupart des rapports économiques, sociaux et politiques reposent sur la parole donnée, la trahison paraît être la faute irrémissible dans la mesure où elle mine à la base l'organisation des communautés.

Page 113.

99. *Duc :* au Moyen Age, les titres nobiliaires ne sont pas encore entièrement fixés. Ainsi, Renaud peut être appelé aussi bien duc que comte.

Page 114.

100. *Chemise :* habit que le pénitent revêt par esprit de mortification et afin de témoigner publiquement de son repentir.

101. *Neige sur glace :* images stéréotypées servant à évoquer la beauté féminine. On les rencontre fréquemment dans la poésie lyrique.

102. *Les douze Pairs :* d'une chanson à l'autre, leurs noms peuvent varier, si leur nombre reste fixe et rappelle celui des apôtres. Ils sont les principaux chefs de guerre de Charlemagne et ses conseillers les plus écoutés.

Page 115.

103. *Arbre du Pèlerin :* allusion demeurée obscure.

Page 116.

104. *Qui croit aux rêves renie Dieu :* la réflexion de Renaud est atypique dans les chansons de geste. Cependant, la formulation selon laquelle « songe n'est que mensonge » est également connue du Moyen Age. Et l'Église ne pouvait que condamner l'oniromancie comme les autres formes de divination (mais cf. aussi n. 72).

Page 117.

105. *Lit :* on couchait souvent à plusieurs dans le même lit.

Page 118.

106. *Rote, viele, psaltérion :* à partir du XIIe siècle, *rote* et *cithare* désignent généralement le même type d'instruments à cordes tendues sur un cadre dont la forme peut varier (triangulaire, courbe, trapézoïdale) et touchées avec un plectre.

Le *psaltérion* comporte des cordes tendues sur une table percée d'ouïes ou sur une caisse de résonance. Les formes courbes prédominent ; le musicien utilise aussi un plectre.

Enfin, il existe deux sortes de *vieles :* l'une est un instrument à cordes frottées par un archet, comportant, aux XIIe et XIIIe siècles, de trois à cinq cordes ; l'autre, instrument plus populaire, est une *viele à roue*.

Page 119.

107. *En mer :* il s'agit du lac de Tibériade, parfois appelé : mer de Tibériade : « Post haec abiit Iesus trans *mare Galileae* quod est *Tiberiadis* » (Jean, VI, 1, texte de la Vulgate).

La conversion de Paul n'est pas concomitante à la vocation de Simon-Pierre et André ; elle eut lieu sur « le chemin de Damas »

(Actes des Apôtres, IX, 1-9). L'évocation de Renaud est donc sur ce point très approximative.

108. *Longin :* une tradition apocryphe, mais fort répandue au Moyen Age, prétendait que le soldat romain qui perça le flanc du Christ d'un coup de lance au Golgotha s'appelait Longin (grec : « Lonkhé », lance) et qu'il était aveugle ; se frottant les yeux avec sa main qu'avait atteinte le sang du Crucifié en coulant le long de la lance, il recouvra la vue et crut en Dieu.

109. Ce type de prières, appelé par les spécialistes *Credo épique* ou *prière du plus grand péril* est fréquent dans les chansons de geste. Rhétoriquement très bien défini, il commence toujours par une formule comme (ici) : *Glorieus Sire Pere, par vo saintisme non...* et se termine toujours, avant la demande finale, par un acte de foi en les miracles rapportés : *Ensi com çou est voir et nos bien le creon...* (ici par exemple). La prière contient des rappels de miracles et de scènes bibliques dans lesquels Dieu s'affirme comme le vrai Dieu tout en montrant Sa bonté et Sa tendresse pour Ses créatures ; elle se termine par la demande d'une grâce personnelle de la part de l'orant (cf. E.R. Labande : « Le Credo épique. A propos des prières dans les chansons de geste », in *Mélanges... Clovis Brunel*, t. II, pp. 62-80, Société de l'École des Chartes, 1955).

Page 120.

110. *Carrion :* ville sarrasine d'Espagne.

111. *Amble :* allure de voyage, rapide mais confortable : l'animal avance successivement les deux pattes droites puis les deux pattes gauches.

Page 124.

112. *Confession « in articulo mortis » à un laïque et communion aux trois brins d'herbe :* la confession à un laïque n'est pas seulement un thème littéraire, sérieux comme ici ou comique comme dans *Le Roman de Renart* (branche I, 1020 sqq. ; branche V, 196 sqq.) ou les *Fabliaux* (« Le Chevalier qui confesse sa femme », éd. Folio, 1978, pp. 169-173), elle correspond aussi à la plus stricte doctrine religieuse jusqu'au XIIIe siècle, dans les cas de péril mortel en l'absence de prêtre (cf. le P. Amédée Tetaert, *La Confession aux laïques dans l'Église latine depuis le VIIIe jusqu'au XIVe siècle*, Louvain, 1926 ; Bernard Poschmann, *La Pénitence et l'onction des malades*, éd. du Cerf, 1966). C'est seulement avec Duns Scot, à la fin du XIIIe siècle, que l'Église récusera définitivement toute possibilité de confession aux laïques (cf. Tetaert, *op. cit.*, pp. 383 sqq.). Pour d'autres exemples épiques, cf. *Raoul de Cambrai* :

> *Confés se fist li bers de ses pechiés*
> *As .ij. barons qu'il vit aparilliés*
> *Qe d'autre prestre n'estoit il aaisiés.*
>
> (Vv. 4717-4719.)

Cf. également : *Raoul de Cambrai* : vv. 8438-8440.

Quant à la communion *in articulo mortis*, avec des brins d'herbe, en général trois par référence à la Trinité, il s'agit d'un thème de littérature épique : cf. *Garin le Loherain*, vv. 10622-10626 ; *Elie de Saint-Gilles, vv. 243-245* ; *Raoul de Cambrai* :

> *.III. fuelles d'erbe maintenant li rompi,*
> *Si le resut por corpus Domini.*
>
> (Vv. 8441-8442.)

Page 125.

113. *Comme il l'a fait pour les enfants :* allusion à la légende de saint Nicolas, qui ressuscita les trois petits garçons tués et « mis au saloir » par le cruel boucher. Historiquement, Nicolas fut évêque de Myre en Asie Mineure au IVe siècle.

Page 127.

114. *Fendu en deux jusqu'à la poitrine :* exemple canonique de « coup épique ».

Page 130.

115. Dans le *Covenant Vivien*, on voit le héros couper du tranchant de son épée ses viscères qui lui sortent du ventre par sept plaies, car il n'a pas, dans le combat, le temps de se refaire un bandage (vv. 1801 sqq.).

Page 132.

116. *Passage du vous au tu :* l'usage médiéval du *vous* et du *tu* est beaucoup moins fixé que le nôtre. A l'intérieur d'un texte, le passage du *vous* au *tu* correspond parfois, mais parfois seulement, à une intention précise de l'auteur (de l'indignation à l'attendrissement, de la solennité à la familiarité, etc.). Notre traduction s'efforce de respecter ces passages significatifs, mais ignore volontairement les autres.

Page 134.

117. *Don :* le roman connaît le thème du *don contraignant*, par lequel un personnage adresse une demande à un autre sans que celui-ci puisse la refuser, alors même qu'il ne sait pas ce dont il s'agit. Ici,

Aalard précisera d'abord à Renaud l'objet de sa demande, mais l'emploi de l'expression *don,* renvoie à la valeur de contrainte du procédé traditionnel.

Page 136.

118. *Pays :* on a noté le leitmotiv de la communauté de *pays,* à côté de l'appartenance au même lignage, dans le discours des frères. Mais le sens n'est pas exactement celui de la *patrie* moderne ; il ne s'agit pas encore d'une communauté nationale. Le *pays* des quatre frères, c'est Dordone et les terres qui, en dépendant, définissent le fief paternel. Ce n'est pas le royaume de France, ni l'Empire, même si Renaud et ses frères reconnaissent Charlemagne comme leur seigneur.

119. *Portefaix :* ce bref passage annonce obscurément l'épisode ultérieur où l'on verra Renaud se faire engager comme portefaix sur le chantier de la cathédrale de Cologne. L'art épique est aussi fait de ces correspondances.

Page 137.

120. *Assemblée de barons :* la valeur de base de la morale épique est l'honneur. C'est en grande partie le regard que la collectivité porte sur l'individu qui le fonde — le sentiment intérieur du bien et du mal ne suffit pas. En cela, les chansons de geste, au même titre que l'*Iliade,* participent de ce qu'on a appelé une *shame culture* (culture de la honte), même si elles n'ignorent pas la *guilt culture* (culture de la faute), fondée sur le sentiment de la responsabilité personnelle.

Page 141.

121. *Le bon larron :* le mot *larron* signifie *voleur,* et c'est une des activités qui définit le personnage. Mais on se rappellera aussi les deux brigands crucifiés aux côtés du Christ et dont l'un, qui lui exprima sa foi et son espérance, est traditionnellement appelé *le bon larron ;* l'alliance des deux mots n'est donc pas absolument paradoxale.

Page 142.

122. Les barons escomptent que l'empereur aura plus de satisfaction à faire pendre lui-même les quatre frères et qu'il se montrera généreux envers qui les lui amènera prisonniers. Si la largesse est une qualité du héros épique, on voit que certains d'entre eux se montrent cupides, ce qui signifie seulement qu'ils sont en cela infidèles à l'idéal chevaleresque.

Page 144.

123. Cf. n. 116.

Page 150.

124. *Si je suis bien payé :* la remarque est évidemment ironique.

Page 151.

125. La violence de Renaud surprendra sans doute le lecteur contemporain. Nous avons là un bon exemple de cette sensibilité épique, celle de l'époque romane, dont nous avons parlé précédemment (cf. n. 46), aussi prompte à s'indigner en imaginant le pire qu'à s'apaiser en faisant confiance au meilleur. Le caractère positif du héros n'est pas atteint par ce qui demeure une erreur et une injustice, dans la mesure où il accepte aussitôt de reconnaître qu'il s'est trompé et de revenir à des sentiments apaisés : il sait donc dominer l'impulsion de démesure qui ne s'impose à lui qu'un bref instant.

126. *Comblés :* tout ce passage montre l'importance de la vertu de largesse et celle que revêt, pour chacun, le maintien de son statut social, rendu manifeste par des « signes extérieurs » comme les vêtements, les chevaux, etc. C'est cette perte éventuelle que les trois frères veulent combler pour Aélis ; mais ils ne disent rien de la douleur que pourrait lui causer la perte de l'amour de Renaud.

Page 154.

127. Cf. Luc, II, 25-35.

Page 155.

128. *A quoi bon tant de veuves et d'orphelins :* ce n'est pas la première fois que cet argument est utilisé dans la chanson, et ce ne sera pas la dernière. Des passages comme celui-ci montrent combien l'épopée médiévale, malgré les apparences, répugne à la cruauté inutile. La chanson des *Quatre Fils Aymon* montre sans cesse Renaud à la recherche d'une solution négociée — et les barons de Charlemagne agissent dans le même sens. Le caractère négatif du personnage de l'empereur est lié à son refus de traiter plus qu'à l'injustice qu'il commet au départ.

Sur cette question, voir :

1. Jean-Charles Payen : « Guillaume est un soldat qui n'aime pas le sang. Son infortune est de devoir tuer toujours alors qu'il ne rêve que de vivre en paix. La tradition fait de lui un pacifique acculé par les circonstances à des violences qu'il voudrait éviter... » (*Le Motif du repentir dans la littérature française médiévale*, Genève, Droz, 1968, p. 154).

2. Micheline de Combarieu du Grès : « Le goût de la violence dans l'épopée médiévale », in *Morale pratique et vie quotidienne dans la littérature française du Moyen Age*, Senefiance n° 1, Aix-en-Provence, 1976, pp. 35-68.

3. Jacques Ribard : « Y a-t-il du " pacifisme " dans *La Chanson de Roland* ? » in *Charlemagne et l'épopée romane*, t. II, pp. 529-538, Liège, 1978.

Page 156.

129. *En nous mesurant à l'épée :* le combat singulier, destiné à éviter un massacre général, est un thème ancien (David et Goliath, les Horaces et les Curiaces) que la littérature médiévale développe fréquemment (cf. par exemple — pour l'épopée : le combat de Rainouard et Gadifer dans le *Moniage Rainouard ;* — pour le roman : le duel entre Eracle et le fils de Chosroès dans l'*Eracle* de Gautier d'Arras). Cela s'explique sans doute par le souci d'épargner des vies humaines (cf. n. 128), mais il y a aussi contamination avec la procédure du duel judiciaire : cf. ici : « Que Dieu donne l'honneur de la victoire à qui il voudra » (v. 8982). Dans le même ordre d'idées, Jeanne d'Arc dira plus tard : « Les hommes d'armes batailleront et Dieu donnera la victoire. »

Page 157.

130. « *Montauban* » : le cri de guerre — souvent comme ici le nom de la place forte du seigneur — correspond à une nécessité tactique : il sert en particulier au ralliement des chevaliers autour de leur chef, lorsqu'il y a risque de dispersion.

131. *... jusqu'à Paris :* la gloire, la renommée, la réputation sont des valeurs essentielles pour le chevalier. Ainsi Roland à Roncevaux exhorte-t-il ses compagnons à bien combattre « pour qu'on ne chante pas sur nous de mauvaise chanson » (*La Chanson de Roland*, v. 1014, traduction Pierre Jonin, Gallimard, Folio, 1979) ; et un peu plus tard, parlant à Olivier de leurs épées, il dit : « il ne faut pas qu'elles inspirent de mauvaise chanson » (*id.*, v. 1466), (cf. aussi n. 120).

Page 158.

132. *Épieu :* cf. n. 21.

Page 167.

133. *Homme-lige :* être l'homme de quelqu'un, c'est être son vassal. Mais, devant la complexité croissante des liens féodo-vassaliques, un chevalier pouvait se trouver vassal de plusieurs seigneurs et, par conséquent, être pris parfois dans des engagements contradictoires (lorsque deux de ses seigneurs entraient en conflit). L'hommage-lige était alors l'hommage prioritaire : le vassal devait se ranger automatiquement du côté de son seigneur-lige. Dans la

bouche de Renaud, l'expression signifie métaphoriquement un engagement à une amitié indéfectible.

Page 171.

134. La littérature médiévale connaît et apprécie le mélange des tons. Non seulement le personnage de Maugis introduit une coloration plus gaie dans l'univers sombre de la chanson, mais l'auteur n'hésite pas à mêler très intimement, comme ici, le tragique (l'inquiétude de Renaud sur le sort de son frère) et le burlesque (le récit picaresque et imaginaire fait par Maugis).

Page 173.

135. *Le sang jaillissait sous ses ongles :* les mauvais traitements infligés à un prisonnier sont réprouvés dans l'univers chevaleresque. C'est donc la conduite de l'empereur qui est ici stigmatisée.

Page 176.

136. *Maison de Vienne :* il y a quelque abus de langage ici, dans la bouche de l'empereur qui, pour tenter d'amadouer Olivier, semble avoir la mémoire courte : certes, la maison de Vienne, et Girard en particulier, ont été d'une fidélité irréprochable. Mais Charlemagne par orgueil et par entêtement a fait autrefois une guerre injuste à Girard. Toute la « maison de Vienne » a donc été pendant longtemps considérée comme au ban de l'Empire. Ce conflit, analogue sur certains points à celui des *Quatre Fils Aymon,* constitue le sujet de la chanson de geste : *Girard de Vienne.*

Page 177.

137. Des scènes de structure comparable se rencontrent dans *Aymeri de Narbonne* et *Gui de Bourgogne,* deux autres chansons de geste : l'empereur y propose successivement à ses principaux barons de tenter de s'emparer de Narbonne dans le premier poème, de Cordoue dans le second. Mais c'est alors la fatigue qui leur fait décliner son offre et non, comme ici, le sentiment que sa demande est injuste.

Page 179.

138. *Mourir de faim :* il est permis de se demander si Naime parle bien ici comme le parangon de sagesse qu'il est dans l'ensemble de l'épopée médiévale. Mais sans doute cherche-t-il seulement à gagner du temps pour obtenir que l'empereur renonce à faire exécuter Richard sur-le-champ. Tant que le frère de Renaud est en vie, tout peut encore arriver — et c'est ce que va montrer la suite de l'histoire.

Page 188.

139. *Pilate et Néron :* souvent considérés comme des démons.

Page 191.

140. Dans le cycle dit « des Barons révoltés », le thème du duel entre un feudataire et son seigneur/roi se rencontre fréquemment. Cet affrontement n'est pas prémédité, mais dû au hasard de la bataille — et au plan de l'auteur ! Le plus souvent, les deux adversaires commencent de se battre sans s'être reconnus (une exception toutefois : *La Chevalerie Ogier de Danemarche,* laisse CLXIX, vv. 6882-6901, éd. M. Eusebi : là, Ogier et Charlemagne se rencontrent en toute conscience et volonté et c'est Ogier qui a l'initiative du premier coup) ; le problème de la (re)connaissance n'est jamais posé du point de vue du vassal, comme si le trouvère envisageait que cet élément ne peut changer quelque chose que pour lui.

La conduite de Renaud s'explique par le fait que, indépendamment même de tout lien vassalique, la personne de l'empereur conserve un caractère sacré : on ne porte pas la main sur lui. Il en est de même dans *Girard de Vienne,* où Girard, après avoir identifié Charlemagne, exprimera son regret d'avoir porté la main sur lui et lui demandera merci (laisse CXXI, vv. 4413-4455). Dans *Doon de Mayence,* les deux hommes se reconnaissent en même temps ; Doon voudrait alors renoncer au combat et c'est Charles qui le contraint à l'accepter (vv. 6931-6941). Ainsi encore dans *Gaydon,* Charlemagne déguisé en pèlerin (donc méconnaissable) est pris dans une bagarre : Bertrand, le fils de Naime, lui arrache des poils de barbe et de moustaches. Après la réconciliation, Charles exige la punition du jeune homme :

> *Et si me soit li gloutons amenez*
> *Qui mes grenons a laidement tyrez*
> [.........................]
> *Deservi a que le poing ait copé.*
> (Vv. 10249-10250 ; 10257.)

On saisit l'importance du châtiment : la main droite est celle qui tient la lance ou l'épée. Dans la scène qui nous occupe, Renaud s'avance pour s'offrir lui-même à la mutilation.

Page 192.

141. *Je vous remettrai Montauban :* Renaud, en tant que seigneur de Montauban, est vassal du roi Yon, de qui il tient cette terre. Dans

l'épopée, la Gascogne apparaît généralement comme un royaume autonome. Dans *Les Quatre Fils Aymon,* il semble bien qu'il n'y ait pas de lien organique contraignant entre le roi Yon et Charlemagne. En conséquence, Renaud, vassal du roi Yon, ne doit rien à ce titre à l'empereur. Lors donc qu'il lui « remet » Montauban, il lui propose de disposer à sa guise de son domaine, il lui offre en fait de rattacher cette terre à la couronne impériale. Ce faisant, il aliène Montauban de la mouvance du roi de Gascogne dont il la tient. Mais Yon, ayant commis la trahison qu'on sait, ne peut plus prétendre à une soumission vassalique de la part de Renaud. On ne peut donc reprocher à ce dernier de disposer librement de Montauban. Si Charles acceptait l'offre de Renaud, celui-ci redeviendrait un vassal direct de l'empereur puisqu'il lui ferait hommage de sa terre. Renaud envisage ensuite le cas où l'empereur ne se satisferait pas de cette soumission. Il s'effacerait alors personnellement, mais prie auparavant l'empereur d'accepter ses frères comme vassaux, toujours pour le château de Montauban. Dans les deux cas de figure, Charles accroît son empire d'un nouveau fief.

Sur le statut de la Gascogne, on pourra voir les textes littéraires suivants :
— *Gerbert de Metz* (éd. Pauline Taylor, Lille, Giard, 1952, vv. 11482 sqq.), où le héros éponyme épouse la fille du roi Yon de Gascogne.
— *Huon de Bordeaux* (éd. Pierre Ruelle, vv. 3127-3133), où Gériaume rapporte que le père de Huon aurait transformé un ancien royaume en duché, tandis qu'Huon aimerait rétablir cette terre dans ses prérogatives de royaume.
— *Gui de Nanteuil* (éd. James R. McCormack, Genève, Droz, 1970, vv. 418 sqq.), qui met en scène Églantine, la fille héritière du roi Yon de Gascogne.

Et on consultera avec profit, pour ce qui est de l'histoire, M. Chaplais : « Le traité de Paris de 1259 et l'inféodation de la Gascogne allodiale », in *Le Moyen Age,* t. LXI, 1955, pp. 121-137.

Page 194.

142. *Il ne veut pas se servir de l'épée contre lui :* il ne se résout pas à faire couler son sang.

Page 196.

143. *Protégés :* le seigneur doit protection à ses vassaux.

144. *Je ne suis qu'un homme seul :* l'empereur dit vrai : privé de l'aide militaire de ses vassaux, le souverain, au même titre que le seigneur, se voit dépourvu de ses moyens d'action essentiels ; il ne peut plus ni défendre le royaume contre les ennemis de l'extérieur, ni assurer la paix civile à l'intérieur du royaume. Les barons disposent

donc d'un redoutable pouvoir de pression sur lui. Si redoutable, à vrai dire, qu'ils hésitent à s'en servir et qu'ici par exemple la menace d'abdication brandie par Charlemagne suffira à les faire se soumettre à nouveau, au moins pour un temps.

Page 201.

145. *Herbe :* Maugis est enchanteur (il use de charmes), mais aussi médecin (il use d'herbes et, on l'a déjà vu, d'onguents). Les mentalités médiévales n'opposent pas magique à scientifique. Les herbes médicinales sont aussi celles qui servent à fabriquer la pommade merveilleuse de l'enchanteur... et le philtre d'amour qui unira Tristan et Yseut.

Page 204.

146. *L'honneur fait à Maugis :* Naime et Ogier s'étaient portés garants de lui, lorsqu'il était prisonnier de l'empereur.

Page 208.

147. *Relever le défi :* Renaud signifie par là qu'il voudrait se justifier par un *duel judiciaire*. On confie à Dieu le soin de dire le droit. Chaque partie, représentée par un champion, exprimera sous la foi du serment le point de vue qu'il soutient. L'un des deux aura nécessairement prononcé un faux serment, donc tourné Dieu en dérision en le prenant à témoin d'un mensonge. Dieu qui sait la vérité ne peut que condamner le parjure, lequel sera vaincu dans le duel. La procédure du duel judiciaire est extrêmement complexe et précise. Tous les grands textes juridiques médiévaux la détaillent (*Assises et bons usages du royaume de Jérusalem, Coutumes du Beauvaisis* par Philippe de Beaumanoir, *Coutumier de Normandie, Établissements de Saint Louis, Livres de justice et de plet*, etc.). On pourra consulter sur cette question :

— le t. XVII des *Recueils de la Société Jean Bodin* (« La preuve »), Bruxelles, 1965.

— Les articles « Duel judiciaire » et « Ordalie », in *Dictionnaire d'archéologie chrétienne et de liturgie* (Letouzey et Ané, t. IV, 2, col. 1660-1670, 1921, et t. XII, 2, col. 2377-2390, 1936).

— L'article « Ordalie » in *Dictionnaire de droit canonique* (Letouzey et Ané, t. VI, col. 1117-1123, 1957).

Dans ce passage des *Quatre Fils Aymon*, certains aspects juridiques (la caution par otage par exemple) et le substrat spirituel (assistance à la messe, offrande, prières, interventions divines) apparaissent clairement. A partir du moment où cette procédure est engagée, la justice humaine est automatiquement dessaisie ; Dieu fonctionne en quelque sorte comme tribunal d'appel. Charles est donc contraint d'aller jusqu'au bout, c'est-à-dire de s'exposer au désaveu. En effet, Renaud a le droit pour lui (il le sait, Dieu le sait, nous le savons), Charles a tort (il refuse de le voir, mais Roland ne va pas se gêner pour le lui dire) : son champion devrait donc être vaincu, c'est pourquoi il va prier Dieu de l'épargner par une intervention miraculeuse.

Dieu a le choix entre deux solutions :

— accorder la victoire à Renaud — mais au prix de la mort de Roland ou de son déshonneur (l'un et l'autre sont impossibles pour des raisons littéraires);

— arrêter le duel par un miracle avant qu'aucun geste irrémédiable ait été accompli, afin de laisser aux hommes la liberté d'une solution pacifique.

L'épopée médiévale présente d'autres duels interrompus de la sorte par une nappe de brouillard miraculeuse, par exemple : lors d'un duel entre Roland et Olivier dans *Girard de Vienne* (vv. 5148 sqq.). Mais, dans d'autres cas, Dieu laisse justice s'accomplir : dans *La Chanson de Roland,* Pinabel est tué par Thierry d'Anjou et, dans *Gaydon,* Thibaut le traître vaincu par le duc d'Angers.

Page 212.

148. Le détail du combat pourrait paraître incohérent si l'on cherchait seulement le réalisme dans le texte. Il est clair que l'auteur se laisse entraîner par l'usage de formules stéréotypées.

Page 214.

149. *Roland :* dans *Les Quatre Fils Aymon* en général, et dans ce passage en particulier, Roland apparaît sous un jour calme et pondéré, fort éloigné de la démesure qu'on lui attribue traditionnellement par référence à la seule *Chanson de Roland*.

Page 219.

150. *Portier :* le portier, personnage subalterne, joue cependant un rôle non négligeable dans les chansons de geste. Traître à son seigneur, il peut introduire les ennemis dans la place. Il n'est pas rare qu'on essaie de l'amadouer, comme ici, voire de l'acheter... quitte à l'exécuter ensuite puisqu'il a donné la preuve de sa félonie et de son esprit de lucre : ne trahirait-il pas son second maître comme il l'a fait pour le premier ? (On en a plusieurs exemples dans *Girard de Roussillon.*) Souvent enfin, le portier est à l'image de son seigneur : à bon seigneur honnête portier, à seigneur félon portier traître (cf. Jean Subrenat « Bons et méchants portiers », in *Olifant,* V, 2, 1977, pp. 75-88).

Notes   337

Page 220.

151. *Ermitage :* sur Maugis ermite, cf. préface, p. 39.

Page 225.

152. Réserve du jongleur, peut-être destinée à susciter la générosité du public... et à proclamer, formellement du moins, sa liberté d'artiste.

Page 227.

153. *Chevalier du Temple :* allusion à l'ordre des Templiers, fondé par Hugues de Payns et Godefroy de Saint-Amour en 1119, sous le nom de « Pauvres Chevaliers du Christ » pour la garde des Lieux saints et la protection des pèlerins. Son orientation militaire convient bien à un seigneur qui veut entrer en religion. Pourtant, ce n'est pas la voie que choisira finalement Renaud, ni d'ailleurs celle dont font habituellement élection les héros épiques qui veulent quitter le monde (cf. *infra,* n. 177).

154. Cette énumération n'est pas le fruit de l'imagination du trouvère : il s'agit d'un *topos* de la rhétorique du temps.

Page 228.

155. *Se tord la cheville :* l'art épique, qui fait volontiers appel à la symbolique et à diverses formes de stylisation, sait aussi être réaliste : ses héros, on le voit dans *Les Quatre Fils Aymon,* mangent, boivent, dorment — et même s'endorment de fatigue. C'est seulement dans la décadence du genre que les héros de romans de chevalerie ignoreront les besoins de la nature humaine, ce qui leur vaudra d'être stigmatisés par Cervantès.

Page 232.

156. *Les dix commandements :* il s'agit évidemment du Décalogue, cf. Exode, XX, 3-17.

Page 241.

157. *Le petit Aymon : topos* du *puer senex* (l'enfant qui donne des leçons de courage ou de sagesse à l'adulte) familier à l'épopée : voir le personnage de Guyot dans *La Chanson de Guillaume.*

Page 242.

158. *Me nourrir de ma propre chair :* « à me ronger les poings », dit le texte.

Page 245.

159. Sur le changement de ton à l'intérieur de cette réplique, cf. n. 46, 94.

Page 246.

160. Ce bombardement de victuailles aurait sans doute réjoui Rabelais.

161. *Je le reconnais bien là :* la remarque peut surprendre. En d'autres temps et avec plus de raison semble-t-il, Renaud s'est dit assuré de l'acharnement d'Aymon contre lui et contre ses frères. Il reste qu'ici Aymon, sans revenir exactement sur le serment prêté à l'empereur, prend activement le parti de ses enfants, certes par tendresse paternelle, mais aussi parce qu'il commence à son tour de penser qu'ils ont le droit pour eux (cf. la fin de sa réplique ci-dessus). L'exclamation de Renaud pourrait donc signifier qu'il n'a jamais désespéré de voir son propre point de vue reconnu comme fondé par son père. Quoi qu'il en soit, ce renforcement du parti des fils accroît encore la solitude de l'empereur.

Page 249.

162. *Boire mon propre sang :* cf. n. 158.

Page 253.

163. Maugis vivant dans le siècle volait ; retiré du monde, il fait rendre gorge aux voleurs. Mais la « moralisation » du personnage ne va pas jusqu'à faire de lui un adepte du pardon des injures !

Page 254.

164. *Soupes :* tranches de pain. On les utilisait aussi comme « assiettes » pour manger les morceaux de viande pris aux plats de service ou aux écuelles qui servaient à deux convives.

Page 255.

165. *Se laver les mains :* l'ignorance de la fourchette (et l'usage concomitant des doigts) rendait ces ablutions particulièrement nécessaires — ainsi que celles précédant le repas.

Page 256.

166. *Bourdon de pèlerin :* solide bâton de marche, il signale aussi l'état de celui qui le porte, le désignant à l'attention généreuse des fidèles. Il peut également faire office d'arme, même si sa destination première semble exclure ce rôle.

Page 262.

167. Cependant Richard ne tient pas compte du fait que ces hommes agissaient non pas de leur propre initiative, mais en service commandé. Sans doute est-ce l'agressivité de leur propos qu'il vise ; cela ne faisait en effet pas partie de leur mission.

Page 265.

168. *Cité païenne :* le sens n'est pas clair : ce sont là endroits dangereux pour un chevalier chrétien. Or, Charles ne semble pas parler par antiphrase puisqu'il demeure persuadé que Renaud ne passera pas à l'acte. Peut-être veut-il dire que les risques encourus par Richard ne sont pas plus grands là que dans une autre aventure guerrière.

Page 267.

169. *Ganelon :* dans *La Chanson de Roland,* Ganelon trahissait Charlemagne ; ici il est le dernier à demeurer à ses côtés. Mais il n'y a pas là incohérence, au contraire : dans le premier poème, Charles avait le droit pour lui ; ici il est dans son tort. Ganelon, d'une chanson à l'autre, demeure donc dans le camp du mal. Allons plus loin : sa présence dans un camp est le signe symbolique et suffisant du caractère négatif de celui-ci. Les parents de Ganelon restent eux aussi ; solidaires du héros, ils constituent habituellement dans l'épopée le « lignage des traîtres » (par exemple dans *Gaydon*).

Page 273.

170. *Cheval Bayard :* rappelons que le Moyen Age connut des procès intentés à des animaux. L'apothéose du cheval (car c'en est une) fait un discret appel à un ordre de merveilleux auquel Dieu n'a point part. En revanche, celle de Renaud sera explicitement chrétienne (cf. *infra*). Cependant, les deux scènes, malgré tout ce qui les sépare, participent d'un même souci d'héroïsation rassemblant *in fine* le héros humain et le héros animal du poème.

Page 276.

171. *Vivre seul :* la mort d'Aélis, signe de son extrême amour pour Renaud et de l'incapacité où elle est de vivre sans lui, est normale en termes de sensibilité épique. Le héros étant le centre du poème, sa mort ou ici son absence prolongée provoquent un manque profond chez ceux qui dépendent de lui et au premier chef chez le personnage féminin lorsqu'il se définit par rapport au héros — ce qui est le cas d'Aélis dans *Les Quatre Fils Aymon.* Il y a dans les chansons de geste d'autres exemples de morts par amour (Aude dans *La Chanson de*

Roland) ou de retraites au couvent à la mort du fiancé ou du mari (la fiancée de Raoul de Cambrai, dans l'épopée du même nom; Béatrice, femme de Bègue de Belin dans *Garin le Lorrain*).

La situation inverse — l'homme veuf — se présente beaucoup plus rarement dans l'épopée guerrière pour des raisons évidentes. Ce sera cependant le cas d'un des plus célèbres héros épiques, Guillaume d'Orange, qui se retirera du monde comme Renaud — mais alors qu'il est âgé et que la question du remariage éventuel ne peut pas se poser pour lui dans les mêmes termes. Le vœu de Renaud présente donc un caractère exceptionnel dans les chansons de geste et fait apparaître de manière éclatante l'amour porté à Aélis.

Page 277.

172. *Heures :* il s'agit des offices canoniaux dont la récitation, de trois heures en trois heures à partir de six heures du matin, rythme les journées des religieux, voire de laïques particulièrement pieux (dans l'ordre : matines, tierce, sexte, none, vêpres et complies).

Page 278.

173. *Bayard :* le lecteur rationaliste, ou simplement habitué à une certaine vraisemblance romanesque, ferait remarquer que Bayard ne peut pas être là puisqu'il vit dans la forêt d'Ardenne, et parlerait d'une maladresse de l'auteur. Peut-être. Mais cette mention peut aussi procéder d'une autre logique : le personnage de Renaud est en effet si intrinsèquement lié à celui de Bayard que le premier est, une fois pour toutes, incomplet sans l'autre. « Nous ne mourrons pas l'un sans l'autre », disait très justement Renaud à son cheval au cours d'un épisode précédent.

Page 279.

174 Cf. n. 172.

Page 280.

175. *Notre frère :* ici, l'auteur ne mentionne plus Aymon le fils de Renaud. C'est que, dans le poème, la « compagnie » fondamentale est bien celle des quatre frères et elle seule.

Page 281.

176. *Rois mages :* le culte des Rois mages date, à Cologne, de 1164. La tradition rapporte que sainte Hélène, mère de Constantin, ayant retrouvé les corps des trois mages qui étaient venus vénérer le Christ, les aurait fait transporter à Constantinople en grande piété. Au IVe siècle, ces reliques auraient été offertes à Eustorgias, archevêque de Milan. C'est là qu'en 1163-1164, Frédéric Barberousse, qui

avait conquis la ville, s'empare des reliques comme butin. L'archevêque de Cologne, Renaud de Dasselle, préside lui-même à leur translation en procession à travers la Suisse jusqu'au Rhin d'où elles atteignent Remagen en bateau. Là, le prévôt du chapitre de Cologne les reçut des mains de son archevêque et les déposa dans la cathédrale le 23 juillet 1164. Cette translation aurait-elle inspiré notre auteur pour la scène de la procession du corps de Renaud ? La châsse d'orfèvrerie qui contient les reliques, commencée en 1170, peut toujours être admirée dans la cathédrale de Cologne, quoiqu'elle ait été profondément remaniée, en particulier après les dommages subis pendant la Révolution. Le chantier de la cathédrale actuelle a été ouvert en 1248, donc après la composition de notre poème. Mais, à la fin du XIIe siècle et durant tout le XIIIe, les chantiers d'églises ont été nombreux. Par ailleurs, Cologne conserve une église dédiée à saint Pierre.

177. En règle générale, le héros épique qui se retire du monde se fait ermite (cf. Maugis) — après, parfois, un essai décevant au couvent (cf. Guillaume d'Orange). L'indépendance de vie de l'ermite (au moins selon l'image que s'en font nos auteurs) convient bien à ces personnages qui n'ont guère eu l'habitude d'obéir ; et l'austérité de ce genre de vie leur plaît aussi parce qu'ils prétendent y trouver un reflet de celle qu'ils ont menée jusqu'alors dans un autre registre (quitte évidemment à méconnaître les rigueurs de la vie monastique et à n'y voir, caricaturalement, que paresse, goinfrerie et lâcheté).

Le choix de Renaud peut donc surprendre, surtout à une époque qui méprise le travail manuel. Or, si le héros considère ce nouveau genre de vie comme plus méritoire aux yeux de Dieu que la retraite ascétique de l'ermite, il ne semble pas penser que ces mérites lui seront acquis précisément à proportion du caractère humiliant aux yeux du monde, du travail effectué. On peut trouver un rapport entre la vie d'action dans le monde du héros et le caractère actif que revêt son nouvel engagement ; les ermites épiques, loin de demeurer de purs contemplatifs, savaient être actifs eux aussi, mais autrement. Comme Renaud est le seul à raisonner ainsi, parmi d'autres héros contemporains, on hésite à voir dans son choix la marque d'une évolution des mentalités relativement au travail manuel.

Page 288.

178. *Trois cierges :* nombre symbolique (en l'honneur de la Trinité) et non rhétorique (car c'est fort peu).

Page 292.

179. *Mise par écrit :* la chanson a donc une double source : orale et légendaire d'abord, écrite ensuite. Deux *auctoritates* la fondent en vérité et en sérieux. Ces sources peuvent bien être controuvées ; mais ce qu'il importe de souligner, c'est que l'auteur médiéval ne se targue jamais d'inventer et de créer ; il se présente au contraire comme s'insérant dans une tradition qu'il s'efforce de présenter comme la plus authentique possible, ne s'attribuant que la mise en vers, et parfois en langue vernaculaire, de l'ensemble.

Page 295.

180. *Parfum :* l'odeur de sainteté.

Préface. 7

LES QUATRE FILS AYMON*

Adoubement des fils Aymon (vv. 1702-1908).	45
Meurtre de Bertolai (vv. 1909-1955).	50
Les frères fugitifs (vv. 1956-1977).	52
Siège de Montessor en Ardenne (vv. 1988-2762).	53
Les frères à nouveau fugitifs (vv. 2763-2954).	60
Le père contre les fils (vv. 2955-3192).	64
Les frères dans la forêt d'Ardenne (vv. 3193-3299).	70
Les fils Aymon chez leur mère (vv. 3300-3455).	73
Père et fils (vv. 3456-3642).	77
Construction de Montauban (vv. 4081-4222).	83
Renaud épouse la sœur du roi Yon (vv. 4223-4331).	88
L'empereur à Montauban (vv. 4332-4507).	90
Roland à la cour (vv. 4508-4537).	94
Projet d'expédition en Gascogne (vv. 5130-5426).	95
Siège de Montbendel (vv. 5427-5603).	100

* Il faut considérer les « sous-titres » proposés comme des points de repères dans le déroulement de l'action. Les numéros de vers renvoient à l'édition de Ferdinand Castets.

Table

La trahison de Yon (vv. 6035-6436). — 105
Songe d'Aélis (vv. 6437-6586). — 115
Le piège de Vaucouleurs (vv. 6587-6850). — 117
Combat à Vaucouleurs (vv. 6851-7042). — 124
Guichard fait prisonnier... et libéré (vv. 7043-7106). — 128
Richard blessé (vv. 7107-7245). — 130
Les frères se réfugient sur le rocher (vv. 7246-7415). — 133
Intervention d'Ogier (vv. 7416-7511). — 137
Maugis secourt les frères (vv. 7677-7802). — 140
Duel Renaud-Ogier (vv. 7803-8059). — 144
Maugis guérit les frères (vv. 8253-8323). — 149
Renaud brutalise sa femme et ses fils (vv. 8515-8576). — 150
Rencontre entre Renaud et Roland (vv. 8855-9302). — 152
Richard fait prisonnier par Roland (vv. 9303-9469). — 164
Maugis en espion à la cour de Charles (vv. 9678-9920). — 168
Contestation des barons de Charles (vv. 9921-10169). — 173
Ils quittent l'empereur... (vv. 10170-10258). — 178
Richard les prie de revenir (vv. 10259-10315). — 180
Ripeu accepte de pendre Richard (vv. 10316-10422). — 182
Richard va être pendu (vv. 10423-10530). — 185
Richard sauvé par Bayard, Renaud et Maugis (vv. 10531-10653). — 188
Combat singulier entre Renaud et Charles (vv. 10877-11079). — 191
L'empereur envisage d'abdiquer (vv. 11248-11335). — 196
Maugis s'enfuit (vv. 11524-11652). — 199
Renaud cherche à négocier (vv. 11913-12106). — 203
On convient d'un duel judiciaire (vv. 12107-12209). — 208
Renaud contre Roland (vv. 12210-12393). — 211
Siège de Montauban (vv. 12394-12537). — 216
L'empereur prisonnier dans Montauban (vv. 12538-12769). — 219
Nouvelle tentative de paix (vv. 12770-12873). — 225
Renaud libère Charles (vv. 12874-12951). — 228
Retour de Roland, Naime, Ogier, Turpin (vv. 12952-13045). — 230
Assaut contre Montauban (vv. 13046-13155). — 233
Famine à Montauban (vv. 13156-13320). — 236

Table 345

On mange les chevaux (vv. 13321-13483). 240
Aymon aide ses fils (vv. 13484-13593). 244
Colère de Charles (vv. 13594-13653). 247
La famine reprend (vv. 13654-13726). 248
Renaud abandonne Montauban (vv. 13727-13757). 250
Maugis secourt des marchands (vv. 14235-14346). 251
Maugis à Trémoigne reconnu par Renaud (vv. 14347-14517). 254
Renaud menace de pendre Richard de Rouen (vv. 14718-14931). 257
Richard envoie un messager à Charles (vv. 14932-15031). 263
Charles abandonné par ses barons (vv. 15032-15105). 266
L'empereur cède (vv. 15106-15143). 268
Les conditions de paix (vv. 15144-15207). 269
Renaud part en pèlerinage (vv. 15208-15289). 270
Supplice et fuite de Bayard (vv. 15290-15341). 273
Retour de Renaud, mort d'Aélis et de Maugis (vv. 16459-16596). 274
Renaud quitte Montauban (vv. 17877-18005). 278
Renaud ouvrier à Cologne (vv. 18006-18162). 281
Martyre de Renaud (vv. 18163-18230). 286
Miracles pour saint Renaud (vv. 18231-18489). 288

Problèmes de traduction. 299
Notes 307

COLLECTION FOLIO

Dernières parutions

1405 Claude Roy — *Somme toute.*
1406. René Barjavel — *La charrette bleue.*
1407. Peter Handke — *L'angoisse du gardien de but au moment du penalty.*
1408. Émile Zola — *Pot-Bouille.*
1409. Michel de Saint Pierre — *Monsieur de Charette, chevalier du Roi.*
1410. Luigi Pirandello — *Vêtir ceux qui sont nus,* suivi de *Comme avant, mieux qu'avant.*
1411. Karen Blixen — *Contes d'hiver.*
1412. Jean Racine — *Théâtre complet,* tome I.
1413. Georges Perec — *Quel petit vélo à guidon chromé au fond de la cour?*
1414. Guy de Maupassant — *Pierre et Jean.*
1415. Michel Tournier — *Gaspard, Melchior & Balthazar.*
1416. Ismaïl Kadaré — *Chronique de la ville de pierre.*
1417. Catherine Paysan — *L'empire du taureau.*
1418. Max Frisch — *Homo faber.*
1419. Alphonse Boudard — *Le banquet des Léopards.*
1420. Charles Nodier — *La Fée aux Miettes,* précédé de *Smarra* et de *Trilby.*
1421. Claire et Roger Quilliot — *L'homme sur le pavois.*
1422. Philip Roth — *Professeur de désir.*

1423.	Michel Huriet	*La fiancée du roi.*
1424.	Lanza del Vasto	*Vinôbâ ou Le nouveau pèlerinage.*
1425.	William Styron	*Les confessions de Nat Turner.*
1426.	Jean Anouilh	*Monsieur Barnett,* suivi de *L'orchestre.*
1427.	Paul Gadenne	*L'invitation chez les Stirl.*
1428.	Georges Simenon	*Les sept minutes.*
1429.	D. H. Lawrence	*Les filles du pasteur.*
1430.	Stendhal	*Souvenirs d'égotisme.*
1431.	Yachar Kemal	*Terre de fer, ciel de cuivre.*
1432.	James M. Cain	*Assurance sur la mort.*
1433.	Anton Tchekhov	*Le Duel* et autres nouvelles.
1434.	Henri Bosco	*Le jardin d'Hyacinthe.*
1435.	Nathalie Sarraute	*L'usage de la parole.*
1436.	Joseph Conrad	*Un paria des îles.*
1437.	Émile Zola	*L'Œuvre.*
1438.	Georges Duhamel	*Le voyage de Patrice Périot.*
1439.	Jean Giraudoux	*Les contes d'un matin.*
1440.	Isaac Babel	*Cavalerie rouge.*
1441.	Honoré de Balzac	*La Maison du Chat-qui-pelote, Le Bal de Sceaux, La Vendetta, La Bourse.*
1442.	Guy de Pourtalès	*La vie de Franz Liszt.*
1443.	***	*Moi, Christiane F., 13 ans, droguée, prostituée...*
1444.	Robert Merle	*Malevil.*
1445.	Marcel Aymé	*Aller retour.*
1446.	Henry de Montherlant	*Celles qu'on prend dans ses bras.*
1447.	Panaït Istrati	*Présentation des haïdoucs.*
1448.	Catherine Hermary-Vieille	*Le grand vizir de la nuit.*
1449.	William Saroyan	*Papa, tu es fou !*
1450.	Guy de Maupassant	*Fort comme la mort.*
1451.	Jean Sulivan	*Devance tout adieu.*
1452.	Mary McCarthy	*Le Groupe.*
1453.	Ernest Renan	*Souvenirs d'enfance et de jeunesse*

1454.	Jacques Perret	*Le vent dans les voiles.*
1455.	Yukio Mishima	*Confession d'un masque.*
1456.	Villiers de l'Isle-Adam	*Contes cruels.*
1457.	Jean Giono	*Angelo.*
1458.	Henry de Montherlant	*Le Songe.*
1459.	Heinrich Böll	*Le train était à l'heure* suivi de quatorze nouvelles.
1460.	Claude Michel Cluny	*Un jeune homme de Venise.*
1461.	Jorge Luis Borges	*Le livre de sable.*
1462.	Stendhal	*Lamiel.*
1463.	Fred Uhlman	*L'ami retrouvé.*
1464.	Henri Calet	*Le bouquet.*
1465.	Anatole France	*La Vie en fleur.*
1466.	Claire Etcherelli	*Un arbre voyageur.*
1467.	Romain Gary	*Les cerfs-volants.*
1468.	Rabindranath Tagore	*Le Vagabond et autres histoires.*
1469.	Roger Nimier	*Les enfants tristes.*
1470.	Jules Michelet	*La Mer.*
1471.	Michel Déon	*La Carotte et le Bâton.*
1472.	Pascal Lainé	*Tendres cousines.*
1473.	Michel de Montaigne	*Journal de voyage.*
1474.	Henri Vincenot	*Le pape des escargots.*
1475.	James M. Cain	*Sérénade.*
1476.	Raymond Radiguet	*Le Bal du comte d'Orgel.*
1477.	Philip Roth	*Laisser courir*, tome I.
1478.	Philip Roth	*Laisser courir*, tome II.
1479.	Georges Brassens	*La mauvaise réputation.*
1480.	William Golding	*Sa Majesté des Mouches.*
1481.	Nella Bielski	*Deux oranges pour le fils d'Alexandre Lévy.*
1482.	Pierre Gripari	*Pierrot la lune.*
1483.	Pierre Mac Orlan	*A bord de L'Etoile Matutine.*
1484.	Angus Wilson	*Les quarante ans de Mrs. Eliot.*
1485.	Iouri Tynianov	*Le disgracié.*
1486.	William Styron	*Un lit de ténèbres.*
1487.	Edmond Rostand	*Cyrano de Bergerac.*
1488.	Jean Dutourd	*Le demi-solde.*
1489.	Joseph Kessel	*La passante du Sans-Souci.*

1490. Paula Jacques — *Lumière de l'œil.*
1491. Zoé Oldenbourg — *Les cités charnelles ou L'histoire de Roger de Montbrun.*
1492. Gustave Flaubert — *La Tentation de saint Antoine.*
1493. Henri Thomas — *La vie ensemble.*
1494. Panaït Istrati — *Domnitza de Snagov.*
1495. Jean Racine — *Théâtre complet,* tome II.
1496. Jean Freustié — *L'héritage du vent.*
1497. Herman Melville — *Mardi.*
1498. Achim von Arnim — *Isabelle d'Egypte* et autres contes.
1499. William Saroyan — *Maman, je t'adore.*
1500. Claude Roy — *La traversée du Pont des Arts.*

Impression Bussière à Saint-Amand (Cher),
le 14 octobre 1983.
Dépôt légal : octobre 1983.
Numéro d'imprimeur : 1875.
ISBN 2-07-037501-3/Imprimé en France.

32792